HEX

歡迎來到黑泉鎮

BY

THOMAS OLDE HEUVELT

湯瑪斯・歐德・赫維特——著

鄭煥昇——譯

本中文版譯自南西・佛瑞斯特－弗萊爾翻譯之英文版

Translated into Complex Chinese Characters by Huan-sheng Cheng
from the English Translation by Nancy Forest-Flier

獻給札克·波斯特，我的文學創作薩滿

第一部

今天？ #石刑

第一章

史提夫．葛蘭特繞過了黑泉市場與熟食店後面的停車場轉角，時間剛剛好讓他看到凱薩琳．凡．懷勒被一臺骨董荷蘭手風琴拖車給撞個正著。有一瞬間他以為自己看到的是幻覺，因為那個女人並沒有被衝力拋到街上，而是溶化進了風琴的木質紋飾、點綴著羽毛的天使翅膀，還有鍍鉻色調的風琴管裡。在露西．艾弗瑞特的指示下朝著拖車的鉤子施力，讓風琴向後退然後停下來的，是馬諦．凱勒。雖然凱薩琳被撞上的時候，空氣中沒聽到砰的一聲，地上也看不到血汩汩流出，但眾人還是從四面八方湧來，臉上帶著小鎮居民遇到意外發生時，那種正字標記的緊張表情。只不過，沒人真正放下購物袋去扶她起來……因為若說有什麼事情讓黑泉鎮民看重更甚於意外的緊急處理，那就是小心駛得萬年船，死也不要、絕對不能跟凱薩琳扯上關係。「別靠近！」馬諦一邊叫出聲，一邊伸手攔住了一個踉蹌著想靠過去的小女生，只不過吸引她的不是這場怪誕的意外，而是那臺巨大演奏機器的風華與氣勢。第一時間，史提夫就意會到那根本不是場意外。在手風琴車投射出的陰影之下，他看到兩隻髒兮兮的腳丫子，外加凱薩琳的洋裝被泥巴沾汙的裙襬下緣。他好整以暇地笑了出來：所以這只是場幻象而已。兩秒鐘之後，《拉德斯基進行曲》[1]震耳欲聾的旋律，響徹在整片停車場裡。

他放慢了速率，疲倦之中有份對自己的滿意，因為他幾乎已經來到了終點，眼看就要跑完自己設定的大圈：全長十五英里，先沿著熊山州立公園的邊緣跑到蒙哥馬利堡，然後再沿著哈德遜河北上跑到西點軍校——當地人口中的「點校」——然後從那裡直接轉向家的方向。回到森林裡，山丘上。這讓他感覺舒爽，不只是因為想讓一整天在瓦爾哈拉的紐約醫學院教書所累積的壓力釋放，跑步是最好的辦法。更主要的原因，是黑泉鎮外頭那宜人的秋日微風，讓他的心情整個好了起來，那風不僅在他的肺裡打轉，也帶著他的汗味朝更西的區域前去。這一切自然，都是心理作用。因為黑泉鎮本身的空氣並沒有什麼問題……至少沒什麼能客觀分析得出來的問題。

音樂聲引起了茹比肋排餐廳裡廚子的注意。原本在顧著烤爐的他，此刻也跑出來看外頭在吵什麼吵。成為旁觀者的一員之後，他也用莫名其妙的目光看著眼前的風琴車。史提夫步行繞過了人群，用手臂抹乾了額頭上的汗。看到風琴用漆器工藝處理得美侖美奐的那一面其實是扇推門，而且現在還是扇半開的推門，他就再也壓抑不住微微的笑意。這風琴根本就是個空心大蘿蔔，內部一路到車軸都什麼都沒有。凱薩琳一動也不動地站在暗處，任由露西把門闔上，讓任何人的視線都看不到她。就這樣，風琴又恢復了風琴的原貌，雖然不能演奏，這還真是臺花樣多得不得了的風琴啊。

「所以，」他繼續喘著氣，手高高地插在腰上說，「穆德跟史考利[2]又出來賺外快了嗎？」

---

1 奧地利作曲家老約翰·史特勞斯寫成於一八四八年的軍樂進行曲，其目的在表彰約瑟夫·馮·拉德斯基伯爵之彪炳戰功。

2 美劇《X檔案》裡的幹員主角，兩人是聯邦調查局的一組搭檔。

馬諦朝他走近，咧嘴笑了一下。「別這麼說。你知道這些道具成本有多高嗎？而且我跟你說，他們現在預算掐得之緊，錢都痛到在尖叫了。」提到預算，他突然轉頭看向了風琴車。「這完全是假貨。皮克斯基爾市的老荷蘭博物館裡那臺風琴的複製品。還滿像回事的，是吧？那底下只是普通的拖車而已。」

史提夫感覺像是長了見識。現在有機會仔細一瞧，他發現沒錯，風車的正面只不過是由廉價陶瓷人像與漫不經心黏上的裝飾品拼成一堆大雜燴——而且上漆還上得很隨便。風琴的風管不是真正的鍍鉻材質，而是鍍金的PVC塑膠管。就連《拉德斯基進行曲》都很不靠譜：唬人的玩意，你聽不見調節瓣悅耳的嘆息，也聽不見穿孔音樂儲存卡的拍擊，但這些明明都是骨董管風琴該有的標誌。

馬諦看穿了他的心思，「那是iPod加上一個土炮喇叭。一個不小心選錯歌單，你聽到的就會是重金屬搖滾了。」

「聽起來像是葛林姆會有的主意。」史提夫笑道。

「嗯哼。」

「我還以為這麼大費周章，目的是要讓大家的注意力別放在她身上呢？」

馬諦聳了聳肩。「我們老闆的風格，你應該很清楚。」

「這是為了公開活動準備的，」露西說，「像是市集，或是外來客多的時候，就可以用在某個節慶裡面。」

「是喔，那祝你們好運囉。」史提夫笑了笑，作勢要接著往下跑。「都出來了，你們何不順便賣藝賺點錢。」

最後一英里他決定輕鬆跑，在深洞路上朝家的方向前進。聽不到聲音之後，他腦子裡也不再去想剛剛在暗影中的女人、那個在管風琴腹中的女人，只不過《拉德斯基進行曲》的旋律依舊在他的腦海中揮之不去，而且節奏還與他踏出的每一步相互呼應。

淋浴過後，史提夫下得樓來，看到喬瑟琳端坐在餐廳桌前。她闔上了筆電。伴隨著唇邊淡淡的一抹微笑，那抹他一愛就是二十三年的微笑，她多半會帶著皺紋、（她稱之為四十代之袋的）眼袋與那抹笑容一起入土。喬瑟琳說道：「差不多了，我在網路上陪男朋友也陪夠了。是該輪到我的正牌老公了。」

史提夫笑了笑。「妳上次說他叫什麼名字來著？拉斐爾？」

「沒錯。還有羅傑。諾瓦克被我甩了。」她站起身來，一雙玉臂纏上了他的腰際。「今天過得如何？」

「累死了。連講了五小時的課，只有一節二十分鐘的休息。我得叫伍爾曼幫我改一下課表，不然就是幫我在講桌後面裝一個電瓶。」

「你欠揍耶。」她語畢在他嘴上親了一下。「別說我沒警告你。現在有人在偷看喔。拚命三郎先生。」

史提夫稍微退了開來，揚起了眉頭。

「阿嬤。」她說。

「阿嬤？」

喬瑟琳把他拉近了一點，然後轉身朝肩膀後方點了點頭。史提夫跟隨著她的視線，穿過了鑲著彩色玻璃，敞開的法式落地門，看進了起居的客廳。果不其然，在沙發與壁爐中間的畸零角落，緊鄰著音響——那個喬瑟琳暱稱為渾沌區的角落，因為她不知道該拿它怎麼辦——站著一個矮小乾癟的老嫗，瘦得像欄杆，也像欄杆一樣一動也不動。在午後晴朗的金色陽光下，她是個與周遭格格不入的存在：黑暗、汙穢、有如夜行動物一般。喬瑟琳在她頭上蓋了條舊抹布，所以你看不到她的臉。

「阿嬤。」史提夫若有所思地說了聲。然後他笑了出來。他忍不住笑了出來：她頭上蓋著條抹布的那一幕，尷尬而荒謬地笑果十足。

喬瑟琳臉紅了起來。「你知道她看著我們的那個樣子，會讓我全身起雞皮疙瘩吧。我知道她理論上是個瞎子，但有時候我覺得那並不妨礙她看到她想看的東西。」

「她站在這多久了？因為我剛剛才在鎮上看過她。」

「不到二十分鐘吧。她出現只比你到家早一點點而已。」

「這就怪了。我在黑泉市場與熟食店的停車場跟她打了照面。他們用新玩具輾過了她，一臺要命的管風琴車。我在想那臺車的音樂應該不是很合她的胃口。」

喬瑟琳笑著抿起了嘴唇。「嗯，那我希望她會喜歡強尼・凱許[3]，因為音響裡現在就是他的CD，而要我越過她去按播放鍵，對不起，這種事老娘不做第二次。謝謝各位。」

「妳怎麼會這麼勇敢啊，這位太太。」史提夫沿著她的後頸把手指插進她的秀髮裡，然後又一次對她親了下去。

紗門飛也似地被推開，後頭跑進來的是泰勒，外加一個聞起來有外帶中國菜味道的大塑膠袋。「嘿，不要在這裡給我搞十八禁的喔，OK？」他說。「我三月十五號之前都還未成年，在那之前我纖細的心靈還受不住這樣的汙染。我尤其不想被跟我在同一個基因庫裡的人汙染。」

史提夫對喬瑟琳眨了眨眼，然後意有所指地說，「那你跟蘿芮卿卿我我又算什麼呢？」

「我那是在做實驗，」泰勒邊說邊把袋子放在桌上，然後扭動著身軀把外套褪去，「那是我這年紀該做的事情，維基百科上有說。」

「那維基百科說你爸媽這年紀該做什麼事情呢？」

「上班……做飯……多給點零用錢。」

喬瑟琳張大了眼睛，噴飯地笑了出來。在泰勒身後，佛萊契像蟲一樣從紗門後鑽了進來，然後在飯廳桌子四周啪啪啪地撒起歡來，兩隻耳朵也豎直了。

---

3 Johnny Cash。美國鄉村音樂歌手。

「喔，老天爺，泰勒，快抓住牠……」史提夫一聽到這隻邊境牧羊犬低吼，就趕緊這麼指揮起來，但一切都太遲了。佛萊契已經瞧見了位於喬瑟琳口中渾沌區裡的女人。牠開始震耳欲聾地吠了起來，而後吠叫轉成了又尖又高的嚎叫，搞得現場三個人類都覺得不可思議。那狗狗飛也似地衝過了飯廳，但在黑色的地磚上滑了一下；泰勒只勉強抓住了牠的項圈。一邊瘋狂叫著，一邊用兩隻前腳在空中不停比劃著的佛萊契，就這樣在法式門前停下了腳步。

「佛萊契，坐下！」泰勒一邊大叫，一邊使勁把牽繩拉住。佛萊契停止了吠叫聲。緊張地搖晃著尾巴的牠開始從喉嚨深處傳出了低吼，對像依舊是渾沌區的女人……那個連半條肌肉都文風不動的女人。「要死了，你們怎麼都沒吭聲啊，我是說，她在這裡都不警告我一下的喔？」

「抱歉。」史提夫從泰勒的手中接過牽繩。「佛萊契跑進來嚇了我們一跳。」

泰勒臉上顯露出不屑的神情。「跟她真搭，那塊抹布。」他把外套拋在椅子上，跑上了樓，沒再多說什麼。不可能是要去做功課吧，史提夫的直覺告訴他，因為如果是功課，他沒看過泰勒用跑的。唯一能讓他腿動起來的，只有跟他交往的那個女孩（那個來自紐約州紐堡，有點嗆辣的小可愛，只可惜礙於緊急命令而沒辦法多來拜訪），再不然就是他為了個人YouTube頻道在拍的Vlog。喬瑟琳派他去「皇上的選擇」買飯的時候，他多半就正忙著拍片忙到一半吧。星期三是她的休息日，而簡簡單單比較合她胃口，反正鎮上的那家中餐外帶不管點什麼，吃起來都差不多。

史提夫領著還低吼個沒完的佛萊契去到後院，把牠鎖進狗屋，由牠在裡頭跳上跳下撞著金屬隔網，最後還一副不肯罷休的模樣踱起步來。「夠了喔。」史提夫兇了牠一下。或許他這一下兇得有點沒必要，但這狗狗真的讓他動了氣，而他知道佛萊契還得再盧上個半小時。阿嬤這次來，跟上回已經隔了好些時間了，但不論她之前多常來，佛萊契似乎也都沒有能習慣她的一天。

回到屋裡後，他們擺好了餐桌。正當史提夫開始把裝著雞肉炒麵跟左宗棠豆腐的紙盒打開，廚房的門再次咻一下被推開，麥特的馬靴滾到了地板上，而佛萊契還在叫個沒完。「佛萊契，真是夠了！」他聽到自己小兒子的吼聲。「你到底是哪根筋不對了？」

進了飯廳的麥特頭頂著歪歪的棒球帽，懷裡則是皺皺的馬褲。「喔，香耶，中國菜。」他說，經過雙親的時候各抱了爸媽一下。「我馬上下來！」然後就跟泰勒一樣，他也跑了上樓。

在史提夫的觀念裡，每天這個時候的廚房是葛蘭特家的「震央」，是個別家族成員的精采生活像地殼板塊彼此滑動擠壓，然後又慢慢沉靜下來的地方。這不光是因為他們看重盡可能一起用餐的家庭傳統，而是也牽涉到飯廳本身的條件：這兒在家裡是個受到信賴的地方。以其為中心，周邊分別由鐵道的枕木，還有在設在庭院後方的馬廄與馬圈框住，景觀稱得上價值連城。最後就是正後方的哲學家之谷，那是一塊拔地而起的陡峭野地。

史提夫盛麵盛到半途，泰勒進了飯廳，手上拿著GoPro。這臺運動攝影機是他十七歲的生日禮物，而上頭表示錄影中的紅光正亮著。

「把那東西關了。」史提夫口氣堅定地說。「阿嬤在的時候，家規你是知道的。」

「我又不會拍她。」泰勒在餐桌的另一端拉出了張椅子。「而且，你從這裡也拍不到她。更別說你也知道，她就算來家裡，也很少走動。」他賞了親爹一個無辜的笑臉，然後轉換成了他專門用來當YouTuber的聲音（混音設定：抑揚頓挫1.2；口氣效果2.0）：「那麼現在該來問你一個對我的統計學報告非常關鍵的重要問題了，喔，生育我的老爹千千歲。」

「泰勒！」喬瑟琳正式開罵。

「我錯了，養育我的老母萬萬歲。」

喬瑟琳用客氣但堅定的眼神看著他。「你給我把這段剪掉喔。」她說。「還有把攝影機從我面前拿開，不要拍我現在蓬頭垢面。」

「還我新聞自由。」泰勒嘻皮笑臉。

「捍衛個人隱私。」喬瑟琳噴了回去。

「我暫不履行家務職責。」

「我扣你零用錢。」

泰勒把GoPro的鏡頭對著自己，擺出了張苦瓜臉。「這種排頭我每天照三餐吃。我之前說過的那句話我現在要再說一遍，我的朋友：『我活在獨裁統治之中。言論自由在老一輩的把持下岌岌可危。』」

「先知開口了。」正在把左宗棠豆腐分盤的史提夫也配合演了起來，反正他知道泰勒剪片時會把大部分的毛片都剪掉。泰勒會把個人意見、荒誕笑哏、外拍街景集合起來，在剪輯的時候大搞創意，配音時再搭上洗腦的流行音樂跟節奏明快的視覺效果。拍片剪片他很有一套，而且出來的效果都很好：史提夫上一次去考察他兒子的YouTube頻道，TylerFlow95，訂閱數已經有三百四十人，影片觀看更超過二十七萬次。泰勒甚至於靠開啟廣告營利而多賺到了一點點（他自承少到秀下限的）零用錢。

「你想問什麼？」史提夫追問，而鏡頭也立刻橫了過來。

「如果你一定得讓某個人死，你要選誰：你的親生骨肉，還是蘇丹某個地方的一整村人？」

「這什麼亂七八糟的問題。」

「我選讓自己的小孩死。」喬瑟琳跳出來答道。

「喔！」泰勒叫得超戲劇化，外頭的狗屋裡的佛萊契豎起了耳朵，又天荒地老的吠叫了起來。「你聽到了嗎？我親生老母要為了非洲某個不存在的村子犧牲她的寶貝兒子。這究竟是她對第三世界的悲憫之心在作用著，還是顯示我們家的家庭運作失能了呢？」

「兩邊都有一點喔，親愛的。」喬瑟琳回應了泰勒，然後朝樓上叫了一聲，「麥特！我們要開動了喔！」

「但是說正格的，爸。假設你面前有兩顆按鈕，其中一顆按下去你會死掉一個小孩——也就是俺——另外一顆按下去會死掉蘇丹一整村的人，數到十都不按則兩個按鈕會一起自動啟動。這樣你會救哪一邊？」

「這狀況也太荒謬了吧。」史提夫說。「天底下到底有誰會逼我做這種決定？」

「你配合一點好不好。」

「就算我硬要回答的話，這問題也沒有選項可以選啊。要是我救你，你肯定會罵我眼睜睜讓一整村的人死掉吧。」

「但你猶豫的話，我們可是全部都會一起死的。」泰勒很堅持。

「我當然就是讓村民死，也不會讓你死啊。我怎麼能可能犧牲自己的兒子？」

「真的嗎？」泰勒用口哨聲表達了敬佩。「就算村子裡一個個都是嚴重營養不良的小孩，挺著水腫的小肚子被迫當民兵，蒼蠅在他們眼睛嗡嗡嗡地飛來飛去，外加一堆赤貧又被虐待的愛滋媽媽，你也狠得下心嗎？」

「沒錯，我還是不改答案。因為那些媽媽也會選擇先救自己的孩子。麥特還沒下來嗎？我餓了。」

「如果是我跟蘇丹全國放在一起比呢？」

「泰勒，這不是你該問的問題。」喬瑟琳跳進來調停，但口氣不是很有信心；她太了解自己的丈夫跟大兒子，這兩個人只要起了個頭，成功調停的機率就跟想讓川普跟民主黨坐下來談一樣……嗯，一樣小。

「嗯，到底怎樣啦，爸？」

「我選蘇丹，」史提夫說，「話說你這到底是哪門子的報告啊？美國涉入非洲事務的深度研究嗎？」

「這是誠實研究，」泰勒說，「誰選擇救蘇丹的，就是不老實。誰選擇不回答的，就是想要保持政治正確。我們把所有老師都問了一輪，結果只有哲學課的芮德斐恩老師誠實。再來就是你了。」說到這裡，泰勒聽到他的小弟砰砰砰地跑下樓梯，於是他拉高了嗓門問道，「如果你要選擇讓某人死，麥特，你會選誰：蘇丹全國，還是老爸老媽？」

「蘇丹。」麥特的回答斬釘截鐵。在鏡頭之外，泰勒朝客廳點了點頭，然後用手指拉上了上下嘴唇之間看不見的拉鍊。史提夫朝喬瑟琳發射了一道無奈的眼色，但從她咬著下唇的模樣，他看得出她其實也還滿願意配合演出的。相隔一秒，飯廳的門被打開，走進來的是麥特，或者應該說是腰上只圍了條毛巾的麥特，很顯然他剛來自一個叫做浴室的地方。

「水喔，你剛幫我的影片增加了一千次的點擊。」泰勒說。泰勒像變臉似地對GoPro換上了耍寶的表情，然後前後晃動起了他的屁屁。

「泰勒，你弟才十三歲！」喬瑟琳說。

「說真的，勞倫斯、布拉克還有我一起裸上半身，對嘴小野貓[4]的那支影片，觀看人次已經破三萬五了。」

「那已經差不多是A片了吧。」麥特說著拉了張椅子在他身旁坐下，方向背對著客廳——也背對著混沌區的女人。史提夫與泰勒相視莞爾。

「你能不能穿個衣服再上飯桌？」喬瑟琳嘆了口氣。

「是妳叫我下來吃飯的啊！我的衣服都是馬的味道，而且我都還來不及沖澡呢。喔對了，

4 Pussycat Dolls，來自美國洛杉磯的六人女子合唱團體。

媽，我喜歡妳的相簿。」

「什麼相簿？」

「臉書的相簿啊。」滿嘴麵條的麥特推著桌沿，讓椅子只靠兩隻後腳翹孤輪。「妳好酷喔，媽。」

「我看到了，親愛的。椅子四隻腳給我放下來，好嗎？摔不夠喔你。」

麥特裝作沒聽到，把注意力轉向了泰勒的鏡頭。「我想你對我的看法沒興趣喔。」

「還真的沒有，馬味好重的弟弟，我比較希望你去沖個澡。」

「那是汗味啦，不是馬味。」麥特說得八風吹不動。「我覺得你問的問題太簡單了。真正要有趣的話，我覺得你應該問的是：要是得讓某個人去死，你會選誰：你親生的小孩，還是整個黑泉鎮？」

佛萊契從外頭傳來了低吼。史提夫向後院一瞅，看見的是隔網後頭的狗狗把頭壓低在了地上，活像隻野生動物似地露出了白牙。

「我的老天，那隻狗有事嗎？」麥特問道。「我是說除了腦筋完全不正常以外。」

「阿嬤不會剛好跑來這裡，吧？」史提夫裝起了無辜。

喬瑟琳垂下了肩膀，環顧起屋內四下。「我今天一整天都沒有看到她啊。」假裝著一副很緊急的模樣，她一路從後院掃瞄到整塊地最裡邊，那棵被劈成兩半的紅色橡樹，通往山丘的路徑就從那兒起頭：紅橡樹的樹幹上架了三臺監視攝影器，鏡頭角度分別盯住哲學家之谷的各隅。

「阿嬤不會剛好跑來這裡，啦。」麥特用鼓鼓的腮幫子笑說。「阿嬤要真的跑來，追蹤泰勒的粉絲看到會怎麼想？」喬瑟琳的母親作為一名長期的阿茲海默症患者，在一年半前就因為肺部感染去世；史提夫的母親則已經走了八年。YouTube上的人當然不會知道這麼多，但麥特覺得自己太有哏了。

史提夫轉頭對著大兒子，用一點都不像他的嚴肅口氣說道：「泰勒，這你剪片的時候要喀掉，懂嗎？」

「嗯嗯，老爸，」他換回了TylerFlow 95的官方嗓音。「我們不要把問題扯那麼遠到非洲，就說在地好了，要是你得讓誰死，我的好爸爸，你會選誰：你的親生小孩？還是全鎮的街坊？」

「你說全鎮有包括我老婆跟另外一個小孩嗎？」史提夫問。

「是啊，老爸。」麥特笑得有點高高在上。「你要救誰，泰勒還是我？」

「馬修[5]！」喬瑟琳叫了出來。「你差不多一點喔。」

「我兩個都救。」史提夫答得很認真。

泰勒露出了笑容。「你也太政治正確了吧，爸。」

就在此時，麥特椅子向後翹得太過頭了，他像溺水一樣在空中狂揮雙臂，希望能把快要失去的平衡找回來，紅醬從他的湯匙發射出去，但椅子還是向後倒了下去，乓啷一聲墜機，唯一的乘

5 馬修就是麥特，馬修是本名，麥特是小名。

客麥特也滾到了地上。喬瑟琳為此跳了起來，嚇到了泰勒，泰勒手中的GoPro像肥皂一般滑了出去，掉進了他面前那盤雞肉炒麵裡。史提夫看著還保有兒童軀體柔軟度的麥特伸出手肘，接住了自身的跌勢，現正一邊呵呵笑得歇斯底里，一邊背靠在地上，努力地用另一隻手確保腰間的毛巾不要穿幫。

「小弟翻船落水了！」泰勒叫得可開心了。他擦掉了鏡頭上的炒麵，然後放低了GoPro好捕捉精彩的鏡頭。

但就像被電到一樣，麥特開始發起抖來：他臉上的表情因為驚恐而扭曲。下一秒他脛骨敲到了桌腳，嘴裡發出了一聲大叫。

首先：絕對沒有人會看到泰勒此刻用GoPro拍下的畫面。這說起來也有點可惜，因為任誰仔細看過了影片中的東西，都會發現自己目擊了異象，而且——很客氣地說——還是會人讓毛骨悚然的異象。影片的解析度無懈可擊，所謂有圖有真相，拍下來的東西不會說謊。雖然機身個頭不大，但GoPro捕捉現實的能力是令人驚異的每秒六十幀。包括泰勒騎登山車從悲慘山俯衝而下，或是他偕朋友前往水質有如雲霧一般混沌的波波羅賁湖浮潛，記錄工作都沒有難倒GoPro。

GoPro拍到的影像，顯示了喬瑟琳與史提夫用可以形容為困惑的眼神，望向了小兒子的身後，看進了客廳。畫面的中間是麵條與蛋黃凝固後的汙點。鏡頭扭回來，麥特已經不在地板上了；他像痙攣似地抽動了一下身體，算是把自己整個人弄正，然後瑟縮了一下，撞到了餐桌。也不知道怎麼回事，他腰間的毛巾竟然沒掉。有那麼一瞬間，我們感覺像站在乘風破浪的船隻甲板上，因為我們看到的每樣東西都是斜的，就好像整間飯廳都要炸開了似的。接著畫面變正，而雖然麵條的汙點擋住了我們大部分的視野，但我們仍能看到一名形容枯槁的老嫗穿越客廳，朝著敞開的法式滑門前進，直奔廚房而來。在這之前，她都一直杵在喬瑟琳的混沌區裡紋風不動，但突然間她就來到了眼前，就好像她覺得摔在地上的麥特很可憐似的。抹布滑落她的臉龐，而就在電光石火的一瞬間——或許只是影片裡兩格的時間——我們看見了她被密密縫死的眼皮，還有雙唇。這兩格剎那的一生一滅是如此之短暫，我們是先愣了一下才意會到一切已經成為過去。惟那畫面已然深深地烙印在我們的腦海裡，且其一閃即逝的長度已足以將我們不光是拉出舒適圈，而是讓我們的舒適圈土崩瓦解。

此時只見史提夫一馬當先，衝去把廚房邊上的法式滑門給關上。在半透明的彩色玻璃後面，我們隱隱約約可以看見那枯槁老嫗的凌波微步戛然而止。我們甚至可以聽見她撞上拉門時，玻璃的微微震盪。

史提夫的好脾氣這下子不見了。「把那玩意兒給我關掉，」他說，「馬上。」他完全不是在開玩笑，而且雖然他的臉不在視野內，我們看不見（我們能看到的只有穿著短T跟牛仔褲的他一隻手有空，並用那隻手的手指在戳著鏡頭），但我們都能想像那是什麼場面。然後畫面就只剩下一片黑暗。

「她直朝著我衝過來！」麥特大叫。「她從來沒有這樣過！」他還站在跌落地上的椅子旁邊，手扶著腰上他不希望滑落的毛巾。

泰勒笑了出來——史提夫心想，人一鬆了口氣，多半是會想笑吧。「搞不好她是想推倒你。」泰勒說。

「呦嗚，噁心死了，你開什麼玩笑？她都多老了！」

此時喬瑟琳也噗哧一聲，加入了恥笑麥特的陣容。她往嘴裡塞了一口麵條，但沒注意到自己在湯匙上加了多少辣醬。眼淚從她眼角噴了出來。「對不起啦，親愛的，我們只是想讓她嚇嚇你，但我想可能你反而嚇到她了。她那樣朝你走過去，真的是件怪事。她以前從來不會這樣。」

「她在那裡站了多久？」麥特怒沖沖地問道。

「她一直都在啊。」泰勒喜孜孜地回答。

麥特的下巴簡直快要掉到地上。「我被她看光光了啦！」

泰勒看著他，眼神裡混雜了一種絕對的讚嘆，跟一種與出於同情的愛只有一線之隔的噁心感，那是一種只有當大哥的人，在面對智障小弟時才能體會到的心情。「她看不見啦，你白癡喔，」泰勒說。他把GoPro鏡頭抹了個乾淨，然後看了一眼在彩色玻璃後頭的瞎眼女人。

「坐下，麥特。」史提夫繃起了一張臉說。「晚餐要冷掉了。」臭著一張臉的麥特照辦了。

「還有泰勒，我要你把剛剛的畫面洗掉。」

「喔，拜託！我把她的部分剪掉就好了……」

「現在就做，我要親眼看著你做。規定你清楚。」

「現在是怎樣？這裡是北韓平壤喔？」

「同樣的話不要讓我說第二遍。」

「但這裡面有一些超殺的東西耶。」泰勒無奈又無力地咕噥著。他知道老爸認真起來是什麼樣子，也知道規定有哪些。老大不情願地，他以一個史提夫看得到的角度舉起了顯示幕，選好了視訊檔，然後先按下了刪除，再按下了確認的ＯＫ鍵。

「乖。」

「泰勒，用手機幫我通報她出現的事情，好嗎？」喬瑟琳問了聲。「我之前有想要自己報案啦，但你也知道我超容易被這些新科技打敗。」

史提夫小心翼翼地沿走廊繞到客廳。那女人仍一動不動地杵在法式滑門的正前方，就像是立燈或盆栽的替代品一樣，貼在玻璃上的臉頰則像一則恐怖的笑話。她骯髒的平直頭髮紋風不動，懸在頭巾底下。很難講她知不知道房間裡有其他人的存在，因為這從她的表情中看不出來。史提夫靠近了一些，但刻意避免正眼看她，只用眼角餘光感受她的身型輪廓。能不要用特寫的方式看她，感覺總是好些。但他可以聞得到她：來自另外一個時代的惡臭，夾雜了路街上的泥巴與牛隻味道，還有疾病的味道。她輕輕地搖晃著，以至於把她手臂緊緊綁在縮水身體上的鍛鐵鍊輕敲塗了亮光漆的門柱，發出了沉悶的撞擊聲。

「她上一次被目擊是在下午五點二十四分，拍到她的是市場與熟食店後面的監視器，」他隱約聽到泰勒的聲音從另外一個房間傳來。此外史提夫還聽到那女人在喃喃碎念。他深知不要去聽她到底在念什麼，這是攸關生死的課題，所以史提夫專注在自己兒子的聲音上，還有強尼・凱許的歌聲。「目擊者的通報有四筆，但那之後就沒有第五筆了。現場發生的事好像牽扯到管風琴車。爸……你沒事吧？」

他的心跳重重地敲著，史提夫在那眼皮被縫起來的女人身邊跪下，撿起了抹布。然後他站了起來。起身時他的手肘擦到女人的鍊子上，她於是把殘缺的臉轉向了他。史提夫把抹布蓋回了她的頭上，然後趕忙從她身邊跑開，回到了飯廳，額頭汗濕到不行，同時間弗萊契充滿狠勁的激動吠叫聲仍從後院傳來。

「抹布。」他對喬瑟琳說。「好主意。」

一家人接著吃飯，眼皮被縫起來的女人就這樣一動不動地站在彩色玻璃後面，一路陪著他們度過晚餐時間。

期間她只動過一次：麥特尖銳的笑聲響徹飯廳，讓她也歪了一下頭。

就像她有在聽似的。

晚餐之後，泰勒放了洗碗水，史提夫則收拾了桌子。「給我看看你寄了什麼給他們。」

泰勒舉起了他的iPhone，螢幕上顯示著「駭克斯App」這個手機應用程式。

最後一則訊息讀起來是這樣：

星期三09.19.12，晚間七點零三分，十六分鐘前
泰勒·葛蘭特@gps 北緯 41.22890度，西經 73.61831度#K@客廳，深洞路一八八號
歐買尬我覺得她愛上我小弟了

當晚稍後，史提夫跟喬瑟琳雙雙癱在了客廳裡——不在他們平常習慣，沙發上的老地方，而是在屋內另外一端的沙發床上——一起看著CBS電視臺的老牌深夜脫口秀。麥特已經就寢；泰勒在樓上敲筆電。蒼白的電視光線搖曳在纏繞著瞎眼女人身體的金屬鍊條上——或起碼照在了沒有生鏽的部分鍊圈上。抹布下方，她打開的嘴角處有了無生氣的膚肉在微微抽動，很仔細看才看得出來。緊緊將她嘴巴縫住的參差黑色縫線也跟著一起被拉動，唯一的例外是她嘴角處有一條鬆開的線頭，突出的樣子就像一根彎曲的鐵絲。喬瑟琳打了個呵欠，挨著史提夫伸了個懶腰。他估計不用多久，她就會陷入夢鄉。

半小時後等夫妻倆上得樓去，瞎眼的女人仍留在原地。屬於夜晚的東西，此時終於又被夜晚給收了回去。

第二章

勞勃．葛林姆看著螢幕，憂心忡忡。螢幕上的搬家工人聽從著指揮，把外頭包覆著帆布與塑膠的家具從搬家公司的廂型車裡拖出來，搬進了上水庫路的住宅裡，至於發號施令的，則是一名腦容量不很大的雅痞兼恰查某。這支監視器編號是D19-063——巴夫威爾太太生前的住處——只不過他不看監視器號碼也知道這一點就是了。那幅影像佔據了駭克斯詛咒控制中心的西牆一大塊，也佔據了葛林姆輾轉反側的睡眠一大塊。他閉上雙眼，用盡了意志力，才召喚出一幅新的影像來蓋過搬家的實況，那是一幅美呆了的畫面：勞勃．葛林姆在上頭看到了鐵絲網。

種族隔離，是被低估了的好政策，葛林姆是這麼想的。他並不支持南非的黑白分明，也不欣賞沙烏地阿拉伯的男女授受不親，但內心裡那個革命份子，那個秉持末期利他主義到令人生厭的他，眼裡看到的是一個一分為二的世界，一半的人住在黑泉鎮裡面，一半的人住在黑泉鎮外面，兩者中間最好隔著一大堆生鏽的鐵絲網。能通上一萬伏特的高壓電，更好。柯頓．馬瑟斯作為鎮議會的主席，對這種態度十分不以為然，並依照點校的要求，呼籲在條件控制下進行某種程度的整合計畫——因為沒有了新的成長，黑泉鎮要嘛會死絕，要嘛會演變成近親繁殖的人民公社，讓賓州的艾米許鎮相形之下就像是嬉皮的麥加聖城。所幸柯頓．馬瑟斯的擴張主義，顯然不敵有近三百五十年顯赫歷史的掩蓋事實政策，而這也讓所有人都鬆了一口氣。鎮議員的自我意識在勞勃．葛林姆的想像裡，就是個超級大笨蛋，他的感覺只有一個恨字。

葛林姆嘆了口氣，沿著桌邊滾動起他的椅子，為的是要掃過在華倫．卡斯提歐面前，那臺顯示器上的統計數據、圖表跟測量結果。華倫翹腳喝著咖啡，讀著《華爾街日報》。

「有人今天那個來喔。」華倫頭也不抬地說。

葛林姆的拳頭握得像要抽筋一樣緊，兩隻眼睛再一次瞪上了移動中的廂型車。

上個月，一切看起來都還在掌握之中。房仲帶了雅痞夫妻去看房子，為此葛林姆為相應的行動做好了一切準備，所有細節都沒放過，包括為了紀念原本住在這裡的老人家，而把這次計畫命名為「巴夫威爾行動」。在執行面上，巴夫威爾行動包含在房子正後方搭建了臨時的圍籬，滿滿一卡車的沙子，幾處混凝土樓板，還有大大的包商招牌上寫著波波羅貴夜市與俱樂部，與您相約二〇一五年中，另外還有隱藏式的演唱會級重低音喇叭撥放載自iTunes音樂庫（新世紀與正念部門）的打樁機聲音。也確實，自監視攝影機拍到房仲的車在二三九號國道上接近黑泉鎮起，葛林姆就示意要讓那背景音開始撥放，而那重擊聲只要沒聾都聽得到。這再加上磁磚師傅布奇．海勒豪爽地把鎚鑽鑽進混凝土樓板裡，一整個都在告訴所有人空中樓閣正如火如荼興建中。

德拉羅沙是他們的名號，紐約市是他們的主場。根據葛林姆從點校那兒取得的資訊，兩人當中的老公剛在紐堡市議會贏得席次，而太太則有公關顧問的職稱，但她此外也是一門男裝事業的女繼承人。他們會口沫橫飛，天花亂墜地拿久違的鄉間世外桃源對紐約市上東區的哥兒們與姊妹淘放閃，會擠出二點三個小孩，還會在大約六年後決定回到市區生活。

但事情麻煩就麻煩在這裡。在黑泉鎮定居是一條不歸路，有去無回。

所以未雨綢繆，絕對不能讓他們進到黑泉鎮。

假工地的障眼法，應該已經是天衣無縫了，但小心駛得萬年船，葛林姆還是派了三名在地的小孩去上水庫路蹲點。黑泉鎮上從來不缺十來歲的孩子願意拿些香煙或一箱百威啤酒做為交換，來替人辦點事情。這次葛林姆找到的是賈斯汀．渥克、布拉克．賽爾跟屠夫之子傑登．霍斯特。就這樣，地方上幾個小癟三一看到芭咪．德拉羅沙下了車，就圍上去說她「晚上要加班吧？」，還說他們要去一起「拷秋勤」[6]，歡迎她一起來享受「打樁機的液壓重擊」，而房仲只能在一旁眼睜睜看著他的手續費泡湯。

照講事情到此就不該有後續了。當晚葛林姆心滿意足地在床上躺好，稱讚了一下自己今天腦筋很靈光，然後像跳水一樣進入了夢鄉。他在夢裡見到駝著背的芭咪．德拉羅沙，而且她的駝背上還長著張嘴想要開口大叫，只是那張嘴辦不到，因為那是張被鐵絲網線縫住了的嘴。

「你準備好了嗎，是壞消息。」克萊兒．漢默對隔天早上進到控制中心的葛林姆說。她舉起了一張紙。「你一定會覺得這很扯。」

葛林姆並沒有準備什麼。他讀了郵件的內容。柯頓．馬瑟斯氣炸了。他指控駭克斯詛咒控制中心嚴重地誤判形勢。房仲已經開始對上頭寫著波波羅貢夜市與俱樂部，與您相約二〇一五年中的看板提出一堆問題。巴夫威爾太太的死讓葛林姆深感哀慟，但真正的問題是她最近的親屬找的房仲是紐堡的業者，而不是黑泉鎮的唐娜蘿絲家鄉不動產，這差別就在於唐娜蘿絲收了葛林姆的錢，所以他們的政策不是招徠客人，而是會鼓勵客人打退堂鼓。不論怎麼說，你就是在跟「外地人」打交道，馬瑟斯寫道。而且這一次，你又在執勤時搞太多花招了。現在我的老天爺啊，你要我怎麼收拾這爛攤子？

收爛攤子那是鎮議員擔心的事情，葛林姆擔心的是德拉羅沙夫婦愛上了那間房子，而且還出了價。葛林姆立馬用人頭出了個更高的價格，但德拉羅沙又反過來超了車，然後葛林姆又再往上加價。用拖死狗的方式讓買家失去興趣，是遇到這種事情時的奧義——而這也讓美國房市泡沫沒傷到黑泉鎮一根寒毛。

一週之後，華倫・卡斯提歐從控制中心給他打了通電話。時值午餐時間，他正要開吃葛利賽妲肉舖食堂的羊肉三明治。有人在鎮上目擊德拉羅沙夫婦的賓士。克萊兒已經在前往處理的路上。紅色警戒——那東西被外地人看見——的風險，趨近於零，而華倫已經通知了兩個人戒備。為了他無緣的羊肉三明治而氣噗噗但又全力衝刺的葛林姆爬上了小丘，氣喘吁吁地會合了在上水庫路上，距離紀念步橋不遠的克萊兒。

「你想幹什麼？」身為紐約客的丈夫不可置信地問了這一句，此時他跟他膚色黝黑到不太自然的太太被克萊兒與華倫在巴夫威爾太太的平房前堵個正著。德拉羅沙夫婦這天沒有找房仲一起來，多半是因為他們想再說服自己一遍這房子跟這環境有多特別、多有個性。

---

6 臺語的「打手槍」之意。

「我要你這房子別買了。」葛林姆重複了一遍。「你不准再繼續出價了，不論在這裡或是在黑泉鎮上的任何地方。造成您的不便，本鎮願意補貼您五千美金去購置其他房產，地點任君挑選——唯一的條件就是離開黑泉鎮。」

德拉羅沙夫婦看著這兩名駭克斯詛咒控制中心的幹員，一臉藏不住的不可置信。這天頗熱，即便人在黑岩森林的遮蔭中，葛林姆也感覺得到一滴汗珠從他漸禿的太陽穴旁往下流。他的禿，多少是他的一個特色，他是這麼想的。禿頭可以讓雅痞跟女人起反應。勞勃·葛林姆雖然已經五十好幾了，但高大的身材、仿玳瑁花紋的眼鏡，還有那條帥氣的領帶，都讓他看起來氣勢十足。至於克萊兒·漢默則是個美到讓人肅然起敬的正妹，不過就是她似乎不需要這麼強調自己的高額頭。

在前往現場的途中，他們就危機該如何處理交換了意見。克萊兒傾向於動之以情，她打算選用的武器是家庭關係與兒時記憶等女性向的故事情節。葛林姆則認為對付這類職業書呆子，最好的辦法就是嘴砲直接打出去，所以克萊兒的建議他沒在聽。沒辦法，只能怪她的高額頭。那額頭實在太讓人分心了。一個額頭高到這種程度的女人，實在讓人無法對她認真——特別是當她這麼刻意強調時。

「但……為什麼？」得拉羅沙先生在終於找回聲音後問了這個問題。

「我們有我們的裡由。」葛林姆不動聲色地說。「為了你們好，你們最好馬上離開並忘掉這一切。我們會把詳細的賠償條件擬成合約……」

「是說你們到底什麼單位派來的？」

「那不重要。反正我要的就是你終止合約，然後五千美元就是你們的了。錢自然不是萬能，但只要花錢能解決的事情，找我們就對了。」

德拉羅沙先生露出的表情，活像葛林姆剛建議的是要公開在鎮上的刑臺上處決他太太。「你覺得我瘋了嗎？」他怒氣沖沖地說。「你究竟知不知道自己在跟誰說話啊？」

葛林姆閉上了眼睛，低下了身子。「想想那筆錢。」他自個兒腦子裡則是在想著氰化物。「就當這是一筆生意就是了。」

「我才不要讓社區的看門狗一來就把我給賄賂了！我太太跟我可喜歡這房子了，我們明天就要簽約。我沒打算上法院告你們，你們就該阿彌陀佛了。」

「聽著，巴夫威爾太太每天秋天都會遇到屋頂漏水。去年她地板淹得可厲害了。這——」葛林姆邊說邊用兩手比畫著，「是棟爛房子。高地瀑布那兒有的是漂亮的物件——鄉村風情一點不輸這裡，而且還緊鄰哈德遜河，房價更是比這裡低。」

「你要是以為區區五千塊錢就可以打發我走，你可就錯了。」德拉羅沙先生說。這時他突然想到了一件事情。「夜市招牌就是你們這些個活寶弄的吧？你們是有多閒要做這種事情？」

葛林姆開了口想回話，但克萊兒搶在了他的前頭。「我們不喜歡你們。」她脫口而出。雖然對自己的角色恨之入骨，但這並不影響她一如往常的犀利。「我們不中意像你們這種城市鄉巴佬。城市人會髒了我們的空氣。」

「不是我們太閒，那是黑泉鎮特產的幽默感。」葛林姆偷偷地補了一句。他知道他跟克萊兒的任務在這一瞬間砸鍋了。

芭咪・德拉羅沙一臉懵樣看著葛林姆，然後轉身看著老公求救，「欸，他們到底在鬼扯些什麼啦，親愛的？」她的大腦在勞勃・葛林姆的想像裡，是在人工日光浴床下被烤焦，現在正黏在她腦殼內壁上的某種東西。

「噓，寶貝。」德拉羅沙先生邊說邊把老婆摟得更緊了。「給我滾，不然我就要報警了！」

「你會後悔的。」克萊兒說，但葛林姆拉著她往後走。

「算了，克萊兒，沒用的。」

那天晚上，他用手機撥了電話給德拉羅沙，懇求他可以放棄這次的買房計畫。當德拉羅沙問了他為什麼要做到這種程度，葛林姆告訴他說黑泉鎮受到了長達三百年之久的詛咒，而要是他們真決定在鎮上住下來，那這詛咒也會感染到他們，讓他們到死都無法無法解脫，另外就是這鎮上住了一個邪惡的巫婆。但德拉羅沙掛了他電話。

「王八蛋！」葛林姆邊瞪著搬家工人的身影邊忍不住罵了出來。他用力拿筆在大螢幕上頭比畫了一番，大螢幕周邊的二十臺監視器就都跳到了新的鏡頭角度，顯示出鎮上此時有哪些人在四處閒晃。「我他媽是在日行一善好嗎，不知好歹！」

「放輕鬆。」華倫說。他摺起了報紙，擱在了桌上。「我們能做的都做了。他或許是個講不聽的文青狗雜種兼混帳王八蛋，但至少他現在是跟我們同一隊的文青狗雜種兼混帳王八蛋[7]了。至於她嘛，看起來還滿可口的。」

「豬。」克萊兒說。

葛林姆用手指刺上了螢幕。「鎮議會裡那些人在幸災樂禍，但等這些活老百姓鬧出事情了，爛攤子誰收？」

「當然是我們收啊。」華倫說。「而且我們幹起這事兒可是一把好手呢。兄弟，別氣了。開心點，起碼我們現在又有東西可以賭一把了。我堵五十塊他們會在家裡撞見她。」

「五十塊？」克萊兒表現出不可思議的模樣。「你瘋了嗎。就統計上而言，家裡從來不是居民第一次發現她的地方。」

「我的手指有感覺了，寶貝。」華倫一邊說，一邊開始在桌上打起鼓來。「要我是她，我肯定會過去勘查一下小鮮肉，你懂的。」他揚起了眉毛。「誰要賭？」

「五十塊嗎——我賭了。」克萊兒說。「我說他們會在街上遇到她。」

「我賭監視器。」身為線上資料分析師的馬諦．凱勒從控制中心的另外一端加入了戰局。「而且我加注到七十五塊。」

其他人瞪著他的樣子就像覺得他是個瘋子。「沒有人看得到那些監視器的，除非他們本來就

---

7 美國小羅斯福總統曾經在提到反共的尼加拉瓜獨裁者索摩沙時說：「他或許是混蛋王八蛋，但他是跟我們同一邊的渾蛋王八蛋。」這句話是在模仿他。

知道監視器在那裡。」華倫說。

「他可以。」馬諦踮著監視器點起了頭。「他是那種人。他們會看到監視器，然後開始問一堆問題。七十五塊。」

「我賭。」克萊兒爽快地說。

「我也賭。」華倫說。「還有第一輪酒我請。」

馬諦用手點了點坐在他身旁監聽電話的露西・埃佛列特。她拿下了耳機。「你說啥？」

「妳要賭嗎？七十五塊。」

「好啊，我賭在家撞見。」

「欸，妳差不多一點喔。家裡是我先賭的好嗎！」華倫大小聲了起來。

「那要是贏了妳賭金得跟華倫分喔。」馬諦說。露西轉身給了華倫一個飛吻。華倫作勢從嘴上抹掉了這個不請自來的吻，然後癱進了他的椅子。

「那你呢，勞勃？你賭不賭？」克萊兒問。

葛林姆嘆了口氣。「你們這些人真的很能秀下限耶。好吧，我賭他們會在鎮上聽到真相。反正守不住秘密的大嘴巴是本地的特產。」

馬諦用水性的馬克筆在白板上記了下來。「那這樣就只剩下莉茲跟艾瑞克了。我會寄email給他們兩個。要是他們也加入，那我們的賭盤就會有，嗯……五百二十五塊，你們兩個人分就是一人兩百七十五塊，華倫。」

「是兩百六十二塊又五十分，親愛的。」克萊兒說。

「給我惦惦，母老虎。」華倫一點不爽地說。

勞勃．葛林姆套上大衣，打算去鎮上買些胡桃派。他這一天的心情都給毀了，但至少他還可以去享用一下州補助的胡桃派。雖然他是因為鎮議會的授權才有公權力，也雖然他做的每件事情都得按季回報給他在點校的聯絡人，但葛林姆確實手握黑泉鎮的行政權，而他的一項本事就是從他口中的「無底洞」中挖出政府補助。駭克斯七名職員的年薪就出自無底洞裡，就如同那四百多處監視攝影機跟它們的作業系統、那經過過濾而能提供全鎮網路連線的伺服器，那在鎮民大會後兩場很歡樂的派對（加超優的葡萄酒），還有那在義務回報規定下，任何人只要不想打八〇〇報案電話而想用駭克斯的專屬App，都可以獲得的一支免費iPhone。其中最後一項讓勞勃．葛林姆在黑泉鎮的年輕人當中爆紅，由此你會經常發現他在白日夢裡幻想有某個妙齡（而且長腿的）棕髮少女跑來控制中心，只因為女孩們想在還聞得到十七世紀腐朽味的道具堆中，看看他的偶像地位有多崇高、多傳奇。

勞勃．葛林姆始終維持單身。

「對了，我們收到一封電郵，來自約翰．布蘭察。」瑪蒂對準備要離開的葛林姆說。「你知道的，林子裡那個牧羊的農夫，住在艾克曼角的。」

「喔，我的天，他喔。」華倫說。他翻起了眼珠子到天際。

「他說他一隻叫賈姬的羊生了一隻雙頭的小綿羊。說是死胎。」

「雙頭羊？」葛林姆不可置信地問道。「那也太可怕了吧！上一次有雙頭的東西生出來，已經是九一年，亨莉埃塔・羅素的寶寶了吧。」

「他的信有點嚇到了我。他信裡滔滔不絕地提到什麼預言，什麼凶兆，還有但丁的第九層地獄。」

「別理他就是了。」華倫說。「他上次在鎮議會上也說他看到天空中有奇怪的光。他說『無知者與雞姦者會因為他們的驕傲與貪婪而受到懲罰』。那傢伙是個瘋子。他會在晨間的林中看到凶兆。」

馬諦轉身對著葛林姆。「我的意思是，我們該留著嗎？這兒有他附上的照片。」他在觸控平板上點了點，打開了一張照片，大螢幕上顯現出的是土裡一樣醜陋而長著肉的死物——沒錯，你不難辨別出上頭有兩顆畸形的綿羊頭。賈姬甚至不想去舔掉胎衣。照片上的羊媽媽賈姬畫面被砍掉一半，而且焦距也沒對準，但你可以看到牠吃著稻草，一點也不想搭理那有如怪物的胚胎。

「啊，真是個怪胎，」葛林姆說著也撇開了頭。「好吧，請史丹頓醫師看一眼好了，然後泡進福馬林跟資料庫裡的其他標本一起歸檔。還有誰想吃胡桃派嗎？」

異口同聲的一聲「哎噁」從所有組員口中傳來，所以第一時間葛林姆並沒有聽出克萊兒說了一聲「要死了」而不是「哎噁」。他都已經把手握到門把上了，克萊兒才又重複了一聲：「等等，我是認真的，勞勃，要死了。馬諦，把巴夫威爾家的畫面放上大螢幕。」

馬諦把死羊的照片拖開，搬家工人的身影重新出現在螢幕上。

「不，我要能看到特寫巴夫威爾太太家的監視錄影器畫面，D19……064。」

葛林姆的臉色瞬間變得慘白。

監視攝影機裝在德拉羅沙平房土地前的燈柱上，畫面涵蓋經過黑岩森林邊緣而向下坡緩降的上水庫路。搬家公司的廂型車停在右手邊，而你可以看到工人搬起箱子，消失在影像的底部。街道的其他地方空無一物，僅有的例外是在左手邊朝前大約二十碼的地方，站在對街低矮房子的草坪上，有個女人。她並沒有在看搬家工人，而是一動也不動，看似從山丘上頭盯著山下。但勞勃．葛林姆不用近看，也知道她根本沒有在盯著任何東西。他瞬間一驚。

「啊，慘了！」他叫了出來。他的右手直朝嘴巴伸去，然後像蓋子般巴了上去。「糟糕，怎麼會有這種事情……」他跑回辦公桌，兩眼掃過了螢幕。

巨大的卡車擋住了雅痞夫婦與搬家師傅的視線，這時只要有一個傻子繞過卡車尾的卸貨斜坡，他們就會看到她了。他媽的紅色警戒人數瞬間翻成四倍。他們會打九一一電話報案：一個身體嚴重殘缺，瘦不拉嘰的女人——沒錯，她看起來蓬頭垢面的；請派救護車跟警員過來。或者更不得了：他們會試圖自行幫助那個女人。到時候事情就大條了。

「她在那裡幹什麼啊？我的老天爺。她不是應該跟葛蘭特一家在一起嗎？」

「本來是啦，但後來到了……」克萊兒看著她的紀錄。「至少今早八點三十七分吧，那孩子用App通報說他得去上學了。那之後葛蘭特家就變成空房子了。」

「那老太婆是怎麼知道家裡沒人的？」

「別緊張。」華倫說。「她沒跑到他們家客廳已經是阿彌陀佛了。她只是在草坪上站著；我們可以把舊的傘型曬衣繩架放到她頭上，然後蓋上被單。你跟馬諦過去只要五分鐘。我會先撥電話給那兒的街坊或鄰居，請他們先拿毯子蓋著，等我們過去。」

葛林姆跑向出口，推著馬諦在走廊上前進。「這都什麼狗屁倒灶的事情。」

「要是他們看到她，我們就說她是慶典的餘興節目。」華倫說。他對葛林姆露出了一撇比較適合在騷沙派對上配著莫希托雞尾酒的笑容，但現在他們面對的可是人命關天的危機，也難怪他想用這撇笑容讓葛林姆冷靜下來的效果，是慘不忍睹的零。「是本地人歡迎新居民加入的老哏。喔─喔─喔，輕描淡寫，四兩撥千金，有時候是很有用的。那不過就是個巫婆罷了。」

勞勃．葛林姆在門口甩過頭說。「這可不是他媽的在演漢賽爾與葛瑞塔的糖果屋！」

第三章

一年當中最溫暖的日子，來了又走。學期開始了幾週，史提夫．葛蘭特已經開始慢慢適應身兼二職的節奏，一邊在紐約醫學院教課，一邊在科學研究中心擔任計畫負責人。喬瑟琳一週有三天半在康瓦爾的哈德遜高地自然博物館上班，而孩子們則就讀高地瀑布的歐尼爾中學，慢慢地接受了與新學年共存，當然本能的不情不願是一定要的。泰勒靠一層皮黏著骨頭，有驚無險地唸完了十一年級，也就是高中的倒數第二年，現在正為了跟上期末考的程度而補起了數學課。這讓他很煩。泰勒是個文字型而不是數字型的人，而他今年「如果」能順利過關——你去問史提夫，史提夫會說那是一個史詩等級的如果——他會想要去申請跟文字有關的大學課程。比方說新聞傳播，而且最好能去市區的紐約大學，只不過那樣他就得每天通勤。校園裡的宿舍距離黑泉鎮太遠，所以也太危險。那種危險會悄悄地來到他身邊，幾乎無法察覺……但最終那危險會一擊中的，意外到他搞不好會來不及反應。

麥特平靜無波地度過了國中的第一年，然後帶著青春期劇烈的情緒波動升上了國二。他讓自己身邊圍滿了學校的女同學，結果就是被傳染了她們連珠炮似的少女式笑聲，外加由經前症候群點燃的暴躁情緒，一點雞毛蒜皮的小事都隨時能鬧彆扭。喬瑟琳曾提過她擔心麥特要嘛今年、要嘛明年就會出櫃，而太太的這種臆測雖然讓史提夫不是很開心，為此他會眉頭一高一低，但暗地裡他也懷疑她擔心的正是實情。這個可能性讓他心中響起了警鈴。雖然他們夫婦都不是保守的衛道人士，但他總覺得麥特還是自己心中的樣子：那個乖巧、敏感的孩子。

孩子們真的大了，他想，一絲忍不住的傷感湧上心頭。他們大了，就代表我們老了。沒有人會我們開特例。我們每個人都會變老……而且黑泉鎮就會是我們終老的地方。

想到這裡，史提夫的心境瞬間嚴肅了起來，這樣的他走在連著馬圈的小徑上，來到了後院的另一端。雖然這時已經將近十一點了，但氣溫依舊相當暖和。典型夏季尾聲的空氣中沒有一絲潛藏的秋意，只不過紐約州阿爾巴尼的WAMC公共廣播電臺預報說隔天會下雨。高高的林子在他的眼前拔地而起，沉寂而漆黑。史提夫噓了聲口哨，呼喚起一定在哪兒躲著的佛萊契。

隔著圍籬，彼特・凡德米爾的香菸在另一頭的黑暗中閃著光輝。史提夫舉起手，而彼特同情地用兩根手指在自己的太陽穴處點了兩下，意思是你也有心事在煩嗎。直到骨子裡都是社會學家的彼特常就這麼坐在後院抽菸直到凌晨。他幾年前因為風濕性關節炎提早退休，自此家計就落在他的妻子瑪麗肩上。彼特比史提夫大上十五歲，但他的兒子勞倫斯卻跟泰勒一樣大。兩家人是多年的好友。

「嘿，史提夫。在嘗試抓住夏天的尾巴嗎？」

「我盡力而為囉。」他笑著說。

「那你要把握時間囉，現在可是暴風雨前的寧靜。」

史提夫揚起了眉頭。

「你沒聽說嗎？」彼特用香菸呼出了一片雲。「我們有鮮肉來了喔。」

「哇咧。」史提夫說。「對方是什麼樣的人？」

「來自都市的一對夫妻，還滿年輕的。老公在紐堡內定了一份工作，讓我想到你們夫妻。」馬房裡一匹馬兒發出了輕柔的嘶嘶聲。「這下子事情還挺不好辦的。像我這樣，直接出生在這裡就容易多了。他們會撐下來的，只要夫妻倆夠相愛的話。他們大多數都撐下來了。但這種事你比我清楚就是了。」

史提夫無可反駁地笑了笑。他跟喬瑟琳原本也不是當地人。他們搬進翻新過的殖民時期風格小天地，是十八年前的事情，當時挺著大肚子的喬瑟琳正懷著泰勒，而史提夫剛在紐約醫學院接受家醫科聯合執業的派令。在離開亞特蘭大之前，他們一直搞不定新家的買賣事宜——一會兒是遇上難搞的房仲，一會兒是房貸申請不下來——但那兒真的是一個適合養育孩子的地方，哈德遜河谷的森林將之團團圍住，而且也還在醫學院的通勤距離內。

「為了他們好，我希望這決定老婆也有發言權。」史提夫說。「我直到今天，都還發自內心感謝那些大石頭。」

彼特把頭向後一仰，笑了。喬瑟琳當年正在攻讀地質學的博士，而這樣的她愛上了從他們家到鎮上的中心，涵蓋整條深洞路長度的巨石冰河遺跡。史提夫從沒有膽子在老婆面前把心聲說出來，一次都沒有，但他總覺得是那些大石頭拯救了他們的婚姻。要是搬到黑泉鎮完全是他的主意，那他實在不確定喬瑟琳饒不饒得了他。萬一困在黑泉鎮的責任都在他身上，那喬瑟琳就算感情上想要原諒他，現實的恨意也會強大到讓她在理性上原諒不下去。

「喔，船到橋頭自然直，不會有事的。」彼特說。「他們永遠不會真的擁有這塊地方……但黑泉鎮倒是會徹底擁有他們，無誤。」他對史提夫眨了個眼，彷彿兩人是小男生在分享秘密似的。「總之，我得去睡了。接下來我們就要有得忙了吧。」

他們互道了晚安，然後史提夫走向了房子的後邊，要去找佛萊契。從穀倉裡傳來的，是其中一匹馬兒的聲音——不知道是帕拉丁還是努阿拉——那像是在嗅著什麼，又像是有點惶惶不安的聲音，但同時間又讓人聽著覺得親近。說來奇怪，史提夫真心鍾愛住在黑泉鎮的日子，這一點竟不受在此生活有許多限制的影響。在此刻的黑暗當中，他能感覺到一種強烈的歸屬感——一種就像人心的許多面向一樣沒辦法用理性去解釋，但又的的確確存在的東西。身為理組的史提夫沒辦法真心相信一個地方會有力量，那太怪力亂神了，但即便如此，他內心還是有一塊有點原始、有點直覺的部分知道他的鄰居說得沒錯。這個地方擁有他們。而即便是現在，在這暮夏夜幕的庇護下，你都還是可以感覺到這個地方本身又屬於一樣更古老的東西。他們的房子位於黑岩森林自然保留區的邊緣上，悲慘山的山腳下。峰巒相連的山丘，在經過過往冰河期的冰河推擠下，乃至於融冰的切割下，對自古在此定居的先民產生了一種吸引力。任何人只要在此挖掘，都可以發現門西族與莫希干族的部落遺址與埋骨之處。後來等荷蘭跟英國墾民遷入，趕走了此地沿河而居的原住民之後，開墾後的荒野保持了原本的性格，山丘則被異教徒用作為儀式場所。史提夫清楚在地的歷史……但歷史學家未能找出的連結在於這地方本身的影響力。那種連結並不符合理性，而且只存在於住在這裡的人心裡……那是種會將你手到擒來的連結。

老實說，剛開始那幾年並不好過。

首先是逃避，然後是憤怒。逃避的階段在經過七週的不可置信與迷惘之後戛然而止，是因為他們預訂了一個月的長假要去住超美的泰式竹製沙灘小屋。史提夫的想法是對懷有身孕的喬瑟琳來講，暫時拋下這一切紛紛擾擾應該是不錯的主意。但亞洲之行的第一個星期才過了一半，他們夫婦倆就覺得非常抑鬱，感覺就好像一股強烈而不可見的悲傷從暹羅灣打來，沖刷在他們身上，然後開始由裡向外吞噬他們。那股悲傷不知從何而來，也不知要往那兒去，但那感覺確實存在那兒，而且就像暈開的墨漬一樣在擴散著。史提夫堅決不肯承認這跟鎮議會警告他們假期長得愚蠢——甚至會危及生命——有任何關係，直到剩不到一個半星期就要回家的時候，他竟然開始盤算著怎麼拿小屋裡的床單，從竹製的天花板上上吊自盡。

*要死了，我站這兒多久了？*他赫然從白日夢中驚醒，然後問了自己這麼一句。明明在暑氣逼人的熱帶國家，史提夫還是手上背上全起了雞皮疙瘩。他一直手握床單在那呆站著，也不知道是什麼玩意竟能附了他的身，但就在他睜大到外凸的雙眼後頭，有個影像趁著床單切斷血液對他大腦的氧氣輸送之際，也趁著他腦脊液的淨液壓增加之同時，在他腦中烙下了印痕。那影像在鮮明之餘，也具有一種恐怖的魅力。在那副光景中，他仍舊還活著。向下，史提夫看到了自己懸空晃蕩的雙腳，而向上，他看到的是海，而在海之外——是死亡。*那天殺的到底是什麼？*他想，然後潑了水花在臉上。*我想試試。我真的想試試。*

喬瑟琳也看到了一幅畫面。不過她在自己的情節裡倒沒有自殺，而是先跟一頭驢子交配完，然後插了把雕刻刀到自己的肚子裡，把懷上的胎兒挖了出來。

當天晚上，他們就打包好了行囊，改訂了班機，然後直奔回家。說也奇怪，他們一回到黑泉鎮，那股深沉的悲傷就像前世的記憶，瞬間消失了，世界又回到了他們可以承受得起的模樣。

那是最嚴重的一次，之後就比較好了。他們跟勞勃・葛林姆還有鎮上一小群由鎮議會指派的志工深談過，當中也包括彼特・凡德米爾。「這是習慣問題，你也一樣。」彼特說。「我以前會把黑泉鎮想成是一群死囚在等死，但現在我覺得這裡更像是一處小馬廄，外加一個鐵籠做的門。你可以三不五時把手指從鐵桿之間伸出來透透氣，但那只是為了讓人看到你被養得白白胖胖而已。」

等史提夫跟喬瑟琳意會到逃避現實沒有意義後，無力感慢慢變質成憂鬱，然後是一種悶燒的罪惡感，而這也讓他們的婚姻關係益發緊繃。所幸孩子的出世帶來了療癒。泰勒六個月大的時候，史提夫正式放棄了想要理解——遑論改變——這一切的慾望。他把自己搬到黑泉鎮的決定定調為愛的表現，他說服了自己日子得過下去，但這不代表他內心沒有留下疙瘩：泰勒將來永遠沒有機會成為一名戰地記者，就像喬瑟琳也不得不終止她在格陵蘭冰帽的田野調查。他們熱愛的是荒涼與偏僻，不是哈德遜河河谷的沉積。這讓他們的心碎了一地，就像每個沒能實現的夢想都會令人類的心碎一地，但人生就是回事。喬瑟琳與麥特學會了去愛馬兒——麥特尤其喜歡騎在馬背上馳騁，他比賽的資歷這已經是第五年——而泰勒有 GoPro 運動攝影機跟 YouTube 頻道做為寄託。人都會適應環境，都會做出犧牲。你會為了自己的孩子或所愛之人這麼做，會因為疾病或意外而這麼做，會因為新的夢想這麼做……還有的時候，你會因為黑泉鎮而這麼做。

有的時候，你會因為黑泉鎮而這麼做。

一隻黃褐色的貓頭鷹在林子裡尖叫，嚇到了自己，然後陷入沉默。史提夫又吹了聲口哨來呼喚狗狗。他開始覺得有點不舒服。迷信，或許吧，甚至稱得上可笑，但在像這樣的一個夜裡，他可以在黑暗中感受到這個地方的力量，那股力量一直存在著。他並不常回想起那段時光，那些歲月在他腦中已經是模糊的記憶，就像融雪一樣在手裡一捏就化。他曾捫心自問，在這種地方把孩子帶到世上，究竟道不道德。喬瑟琳炸了開來，有點激動地說，今天如果是生在戰爭或飢荒中的孩子，日子比這不知道要慘多少呢。

萬事起頭難，度過了之後，他們過起了相對算是幸福的日子……但內心的歉疚從沒有徹底消散。

「佛萊契，來這邊！」他帶著嘶嘶聲說。終於佛萊契啪啪啪地從黑暗中跑了出來，去到了史提夫的面前，但牠沒走直線，而是繞了一個弧圈，意思是牠沒有做什麼壞事。史提夫鎖上了馬廄，跟在狗狗身後沿著路鋪得亂七八糟的小徑走回後門。

寂靜主宰著屋子，悄然中只有人睡著的聲音。僅有的燈光來自於樓上泰勒開著的臥室房門。史提夫踏上樓梯最高的一階時，少年正好從廁所跨了出來。史提夫一如拳擊手蹲低了身形，而泰勒則敏捷地擋擋起史提夫的攻擊，這是他們父子之間招牌的史提夫—泰勒問候法。

「明天的事你準備好了嗎？」

「有人準備好過嗎？」

史提夫笑了。「不愧是哲學家。不要太晚睡喔，知道嗎？」

「不會啦。我要去睡了。晚安，老爹。」

但話是這麼說，史提夫半個小時後去上廁所，光線依舊透出了泰勒房門上的橫梁——那是來自筆電的昏暗輻射。他思索著要不要去說句話，但最後還是覺得不要比較好，孩子需要隱私。

就在要入睡前，他從床上自己習慣躺的那一側起了身，望出了窗外。喬瑟琳並沒有驚醒。他們的臥房靠房子的後邊，而屋外昏暗到什麼輪廓都無法辨識，但似乎在夜色裡的某個地方，史提夫自覺他看得見後院橡樹上監視器的紅色光點。然後又不見了。或許是被吹動的樹枝擋住了吧。這讓他想到彼特．凡德米爾燃燒著的菸頭。黃褐色貓頭鷹的尖銳叫聲。躁動馬兒止不住的呼氣聲。甚至於是從泰勒房間透出來的光線。牠們全都在站崗，他想。*牠們全都在站崗。為了什麼？*

為了捍衛屬於牠們的東西。這想法原本有點不著邊際，但緊接在其之後的卻是另外一個清晰許多的念頭，不知不覺滲漏進他疲憊的心靈，彷彿冰冷液體般在其中流淌：*有的時候，你會為了黑泉鎮這麼做。*

他撇開這個念頭，陷入了夢鄉。

第四章

隔天早上，張貼在「睜開你的雙眼：傳自巫婆巢穴的福音」網站上的發文，是這麼寫的：

今晚我們要做了!! **#棒呆了 #主流 #我他媽的老天 #燈柱測驗**

發布時間10:23 a.m. 發文者：泰勒．葛蘭特

很顯然，當天黑泉鎮上這篇貼文的閱讀人數，是零。世界上僅有那五個知道這個網站存在、而且也知道密碼的人，年齡都落在十六到十九歲之間，而且再過一百萬年，這五個人也不會想經由鎮上的網路連上這個縮寫為OYE的網站。

連進這個網站，跳出來的歡迎詞是這麼說的：

OK，我知道你有多覺得自己不用理會這則警告。你在想，這就像網路有時候會要你確認「我已年滿十八歲」一樣，只不過是想打個手槍的你會立馬按掉。但我們不一樣：這則免責聲明你必須從頭到尾一字不漏，通通背起來，背得比歐尼爾高中突擊者隊的加油歌還熟（好唱給我們當中的美式足球英雄聽），或比林肯總統的蓋茲堡演說還熟（好讓那些新虛無主義

者聽到自慚形穢）還熟。我們要警告你的是**徹底保密**跟**他媽的絕對不要從黑泉鎮連進本站**，包括用iPhone或平板都不要。雖然其實你嘗試上網，得到的也只會是大大的404錯誤訊息，但他們還是可以用鍵盤側錄器追蹤到你的URL，也就是你的網路地址。想討論內容一定要在「現生」中（現實生活中），不要在Skype上頭，即便你跟駭克斯詛咒控制中心之間的某段電纜線上站了一頭母牛，也不能破例。挑明了說吧：我們在黑泉有緊急命令規定（一）非法持有或散布「K阿嬤」的畫面或影像，你就等著被直達車送到熊山州立公園裡的「肚兜鎮」，在那個早已廢棄的鬼村裡終老一生；（二）洩密行為被視為「對市鎮公共秩序的嚴重威脅」，且自從，嗯，中世紀以來吧，就被用盡了各種肉體刑罰來處理（說什麼「我們自從一九三二年以來就沒有再給人用過刑了」，簡幹句*）懂了吧：**我們正在做的，是很危險的事情**。住在一個靠洗腦年輕人來高潮的鎮上，只有一個好處，那就是你們每個人都會練就一身保密技。我選擇相信大家。我不想囉哩叭唆，但我每隔一天都會檢查一遍網站流量分析軟體，所以究竟是誰從哪裡登入了網站，都瞞不過我。任何人壞了規矩，都會不經警告而直接成為OYE的終生黑名單，直到柯頓地圖公司說要舉辦怪物秀才能解禁。**照著規定走**。那就是我們用來咒罵這個體制的終極三字經！

*：簡直幹話一句。

他們都有照著規定走，這一點沒有問題。OYE大概是全世界唯一所有成員都在光天化日下行動的網路游擊運動了：全員都住在黑泉鎮，而且每晚都好端端睡在自己的床上。

不過那一晚例外。那一晚他們溜出了房間，像身處敵後的戰士般爬下了排水溝槽與管線，而鏟子、繩子、黑布與一把鐵絲剪是他們出征的裝備。你不會稱呼他們是超級好朋友，至少不是全部的人都那麼要好。在那晚跑出來的五個人裡面，泰勒只認住隔壁的勞倫斯・凡德米爾跟布拉克・賽爾是他真正的朋友——不光是那種一起莫名奇妙地「簡訊馬拉松」到三更半夜的朋友，而是那種你可以掏心掏肺、說點私房話的密友。但其實朋友的劃分在這裡也不是這麼一翻兩瞪眼，尤其在你沒有人可以真正依靠的時候。生在黑泉鎮，你從小就認識每一個同儕，而常識要你害怕大人、相信你的盟友。

那是那年秋天第一個下雨的夜晚。不是夏天的陣雨，而是正牌的秋雨，那種下到你昏昏沉沉，永無止盡的雨。四十分鐘後他們完成任務，一個個都已經濕到衣服黏著皮膚。他們彼此牽起同志們的手，而由泰勒肅穆地說出：「伙伴們，為了科學。」

「為了科學。」勞倫斯呼應著。

「為了科學。」賈斯汀・沃克與布拉克也異口同聲附和。

傑登・霍斯特用酸到不行的眼神狠瞪了他們一記，說道，「去你們的，一群娘砲。」

隔天早上，帶著快要垂到腳上的眼袋，他們集合在蘇氏高地小館的庭院裡，那小館位於鎮廣場上——雖說「廣場」的稱號可能有點太瞧得起那地方了。認真說起來，那兒比較像在下水庫路與深洞路交叉口，圍繞著小衛理會教堂——他們管它叫安非他命教堂，因為窗戶的形狀很像這種毒品的結晶——與在斜坡上的老坦普山墓園，一處商店與小館的聚落。甚至有人覺得說「聚落」

都太誇張了，因為食堂與零售商家硬要在那兒湊成一堆，感覺很沒說服力。而在對上述稱號都不買帳的人當中，也包括蘇氏小館庭院裡那五個男孩，他們正昏昏沉沉地啜飲著各自的卡布其諾跟拿鐵咖啡，一個個都疲憊到無法對即將來臨的事情熱血起來。

「你們幾個小蘿蔔頭，不用上學嗎？」蘇送餐的時候問了一聲。雨已經停了，但溫度還是冷，塑膠桌椅上還留有蘇不得不去弄掉的小水窪。

「不用，二節課取消了，所以學校讓我們出來。」布拉克說。其他人要嘛點頭附和，要嘛在不怎麼強大的陽光下瞇起了眼睛。布拉克在蘇氏小館打工洗碗，所以他們一群人的第一輪免費。那之後他們通常會轉移陣地到廣場對面的葛莉賽妲肉舖食堂續攤（葛莉賽妲就是傑登的媽），這樣就又有免費的第二輪了。

布拉克說的是實話，至少有一部分是實話。頭兩節課真的取消了——但學校並沒有讓他們出來。

「剛剛有警報說，小帥哥們。」蘇說。

「我知道，女士。」傑登畢恭畢敬地說。而對於認識傑登．霍斯特的所有人，他的這番舉動就像閃爍的霓虹燈管排出兩個大字：**小心**。事實上，泰勒曾經跟勞倫斯提過，人類語言中會有「小心」兩個字，就是為了傑登，就像「戒護就醫」跟「行動災難」等概念也常跟傑登的名字被聯想在一起。

但兄弟們都知道他的出身背景，所以也都盡可能體諒他一些。「我們是想說就坐在這裡，這樣萬一出了什麼事，也好多點人可以幫忙。」

「你也太乖巧了吧，傑登。我下午去拿培根的時候要跟你媽誇你。」布拉克努力憋著笑，讓蘇把菸灰缸放在他的面前。「你們還要點什麼嗎？」

「不用了，謝謝您，女士。」傑登邊這麼說，臉上邊浮起了像一氧化碳氣團般的笑容。

她正要將攤開的菜單從桌上取走，泰勒突然把手放了上去，而且力道大得讓他自己也稍微嚇了一跳。「這可以先留給我嗎？我等一下可能會想加點什麼。」

「當然，泰勒。」蘇說。「你需要什麼就喊一聲，好嗎？我要是收到什麼通知會跟你們講。不過看來是不太需要啦，畢竟他們已經讓唱詩班準備好在待命了。」語畢她便把托盤給端進了店裡。

現場陷入了短暫的沉默，而處境的尷尬讓空氣似乎又更加濃稠了一點。然後帶著一抹擠出來的笑容，傑登開了口，「要死了。」

「兄弟，說真的……你是想被送去肚兜鎮體驗看看嗎？」雖然總算是鬆了口氣，但傑登的心臟差點沒從喉嚨跳出來。畢竟要是蘇發現菜單底下有一臺 GoPro，那他們可就都要吃不完兜著走了。亮著紅色的 R E C 字樣，顯示正在錄影中的運動攝影機鏡頭則對準了南邊的深洞路，那兒此刻有兩個男人在聖瑪麗教堂不遠處的路中央，放置著紅白相間的路障。至於在北邊，從點校延伸過來的老礦工路在某個點上開展到了主幹道上，而在比那一點更遠一點的地方，也同樣有人在把路障放上。這點 GoPro 或許看不到，但泰勒、賈斯汀與勞倫斯可以。而此外還有別的動靜：從蘇氏小館旁邊的蘿絲柏格安養院中，出來了八九個包得暖呼呼的老太太，一個個都死命掃描著馬路。她們彼此間喃喃自語，然後肩搭著肩漫步通過了安養院的庭院，來到了院外的交叉路口。

「好戲要登場了。」賈斯汀有感而發。「大家一定會看到瘋掉。」

「現在什麼時候了?」泰勒問了聲。

勞倫斯瞄了一眼iPhone。「九點十三分。還有一分鐘。把攝影機轉過來，兄弟。」

用看得出非常小心的動作，泰勒把利用菜單掩護的GoPro滑到了小餐桌的另外一頭，鏡頭對準了以銳利的S形繞過已經關門大吉的波波羅賣遊客中心，然後爬上山坡的老礦工路。一對老太太在噴泉與洗衣女銅像旁的長凳上坐了下來，其他同伴則一步一腳印地進了墓園——大概是要去替自個兒找好位子吧，泰勒猜想。

「歐買尬。」賈斯汀輕聲說，然後點起了頭。「她在那兒。」

「果然準時。」泰勒報導了起來，但興奮之情讓他擺不了架子、冷不了靜，還沉不住氣。他舔了舔嘴唇，把勞倫斯的iPhone推到菜單底下、擺到攝影鏡頭前方。「星期三上午九點十四分。按照慣例一分不差，位置也一樣是老地方。」

老礦工路後方赫然出現一個女人，從林子裡走了出來。

她為何**每**週三早上都要循著**完全**一模一樣的模式來到廣場然後穿過墓園，我一點概念都沒有，但這名黑岩女巫就像是「自閉症女士」的稱號擁有者，而且還連續三百五十年衛冕這個頭銜。但自閉根本不是巫婆最有名的特徵吧。你會納悶她有沒有脫水過啊。嗯，關於這點，答案是沒有。她就像微軟的作業系統：其設計就是要散播死亡與毀滅的種子，而每一次也都顯示相同的錯誤訊息。

所以想當然耳，這種行為模式是爆炸有趣的，因為：她到底在那兒幹嘛呢？她每星期都回來是所為何來呢？聽好了！我有兩個理論：

第一種理論是她被卡在某種時空扭曲裡，所以會不斷重複自己的過去到一個強迫症加神經質的程度（簡稱微軟Windows XP理論）。葛林姆說他們很久以前在廣場上有過一個開放市場，位置就在教堂前（我跟他確認了市場是不是就在墓園正前方，而他說他們根本不確定當時究竟有沒有墓園），而她可能有去那兒買過麵包跟魚（但這，嗯，根本說不通，因為要是這整個鎮都放逐了她，街坊們又怎麼會眼睜睜看著她跑來血拼呢。結論是：葛林姆很酷，但他也只是在瞎猜而已）。總之，她不會是要去上教堂什麼的啦，因為異教徒是不做禮拜的（那種會圍著十字架跳舞，用基督之血抹滿身體，然後把聖經《詩篇》什麼的當成經在念的邪教例外），否則我們現在就不用跟她在這裡大眼瞪小眼了，不是嗎？

還有件事：若你是個死人（或是個死過的人），那每個星期這樣走來走去究竟有什麼意義呢？她們在巫婆學校裡沒有教要求新求變嗎？這跟家裡燈光忽明忽滅的老派鬧鬼一樣說不通啊（我的意思是，有屁就放，有話就講，而且千萬不要給我落他媽沒人聽得懂的拉丁文）。

第二種比較可能的理論是**她會變成這樣，是因為她的眼皮被縫了起來**。會不會是我們黑泉鎮這一尊，是個**當機當到很徹底**的巫婆呢？（簡稱微軟Windows Vista理論）

（資料來源：OYE網站，二〇一二年九月）

在他們的注視下，眼睛被縫起來的女人穿越老礦工路，經過了公車亭的後方，然後愈來愈近，愈來愈近。她赤裸的雙腳，在溝渠裡的水窪中激起了漣漪。或許是本能在推著她，又或許有某種比本能更古老而原始的東西在帶動她，但無論如何，泰勒都知道她並非漫無目的地走著，而她的目的不需動用到她那雙已瞎的眼睛。他聽著將她手臂與衣裳綁到緊貼身體的鎖鏈，發出了沉悶的吭噹聲。那些鎖鏈讓她看起來活像是超級市場賣的長條形墨西哥捲餅，而且還是被保鮮膜包緊緊、讓人覺得很無助、一點食慾都引不起的那種。泰勒總覺得在走路的她比較沒有那麼恐怖，因為只要她在走路，你就不用去想她是不是在被縫起的眼睛背後圖謀著什麼。她會暫時像是種稀有的昆蟲，那種可以讓你研究，但不會叮你的蟲子。

但只要一停下腳步……她就會顯得有一點嚇人。

「你知道她好玩在哪裡嗎？」賈斯汀若有所思地說。「以一個童話故事的角色而言，她真的是醜到天荒地老。」

「她才不是什麼什麼鬼童話故事角色呢。」布拉克說。「她是超自然現象。」

「最好是啦。巫婆只有童話故事裡有，所以當然是童話故事的角色啊。」

「什麼鬼？你媽是在哪顆石頭底下懷了你的啊？那才不會讓她變成童話故事的角色咧。巫婆反正不是真的，認真說起來。」

「所以要是小紅帽出現在你面前呢？」賈斯汀說得正經八百，讓人無法不好好聽他說話，更不可能把他當成笑話看。「她會突然變成一種超自然現象嗎？或者她會繼續是童話的一部分？」

「都不會，她只會是個把衛生棉戴在頭上的神經病老妹。」傑登說。

布拉克整件T恤都是從鼻子噴出來的卡布奇諾，勞倫斯則笑到快要不省人事。也太捧場了吧，泰勒心想。「噢，幹！」布拉克拿起一整疊的餐巾紙，在噴到的短T上猛沾。「欸，兄弟，你很噁耶。」

「對了。」勞倫斯在失控完之後說道，「布萊爾女巫[8]也不是童話故事裡的人物。」

勞倫斯丟出這記回馬槍，賈斯汀倒也無法反駁，於是話題基本上就告一段落。

一輛車駛近了聖瑪麗教堂。噴泉邊的銀髮族志工伸長了脖子看向它，但車子在路障處停下後

---

8 馬里蘭州布萊爾鎮源自於一七八五年的女巫傳說。當時鎮上的一名女子艾莉．凱德沃遭控引誘幾個孩子到她家中，作為她吸血的對象。凱德沃被判巫術罪嫌成立，並在嚴冬中被放逐到林中，據信難以存活。而這日後便衍生出當地的女巫傳說。恐怖電影《厄夜叢林》（Blair Witch Project）便以此為典故。

便左轉。阿嬤們鬆了口氣。多半是鎮上的人吧。要是有外來者被發現，志工阿嬤們就會一擁而上把女巫阿嬤團團圍住，陪著她一起散步，並刻意吵雜地話起家常。要是她停下腳步，泰勒知道志工阿嬤會聚集成一團，然後開始以美劇《歡樂合唱團》的風格對著個活死人演唱教會的詩歌（這是一件讓他真正以身為黑泉鎮子弟為恥的事情）。這麼做有什麼深層的意義，完全讓他的智力當機，但這倒是「反向心理學」的完美演繹：沒有人會注意到身上戴著枷鎖的痀僂婦人站在志工阿嬤中間，除非你原本就知道志工阿嬤中間有個怪咖，但老人家的魔音穿腦沒有人撐得了太久，至少不可能久到讓你能看出她們當中的不對勁之處。

眼皮被縫死的老婦穿過蘇氏小館的庭院，行經他們面前，一路上都有噴泉旁的老太太們對她行注目禮。泰勒把GoPro轉了個方向。他們的實驗要成功，必要條件是不能有閒雜人等在場當電燈泡。而就在他準備要在內心開香檳、恭賀自己竟然如此幸運之際，蘇跑了出來，站定在門口，就好像她瞬間被雷打到，心中突然對這群未成年的客人湧出了充滿社會公益，但之前都不知道藏到哪裡去了的責任心。

「有殺蟲劑嗎？」傑登問了句。

蘇噗哧了一聲。「殺蟲劑要是管用的話，你不覺得我們早就大噴特噴了嗎？傑登。」顯然她沒意會到這群孩子是想把殺蟲劑用在自己身上，而不是巫婆身上。但布拉克顯然在狀況內；他掰了個說要排工作班表的爛理由，向蘇走了過去，然後相偕進了店內。

賈斯汀露出了笑意。「這女的真的很好使喚耶，在床上搞不好也願意側著讓你上，傑登。」

「少跟我耍嘴皮子。」

「同學們，閉嘴。」泰勒說。「要開始了。」他把GoPro從菜單底下抽出來，用身體當掩護，好讓安裝在點對點客棧門面上的監視器沒辦法從路口另外一邊拍到。他們很慶幸的是，那監視器的鏡頭仍以一個低角度歪斜地懸著，跟昨晚傑登用長棍敲過之後的狀態一模一樣。說起鎮上的廣場與周邊，傑登就像是張人肉地形圖，畢竟他跟母親兩人就住在廣場對面的肉舖後面。他說過還有另外兩支監視器可以從墓園的東側拍到燈柱，其中一支位於坦普山制高點的樹叢裡，但他們掛了松樹枝在上頭之後，這一支已經不足為慮。另一支監視器則讓他們鞭長莫及，因為它藏身在安非他命教堂的窗框裡面。不過他們判斷這支監視前方的樹林相當茂密，夜裡應該造成不了什麼太大的問題。

凌晨二點五十七分，他們拿了布拉克的修長黑色布幔，像窗簾一樣掛在叉出於墓園籬笆上方的橡樹樹幹上；凌晨三點三十六分，他們把濕透了的窗簾擰乾，然後將之捲了起來。整段時間裡只有一輛車子駛經深洞路，而且看不出有減速的異狀。

他們深夜行動的唯一證據，就是窗簾後的街燈曾經在三點十七分時熄滅，那時傑登正在剪斷通往地下電箱，如今露出地面的電纜線。所幸燈柱本身不算太高，而且其古典造型的燈座是鋁製的，不是鑄鐵。簡單任務。等到他們收拾好所有殘局，開始舉杯對科學致意的時候，燈柱已經不再與墓園的籬笆相倚，而是不偏不倚地被移植到了人行道的中央，一口氣往左移了一英尺半。

預定的彈著點。

所以，如底下的各影片所示，她從樹林裡倏地冒了出來，向西走上了深洞路，抵達了廣場，然後沿著溪畔步行，越過了人行道，然後在墓園的籬笆處做了個四分之三圈的單腳轉，就像在模仿芭蕾公主還是什麼似地。接著她以立姿面對街道，彷彿有人拔掉了她的插頭。我是說，你用電腦應該遇過「執行階段錯誤」吧，這完全就是那種概念。這時候要是能有一縷輕煙從她的頭髮中飄出來，那戲劇效果就更到位了。恰恰好八分鐘又三十六秒之後，感覺好像有人按下了Ctrl+Alt+Del來重開機，因為她的腳步又重新動了起來，然後消失在了山頂行車道上的房子後頭。而且她每個星期都會來上這麼一遍，方式還完全一模模一樣樣（不過就是有件事很蠢，那就是沒人確切知道她以何種方式消失在哪個點上——有靈感嗎，各位？）

一切都發生得太快了。

當眼睛被縫上的女人沿著溪畔走上來，經過了「注意兒童——減速慢行」的標誌之時，蘇氏小館庭院中的少年們霎時忘記了他們的無聊，興奮到沒辦法好好坐著的他們開始把椅子的兩隻腳當成高蹺，一左一右地搖來搖去。你很難責怪他們按捺不住情緒，畢竟這就像他們是少數幸運的人類，目擊到了難得一見的歷史瞬間，而且還是可以千古流傳，很有機會比維基百科活更久的畫面，你可以想像那種聳動的程度，是盤尼西林問世，或矽膠第一次在假奶中爆炸的等級。泰勒忘記了他對肚兜鎮的害怕，也懶得管GoPro會不會被監視錄影器拍到了。這一定得拍到才行。

「幹—不—會—吧。」賈斯汀連換氣都忘了換。

「她要看到了……她要看到了……她要看到了……」

最終她沒有看到。清清楚楚轟地一聲，黑岩女巫直直撞上了燈柱，然後向後一屁股跌坐在地。噴泉那兒的老太太們都跳了起來，沒有例外地通通尖叫加摀嘴。泰勒跟朋友在沉默中大眼瞪小眼，讚嘆到無言，合不攏的下巴直垂到人行道的表面。布拉克重新出現在餐廳的門口。女巫撞燈柱的衝擊力似乎吸光了空間中所有的氧氣，情節的展開超乎了他們最瘋狂的夢境。他們讓一個三百歲的超自然現象躺平在地上，而且還有他媽的錄影存檔。

在燈柱的腳邊，女巫阿嬤開始在乾巴巴的人行道地上蠕動掙扎，就像墨西哥捲在保鮮膜裡扭來扭去。殘缺面容與口耳相傳所賦予她的一切詭譎恐怖，一時間都被打臉而徹底亂了套。此時的她只讓人感覺無助，就像是從巢中翻落的雛鳥。她怎麼看都不可能靠自己站起來。老太太裡有一位朝她靠了過去，一隻手托在臉頰上，泰勒擔心了一下老太太是不是突然活膩了想去日行一善，把女巫扶起來，但這時一件超詭異的事情發生了。只是眨眼的一瞬間，女巫恢復了站姿。一旁有自殺傾向的老太太發出一聲尖叫，踉蹌地向後退開。前一秒鐘女巫阿嬤還在地上動彈不得，叫天天不應、叫地地不靈地在人行道上抽動。下一秒鐘就像停格電影一樣，她已經好端端站著用身上的鐵鍊摩擦燈柱的表面，一副想要直接穿過去的感覺。

「我的老天鵝……」傑登只擠得出這幾個字。

「你有拍到嗎？」羅倫斯問。泰勒低頭看了一眼，才發現自己的記者生涯才剛剛展開，這會兒就犯下了一個致命的低級失誤。剛剛在腦筋一團糨糊的時候，他軟手讓攝影機的鏡頭垂了下去，結果是他錯過了女巫瞬間從躺到站的停格電影幻術，只拍到了一些「超級有趣」的人行道畫面。他感覺兩頰充血到發紫，並咒罵起了自個兒，但身旁的夥伴都太專注於在女巫的行動，而沒有注意到他在幹嘛。

「怎麼回事？」蘇努力想從布拉克身後的門口看到些什麼。但沒人有閒工夫跟她解釋太多。

「你們看。」賈斯汀說。「她想要硬擠過去。」

賈斯汀所言不虛。三百年來她都是走同一個路線，通過同一個地點，今天她也沒打算破例——沒燈柱她要過，有燈柱她也要過。

「她，好像，是按程式在跑。」勞倫斯說。

「她，好像，在硬上那根燈柱。」傑登說。

在金屬與金屬傾軋摩擦了半分鐘之後，女巫突然擦板滑了過去，做了個她招牌的四分之三單腳立轉，然後結束了卡關的階段。

賈斯汀第一個笑出來。

布拉克第二個。

然後所有人都被點到了笑穴。他們狂笑，控制不了地笑，並且相互你拍我的肩膀，我捶你的手臂起來。噴泉邊那些早不知幽默感為何物的歐巴桑們轉過頭，視線全集中在了這群男孩身上。她們看到了GoPro，然後其中一個大喊了起來。「嘿，你們那是什麼東西？你們拿攝影機在那裡做什麼，年輕人？」

「被抓包了！」傑登吼出了聲。「妳們是誰把她推倒的？」

傑登此言一出，老太太們之間掀起了一番騷動，就好像她們真的相信有成員推了女巫一把一樣（要不然就是老人家過了七十歲，就想不出有哏的回嗆了），而這又讓少年們笑得更起勁了。他們一路笑到沒多久後他們穿過了路障，沿深洞路跑掉的時候。等他們跑了大概兩百碼後停在路肩，終於壓抑不住好奇心而直接用GoPro的液晶螢幕看起影片的時候，那笑聲又愈發地大了。

那些畫面裡，並沒有會讓人嚇一跳的東西；你都能猜到上頭拍到了些什麼。新聞史上破天荒，第一回有人拍下了某個超自然現象跳水失敗。這些畫面難得一見到在YouTube上瘋傳，短短幾分鐘內便成了網路上的「名影片」，被幾百個部落格「認證」或「揭穿」，更不用說它在吉米・法倫的今夜秀上被來回播了多少遍。但當然這一切都沒有發生；當然這影片是一個秘密。只不過確實在當天晚上，少年們晉升成為了某種小眾信仰的偶像。

這些少年可不是三歲小孩，他們知道接下來要面對的事情可不能鬧著玩。他們盤算著要不被送到肚兜鎮，只有一個辦法：主動自首，然後卯起來裝無辜。

「我們只是遊手好閒，又正好晃到那兒。」泰勒在把「導演剪輯版」的影片秀給勞勃・葛林姆看的時候，搭配的是這樣的一句說詞。在這個版本裡，你只會看到女巫沿溪走來，撞上燈柱，然後來了個倒頭栽。葛林姆直接從記憶卡播放了畫面，而那些也是那天早上留在運動攝影機裡碩果僅存的影像紀錄了——那是泰勒故意弄成那樣的。其餘的資料都被安全地藏在了他的MacBook筆電上，有密碼保護。泰勒想像自己頭上懸著一個聖人的光環，希望藉此讓聲音聽起來有一種悔不當初的自責口氣，但在某個點上他還是忍不住笑了出來。

勞勃．葛林姆也笑了。事實上，在看到孩子們這麼費勁所變出的把戲時，他笑到眼淚在臉頰上淌成了兩條小河。他之所以笑，理由跟孩子們一樣，也跟那天晚上在「沉默男子」酒館，圍在他筆電旁笑成一團的常客們一樣。但他們沒有一個人意會到這不光是女巫像雜耍演員摔了個大馬趴，很搞笑而已：這影片在看似微不足道而不需要大驚小怪之餘，還代表著一場勝利，而其打敗的對手，正是從所有人有記憶以來，就讓他們的人生蒙上一層陰影的那樣東西。他們的笑聲，就像是集體鬆了口氣，但這種放鬆來自於內心深處，而且還深到有點不可思議。後來等泰勒理解到其原因，一股寒意直衝到他骨子裡。

「以官方的立場而言，我不能認同你們的做法。」勞勃．葛林姆在擦乾眼淚並振作起來後是這麼說的。但之後他又開始大小聲起來。少年們一聲不吭地接受了他的提案：為了徹底不驚動鎮議會，他們必須把所有東西恢復原狀，自掏腰包賠償被剪斷的電纜，還得在仕女崖公園撿垃圾到這星期為止。

當天晚上躺在床上，泰勒收到了來自傑登的私訊：

@沉默男子酒館現場。跌倒影片 **#又讓所有人的笑破肚皮了**

這些人整組「壞了了」！

在這個點上，泰勒仍心神蕩漾於燈柱測試成功的喜悅中（只有在給OYE寫報告時，他被勞倫斯的一個問題給問倒了——「算我們行，但這一切能證明什麼呢？」），還沒回過神來的他不太懂傑登在簡訊裡的意思。

但到了隔天，正值他在公園裡打掃環境、收拾殘局時，他在雨中看到了男男女女臉上的表情，他開始懂了。他幹的事情似乎已傳了出去，而一天天過去，他開始儼然成了某群知情者當中的小眾英雄。這群粉絲會笑笑看著他，默默地傳達著支持。但讓他心裡有疙瘩的正是那些笑容。一般的笑容應該要讓人賞心悅目，但這些不是普通的笑容，這些是一直以來都沒有變過，變態的笑容。說變態是因為當這一張張臉笑起來的時候，你會霎時認不出笑容的主人是誰。那一張張，盡是些忘了正常人會怎麼笑的臉。那一張張，盡是皮笑肉不笑到一個境界，皺紋多到未老先衰的臉。那是一張張自有其生命與意識的臉，那是一張張每天衰敗一點點的臉。那是一張張平得像面具的臉、一張張嚴肅駭人的臉、一張張壓力大到無法超越的臉。這些人戴著的就是黑泉鎮民的臉，他們的笑，看起來就像是在嘶吼尖叫。

那天夜裡泰勒躺在床上，心中懷著由黑暗與恐怖構成的不祥之兆，而伴著他一路失眠到破曉的是腦海中的兩幅影像：在雨中無聲嘶吼的笑臉，還有失足的黑岩女巫。然後只見這兩幅影像慢慢淡出成黑畫面。

第五章

位於老礦工路上，原本的波波羅賁遊客中心，曾經是美國西點軍校自一八〇二年以來的校產。外牆浮雕上猶然可見的，是用磁磚加老派字體排成的大大校訓：**責任—榮譽—國家**。如今這個據點已然荒廢，點校的軍官會繞一大圈路來避開這裡，但老鷹標誌的旗幟仍高懸在遊客中心不起眼的博物館裡。進到當中，你能瞧見發黃的懷舊照片裡站著身著燕尾服的軍官，外加女性披著皮草領子的大衣。遊客中心如今也已然關閉，但若正巧往裡瞧進去，你或許能看出一張髒兮兮的黑白照片，不太惹眼地掛在角落。照片拍的是聖瑪麗教堂廣場，而廣場上三個衣衫襤褸，眼睛閉著被油彩漆過的女性，正朝前方一小群身穿及膝褲與厚重大衣的孩子們揮舞著拳頭。她們有如爪子般的手裡握著掃帚，上世紀初工人用來掃煙囪的那種。照片的文字說明寫著：萬聖節前夜的慶祝活動，一九三二年。

但就算照片裡的女巫把掃帚插進小屁孩的小屁股裡，然後像轉盤子似地把他們鑽到冒火，勞勃．葛林姆的超級好心情也不會受到半分影響。燈柱事件當晚剛過午夜，他腋下夾著筆電，嘴角掛著大大的笑臉離開了沉默男子酒館，開始走下山。

葛林姆很少這麼亢奮，再加上他當天稍早才被柯頓．馬瑟斯給刮了頓鬍子，這一切就更加讓人驚訝了。鎮議員可憐的保守靈魂完全進入不了狀況，感覺就像完全被屏蔽在了燈柱事件的樂趣之外。說已經夠保守了的勞勃．葛林姆是具有進步精神的「覺醒中年」，就像說奧許維茨集中營是童子軍的夏令營，實在太美化、太客氣了。但馬瑟斯的保守程度突破了葛林姆的下限，來到了兩棲類的等級。你可以想像像馬瑟斯的保守思想剛爬出太初的沼澤，才一抬頭，就立馬被演化論給嫌棄了一番，自尊心受創的這股思想只好轉過頭去，可憐兮兮地潛回水裡。針對自己的風格，馬瑟斯的擋箭牌是上帝，他是按照上帝的指示行事，但十字軍東征也是上帝搞出來的耶，葛林姆就事論事了起來。

還有藍色法律[9]也是。

聖戰[10]也是。

他朝著老礦工路走去。隔天會下雨，而且是那種綿延不絕悶悶的雨，下好下滿了十月的第一個星期，但現在的地上是乾的，只見烏雲一絲絲飄過天際。葛林姆從口袋裡撈出了舊遊客中心的鑰匙，朝裡走了進去。他今天沒有晚班要值，但就是心情好到沒有睡意。他鎖上了身後的門，穿過灰塵與黑暗來到櫃臺後頭，走下了位於走廊盡頭的三排階梯，來到了埋藏在山腰裡的秘密基地。

原本的軍事駐地會挨著這陡峭的山脊建立，不是單純的巧合而已，畢竟容納波波羅賁遊客中

9 Blue laws，又稱 Sunday Laws，即以宗教理由強制規定人以星期天作為安息日，禁止從事商業或世俗活動的法律，至今在北美仍相當盛行。

10 聖戰雖然是伊斯蘭教的產物，但回教的阿拉跟基督信仰的上帝其實是同一位神。

心可不是其原本的主要用意。在一九八九年搬走到康瓦耳之前，西點軍校靠把建物租給黑岩森林保護區私人地主所匯集的收入，支應了他們在此秘密運作的大部分開銷，而這項秘密任務就是：監視全黑泉鎮的人。不過同樣是監視，勞勃．葛林姆心懷著一個有著微妙差別的目標：讓黑泉鎮民別遇到危險，丟了小命。

駭克斯詛咒控制中心的內裡，看起來像是太空總署在休士頓的任務中心與某破落社區活動中心的綜合體。大螢幕與馬蹄型電腦桌所在的控制室隔壁，有著保存完善的錄影帶與微縮膠片資料庫，有著黑泉鎮的網路服務供應商專用室，有一間小型的超自然現象主題圖書館，有儲藏室放置（怎麼看都像舞臺道具的）各式「煙霧彈」——女巫出現在公共道路上時所適用的大型道具，如工地辦公室，則另行存放於深洞路的開放式棚架下——有張老沙發，沙發上有污漬的交誼廳，還有間缺了臺洗碗機的小廚房。這些年來，控制中心已經翻修過了不少次，也夾在科技進步與紐約上州的錙銖必較跟土裡土氣之間，完成了現代化的程序。身為駭克斯的安全主任，勞勃．葛林姆一直感覺自己在某個弱智導演的〇〇七電影裡軋上了一角。而最讓他在痛苦中甩不開這種感覺的，就是柯頓．馬瑟斯每星期贊助的那一紙箱泡麵，外加十四種口味的立頓茶包。

電熱水壺已經幾個月不能用了。

但今天晚上，即便是馬瑟斯的獐頭鼠目也壞不了葛林姆的好心情。他進了控制室，跟值晚班的華倫．卡斯提歐與克萊兒．漢默用幾乎是在唱歌的方式道了聲晚安。

「你是跟誰好上了還是怎樣？」華倫問了聲。

「跟誰好上了算什麼？」葛林姆說。「我去辦了場首映會。」帶著張笑臉，他把筆電擱上了桌面。

「不！」

「是的！」

「英雄！」

華倫大聲笑了出來，但克萊兒卻像被觸動的捕鼠夾一樣瞬間炸開。「勞勃，你在想什麼啊？」她用質問的口氣說。「你今天已經讓柯頓不爽過一回了，再招惹他不太好吧。」

「不然他能怎樣，再對我大小聲一遍嗎？」

「按照規定……」

「去他媽的規定。全鎮的人都挺我好嗎。他們看得可開心了。開心到一個不行。他們就需要這東西，就需要偶爾抒發一下壓力。我們在這裡得忍耐的東西還不夠多嗎？偶爾有人耍個寶，柯頓那可憐蟲也會覺得挺受用的吧？」

華倫揚起了眉頭。「柯頓．馬瑟斯會欣賞人亂搞？迪士尼拍一部最後所有人都七竅流血而死的電影，還比較可能吧？」

「我只是想說，當心點，勞勃。」克萊兒說。「這事搞不好還沒完，你會因此吃大虧也說不定。」

「的確，業障不饒人。好了不說這個了。我們可愛的大小姐，今晚晃去哪兒了呢？」

華倫把數位地圖拖曳到主螢幕上，螢幕上的小光點會標示出她最近出現的地方。其中一個位於下黑泉一隅，靠近二九三號公路的光點，正一閃一閃地亮著紅色。「她跑到了魏安路，克萊門斯女士家的地下室，五點半起就在那裡了。那裡應該是堆滿了家具，克萊門斯女士是去地下室取玉米罐頭，才發現她卡在按摩椅跟燙衣板中間。」

「她還真能自得其樂。」葛林姆說。

「克萊門斯女士受到了相當的驚嚇。活到這把年紀，她對有人上門給她驚喜這種事情，已經不太感興趣了，至少她是這麼表示的。」華倫沒好氣地說。「電話是她打過來的，夠稀奇了吧？我是沒多嘴什麼啦，不過去年她申請了一支iPhone，說這樣她才能使用那天殺的App。但我覺得她要手機，應該只是為了跟她在澳洲的女兒用Skype聯絡吧。」

「只要她今晚別在地下室的按摩椅上聊Skype就好。」葛林姆看著螢幕說。「那凱薩琳呢？她受驚了嗎？今天早上被那麼一鬧？」

「我們看起來是還好。」克萊兒說。「看不出她有受到什麼影響。或許她頭有撞出一個包吧，但你也知道凱薩琳每回換地方，她身上的改變就會通通恢復原廠設定。不過我倒是想看看她萬年不變的路線，下禮拜會不會變通一點。」

「積習難改啊。」華倫說。他打了個哈欠，轉向葛林姆。「是說，你今晚怎麼不放自己個假，工作狂喔？這兒交給我們就好。」

葛林姆說那恭敬不如從命，他檢查完電郵就走。克萊兒繼續監控起了網路流量，而華倫則回到了接龍遊戲上。事實證明不論是電子信箱裡還是雅虎新聞上，都沒有任何東西，於是相隔不過短短十分鐘，葛林姆發現自己也打起了跟華倫一模一樣的呵欠。但就在他準備就緒要回家休息時，華倫從電腦桌邊一躍而起，發出了有如勝利者的歡呼，「居家接觸事件！果然不出我所料！」

葛林姆與克萊兒雙雙轉身抬頭。克萊兒的嘴巴一整個合不起來。「不會吧。德拉羅沙家？」電腦桌前的華倫隨音樂前後舞動起來，跳起了一種剛好落在月球漫步跟江南大叔之間的風格。葛林姆霎時不知該佩服他是舞王，還是要鄙視他是個混帳。

不可置信是克萊兒的反應。「他們搬來才不過一星期！這怎麼可能？」

在大螢幕上，透著綠色的夜視畫面是來自監視器編號D19-063的即時影像，其拍攝範圍正涵蓋原屬巴夫威爾家，新主人姓德拉羅沙的地皮。畫面顯示路中間站著用白色被單裹著軀體，活像個古羅馬人的芭咪．德拉羅沙。雖然黑泉鎮的監視器未附收音麥克風，但看樣子就知道她在尖叫。她老公——柏特，全名柏特．德拉羅沙，此時只穿著一條內褲，正慌裡慌張而有點無助地在她旁邊換腳跳上跳下。對勞勃．葛林姆來講，這對夫妻就像正準備要對酒神狄奧尼修斯獻祭的羊男跟邁娜德斯——神話裡酒神的瘋狂女粉絲。

葛林姆打量過不少這種情形，而經驗讓他立刻顯得相當篤定。德拉羅沙夫婦顯然是拔腿狂奔而出，而這樣的人在匆忙之中，肯定沒有把手機帶上的閒工夫。而這也讓葛林姆與駭克斯團隊在當事人回過神來，想到要打九一一報警之前，可以有多一點點的時間反應。不過就算有手機，德拉羅沙夫婦也不像是那種有經驗到曉得可以報警的貨色。他們找驅魔人還比較可能——前提是這種職業有在他們思想的守備範圍內。

螢幕的右側，發亮的方格出現在隔壁房子的黑暗中。不久只見索德森女士來到室外。之後又有更多街坊從對街過來關心，並試著讓這兩個大驚小怪的菜鳥冷靜下來。

「是囉，居家遭遇。」葛林姆說。「恭喜了，華倫，獎金歸你跟露西了。」

「電話該響了。」克萊兒說。而果不其然只相隔了一秒，電話真的響了。克萊兒接起了電話，開始跟德拉羅沙夫婦的其中一名鄰居說話。

華倫站在葛林姆身旁，若有所思地凝望著螢幕。「他們即將要發現自己這一輩子，都得跟我們一起困在這裡了。」

「真是悲劇。明明是兩個大好人。」

「誰要去當烏鴉？」

「我來。」葛林姆想都沒想就答應了下來。雖然他知道這代表他今晚甭睡了，但他心中毫無怨言。讓菜鳥知道真相，本身就不是件容易的事情，而慈善機構的師兄一角也不是他最擅長的戲路，但對德拉羅沙夫婦的同情讓葛林姆義不容辭。他們將必須對神靈之事還有對超自然現象的認知，進行細微中又不失劇烈的調整。葛林姆因為在黑泉鎮土生土長，所以他不知道那是什麼感覺，但在一旁看了不知多少遍，所以他確信那是一個會造成很大創傷的經驗。身為一個失去信念的衛理宗信徒，他在工作以外幾乎不碰任何超自然的內容，但在他對整個「世界之魂」[11]充滿不確定性的認知裡，葛林姆單純地相信一件事情，那就是不可解釋、讓人一頭霧水的事情，的確會發生在這個自詡已經啟蒙完成的世界裡。但話說回來，知道世上有超自然現象，並不是這過程中最痛苦的事情：對許多黑泉鎮的新鮮人來講，命運的不可逆，那還沒開始便已經確定了的結局，是他們與自己必然的一死，不可思議的第一類接觸。人都會卯盡全力抗拒自己終有一死的念頭，都會盡可能地撇過頭去不談這個禁忌。但生在黑泉鎮，居民就跟死亡比鄰而居。他們把她帶進家裡，讓她不被外頭的世界瞧見……外加有的時候，他們會在她的路線前面擺一根燈柱。

但對德拉羅沙來講……命運的不可逆與死亡，跟他們都會雅痞的光鮮生活或更年期後的生涯規劃簡直格格不入。黑泉鎮就像是他們意外在舌下發現，然後咬下去之後才知道那是什麼的砒霜藥丸。要不是勞勃．葛林姆剛輸了打賭而心情低落，否則他還真的會為這一對夫婦感到難過。

他們看著大螢幕上的德拉羅沙夫婦被鄰居帶到索德森女士家。克萊兒掛上了電話說：「他們暫時有人看著。我答應會在十分鐘內組好團隊，誰要過去？」

「我去。」葛林姆說。「他們有宗教信仰嗎？」

「沒有。我要是沒記錯的話，他小時候是衛理宗，但現在已經不上教堂了。」

「那就不把教會扯進來了。」

11 Spiritus Mundi。詩人葉慈所使用的詞彙，用來指涉全宇宙集體的靈魂，當中包含古往今來權術的記憶。葉慈認為世界之魂正是所有詩人靈感的源頭。

「你的杖，你的竿，都安慰我[12]。」華倫莊嚴肅穆地引經據典。

「你去好嗎，勞勃？我們上次跟他們鬧得那麼僵，你恐怕不太適合去安撫他們吧。」

我們可不是要去安撫他們，葛林姆心想，我們是要去讓他們的震撼教育更徹底一點。「他們現在可能驚嚇過度，對現實的認知還需要惡補。我會帶彼特．凡德米爾跟史提夫．葛蘭特過去。他們倆這個月當值。社會學家加上一個醫生，而且都夠冷靜，能在這種狀況下穿針引線。喔對了，他們倆的太太也找一個過來負責芭咪。這樣應該就行了。」他套上了大衣然後補了一句，「麻煩你打個電話，把他們從被窩裡挖起來吧，天使。」

他留下了華倫跟克萊兒在控制中心繼續值班，自己準備迎接漫長的一夜。

12 詩篇第二十三章第四節。

第六章

「**她本名叫作**凱薩琳・凡・懷勒，但本地人比較常叫她黑岩女巫。」彼特・凡德米爾說。他深深地吸了一口菸，然後若有所思地陷入了沉默。

他們人在點對點客棧的包廂裡，坐的是一張聞得出有年紀了的骨董扶手皮椅。隔在人中間的咖啡桌上東一個西一個的是半滿的酒杯、酒瓶，還有保溫瓶。客棧主人在給德拉羅沙夫婦安排好房間後，就告退去就寢，整間燈光昏暗的飯店酒吧就都留給了幾位客人。彼特・凡德米爾跟葛林姆喝的是啤酒，史提夫則點了咖啡。喬瑟琳從冒著煙的馬克杯裡啜飲著洋甘菊茶，就跟芭咪・德拉羅沙一樣——但後來她還是破了功，在葛林姆的慫恿下乾了一小杯伏特加。她的老公就不需要人鼓勵了：他夯不啷噹已經三杯下肚。他結算起來還不到醉，但是在往那個方向走沒錯。*但現在醉也不是壞事吧*，史提夫心想。

搞了半天，柏特與芭咪・德拉羅沙完全不如葛林姆所想的那麼傲慢或現實。史提夫也覺得自己挺欣賞這兩個人的，雖然說現在好像不是對新朋友品頭論足的時候。第一時間的驚嚇消退後，德拉羅沙夫婦終於可以稍微輕鬆點來看這件事了。但輕鬆一點不等於他們真的理解了狀況。他們還是有點麻木，那種葬儀社人員會在跟遺族討論實務時，很聰明地懂得善用的麻木。明天，或最遲到週末的某個點上，現實就會狠狠地擊中他們。而對到時候的他們來講，知道自己要面對的是什麼樣的敵人，肯定會比腦袋空空好得多。退一萬步，他們現在有機會在客棧這個安全的環境裡發現事實的真相，也是不錯的，因為現在哪怕是天王老子來說，德拉羅沙夫婦也決計不肯再回到那個烏漆抹黑、空空蕩蕩的家……因為那裡有她。

葛林姆開著他的道奇公羊貨卡去接來了彼特、喬瑟琳與史提夫，而兩位新朋友也在客棧大廳跟他們一一打了招呼，禮數十足但手明顯在抖。剛抵達時的史提夫痛苦而恍惚，畢竟他跟喬瑟琳才睡不到兩個小時就在電話聲中爬起。但隨著咖啡因慢慢進到胃裡，他的腦筋也終於慢慢清醒。

「凱薩琳．凡．懷勒。」柏特．德拉羅沙用搖搖晃晃的聲音重複了一遍。

「是。」彼特說。「她住在哲學家之谷，也就是史提夫跟喬瑟琳、還有我跟內人目前住處後頭的那片林子裡。她一六六四年因為施巫術被處死，事發地就在黑泉鎮——當然那時候還沒有黑泉這個鎮名；當時這裡是個叫作新溪的殖民聚落，住的是設陷阱來獵捕動物剝製毛皮的荷蘭人——而她也一直留在了這裡，直到現在。」

他們身後有一整塊薪柴在壁爐裡燒得劈啪作響，而芭咪就像小丑從彈簧箱裡射出一樣跳了起來。這可憐的女人緊張得活像隻受到驚嚇的鹿，史提夫注意到她嘴邊有因為太緊繃而浮現的深溝。

「在高地瀑布、蒙哥馬利堡，還有想當然耳的點校，大家都知道這裡的山麓與樹林在鬧鬼。他們甚至不需要了解細節，你從空氣中就感覺得到，因為那種感覺就是如此無所不在，就像雷陣雨之後來自臭氧層的氣味。但女巫是黑泉鎮專屬的問題，而很不幸，我們除了過一天算一天以外也無能為力。」

他啜飲了幾口啤酒。德拉羅沙夫婦失魂落魄地看著自己的飲料，絕望到連把杯子拿起來的心情都沒有。

「我們對她的生平幾乎一無所悉，而這也讓這名女巫更顯神秘。她肯定是搭著荷蘭西印度公司的某一艘船，在一六四七年前後來到這裡。新阿姆斯特丹在當時是個興盛繁忙的港都。沿著哈德遜河的一個個前哨站，被荷蘭人用來跟他們稱為『印地安人』的原住民進行交易，而這些據點都非常原始，口耳相傳的故事四處流通，而不少傳說都佚失在了時間的長流中。凱薩琳有可能是牧羊女，也可能是個接生婆。但無論如何在那個新世界裡，女性的角色就是要負責建立社群。」

「就是要生小孩的意思。」喬瑟琳幫忙解釋。

「沒錯。你要知道，當時的人是在散播新文明的種子。荷蘭人的聚落，基本上都是沿著安全無虞的河岸建立。但整個西邊的林地裡可就充滿了獵物，而門西族也就是在現在所稱的黑岩森林中用陷阱進行獵捕，所以荷蘭人也在此建立了新溪這個聚落。他們與印地安人基本上相安無事，買賣相處都沒啥問題。真正讓荷蘭人視為心腹大患而如芒刺在背的，是英國人。新英格蘭始終對他們虎視眈眈，一有機會就想把新尼德蘭（荷蘭別稱）納入其殖民地版圖。嗯事實上，他們隔一年也就真的這麼幹了：英國人兵不血刃地兼併了荷蘭聚落。另外終於把門西族驅離世居地，也是英國人幹的好事……只是也有不少人主張是門西族自願北走，因為當時黑泉鎮就已經被下了咒。」

「不好意思，但被下了咒？那是什麼意思？」柏特．德拉羅沙問道。

「就是被人詛咒。」勞勃．葛林姆用一句話示範了什麼叫作不加修飾。「不妙了，完蛋了。」

「至少，門西族當時是那麼相信的。」芭咪嘗試做個小結。

「嗯嗯，你要這麼講也行啦。」葛林姆冷笑了一聲，但隨即在彼特．凡得．米爾毒辣目光的喝斥下，躺回到了椅背上。德拉羅沙夫婦互望了一眼，各自皺起了眉。今天若是換一個場合，那看這兩個人在動作上如此地同步，其實還滿有喜感的。

「話說，你們要了解一件事情，那就是迷信這種東西是深植於人類心理中的。」彼特接著說。「我們現在討論的，是得在百分百陌生環境裡求生的人，是完全沒有安全保障的人。在歐洲，他們得面對瘟疫、歉收、飢荒與盜匪，而來到新世界，又有野獸、蠻人、惡魔將他們包圍。沒人知道聚落西邊的荒野中出沒著什麼樣的超自然力量。那樣的日子可不好過。當時科學尚未啟蒙，人類能依賴的只有鄉野傳說跟各種兆頭。他們敬畏全能的上帝，也恐懼惡魔的威逼。這一切的一切，都讓他們周遭的森林蒙上了抹滅不掉的印記——不然我們家房子後面那座山，怎麼會被叫那種名字。」

「你是說悲慘山？」柏特問道。「我們這星期才去那兒健行過，很漂亮的地方。我們從山頂能看到哈德遜河。」

「那裡很適合爬山。這些時日只要你乖乖地走在山徑上，基本上都已經很太平了。但說起那些不祥之兆……你還是得將之視為一種原始型態的氣象學，只不過那預測的不是天氣的陰晴，而是災難的降臨。晚個二、三十年發生在麻薩諸塞灣殖民地的塞勒姆女巫大審，你一定知道吧。在那之前，該殖民地先後歷經了一場歉收、一波天花疫情，還有持續來自原住民部落的威脅。雖然這兩件事情要到後來才會被連結起來，但那已經不是重點了。重點是從那之後，恐懼就在開始在悲劇發生前的各種道聽途說與危言聳聽裡扮演了重大的角色，百姓看到什麼都可以產生一堆想法。死胎、詭異的自然現象、皮膚突然潰爛、體型巨大的鳥類……」彼特說到都笑了出來。「荷蘭人要多少比清教徒腳踏實地一點，但在一六五三年有連續三週的時間，有隻大鳥會每天都選在日落時，降落在新阿姆斯特丹港畔教堂的尖塔十字架上，而這引發了民間議論紛紛。他們說那鳥比野雁大，身體呈現灰色，以死屍為食。當然以今天的眼光看來，你不難推測出那是隻兀鷹——牠們曾經是會在這一帶出現的『迷鳥』，也就是不定期的候鳥，但那些殖民地的民眾怎麼會知道呢？所以沒過多久，一群烏合之眾就集結起來開始『看鳥說故事』，依照兀鷹的行蹤做出各種預言。鎮議會下令射殺了那隻無辜的鳥兒，但顯然他們的行動還是晚了一步：隔年，天花疫情肆虐，而百姓把這一切都怪到了巨鳥頭上。」

此時喬瑟琳似乎想起了什麼。「史提夫，跟他們說說那個醫生還有那些孩子們的故事。我不知道彼特熟不熟那件事？」

「嗯，我不怎麼清楚。」

「我是在紐約醫學院聽一個同事提過。」史提夫說。「在一六五四年的那場天花疫災之前，新阿姆斯特丹有個名叫費得列克．沃豪斯特的醫師研究了玩『葬禮遊戲』的兒童行為。那些兒童在聚落的圍牆外挖洞，然後以抬屍的行列式把裝水果的木箱扛到聚落外頭，放到墳墓中。他們的父母親覺得孩子是被附了身，而這種遊戲也被視為是一種凶兆。」

「還好我們現在有Wii可以玩，阿彌陀佛。」彼特說。所有人都被這句逗笑了，只有芭咪．德拉羅沙例外。她只勉強擠出了一絲孱弱的微笑。

「這類故事所在多有。」史提夫說。「有些還相當令人毛骨悚然。有些屍體被發現在上下顎之間塞了磚頭。在一六九三年的波士頓黃熱病疫情期間，有些萬人塚被重新掘開來容納新的死者，而有時候掘墓工人會遇見腫脹的屍首口中流出血來，而裹屍布則以臉部為中心被咬出一個洞來，乍看之下就好像死者咬破布料，好方便他們可以飲血一樣。今天我們知道遺體在分解時會膨脹，是因為氣體的囤積。另外腐爛的器官會壓迫體液從口腔滲出，而裹屍布的破洞則是體液中細菌的傑作。但當時被當成科學的觀點卻認為，『食屍布者』是以生者為食的活死人，並會以熱病為媒介散播詛咒，以便壯大活死人的陣容。教會裡的牧師因此會把磚頭卡在他們的上下顎間，好讓他們因為無法進食而餓死。」

眾人陷入了深沉的靜默，柴火的劈啪聲是唯一的句讀。然後柏特說：「是說，別的城鎮想宣傳自己，會把自己說得很高大上。他們會跟新來的居民說這地方多好又多好——自稱是美食之鄉，諸如此類的……」

葛林姆被啤酒嗆到，發出了一聲豬叫。這一回真的所有人都笑了，連芭咪都沒例外。喬瑟琳用力拍在了葛林姆的背上，讓他慢慢恢復正常。柏特有辦法開玩笑，史提夫覺得這是個好現象。這意味著他已經冷靜到不至於今晚聽到什麼都是左耳進右耳出——當然前提是他別把那整瓶紅牌伏特加都灌掉。

「很高興你們覺得開心。」彼特在笑完之後說。「由於末世主義者的言論，怪誕的災難發生時，民眾會深陷在不安全感與恐懼中，走不出來。孩子出生即失明、泥巴中有不知名的動物足跡、夜空中的異樣光輝……民眾慢慢相信了這些凶兆之後，其思考與生活方式開始全面崩解。他們開始風聲鶴唳地想著：還有什麼恐怖的事情在等著我們？就在這種被迫害妄想的沃土裡，眾人對凱薩琳・凡・懷勒的恐懼扎下了根。」

「所以他們覺得她是個女巫？」柏特說。

「沒錯。」彼特的香菸已經在菸灰缸裡燒盡，於是他又開始捲起了第二根。「接下來基本上，就是典型的獵巫故事，但還是有幾個地方不同。不知道算不算是事情的成因：身為單親媽媽的她住在林子裡，所以被所有人看不起。一六六四年的她，應該起碼有個三十歲了，畢竟她當時已經是兩個小孩的母親，一男一女。孩子的父親是誰、以及他為什麼不在妻小身邊，我們並不清楚。有一說是她與印地安人行了姦淫之事。這再加上她已經拋棄了教堂與信仰，所以隔沒多久，她就成了千夫所指的唾罵對象。眾人說她崇信異教。至於異教信仰具體等於那些行徑，也開始讓不產麵粉而產八卦的石磨卯起來轉個不停。」

「惡魔崇拜嗎？」柏特問了聲。

「雞姦、獸行、食人。確實每一種說法都與惡魔脫不了干係。」

「我的老天爺。」

「上帝還沒這麼快出場。一六六四年的十月，凱薩琳的九歲兒子死於天花。目擊者作證說他們看到她身著全副的悼念服飾，將他埋葬在了樹林裡。但數日之後，鎮民目睹那孩子在新溪的路街上趴趴走，彷彿是凱薩琳學耶穌讓門徒拿撒勒復活一樣，也讓小兒子死而重生了。我跟你說，鎮民嚇得屁滾尿流。如果讓死人活過來還不能百分百證明你碰了不該碰的東西，我就不知道還有什麼證據有用了，所以凱薩琳．凡．懷勒被以巫術罪判處死刑。經過一番刑求，她招認了，不過倒也從來沒人不招認。老天，在被綁在輪子上挨打，然後又坐過水凳之後，你他媽的要招認什麼都沒問題，包括承認你會騎在掃帚上，然後從這個屋頂飛到下一個屋頂。鎮民對她做的事情可說是慘絕人寰。簡單講，她被迫親手殺死了自己的兒子，因為那是個對神不敬的東西。要是她不照辦，那法官不但會處死男孩，就連她女兒的命也會賠進去。」

「這太慘了吧！」芭咪喊出了聲。「所以她得在兩個孩子之間選擇一個？」

彼特聳了聳肩。「當時的民風強悍，種種做法就像是從舊世界吹來的一陣寒風。隨便拿巫術指控人或給人定罪，可說是家常便飯。凱薩琳迫於萬般無奈，只得為了救女兒而了結了兒子的生命。這之後算是對她的慈悲，法官判了她吊刑，但鎮上也不打算自己動手吊死她，而是要她自己往下跳，以此代表一種贖罪、一種自懲。她死後，遺體被拋入了林中的一處『巫婆池』，也就是讓野生動物大快朵頤的地方。這在當時是習慣的做法，而另外一種選項就是被燒死在火柱上。當然，被處死的都是無辜的人。」

「怎麼會這樣。」芭咪喃喃自語地說。

「除非，凱薩琳稱不上完全無辜。」葛林姆說。德拉羅沙夫婦的視線被這發言給吸了過去。

「嗯，這個嗎，我們沒有證據。」彼特趕忙澄清。「我們並不確知她有沒有犯下被指控的那些罪行。即便在黑泉鎮，做這樣的指控都有點特異獨行。我們知道的是：墾民相信她讓兒子死而復生，而他們是不太講究證據的。以現在的角度回顧，我們可以說她有可能在一生中的某個期間裡擁有過某些能力，而且這可能性還不低，但並沒有跡象顯示她施展過法力，或是把稟賦用來傷害過誰。比較接近真相的實情應該是她本人的橫死、她死前所受的虐待、還有她被迫弒子的過程，讓她變成了今天的這副模樣。不過話說到底，這些也只是我們的推測而已。在超自然現象的世界裡，我們其實沒有多少可供參考的資料，這你懂吧。」

「好。」柏特．德拉羅沙說。他把伏特加一仰而盡。「所以諸位擁有你們專屬的守護厲鬼。」他發出了尖銳的笑聲，彷彿他很驚訝於自己會說出這句話似地，然後他舉起空酒杯對著葛林姆。「太好了。所以你們之前打電話給我的時候，說的都是實話，混帳王八蛋。我還以為你們是在跟我開玩笑。嗯……是人都會覺得你們是在開玩笑吧。」

「你在說什麼？」芭咪問得一臉狐疑而毫無頭緒。

「那天他跟那個女人曾經想要賄賂我們，讓我們放棄在此置產。同一天晚上他又打我手機試了第二遍，這次他還加碼胡謅了個西方邪惡女巫的鬼故事。我之所以沒有告訴妳，是因為我有點震驚於他們會為了騷擾我們而做到這種程度，我不想讓妳心情不好。還有……嗯，親愛的，妳也知道我們原本是怎麼看他們的。」

「對不起。」葛林姆說了句坦白的，聽不出有什麼偷藏的酸意。

「我聽你叫她是村裡的鬼。」彼特說。「其實不算是非常精確，但雖不中亦不遠矣也。對於有一樣很特殊的東西在你的臥房裡待著，你似乎還滿能接受現實的。是說你們看到她的時候，第一時間怎麼沒有報警？那可是一般人在民宅遇到入侵者時的反應。不然起碼也該叫輛救護車吧，畢竟她是那種狀態，不是嗎？」

德拉羅沙夫婦交換了一個尷尬的眼神，不曉得該怎麼開口。一股既視感躡手躡腳地來到史提夫身上，那是他們給新鎮民做簡報時常出現的心情。運氣好一點的話，這種事情一年只會發生幾回，而且時間點往往也不會這麼沒人性。但他回想起的事情跟此刻是早是晚沒有關係。那是十八年前的事情了，當時給史提夫講解真相的是同一個彼特．凡德米爾，頂多就是比現在年輕不少，還在紐約大學的社會學系工作，然後說起故事稍微沒那麼純熟，但不變的是他語氣中的周到與沉穩。史提夫主要回憶起的，是他跟喬瑟琳的恐懼與不安。我們明明聽著凶兆與女巫的故事情節，但卻從頭到尾都沒有被詐騙的感覺。畢竟……我們已經目睹了一切。

最後，是芭咪開了口。「你會莫名感覺她……嗯，不是一般闖空門的人，這一點基本上一目了然。她感覺像是某種壞東西。」她轉身望向丈夫。「我可以跟他們說說事情發生的經過嗎？」

柏特看似欲言又止，最終只是揮了揮手。「隨妳便。」

「我們當時還沒睡著。我們在……床上進行一個結合的動作。」一抹優雅的羞紅浮現她的雙頰，史提夫跟葛林姆都為此咬起了舌頭。醫生當了這麼多年，史提夫好像不記得自己聽過有人把那檔事描述得這麼內斂嚴謹，但又非常適合說話者的調性。「我一翻身，只見她人突然出現在床尾，就在柏特的後面。而這也就是最讓人起雞皮疙瘩的地方。前一秒她還不在那裡，然後下一秒她已經在跟我大眼瞪小眼。當然嚴格說她沒有眼睛啦，她只能用眼眶裡黑色的磨損線頭看著我，而我真的很希望她沒有那樣做。」

「我太太尖叫了一聲。」柏特的聲線平坦而沒有抑揚頓挫。「然後蠕動著從我身下爬了出來，好像被電擊了一樣。然後我也看到了她，這下子尖叫的人換成了我。我上一次尖叫已經是在牙買加灣被兄弟會的人霸凌，不得不跳進冰洞裡的時候了，但那瞬間我尖叫了。那就像芭咪說的：我心中毫無疑問她是某種鬼魂，或是一場夢魘——只不過這是場真實的夢魘，而我們兩個人都在夢裡。芭咪把被單拉到身上，跑出了臥房。我跟在她後面，但到門口我轉了個身，因為我想看看她是否會在人眨眼的瞬間消失不見，就像平日正常的惡夢那樣。但她仍好端端地杵在那兒。而……我又回到了屋裡。」

「但為什麼？」芭咪的問題反映出她的訝異。

他聳了聳肩說。「你知道的，臥房裡突然出現一個殘缺腐朽的女人，還全身綑著鎖鏈，我會想看看自己能不能幫上她什麼忙吧，大概啦。」

「結果有發生什麼事嗎？」葛林姆好奇地問。

一開始柏特沒有搭腔，而史提夫注意到芭咪的手一邊握著柏特的手，一邊緊繃了起來。

「不。」他終於開了口。「她只是站在那兒。我想起了該害怕，便在太太後面跑了出來。」

葛林姆與史提夫交換了眼色。彼特也看出了這不是實話，但他判斷這一點現在不是很重要，起碼當下還不用太在意。「好。所以你們倆都感覺得出她不是活人。」

「為什麼這件事沒有更眾所周知一點呢？」柏特問起。「我是說，若真的有一隻厲鬼在你們鎮上出沒——這一點我在沒有仔細研究過之前還不打算輕易接受——但姑且當她確有其事好了，這會是讓科學界翻天覆地的大發現吧。你們有用影片將她拍下來過嗎？」

「我們在數位資料庫裡有超過四萬小時的影片內容。」葛林姆說。「監視錄影器把我們鎮上包得密不透風。你沒注意到嗎？資料我們會保留十年，然後就扔了。重複一陣子後都是一樣的東西，其實還滿無聊的。」

又一次，德拉羅沙夫婦瞪住了他。「我不太確定我懂不懂你在說啥。」柏特緩緩地表示。

「他想說的是，」彼特補充說，「我們窮盡一切力量，為的是不讓這件事廣為人知。事實上，我們要是想活命，就絕對不能讓這事傳出去。」他直望著德拉羅沙夫婦，先是柏特，然後輪到芭咪。對於彼特能在說出這段話的時沒有撇過頭去，史提夫心中油然而生深深的敬意。「你要知道，凱薩琳的故事並沒有隨著她的生命一起結束。一六六五年的一個冬日早晨，凱薩琳吊死後的四個月，荷蘭殖民地總督彼得．斯圖維桑特親自率隊進入了山區，目的是巡視陷阱獵人都在幹些什麼，結果他們發現新溪的住民走到一個不剩。四下只見冰柱懸在屋頂底下，每樣東西都蒙著厚厚的一層積雪。怪的是，那些都不是新鮮的降雪。照講若民眾視正常撤離，那地上應該到處都是車輪的軌跡，但你完全看不到這樣的東西。那感覺就像是鎮民在命運的某一晚，如一陣煙似地人間蒸發了，再也沒人看到他們出現。荷蘭人懷疑居民是遭受到了詛咒，於是便從此避開了這座鬼鎮跟周遭的山麓，他們覺得『邪惡之眼』永遠會從這裡盯著他們。同年六月，斯圖維桑特返回荷蘭，多數的原始墾民也選擇離開，於是發生過的事件就慢慢在人的記憶中石沉大海。關於新溪居民消失之事唯一的官方歷史文件記載，要到四十多年後的一七〇八年才得見天日，出現在荷蘭共和國的年鑑上，但也只是簡短描述那段傳奇的三言兩語而已。那份文件也在我們的資料庫裡，其內容將新溪的沒落歸咎於第二次英荷戰爭與紐約遭到英國併吞而衍生的經濟困頓，至於失蹤的墾民，則被推定是死於了印第安部落之間的械鬥中。」

「所以這都是地方上的鄉野傳說。」柏克咕噥著。

「唯有一說，」喬瑟琳補充，「是有人表示印地安人在正值狩獵旺季的前一年秋天，就撤離了該地區。傳說印地安人是因為恐懼而遷居，他們的說法是他們世居的森林已遭到玷汙而性屬『不潔』。不論真相為何，印地安人為何丟下與墾民的大好生意，又為何在陷阱獵人把凱薩琳的屍體擱在林子裡之後就立即走人，都是充滿了問號的事情？」

「沒錯。」彼特附和說。「但這還沒完，因為一七一三年發生的事情，可是有白紙黑字記錄下來的。那一年的四月，英國墾民進駐了新溪，並將之更名為黑泉。一個星期後，三個人自戕身亡。一名名喚貝西亞．凱利的接生婆在被繩之以法前，足足殺害了八名孩童。」

「這是你編的吧。」

「我也希望這是我編的故事。但當相關單位去逮捕貝西亞的時候，她宣稱有個從樹林裡走來的女人跑來對她低聲細語，意思是要她在這些孩子裡選擇一個。貝西亞說她選不出來，於是那個女人就把八個孩子全給殺了。在資料庫裡，我們有文字紀錄簡短提及了地方上與邪惡之眼有關、也跟悲慘山上之怪誕現象有關的鄉野傳說，基本上有一名巫婆與此脫不了干係。一個月之後，一隊教會長老前進到林中。歸來之後，他們宣稱自己成功驅趕了一名遭到附身的女子，過程中他們縫死了她的雙眼與嘴巴，還用鎖鏈綑住了她的手腳與身體。同一年那一隊長老無一倖免，通通死於非命，惟確切是怎麼死的並不為人所知。但話說回來，長老們此行並不能說是無功而返。他們的犧牲，換得了女巫的邪惡之眼被縫了起來。」

「但她從未真正離開。」芭咪的表情訴說著深沉的恐懼。

「是沒有，而那也正是問題所在。」彼特表示同意。「她從未真正離開。一直到今天，凱薩琳．凡．懷勒都還日夜在黑泉鎮上逛大街……甚至會跑到我們家裡面。」

沒人搭腔，於是葛林姆接下了棒子。「我們現在說的不是那種過時的惡鬼，唯一相信其存在的目擊者只是個不討人喜歡、有自閉症，而且老被忽略，但最後一定每件事都被他不幸言中的小鬼。黑岩女巫是始終都在這兒。而且她不是那種良性的幽靈，也不是青少年香豔恐怖片裡那種過往的回音。她那種會跟我們硬碰硬、被圍籬圈禁的公牛，套上嘴套時從來不移動半步，但你要是膽敢把手指插進欄杆裡面，她可不會感覺看看你的手肥不肥，她會直接把它咬斷、扯飛。」

柏特站起身來。他原本的目標是紅牌伏特加的酒瓶，但霎時改變了主意。突然間他雖然血液裡循環著可觀的酒精，但人卻似乎變得完全清醒。「假設這一切都是真的……那她圖什麼？這天殺的女巫吃飽了撐著，究竟想從你們身上得到什麼？」

「我們認為她是想要報仇。」彼特嚴肅地說。「不論動機是什麼，她的死亡都釋出了一股尋仇的力量，而誰曾經逼著她做出慘無人道的舉動，誰就是她尋仇的對象。而即便時間已經過去三百五十年，她報仇的對象都依然存在，因為害她的人是黑泉鎮的人，而黑泉鎮的人就是我們。」

「但，我是說，你怎麼知道呢？有人嘗試過去跟她溝通一下嗎？或是，我隨便說說啦，有試過給她驅魔嗎？」

「是啊。」芭咪附和著老公。「也許她只是希望有人能聽她訴訴苦衷……」

「溝通、驅魔，樣樣我們都做了。」葛林姆說。「上頭有字母的通靈板——門都沒有，別亂碰這些混蛋東西，不然會沒命。虛無縹渺又沒料的異教徒把戲用在她身上，完全起不了任何反應。基本上你想得到的，我們都試過了。我們從梵諦岡找來了驅魔人，而驅魔人的結論是這傢伙心中沒有神，所以他們幫不了我們。當然，這只是場面話而已，實情是我們找來的那一個個娘們，都被黑泉鎮的真相嚇得面無人色。神父、薩滿、白女巫、特種部隊、阿兵哥……最後場面都弄得難堪至極而難以收拾。過去他們試過砍她的頭，或是對她放火，但可以說只要裙底一冒煙，她就會瞬間消失無蹤。現在黑泉有一道緊急命令，是不准任何人搞這些有的沒有的『特技表演』，因為每回有人這麼做都會鬧出人命。凡是一有人想傷害她，黑泉鎮的無辜百姓就會有人立馬倒地不起。眼皮被縫住，基本上已經讓她沒什麼殺傷力——天曉得那些長老是怎麼辦到的——但要是這兒的真相被洩露出去，外頭那些人想也知道，會想把她的眼睛跟嘴巴打開。人類已經一而再、再而三地證明了他們有多犯賤，多喜歡去跨越不應該跨越的界線。而我們有種種理由相信，若她的眼睛被打開，嘴巴又可以開始讀出咒語，那我們所有人都會沒命。這就是何以我們會眼不見為淨，任她自生自滅。她並不想被了解——我們也容不得任何人想去了解她。凱薩琳就是一個超自然現象與定時炸彈的綜合體。」

「很抱歉，但這些話我真的很難相信。」柏特說。

彼特喝了一小口啤酒，然後把杯子放回了桌上。「德拉羅沙先生，當尊夫人奪門而出，而你走回主臥的時候，你有聽到她低聲細語嗎？」

柏特的聲音動搖了一下。「我……我是有聽到些聲音，應該吧。她的嘴角有動。幾乎看不見就是了。我是有想要聽聽看她是否在說些什麼。」

「那你聽到了什麼？」

「她輕聲地在念念有詞。」

「那，恕我直言，你是否有一瞬間產生了自殺的念頭？」

芭咪悶著喉嚨發出了尖銳的叫聲，順勢還打翻了皮椅扶手上的空茶杯。杯子落在地上，碎成了三片。喬瑟琳衝去拾起了破片。芭咪嘗試開口想說些什麼，但她先看到了丈夫的面容，於是她的下唇開始顫抖。

「你有，對不對？」彼特說。「你一邊聽著她的低語，一邊在腦中想著要如何傷害自己。那就是她對付我們的辦法。她會強迫人自殺，就像她被迫殺人一樣。」

「柏特？」芭咪用抖動的聲音問道。「他們說的是什麼意思？」

這回輪到柏特想說些什麼，但卻一個字都說不出口，只能假意清一清喉嚨，而此時的他已然面無血色。「我跟她獨處不過短短幾秒，也完全沒講話，我怕我哪怕出一點聲，她就會抬起頭。我不希望她抬起頭來，你可以想像吧？就算她是個瞎子，我也不希望她看向我。而我確實聽到了她在低聲說話。然後出臥房來到走廊的我突然想用頭去撞門柱。」芭咪被嚇到縮了一下，彷彿有人打了她，然後她兩手像賞自個兒巴掌似地摀住了嘴巴。「我對上帝發誓，我腦海裡的畫面是自己抓著門柱在猛撞額頭，連著三次，直到頭骨變得稀巴爛為止。然後……然後就聽到妳尖叫了起來，親愛的。是妳喚醒了我，於是我才跟著妳跑到室外。我之所以沒有一頭撞死，都是因為妳叫了出聲。」

「住口！」芭咪哀號著抓住了丈夫。「這不是真的，告訴我，我不想再聽這些了，柏特，求求你。」

「冷靜。」喬瑟琳噓了一聲。「你們很安全。這次事件的時間很短，不至於留下後遺症。」

柏特環抱起哭泣的妻子，眼神則轉頭望向彼特。今晚頭一次，史提夫看到了他的面容有多憔悴，多不安……這代表他買單了，他相信了。「這件事有誰知道？」他很艱難地問出了這一句。

「路的那一頭，西點軍校的人知道。」葛林姆說。「但只有最高層的一個極機密的小單位知道。我說的小，是那種不受任何委員會監督的小，為了避免洩密，愈少人知道愈好。」

「真的假的。」

「我在想搞不好現任總統都不知道。他們以前知道——嗯，沒錯，別不相信。很久以前的總統，從華盛頓到林肯，他們肯定知道這裡的情形，因為我們從資料庫中得知他們曾經造訪過黑泉鎮。一八〇二年，西點軍校的成立，就是為了協助我們掩蓋真相。不要拿這個跟我打賭，但我相信是到了南北戰爭的尾聲，西點軍校才獲得的足夠的信任來專斷黑泉鎮的事務。而且這多半是林肯那老好人下的命令。這問題實在是太敏感了。後來黑泉鎮慢慢發展起來，真相洩漏出去的風險變高，我們於是組織起來，成為一門專業。駭克斯於焉誕生。」

「駭克斯，是什麼東西？」

「駭克斯就是我們，而我們是黑泉鎮版的魔鬼剋星。職責所在，我們會讓巫婆在光天化日下消失不見。」

柏特用掩藏不住的痛苦表情，看著葛林姆。「駭克斯的HEX，是什麼的縮寫？」

「嗯，那只是三個古早的字首流傳至今，原本代表什麼已不可考。但比起叫什麼，我們幹些什麼才真正重要。點校那邊讓我們自理各種事情，但我們得寫報告交上去，讓他們開心。他們開心，我們需要封閉道路或請州儲備銀行那邊幫點小忙的時候，才有人可以開口。不然你以為我們是怎麼成功讓事情無聲無息的？你想設多少煙霧彈或障眼法，都隨你高興，但煙霧彈是要錢的——而且保密工作得做到滴水不漏。點校的設立，就是為了維持現狀，因為對這一團亂該如何處理他們毫無頭緒，他們唯一能想到的就是不讓這事被社會大眾與外國情報單位得知。事情完全沒有在他們的控制之中——誰那麼說就是在睜眼說瞎話。事實上，他們嚇得褲底一大包。可以的話，他們會想用一大圈圍籬把我們給包起來，然後把黑泉變成杳無人煙的自然保留區，不過那樣一來，他們手上就會沾染三千條性命的鮮血，跟九一一恐怖攻擊的罹難人數一模一樣。所以他們敲定了封鎖消息的圍堵政策方針。直到解決之道能想出來之前——姑且不論到底怎樣算是解決——生活將會在這裡照常延續，同時我們還可以從幾乎追蹤不到來源的州政府小金庫拿到實為封口費的補貼。」

「這是形象問題。」彼特說。「脖子上有個疣，你就該乖乖地穿高領。」

「真要命。」柏特．德拉羅沙嘟囔著。「有人試過把她的眼睛扒開嗎？」

「有人試過一次。」彼特在沉默了好一會兒後說。「雖然他們連目標的邊都沒摸到。那是一九六七年，由點校軍事情報單位所發動的嘗試。風平浪靜太久，外界開始懷疑我們究竟有沒有必要怕她怕成這樣。甚至在鎮上，都有風聲傳出說有人單純想了解她，還有你知道的，想給她些什麼東西。那就像芭咪說的：也許她只是希望有人能聽她說話。這場實驗有拍成影片。勞勃，你是不是能播給他們看看？」

葛林姆從公事包中取出、打開了MacBook筆電。「我們常放這個片段，來讓新鮮人對事情的嚴重性有個概念。供你們形塑認知，腦中有個畫面，大概是這樣。只是容我警告你們一下：這當中所有人都展現了很差的判斷力。畫面也相當狂野。我說狂野，是審查過不了關，上不了晚間六點新聞的意思，這比喻你明白吧。」

「我不知道我想不想看。」芭咪邊說邊擦拭著眼淚。

「沒事，寶貝。」伯特說。「妳不想看就不要看。」他緊張地扭動著，並望向了彼特的方向，無言地表示他準備好了。彼特點了點頭。葛林姆把筆電放在了大腿上，點下了播放。

那些影像讓人頭皮發麻，絕對不誇張。那是來自六〇年代，用超級八（釐米）攝影機拍下的真實畫面，而葛林姆播放的是數位化後的版本。比起泰勒用GoPro拍下的東西，這段影片就像老電影一般，能夠召喚出即便是Instagram也只能勉強逼近的懷舊感。史提夫赫然發現自己直覺地偏好這種畫風，即便顏色都褪掉了，而且他的大兒子肯定會說他落伍到無可救藥。但這倒不是說史提夫在複習這段影片。他人坐在包廂的另外一邊，懷裡擁著喬瑟琳，眼睛盯著柏特與芭咪．德拉羅沙的臉。只是這樣，他就能知道電腦螢幕上演到了哪裡。每一個黑泉鎮民都有這種能力。他們都把那一幕幕畫面烙印在了腦裡，畢竟多數人都是從小就接受了這場震撼教育。史提夫極其反對把這段畫面播給黑岩小學的五年級看，所以當分別輪到泰勒、麥特的時候，他都考慮過要幫孩子打電話請病假。惟這麼做會招致的罰金真的太高昂。生在黑泉鎮，你就是得毫無彈性地遵守緊急命令。

他猶記得影片在小五生面前聯播的那幕，彷彿只是昨天的事情：所有的家長都沒有缺席，而那真的是個讓人非常不愉快的場合。對很多孩子來講，看這部影片就像一次揠苗助長、極其不堪的成年禮。

那段恐怖片的場景，是一處家醫科醫師的方形診療室，凱薩琳．凡．懷勒就坐在房間中央的椅子裡。沒錯，她被人千方百計，用前面有線圈的捕捉器逼著坐了下來，那是一種平常用來控制瘋狗或抓流浪犬的工具。一名點校軍官身著粗花呢西裝外套，隔著一段距離站著，捕捉器的線圈仍套在她頸子上。另有兩名軍官站在她的身後，手持棍棒而蓄勢待發。

但她並沒有想逃跑的感覺。此時的黑岩女巫毫無動靜。

房間裡還有另外三個男人：兩名黑泉鎮的醫生，外加一位攝影師一邊拍片，一遍用低沉的嗓音提供華特．克朗凱[13]風格的實況轉播。兩名醫生一語不發，而你不需要特寫鏡頭，也能瞧見他們額頭上斗大的汗珠。說他們緊張真的是一種很委婉的講法。他們單腳跪在巫婆前方，一邊小心不碰到她，一邊不停地在左右腳之間轉移重心，希望找到比較舒適的姿勢。其中一人手持鑷子跟拆線刀。「麥基醫師正從她嘴部移除第一道縫線。」恐懼與不確定在攝影師兼配音員的聲音裡聽得非常清晰。

葛林姆、柏特與芭咪三人——說不想看但還是看了的芭咪——看著麥基醫師小心翼翼地用鑷子將抖動而乾燥的膚肉從女巫左邊嘴角推開，繃緊了相隔最遠的縫線。他以刀刃沿縫線邊劃過去，然後只見那縫線如橡皮筋一樣斷開。這一彈，醫生縮了一下，然後換了個姿勢。他拭去了眉毛上的汗。凱薩琳仍舊一動不動。蜷曲的黑色線頭從她嘴角突出，就跟現在的模樣完全相同。我

---

13 Walter Cronkite。哥倫比亞廣播公司主播，冷戰時代的知名電視主播。

們可以看出她嘴角毫無疑問地在不停顫動。麥基醫師再次彎下了身，而此時他臉上浮現了一個驚訝的表情。另外一名醫師也挨近了過來。點校的幾位軍官聽不見她的低語；他們還不明白從那一瞬間起，他們已經都處於她的勢力範圍內了。「那是第一道縫線。」山寨克朗凱的聲音說，而麥基眨了一下眼睛。他又一次抹了抹眉毛，揚起了手中的鑷子，但半途他的手垂了下來。他再次低下頭來。「你沒事吧……麥基醫師？」攝影師問，而但麥基醫師沒有應聲，而是突然舉起手中的拆線刀，以媲美勝家縫紉機的速度，把刀往自己的臉上插，一遍又一遍地插。

接下來的幾秒鐘，所有事情都一起發生了。那是一種無法言喻，徹底的混亂。一聲讓人發寒到骨子裡的嚎叫聲傳了出來。攝影機被推倒在了地上，三腳架被硬壓在牆上，所以我們突然得從一個讓人頭暈想吐的角度去看整個診間。女巫此時已經不在她的座位上，而是在診間一隅站著，只有下半身能為我們所見，其他部分都被鏡頭的角度給切掉了。捕捉器已經被輾碎在地上。麥基醫師橫陳在一大片血泊當中，身體不住地抽搐扭動著。我們還看得到另一位醫生的雙腿——至少我們可以合理推測是第二個醫生的腿，因為點校的幾位軍官正失聲尖叫，逃離現場。芭咪．德拉羅沙看起來也想做一樣的事情；她把兩手握在臉的前方，像是吸不到氧氣似地猛力呼吸。她的丈夫也似乎震驚過度，而沒有意會到自己看的是真正發生了的事件。

「那，」勞勃．葛林姆說，「是情報單位最後一次吃女巫的虧。」

他按下了蘋果筆電的快捷鍵，螢幕隨之變黑。

「死了五個人。」彼特接著說。「兩名醫師當場自戕身亡，同時黑泉別處有三名年長者在街上暴斃，而且事發像說好了的似地全無時差。解剖顯示他們都死於急性腦溢血。我們合理推測這三人就死在第一條線頭被割下去的同一個時點。」

整個飯店酒吧陷入了沉默。史提夫瞄了一眼手機，時間已經是三點一刻了。芭咪躺在柏特的懷中，又是發抖，又是泣不成聲，至於其他人則不安地看著自己的腳。

「我不想回到那間房子裡了，柏特！」芭咪喊著。「我再也不想回去了。」

「乖，乖。」柏特用沙啞而富磁性的聲音說。「不想就別回去了。」他轉頭面向葛林姆。「這麼著，我們夫妻現在都很還驚魂未定。我真的很感激你們替我們訂了飯店房間，但我真的不覺得我跟太太會想多留在黑泉鎮一分鐘。我們有滿肚子的問題，但都不急著問。要是我太太的狀況還能開車，我們今晚會去曼哈頓的朋友家借宿過夜。要是不行，我們會搭計程車，在紐堡找間汽車旅館過夜。」

「我不覺得……」彼特嘗試插嘴，但柏特沒讓他有機會。

「明天我會打電話給真正的房仲。我……很遺憾你們得生活在這樣的地方，但……我們真的不適合。我們會搬走。」

「這恐怕，不可能發生。」彼特輕聲說道。此時史提夫意識到，就連彼特都沒有勇氣看著德拉羅沙夫妻說這壞消息。

終於柏特問了。「你這話是什麼意思？」

「你剛才左一句『你們的』鎮上鬧鬼，右一句『你們的』女巫。但我必須很難過地告訴你們，從今夜起，這也是『你們的』問題了。她不會放過你們的。你們已經是黑泉鎮的居民了。身為黑泉鎮民，詛咒也適用於你們。」

接下來的沉默只有勞勃·葛林姆敢打破，而他說的是：「歡迎回家。」他露出了病態的笑容。「鎮上有很多很棒的市集活動。」

第七章

泰勒隔天下午完成社區服務之後回到家，被雨淋成落湯雞的他繃著張苦瓜臉。飯桌前有史提夫捧著《紐約客》雜誌在讀一篇文章，但心不在焉讓他讀得一頭霧水，接連兩次得重回到起點。話說他們那天回到家，已經是早上五點四十五分的事了，這搞得他跟喬瑟琳都既厭世又疲憊。他們在廚房裡先是打起瞌睡，然後又在茶香中驚醒，直到史提夫生無可戀地發現屋後的樹林現出了白日的輪廓，原來朝陽已經在東方的天空露出了第一道魚肚白。他決定放喬瑟琳一個人去睡覺，自己直接跳級進入晨間咖啡模式——畢竟即便現在去睡，他還是七點就得起床上班。

那天下午上完了課，他退守到自己在研究中心的研究室，評閱一疊博班試卷，但弄著弄著，他卻發現自己瞪著窗玻璃上雨水流成的小溪。他的思緒飄向了不久前與德拉羅沙夫婦的對話。

「我不知道你有什麼心事。」他的研究生助理蘿拉．弗雷澤突然現身他的研究室，來歸檔一落表單。「但聽我的勸：回家睡一覺吧。你看起來就是沒睡飽。」

史提夫恍惚地對她笑了笑。「昨晚沒怎麼睡，我太太不舒服。」他頗吃驚於自己能信手拈來把謊言說得如此行雲流水。天啊，十八年的光陰讓他出落成了一個出口成章的大說謊家。黑泉鎮民的正字標記。彼特．凡德米爾肯定會這麼說。

「這麼不小心，等一下換成你生病。我不是在開玩笑。」

「我氣色差到爆，是吧？」他剛一這麼說完，柏特．德拉羅沙喊聲中的絕望射過了他的腦海：你們為什麼沒有更努力一點讓我們進不來，你們這些狗娘養的混帳王八蛋？

此時喬瑟琳正在樓上的床上睡覺，麥特在寫功課。泰勒對自己的爸爸咕噥了一聲毫無起伏的「嗨」，逕自上樓去把濕衣服晾起來。史提夫看得出他心中有東西壓著。他知道父子這時候應該來場對話，但要啟動對話有它的訣竅。你不能大剌剌地單刀直入，你得等到他自己想通了，想講了，然後再順水推舟。這種男孩專屬的脆弱與感性，是兒子一直很讓他欣賞的個性。

果然不出我所料，他這不就來了嗎，這是十五分鐘後泰勒下樓時，史提夫內心的旁白。但狀似在閱讀的他並沒有第一時間抬起頭來；他不想讓泰勒覺得自己一直在此守株待兔。

「媽說你們忙新生訓練忙到很晚。」泰勒勉力裝出一派輕鬆，在餐桌前坐了下來。

「別提了。」史提夫說。「我們後來搞了一整夜。」

「結果如何？」

「爛透了，就跟平常一樣。但他們會撐過來的。倒是你的社區服務做得如何？」

泰勒尷尬地臉紅了起來，笑得有點心虛。「所以你知道了。」

「全鎮都知道了。」他雖然嘴上這麼說，但眼睛對卻泰勒眨了一下，而且還像是信任兒子似地對他側腹揮了一拳。泰勒看得出鬆了口氣。「你們那群小蘿蔔頭，還挺有兩下子的嘛。」勞勃．葛林姆昨晚給我看了畫面。我必須說這是你們到目前為止，最嗆辣的代表作。」

「那可不。我們都嚇到了。而且老實講，對她做這種事，我還是有點不好意思。我是說，我們當然期待會發生點什麼事，只是這種結果真的突破了我們的考前猜題——我們壓根沒想到她會向後一屁股躺平……」

史提夫被逗笑了，但還是沒忘記要接話，而且這下子他還稍微嚴肅了些。「我希望你們知道自己真是超級狗屎運。稍微出點差錯，你們就不會只是在公園裡撿紙屑了，你們會被流放到那座孤島。」

「勞勃跟我們站在同一邊，你知道的。」

「勞勃，也許吧。但鎮議會肯定不是。你自己也說你們不知道結果會如何。她也有可能繞過燈柱往下走，結果答案揭曉是她一頭撞上去，然後往後倒在地上。天曉得還有沒有其他的可能。如果今天是鎮議會說了算，你們恐怕早就都去了肚兜鎮報到。」

泰勒不置可否地聳了聳肩，史提夫看了則是有點不知該怎麼回。「你們知道自己蹚的這是多大的渾水嗎？」他說。「自認是好意，不等於你們吃了無敵星星。這道理你懂吧。而且我這說的還不是她。鎮議會並不怎麼欣賞傑登．赫斯特這類人物，這次該不會就是他出的餿主意吧？」

「不，這是我們大家的意思。」泰勒眼神堅定，毫無閃爍地說。這又是另一件史提夫敬佩兒子的事情：泰勒從不會讓別人替自己的行為扛責任。

問題比較不在於他們惡作劇還拍成影片：這些都是男孩子愛玩的把戲。說起養育孩子，緊急命令的限制並不妨礙史提夫跟喬瑟琳向來的開明與進步。黑泉鎮還能維持秩序——或有人說還活得下去——，端靠這一點：黑泉鎮是一個洗腦洗得很徹底的社群。鎮民們恪遵規定度日，因為大家相信這些規定有用，也問也不問就接受這些規定。孩子們一邊吸著母奶，也一邊把緊急命令的戒律都吞進肚裡：汝等不得與女巫進行任何聯繫；汝等不得與外界任何人提及與她有關的隻字片語；汝等必得遵守訪客規範。還有一條彌天大罪：汝不論出於任何緣由，都不可打開女巫之眼。這些規定背後，代表的是恐懼，而史提夫知道恐懼沒有例外地會通往暴力。早些年，他在黑岩小學的操場上看過太多空洞而蒼白的小臉蛋上帶著一塊塊黑青跟浮腫的嘴唇。這些臉的小主人，不該把秘密告訴外地來的朋友或親戚小孩，而這點皮肉痛，就是要按其雙親的模樣，完成對他們的重新設定。

史提夫與喬瑟琳並不認同這些做法。他們選擇養育兩個兒子的方法，是童叟無欺的和諧與共生，這代表孩子希望的獨立思考可獲得充分的發展空間，但他們也不會對自己的現實處境視而不見。由此兩個孩子都出落成善良、理性的少年。看著他們的模樣，你自會相信這樣的孩子不會走偏變壞，不會去搞一些有的沒有的事情。

但這種信心，可能會讓人上當，史提夫心想。年復一年，你覺得自己已經控制住一切，但「肚兜鎮」這三個字某天突然出現在你的耳邊，然後你看到泰勒是如何不當回事地在你面前聳肩。

「你上一次去地堡是什麼時候？」史提夫問。

「六年級吧，我想。李察森老師帶我們去的。」

「也許是我們舊地重遊，去溫習一下風景的時候了。你還記得那裡頭是什麼模樣嗎？」

泰勒的肩膀垂了下來。肚兜鎮看守所離市中心約五英里遠，是位於哈德遜河中那幽暗的艾歐那島上、熊山橋的投影下，一座屬於私人產權的地下碉堡。黑岩小學經過特別調整的課程，會要求全體學生都得在就學期間前往地堡進行校外教學。「牆壁跟地板都墊了東西。」泰勒說。

「沒錯，而且那是有理由的。獨自在那兒的任一間牢房中被禁閉三週，誰都會發瘋。你會痛苦到跪求他們讓你重回黑泉鎮，但想真正理解牆墊跟地墊的用途，要到第三週的中間，當你開始失控而產生自殺傾向的時候。有人會看著你，不讓你真正死成功，但你還是得死死看。這麼說你懂嗎？」

「爸，我懂啦。」泰勒嘆了口氣說。

「不，你不懂。」史提夫說著，然後五臟六腑彷彿被一隻冰冷的手掐住，多年前在泰國的回憶閃過眼前，當時他把床單握在手中，眼前是自己垂盪的雙腿……那樣的死意距離實現，究竟近得有多驚險？「這就是了：你不懂，而那正是問題所在。」

肚兜鎮設立的初衷是，若被判罪之人能親身體驗過女巫的影響，那他就會了解他對自己與其他鎮民造成的危險。而雖然史提夫在原則上強烈反對這種刑罰，但他也無法否認這一招非常有效：再犯率幾乎為零。

「你知道他們在肚兜鎮違反了多少條基本人權嗎？」泰勒發表了看法。

「或許吧，但我們面對的不是什麼獨裁者或暴君。凱薩琳是超自然的邪惡化身，所以正常的社會規模完全不合用，我們前三名的考量只能是安全、安全，還是安全。」

「你聽著像是支持這種做法。」

「我當然不支持。但你難道沒看見黑泉鎮是一大群清教徒混蛋說了算嗎？我支持或反對根本無關緊要，重點是他們支持。你想反駁他們請便，我等著看。除此之外，你覺得我們還能怎麼做？」

「我們應該『出櫃』。」泰勒說得一臉嚴肅。

史提夫揚起了兩道眉毛。「是喔，那請問你要怎麼執行？在深洞路辦一場大遊行嗎？」

「哈哈。說正格的，《噬血真愛》裡的吸血鬼就讓外界知道了他們的身分。開大門走大路，拿出科學證據，那外界就不可能無視我們，這跟女不女巫無關。我們還沒嘗試過的，就只剩下這件事了。」

「泰勒……《噬血真愛》是電視影集！」

「那又怎樣？媒體本來就會啟發現實。不然怎麼會有阿拉伯之春。那一開始也只是有個人把他的夢想放到臉書上。兩個月後，人就塞滿了開羅的解放廣場。那些人會願意動動屁股、起身而行，契機就是社群媒體。即便你生在伊朗，自由距離你也不過就只是點幾下滑鼠而已。伊朗能，黑泉鎮為何不能？」

「泰勒……」史提夫結巴了起來，但少年卻說得熱血沸騰而欲罷不能。

「不是只有我一個人這樣想。年輕人都有這種想法，我只是比他們有勇氣開口而已。我們已經受夠了彷彿黑暗時代的日子。我們想要自由上網，想要隱私。我們的臉書跟WhatsApp訊息都得經過駭克斯的審查，搞得這裡好像他媽的莫斯科一樣，更別說有時候根本連不上網，像想上推特就會被擋。你知道黑泉鎮落伍到多麼不可思議的程度嗎？你的世代或許被洗腦成功了，但我們想要改變。」

史提夫看著兒子，心中滿是忍不住的敬佩。「鎮上大多數人根本不在乎你上不上得了網。他們只知道網路是他們迷宮裡的一個天大的漏洞。千萬別拿你的這些想法去跟別人講，他們只會讓你更沒自由。」

「就讓他們來啊。」泰勒說得一臉不屑。

「是喔，那你打算怎麼做？把她一頭撞上燈柱的微電影當成附檔，寄給《紐約時報》嗎？」

泰勒發出了一聲呻吟來表達他無盡的鄙夷。「我們會請國家地理頻道或探索頻道來拍紀錄片，期間徹底保密且做好萬全準備。這部作品自然會在媒體上爆紅，鎮上會人滿為患地湧入來自世界各地的記者與科學家。話說到底，這靠的就是好的準備功夫。只要我們從一開始就認清這是多嚴肅的事情，並且知道讓她眼睛跟嘴巴保持封閉的重要性，那過程就絕不會出任何問題。」

「泰勒……到時候軍隊非進來不可！黑泉鎮會被記者跟病態的好奇寶寶給踏成平地，然後官方就會宣布這裡是疫區，搞不好還會說這是為了我們的安全起見，但那當然會是謊言，他們這麼做是要預防動亂。跟不可預測的女巫不一樣，獨裁者是很好懂的。你的計畫，只會逼著他們把我們徹底封鎖在世界之外。你覺得現在不自由？到時候你就知道什麼叫做真正的不自由。」

泰勒輕微地動搖了一下。「也許一開始會像你說的那樣吧。但你想想。有了那麼多的攝影機來到邊界上，我們會有多好的平臺可以說明黑泉鎮的故事！我們會被世人的同情心淹沒。運氣再好一點，我們甚至可以找到辦法把事情解決，一勞永逸！讓世界有機會陪我們一起想辦法。我是說，我們肯定不是有史以來第一個舉頭三尺有詛咒的城鎮吧。」

史提夫覺得十分困惑。這並不是一時興起。泰勒感覺是百分百確定，但這是不可能的事情啊。前一晚的柏特・德拉羅沙問題一堆，而他記得柏特在最後情緒失控前所噴出的其中一個問題是：這麼大的事情，怎麼可能保密這麼久？新居民最百思不得其解的，永遠都是這個問題。而史提夫的回覆則完美地總結了泰勒的理想何以是異想天開：話說到底，我們想要活下去。這秘密要是傳出去，黑泉鎮民幾乎是必死無疑。每一回有外來者進入黑泉鎮，不論其身分是軍方的官員或研究超自然現象的科學家，他們都會在感到恐懼與不可置信之餘，也心懷想把她眼睛打開的好奇，就像是那股慾望控制住了他們。要不是一九六七年發生了那場慘劇，我們不知道要靠天殺的多少賄賂才能把他們請走。這就是為什麼我們要盡一切力量來掩蓋她的存在。我們圍著她蓋起貼了磁磚的圍牆，我們拿屏風擋在她的前面，免得出現在餐廳或超市裡的她會太過顯眼。不過是去年復活節前後的事情，她出現在市場與熟食店裡的一條走道上，然後一待就是三天。我們不得不拿一個真人大小的空心復活節兔子，往她的頭頂套下去，就像她是茶壺，而兔子是包溫用的茶壺套一樣。點校把葛林姆叫去訓了一頓，但他們不懂在第一線的人要如何腳踏實地完成使命。我們會在她走過的街道拉起封鎖線，會圍著杵在林道上的她種起灌木叢……有用的招數我們都會用上。但我們真正的大絕招是這個：我們會拿她來說嘴，就像羅斯威爾對幽浮做的事情一樣。你沒看到蘇氏高地小館的前面立著個色彩鮮豔，掃帚不離身的駝背老巫婆嗎？那尊人像看起來不太像凱薩琳，而比較像是《綠野仙蹤》裡的西方邪惡女巫，但女巫就是女巫。然後一旁就是支木製的歡迎招牌，上頭寫的是：**黑泉鎮，黑岩女巫的故鄉**。蘇氏高地小館規劃了專門的林間賞巫之旅，三不五時就會有團體報名，主要是退休人士來踏青或是地方上的學童來校外教學，而他們都可以跟女巫合照：其本體是鎮上的女演員。我知道，這聽起來很老套又沒創意，但沒有比這好的幌子了，畢竟我們沒辦法保證她永遠不會被目擊。這裡是相當受遊客歡迎的地區，經常有大量的登山者或觀光客來此留下足跡。一旦有外地人不巧看到她——這很少發生，感謝勞勃．葛林姆的優異工作表現——我們就會臨時組成一支從蘇氏小館出發的表演團，但其實參加者與女巫都是來自黑泉鎮的演員，然後透過他們的演出來混淆視聽，讓外來者的說法失去公信力。結案過關。

泰勒想要讓這秘密出櫃的想法，聽在有著清教徒靈魂的黑泉鎮民耳裡，就像有人故意要跟他們作對。那是個極為理想化、極為叛逆的想法。而在像黑泉這樣一個由恐懼統治著的社區，叛逆是一種非常危險的東西。這裡僅存的任何一絲理想主義，都早被送上以安全為名的祭壇上，成為了犧牲品。而史提夫說什麼也要攔著泰勒，以免自己的兒子變成壇上的祭品。

「聽著。」他說。「我很以你為榮，很欽佩你願意為理想站出來。但十個黑泉鎮民有九個只想維持現狀，因為他們不想賭上一條命。像你這樣的提議，進了鎮議會根本不會有任何通過的機會。像這種毫無勝算的戰鬥，你為什麼還要堅持打下去呢？」

泰勒很不舒服地扭曲著身體。「我不知道。一種原則吧。我想要有自己的人生。我不想一輩子待在這個偏僻的鄉下。難道你想？」他像是鼓起勇氣說了這些話，然後最後一鼓作氣地補上最後一句：「而且我想跟蘿芮全盤托出。」

啊哈，這才是真正的問題所在，史提夫心想。這一切都跟愛有關。他感覺到自責帶來的劇痛：泰勒確實不應該在黑泉鎮了此一生。他突然發現兒子換上那副憂心忡忡的表情時，跟他母親竟是如此地神似。

「爸，如果我想把真相告訴蘿芮，你願意挺我嗎？」

「你知道我做不到。」

「我知道，但我真的受夠了得在她面前說謊。你以為她從來不問自己為什麼幾乎都不能在我們家過夜嗎？她以為你跟媽是電視佈道家。」

史提夫壓抑著想笑的衝動——這麼嚴肅的事情他可不能笑場。蘿芮跟泰勒很是相配，聰明又有主見的她是那種幾乎不化妝，但天生麗質的女孩兒。泰勒在七八個月前第一次帶她回家。「你們兩個認真到什麼程度，說正格的？」

「我愛她。」

史提夫嘆了口氣。「我在你們開始約會的時候就警告過了。蘿芮來家裡我很歡迎，你可以把所有的訪客時間都用在她身上，我一點都意見都沒有。但我們不能讓她待超過宵禁的時間。這要是被他們發現，罰金可會讓我們不得不把馬賣掉。你應該要感謝麥特時不時把他的訪客時間讓給你用。」

「這我了解，所以我才覺得要是她知道……」

「你知道不會有那一天的。這跟告訴女朋友你吃素或是雙性戀，可不是同一個等級的事情。你要單挑的是整個黑泉鎮的人。」

「這種人我不會是第一個，你知道的。」泰勒怒氣沖沖地說道。他從桌邊跳了起來。「你真的天真地以為沒有人把真相告訴他們來自他媽外地的朋友嗎？」

「當然有。但也是那些人會在發現鄰居做著一樣的事情時，最大聲地高喊著：『我能判斷自己的朋友信不信得過，但我的鄰居不行。』」

「你知道那聽起來有多偽善、多雙標嗎！」

「歡迎來到地球。你——」

「歡迎來到黑泉鎮！」泰勒突然高喊了一聲——真的是大喊一聲——搞得史提夫嚇得倒退了一步。他意會到這問題對兒子來說有多敏感、多個人。史提夫必須如履薄冰地進行解釋的工作，讓泰勒知曉自己在憤怒之中究竟忽視了什麼——那是一件明顯到如同俗語中所謂「屋裡的大象」、但泰勒卻視而不見的事情。

「你不能跟蘿芮說，泰勒。相信我：你不會想這麼做的。那賭注真的太大了。你根本猜不著她會如何反應或回答。你無權讓她背負這樣的重擔。」

「但你這樣說，不就是要我騙她一輩子嗎。明年期末考完，她想去歐洲長住六個月，而她也邀了我一起去。你說我該怎麼回答她？『我比較想留在老家，跟我與生俱來的阿達一族為伴嗎？』」

「泰勒，我很遺憾，但你跟外頭的女生交往就是會遇到這種問題。蘿芮想上大學，想出遠門去看看世界——誰又能苛責她呢？我知道這對你不公平，但你就是不能離開這裡。你要是願意每天花四小時坐火車通勤，那要在紐約念大學也不是不可以，但你覺得那樣的日子你能夠撐多久？她又能撐多久？」

泰勒的雙唇在絕望中抖動著。「所以你想說什麼？我能跟她分手最好嗎？」

「絕對不是。但你還這麼年輕。你不應該把自己綁住……」

「我愛她，我絕對不讓這座混帳小鎮拆散我們！」

「所以你有什麼別的辦法？」史提夫問。他嘗試把手放到泰勒的臂膀上，但少年抗拒地甩開了碰觸。「你知道你要告訴她真相只有一條路可走，那就是除非她打算搬來黑泉鎮——或者，讓我調整一下說法，除非她搬進來黑泉鎮。我還是那句話：你真的想對她做出這種事嗎？你會成為那個決定她一生命運的人。你覺她能有朝一日原諒你嗎？」

「你不也這樣決定了我跟麥特的命運！」泰勒怒火中燒而擠眉弄眼地說。

這樣的口無遮攔，自然讓他立刻就後悔了，因為話說出去就像潑出去的水，想收也收不回來了。史提夫感覺一抹陰影讓自己的臉色暗沉了下來。那就像他體內最深處的傷口被抹上了鹽巴：他想回到黑泉鎮那個時運不濟的決定，讓兩個孩子的人生從此翻不了身，讓他們從還在襁褓中就注定了翻不了身。史提夫看著泰勒，轉過身去，然後坐了下來。

「那麼說並不公平。」他輕聲說。語氣裡的焦躁被代換為了痛苦。「不然我們該怎麼做？去墮胎把你拿掉嗎？」

「對不起。」泰勒不安地小聲道了歉，但史提夫腦海中又再次迴盪起柏特．德拉羅沙的哀嘆：你們為什麼沒有更努力一點讓我們進不來，你們這些狗娘養的混帳王八蛋？柏特貨真價實地哭了出來，臉上沾溼了淚痕，而那些可不會是他最後的眼淚，史提夫很清楚，因為他十八年前也掉過一樣的眼淚。我真的很抱歉，他說。有良心的做法是把黑泉鎮密不透風地封鎖起來，然後讓詛咒與我們這一代人一起死去。確實，我們這兒的空屋率比哈德遜河上任何一處都高，我們會用定時開關讓房子裡的燈光有所明滅，讓它們看起來有人住在裡面。勞勃．葛林姆跟房仲共同拚了命，就是要讓人進不來。但鎮議會在柯頓．馬瑟斯的領導下，鐵了心要保持鎮上的健康發展，抗拒無可避免會發生的老化問題。讓一定量的新人加入是兩害相權取其輕的折衷作法，他們是這麼說的。這是一種犧牲，但在此的鄉下生活真的沒那麼糟糕。好吧，有些小地方真的不太方便，像是你無法出遠門去度假，你必須要登記客人來訪（你懂的，以免引發紅色警戒），還有就是一些上網的限制；喔，對了，你最好還能好好安定下來，因為你再也走不了了……但只要你乖乖地不亂來，按著規定去做，那生活還是很美好的。而且現實擺在眼前，我們不可能在政治與社區事務的規劃上假裝這裡沒有超自然現象，是吧？話說到底，希望永遠存在。我們還是希望有朝一日，通過某種因緣際會，這樣的狀況可以……自行化解。

「聽著。」史提夫講起話來有種無法言喻的疲憊。「我昨晚得花上整整一小時，使盡渾身解數，才能向新進者解釋我們到底是哪裡不對勁，為了什麼沒有阻止他們買下那棟房子。鎮上的政策讓我倒抽一口冷氣，勞勃．葛林姆也是。那絕對是不好的政策。你若是真愛蘿芮，就不要對她做這種事情。除此之外別無他法。」

「出了櫃我們就會有辦法。」泰勒倔強地噘起了嘴。

「明年你在法律上就成年了。成年你就可以向鎮議會提案。到時候你想提案到怎麼樣的鼻青臉腫，想要招攬多少你的同志，我都懶得管。要是你真的有本事提出一個好的方案，我也隨時準備好投你一票。但在那天來臨之前，我不許你做任何違反法律的事情，而你也絕對不許沒問過鎮議會就去做什麼蠢事。不准再提跟女巫有關的胡言亂語，不准再拍影片放到YouTube上面去，也不准再動什麼歪腦筋。清楚了嗎？」

泰勒嘴裡不知道咕噥了什麼東西。

「你沒有藏著掖著什麼自以為的錦囊妙計——吧？」

「沒有啦。」稍稍遲疑的泰勒回答得不情不願。

史提夫迅速地用像在搜索什麼的神色看了泰勒一眼。「你百分之百確定嗎？」

「我已經說了沒有，不是嗎？」他不耐煩地跳了起來——他們父子倆都已經又累又煩躁。

「天啊，爸，你究竟在怕什麼？」

史提夫嘆了口氣。「上一次有人想把這玩意兒公諸於世，是一九三二年，經濟大蕭條的時候。舊林場歇業之後有工人沒了工作，於是他們就威脅要去外頭大肆宣傳，除非鎮上用另外的工作把他們請回去，畢竟他們也不可能去別的地方另謀高就。鎮上經過投票之後決定殺雞儆猴，否則日後難保不會再被其他人勒索。而鎮上樹威的手段就是在鎮廣場上公開對這些人處以鞭刑，然後以火槍隊的形式將他們槍決。」

「爸，現在已經是二〇一二年了。」

「沒錯，火槍隊那一套他們肯定不會再用了。但體罰仍明文規定在緊急命令中，而你要是低估了他們狗急跳牆時會做出什麼事情，就太不聰明了。」

泰勒沉默了好一段時間。終於他緩緩地搖了搖頭。「這太扯了。我們或許很亂來，但他們簡直是亂來中的亂來。」

「一言以蔽之：『歡迎來到黑泉鎮。』」史提夫說。

第八章

葛莉賽妲肉鋪食堂的老闆娘，葛莉賽妲．霍斯特，在雨中匆匆忙忙地跑過黑泉鎮的高級住宅區，上礦物谷的街頭。她駝著背，胸口緊抓著一個小小的白色袋子。她身穿的斗篷附有塑膠材質的連帽，而她未老先衰的灰髮就一簇簇溼答答地從中突了出來。那兜帽若是紅色，她就會活像是出自另外一個童話故事的小女孩了……有大野狼而沒有巫婆的那個。

她的嘴唇上沾著血跡，但葛莉賽妲並沒有注意到這點。要是鎮上的街坊看到她狂奔成這樣，恐怕不會有幾個人認出是她，因為熟客心目中的葛莉賽妲是個堅強的女人——或許多了些情緒，或許身上看得出生命歷練的痕跡，但大家對這樣的她懷著敬意。對許多人而言，葛莉賽妲肉鋪食堂是生活在黑泉鎮，沒事可以去待著的地方。在這點功能上，葛莉賽妲肉鋪食堂甚至於比廣場對角的「沉默男子」酒館還強。去沉默男子，大家為的是買醉忘記一切，而來到葛莉賽妲，客人會帶著臉上用溝槽寫成的記憶，保持著清醒。也許是因為葛莉賽妲也有一張跟他們一樣的臉吧，所以他們才總是會來到她這裡點一盤肉製品來大快朵頤，順便把鎮上最新的閒言閒語溫習溫習。沒人不知道她的過去，但大家從來不提，就好像那有目共睹的拳印跟她曾用來覆蓋瘀青的化妝品，都是一種打是情罵是愛的痕跡。提到她的老公是一種禁忌，正牌的肉販老闆吉姆．霍斯特在七年前因為適應不了黑泉鎮的生活而消失無蹤——唯一的線索或許是波士頓水溝裡一份報紙上的匿名報導：無名氏縱身一躍跳到火車前面。他們對真相都心知肚明，但都不打破密謀的沉默。

對葛莉賽妲來說，她知道自己吃的苦頭並不影響店裡最忠誠的客人思念吉姆，只不過他們也絕不會在被問到時承認這一點就是。吉姆時代的肉舖食堂會名氣如此響亮，得歸功於鵝胸肉派這道吉姆自己亂拚亂湊出來，而且每天新鮮現做的珍饈。相較於吉姆巧手做出來的精品熟肉，葛莉賽妲那酸嗆的霍斯特肉派根本是血肉模糊的豬頭肉凍，但黑泉的街坊們還是足足光顧了她七個年頭，葛莉賽妲做派的手也從沒有停過。你看到的，是黑泉典型的同情心態跟默哀儀式：大家會緊握葛莉賽妲的手、跟她臉碰臉，然後到了夜裡，完全沒有拆封的葛莉賽妲肉派會靜靜躺在這些人家裡的車庫垃圾桶裡，而大家心裡想的都是：她會在哭嗎？還是她真的像外表一樣堅強？

但如今的葛莉賽妲沿身旁的奢華農園，走在上礦物谷的山坡上，矮壯的身形顯現出驚慌，這樣的她看來一點都不堅強。她看起來更像個被流放的人，一個不久前被挑釁、咒罵、吐口水跟施虐的人。

嘿，妳這汙穢的婊子，雙腿要不要再開一回啊？

說這話的是亞瑟．羅斯，而羅斯已經不知道她姓啥名誰了——至少不再知道了——當時葛莉賽妲正踏出安非他命教堂底下的牢房。

滾開，妳這有病的賤貨！

這話半小時前出自她親生兒子，傑登的口中。

而在承受了每一聲殘酷的言語後，她都告訴自己這些話已經不再會讓她想起吉姆是怎麼用長繭的手用力扯她發紫的乳頭，吉姆的拳頭已經不會再對她造成任何痛楚，而她也已經聞不到他混雜著伏特加與鵝胸肉派氣息的口臭。

妳喜歡這樣嗎，葛莉賽妲？妳嫁給我不就是為了這些嗎？

葛莉賽妲停在了路邊一處果園旁，環視起山坡。那兒沒有人會盯著她看，所有人都在家裡看地方新聞或《法網遊龍》，而且還第一次打開了今年秋天的暖氣。她迅速地抬起自己粗壯的骨架，翻進果園，然後沿著園內陡峭斜坡攀爬來到樹林邊緣。這裡的地面相當潮溼，她因此腳下滑了兩次，磨破了兩隻手掌。等好不容易抵達另一端，上氣不接下氣的她跑上了由樹木覆蓋的冰磧，然後才終於可以稍做休息。這兒沒有路，更沒有監視攝影器，而且一路向上到艾克曼角都是如此。

林中的空氣因為潮濕與葉黴的氣息而顯得厚重，而葉子會長黴是因為雨水從具有厚度的葉片層中慢慢滲透下來。別人可能會納悶於這兒完全聽不到鳥兒或蟋蟀的叫聲，昆蟲也一隻都瞧不見，但葛莉賽妲一點也不這麼想——至少在黑泉鎮不會這麼想。她跌跌撞撞地又前進了一些距離，仍舊氣喘吁吁，劇痛從肋骨骨架底下如火山爆發。終於她來到一處由亙古以來的融雪鑿進黑色岩盤、如今已乾涸的河床。河道在一銳利左彎處上橫著一棵倒臥的樹木，而葛莉賽妲便在這停下了腳步。

站在倒臥樹幹底下的沒有別人，正是凱薩琳。

她整個人被籠罩在陰影之下，雨水浸濕而看不出形狀的衣裳黏在她孱弱的軀體之上，讓她看起來比實際狀況還要更加嬌小而弱不禁風。葛莉賽姐並非什麼高大的女子，但她還是比女巫高上起碼一個頭，要知道女巫不是普通的瘦弱，而是身形幾乎如同小孩一樣。早年的人本來就長不了多高，葛莉賽妲心想。女巫並無任何動靜。從她已吸飽水之頭巾所滲漏下來的雨水，匯集在她凋萎眼皮上的線頭之間，然後從她膚肉有輕傷的破綻處滴下了臉頰。那產生的視覺效果就像她在哭泣一樣。

「嗨，凱薩琳。」葛莉賽妲羞怯地說。她把視線垂到了地面上。「我本想給妳帶支雨傘，但淋雨對妳已經應該不是個問題了，對吧？」

眼皮被縫住的女人依舊靜如雕像。

葛莉賽妲在凱薩琳的腳邊跌坐了下來，以一個角度背對著她，然後為關節痠痛發出了呻吟。溼跟髒都無妨，她就想歇會兒、喘口氣。她沒笨到在跟女巫講話時時正眼看著她，就像我們都知道在闖進野獸領域時不要瞪著人家。女巫君臨於葛莉賽妲之上，彷彿她是某種偶像。她嘴角念念有詞的低語，音量稍微大過嘆息。而雖然葛莉賽妲是如此接近女巫，近到那厚重、古老的氣味有點讓她無法招架，但雨聲與林子裡的各種聲音蓋過了她的咒語，而地球上沒有任何一樣東西可以讓她朝凱薩琳更靠近一點……更甭說要她去觸碰凱薩琳。

葛莉賽妲從她袋子中取出了一個紙袋，又從紙袋中取出了一個紙盤，紙盤上有一片霍斯特肉派。她把肉派放在自個兒身旁的地上，凱薩琳骨瘦如柴而盡是汙垢的雙腳前方。雨水從女巫衣衫的縫線上滴下來，掉到了肉派上，於是葛莉賽妲把盤子朝前拉了一點。這還是免不了肉派會偶爾被從正上方樹枝滴下來的水給滴到，但起碼比被女巫衣服污染過的水滴到要好。

葛莉賽妲環顧了四周，這兒除了她們再無別人。

「我給妳帶了片特別厚的肉派。」她開了口。「因為我想要為了傑登的所做所為道歉，凱薩琳。他是被那些狐群狗黨帶壞了。我的意思妳懂吧。他們那麼做是對妳的不敬。」

眼皮被縫住的女人依舊靜如雕像。

突然間葛莉賽妲開始掏心掏肺。「他們對妳做的那些事情，真的太過分了。那把戲實在有夠惡劣！妳沒有傷著吧，親愛的？我已經好好訓了他一頓，真的，我沒有騙妳。而他也不會這麼便宜就沒事了。我一定會讓他為自己的罪孽付出代價，妳聽到了嗎？我怕得要命，真的怕死了！他之前有乖過一陣子——我是說我那兒子，傑登——但事情現在全變了樣。我現在跟他簡直無法溝通。他都不跟我講話，甚至連他的快速球多快，帶出去的女朋友多正，還有其它他喜歡的東西，這傢伙都不跟我聊了。我覺得好無力！妳生氣我可以處理，他原本就三天兩頭跟我嘔氣。我自己脾氣也沒多好，妳知道的。但像他現在這樣無視於我的存在，我實在沒輒。有時候我會想說自己是不是沒一樣做對，但我真的不曉得該對他嚴厲一點或放鬆一點。妳知道我們經歷的事情。這對他來講也不容易，然後又發生了這樣的事情……」

一攤雨水緩緩地在女巫腳邊盤子上的肉派周圍集結。葛莉賽妲並沒有看見。她接著說：「喔，親愛的，別誤會；他們對妳真的太失禮了。但這並不是他的主意。傑登真的太容易被朋友影響了。出這餿主意的多半是那個老跟他在一起鬼混的穆斯林男生吧，那個叫布蘭的。我看一定就是他——這完全就是他那種人會做的事情，對吧？至於傑登？喔，傑登有時候是挺會給人添麻煩的，但他對人從來沒有惡意。妳要是能看到他在店內裡裡外外地幫忙……內心深處，他真的就只是個脆弱的孩子。」

但也就在此時，他的話語如雷貫耳地響徹她的心靈，那音量之大與出現之突然，讓她不由自主地四處張望起來：滾開，妳這有病的賤貨！

儘管事情在黑泉鎮已似乎鬧到無人不知無人不曉，葛莉賽妲卻要到那天早上，第一批大嘴巴的肉舖客官上門後，她才有所耳聞。感覺就像半個黑泉鎮都跑了出來，就想一睹肉舖老闆娘震驚到啞口無言的表情，而當消息傳出去說她還被蒙在鼓裡，想來見證歷史的朝聖人潮又更加踴躍了。薛佛家那個嫁給某有錢外科醫生（原因眾所周知）的女人，還欲罷不能地兩回去而復返，藉口是她的霍斯特肉派忘了拿。薛佛醫師娘哪有買過任何一片霍斯特肉派啊。

有些人面露憤怒的神情，但多數人看來只是來尋個開心，而葛莉賽妲確實十分震驚。她剛下定決心要聯絡柯頓．馬瑟斯，鎮議會的主席——她本人作為清清白白的公民表率，也是鎮議會的一員——馬瑟斯要找她的電話就在正午生意最忙碌的時分打了過來。葛莉賽妲退到了後場，搞得午餐餐廳裡跟櫃臺前的客人好奇得發狂。

電話中的馬瑟斯老鎮議員聽得出怒不可遏。他非常不能苟同葛林姆跟闖禍的少年們妥協，讓鎮議會在這件事上被晾在一邊。為了避免民眾大規模的反彈，鎮議會唯一的選擇只能是以官方立場警告一下這幾個少年，不過這位老大爺還是毫不拐歪抹角地強調，為了傑登好，為人父母者應該對孩子好好管教。最後葛莉賽妲抽動了一下，是因為聽到柯頓．馬瑟斯說：「信不信由妳，鎮上其實好像還滿認同這些小兔崽子耍的這點把戲。」

這之後，她開始害怕了起來。到了下午，那種害怕緊緊地纏住了她的胃，而且還愈纏愈緊，就好像有場無可避免的大難正如高鐵般直衝過來。她害怕的並不是傑登接下來的處境，店的形象是否受損她也並不擔心。就跟鎮上的其他人一樣，葛莉賽妲只要活著就無時無刻不懼怕的，是凱薩琳．凡．懷勒的邪佞目光，他們就怕哪天自己會被那眼神盯上。雖然每個人都知道葛莉賽妲那暴躁的丈夫是死於凱薩琳詛咒下的冤魂，有項秘密他們倒是聞所未聞：從丈夫手中重獲自由的第一天起，葛莉賽妲就暗自對凱薩琳心懷感激，而她對凱薩琳的恐懼，則轉化成了一股強烈的決心——她說什麼也要讓自己在擺脫丈夫之後也擺脫女巫的邪惡目光威脅，取得真正的自由。在這漫長的七年中，她用秘密到不能再秘密的方式，冒著比肚兜鎮可怕不知多少倍的刑罰風險，做著幾件事情。葛莉賽妲一直在給凱薩琳提供禮物與小道消息，也一直抓準時間趁凱薩琳出現的前一天，跑去把她固定途經的人行道給掃乾淨。她會一五一十把從鎮上聽來的秘密與故事，毫無忌諱地全說給凱薩琳聽——包括她正巧在肉舖裡聽得最可口多汁的閒言閒語——還會告訴凱薩琳壞事是誰幹的。她希望的是這些進貢可以換來凱薩琳的恩寵，以便萬一發生了最壞的情形，她跟傑登也可以被饒過一條小命。她會把凱薩琳被風吹歪的頭巾給弄正（當然不是親手調整，而是拿根長棍去撥），會把好像讓她不舒服的鐵鍊位置加以調整。她把女巫重塑成了一位供她崇拜的女神，漸漸地，她內心信奉的不再是古老的巫婆傳說，而是女巫本人。葛莉賽妲願意為凱薩琳赴湯蹈火，除了一件她實在做不到的事情……就是打開凱薩琳的眼睛。

「但，」她曾經偷偷對女巫說過，「我知道有朝一日，有誰會出來提供妳這項服務，凡・懷勒女士。」——當時她們還沒熟到可以直呼姓名——「我希望到了那一天，妳能記得我一直對妳的好。」

只不過，她七年來的心血累積，可能已經被傑登的一次胡鬧毀於一旦。

所以她必須明確表達自身的立場。她等在廚房，傑登人還沒完全進門就被她反手賞了一記耳光。傑登痛得叫了一聲，退後靠在流理臺上。這一巴掌，回響得跟槍聲沒兩樣，廚房中頓時充滿一觸即發的緊張。在這之前，她從來沒有打過自己的親生骨肉，雖然吉姆早已賞給傑登兩人份的拳頭。但這次她真的不得不這麼做：這條路由不得她回頭。

「你在想什麼？」她的聲音在冰冷中藏著怒火。「你到底在想什麼？你腦袋裡裝的都是屎嗎？」

「媽，妳這是幹嘛！」

葛莉賽妲的手又一次火箭起飛，高舉在空中，這回是正手拍打在傑登臉上。他甩動起雙臂想要撤退，但卻再一次與流理臺撞個正著。葛莉賽妲感覺到臉頰升起一股熱度。同一種熱，她曾經在吉姆兩眼無神地舉起拳頭，朝她直撲過來時感受到過。但一看到這高大魁梧的年輕人退縮了起來，她就知道自己已成功將他逼入了她設定的框框：被殺個措手不及而露出窘樣。

「你怎麼可以做這種會危害到我們的事情？你以為瞞得了我嗎？現在全鎮都知道了。你怎麼能糊塗到這種地步？」

「妳這是怎樣啊？」

「我說你，你給我閉嘴！」

傑登是真的被嚇了一跳。「拜託，妳緊張個什麼勁兒，事情都處理好了啦。葛林姆已經讓我們去公園撿垃圾了，但這樣做真的有夠白癡，因為領薪水的公園管理員還會重掃一遍。但也OK啦，隨他們便。」

「葛林姆要你們做什麼，不干我的事。你現在要交代的人是我。」

「妳算哪根蔥啊。」傑登稍早確實動搖過，但這會兒他又振作起來了。那副讓她恨得牙癢癢，桀驁不馴的叛逆表情，這會兒又回到了他的臉上。「鎮議會說是……」

「這跟鎮議會有什麼關係！」她脫口而出。「這是你跟我的事情，你不懂嗎？」她緊張兮兮地環顧了四周一圈，壓低了聲音。「萬一哪天好死不死，她眼睛睜開了呢？你有想到這一節嗎？你覺得像你這樣捉弄她，拿她尋開心，她到時候會饒過你嗎？你知道自己在挖洞給自己跳嗎？」

讓她很難過的是，傑登對她這番話的反映是開口笑了出來，但那不是開心的笑，而是一種彷彿高高在上，覺得她很可憐的笑。「說真的，媽，妳病得不輕。」

撂完話他正想大搖大擺地離開，葛莉賽妲抓住了他T恤的衣領——有身高差的她得「高攀」傑登才能做到這樣——把他給丟回到流理臺邊。「你哪兒都別想去，這位先生。」

「妳少碰我。」傑登回嗆了一句，並順便兩手一抬，掙脫了她的控制。

「你爸的下場你不會不清楚！你想跟他一樣嗎？」這話有中：葛莉賽妲瞧見他僵住了的臉。

雖然那男人三天兩頭把自個兒的兒子打得鼻青臉腫，是不爭的事實，但傑登仍願意為了他萬死不辭，上刀山下油鍋——葛莉賽妲真他媽想知道那男人做過什麼值得尊敬的事。雖說傑登現年十九歲，喪父已經是七年前的往事，但那種感覺仍殘存著。「我就是在想，」她說，「我為了我們母子倆這麼拚，你覺得你去整她有幫到你媽嗎？」

傑登的眼神閃爍著三樣東西：噁心、鄙夷與恨意。她試著不要接收那股恨意，但它就擺在哪裡，活像一灘死水裡面怎麼也融入不進去的油。「要是她把眼睛張開了，」他說，「我們全部都得死。」

他轉過身去，葛莉賽妲再次扯住他，這次她改用求的：「事情不用走到那一步，你懂嗎？我會確保我們能活下來，你跟我，傑登。你聽我說……」

他原地轉了一百八十度。「滾開，妳這有病的賤人！」

啪！

她大腦還沒來得及思考，手就又揮了出去，而且力道之大前所未見。一秒之後，在光譜上可達到白色的熾熱痛楚在她腦中爆裂，而她人被向後擊倒在廚房的油氈地板上。她的下唇顫動著，嘴裡則嘗得到金屬般的刺鼻血腥味。她花了點時間，才弄清楚這是怎麼回事情。

傑登從門口有如一座高塔，居高臨下地看著她，左手還握著拳頭，嘴巴則半開半掩著。「我說過了別碰我。」他若無其事地說。他用掌心推了一下下巴，還使了一點力。「妳他媽的比他好不了多少。」

這是傑登離開前的最後一句話。而最傷她的既不是他的話，也不是他的拳頭，而是他看她的眼神。在痛楚的另外一頭，她看到的是遊樂場上的鞦韆，那是在另一輩子、另一個時空裡，她或許能推著他玩的鞦韆。在那個不存在的世界裡，母子倆會笑得多麼開心，那會是他們專屬的小天地。

難過歸難過，她還是設法振作了起來，她這一輩子都在設法振作。於是此刻她來到了林子裡。她的感覺一個是噁心，一個是虛弱。從聚積於河床的雨水表面上，她瞥見了一個倒影，一張她認不出的面孔：色白如蠟的鬆垮雙頰、眼袋懸在雙目下方，外加唇瓣看得出龜裂腫脹。

眼皮被縫住的女人依舊靜如雕像。

供品在她的腳邊躺著，碰也沒碰。

「告訴我該怎麼做，凱薩琳。告訴我；給我個方向，讓我可以去彌補。我從來都不太要求妳什麼，而妳應該知道我一直都很照顧妳。所以放過我們吧，拜託，當屬於妳的日子來臨的時候。賜予我們健康，讓我們免於疾病、罪孽，也免於妳的眼。妳的眼，不至於像他們說的那麼邪惡，是吧？」

她心不在焉地弄斜了紙盤，好讓雨水流掉。然後她把手指插入肉派，凹成鉤狀，然後想都沒想地把派吞進嘴裡。

「我被懲罰得還不夠嗎？看看我的臉，我比實際年齡看起來老上十歲。我不是怪妳，但環境就是這麼磨人。我的關節炎愈來愈嚴重，身上的疤痕就更不用說了。」

她的女神像尊佛似地俯視著她，一動也不動。葛莉賽妲又勾起了一指的肉派，然後好整以暇地將之從手上舔掉。

「妳帶走了我的丈夫，算是為我除害。妳知道我很感激妳讓我身邊不再有他的存在，雖然我內心還是會痛。但我心痛的不是他走了，而是他還在時的種種回憶。當然日子總是要過下去，這妳應該能懂。人總是要重新站起來。有些時候，我會覺得還撐得下去，但那種痛苦從沒有徹底離去。那是我帶在身上的標記，而我挑著這包袱是為了妳，就像妳也有他們擱在妳身上的重擔。我能感同身受，凱薩琳，我知道那是什麼感覺。正是因此，我才要請求妳這件事情：不要帶走我的孩子，也不要帶走我。請不要對我如此苛求。」

而就在葛莉賽妲上傳各種祈願的同一時間，她也順便嗑掉了整片被雨浸潤的肉派。使她欲罷不能的與其說是肉味，不如說是肝臟的組織。那些肝會沾附著她嘴裡卡在上顎的字眼，然後靠自身的重量，把她要說的話推落唇邊。

她是如此沉迷在自身的禱告中，以至於她沒有注意到女巫朝她轉起了頭。

「我該走了。」葛莉賽妲說。「天要黑了。倒也不是我不願意多陪妳一會兒，但太陽下山後還在逛大街，真的太顯眼。」事實上，夜幕低垂後還與女巫兩人大眼瞪小眼，是葛莉賽妲最不樂見的局面，而林裡的白天往往在轉瞬間變成黑夜。「安非他命教堂裡的亞瑟．羅斯還是老樣子。我今天過來之前才順道去看了看他。柯頓．馬瑟斯想讓我把他的配給砍半，所以我現在每兩天才送吃的給他。他都瘦到剩骨頭了。我想他們是想除掉他吧，但用這種辦法實在不太人道。文明人不來這一套的，是不？我賭他會出現在下一次鎮議會開會時的議程上，不過沒意外的話，他們這回應該還是下不了什麼像樣的決定就是了。」

亞瑟．羅斯被黑泉鎮議會視為眼中釘、肉中刺，已不是一年兩年的事了：曾經的五金行老闆兼抑鬱酒鬼在二〇〇七年九月失去了自家房子，兩個月後失去了神智。從那之後，他就威脅要透過爆料把黑泉鎮的真相公諸於世。四次被判刑，四次被送到肚兜鎮一遊，只不過讓他在發瘋的路上愈走愈遠。惟儘管如此，鎮議會還是沒那個膽子把他交付到黑泉鎮外的精神病院，他們就怕他在自殺之前會先引起外界太多的懷疑。至於靠自己把這根刺拔出來……嗯，還沒有人敢把話給說出口。畢竟住在黑泉鎮的他們，都是文明人。

葛莉賽妲用食指壓上了最後一丁點肉派的渣，然後放進嘴裡舔掉。「妳能不能或許找個時間，去拜訪他一下呢？」她丟出了這麼個問題。「給妳添麻煩了我很抱歉，我不是不知道妳討厭教堂那種地方，但或許您可以就破一次例？他人在地下的牢房。真的，您出手會省事得多……」她羞澀地轉過頭，這夜第一次很快地掃了女巫一眼。「或許您可以去跟他咬一下耳朵。」

電光火石之間，凱薩琳朝她彎下了腰。葛莉賽妲的身體因為突至的寒冷而為之一震，接著在一聲尖叫中向後倒去，掉進了泥濘的河床上，那風格跟當天稍早在自家廚房的亞麻地板上，她啪一聲倒下去的模樣，幾乎相同到像是複製貼上。恐懼有如灰暗的波浪還混雜著雨滴，席捲了她的全身，因為此時的她沒有選擇，只能望向那張殘破不堪的臉，外加嵌入到死皮裡，在一雙盲眼上有如黑色拉鍊的縫線。她只能直視著自己的死亡，慌張地向後爬，兩手並用地在泥巴中猛抓……

最終靜靜地躺著。

眼皮被縫住的女人半步都沒移動。

葛莉賽妲用雙肘把自己撐起，耳朵聽著心跳在左右太陽穴凌亂地敲擊。她開始覺得昏沉、覺得頭暈，就好像自己從地面上浮起。凱薩琳・凡・懷勒仍遠遠地立在河床的上方，仍是那尊身上滴著水，在落日餘暉中被鐵鍊五花大綁的神像。有那麼一瞬間，葛莉賽妲擔心自己就要暈厥過去了，但想到這一暈過去，自己就得在這位神明的領域裡摸黑醒來，她全身勁兒都來了。她於是翻過了身，爬了起來，然後二話不說溜之大吉，連再見兩個字都省了起來。

原本的供品，現在已是被舔得乾乾淨淨，外加被雨浸濕的紙餐盤，成為了河床之上孤獨的存在，而那天晚上隔了許久，女巫動起來的時候，她還不小心給踩了上去。

第九章

燈柱實驗後的三個禮拜中，ＯＹＥ的少年成員們在科學研究方面有了長足的進展。他們蒐集的科學證據不僅足以讓黑泉鎮登上主流媒體，而且其速度還可以達到瞬間爆紅的程度。在這三星期裡，還有另一樣東西礙眼到讓人再也不能視而不見，那就是泰勒．葛蘭特與傑登．霍斯特之間的心結。他們的疙瘩早就擱在那兒，這點不在話下——傑登自幼就桀傲不馴，帶有危險性——就像一座休眠火山，也像是深埋地底的化石，終於將在命運的必然與偶然中重見天日。

這一切的啟動，得從十月十五日，ＯＹＥ網站上的一則訊息說起：

下一步：＃超級玩命之耳語測試

發表時間：01:29 P.M.　作者：泰勒．葛蘭特

耳語測試，並不是泰勒為了蘿芮的事跟老爸衝撞完之後的第一場實驗。話說他們父子吵到那樣不可開交，是天曉得多久以來的頭一遭——事實上，那是他印象中兩人史上最嚴重的一場衝突。泰勒與史提夫平日根本很少槓上，就像麥特與喬瑟琳之間也鮮少出狀況。但這次的不愉快，父子倆真的都有往心裡去，餘波盪漾讓家中其他成員受到了影響。吵完隔日午後，泰勒去馬廄裡幫爸

爸和弟弟的忙，而就在他遞出一綑乾草給史提夫的瞬間，兩人交換了一個眼色，而那一眼也代表了兩人沒事了。這一回就此化干戈為玉帛，但泰勒胸中的鬱壘依舊未解。他還不能拿所有的計畫去跟老爸全盤托出，這是理所當然，但他難過的是，連已經說出去的實話，也得不到他的認同。

這之後的每一天，他基本上都在躲著父母。社區服務的工作結束，他也是會繼續在學校裡多撐一回兒，就是不回家，看是跟蘿芮還是朋友在紐堡吃個飯都好。午後時光，他會漫無目標地在市區到處瞎逛，或是用免費Wi-Fi在星巴克上網來弄他OYE的東西。在這之前，他都是舒舒服服地在家裡的房間中，趁爸媽睡著時關掉Wi-Fi來弄這些事情，然後隔天再到學校把內容放上網，避開駭克斯的眼線。但現在他覺得自己得更加小心。也許他多慮了吧，但他真的覺得事情有點脫離他的掌控。蘿芮問他是不是發生了什麼事情，而泰勒在無意間有點拒人於千里之外，弄得小倆口現在有點冷戰。另外他最近跟蘿芮炒飯也變得有點意興闌珊，但這原本是件他們會一起好好做、做好好的事情。事情感覺一樁樁都亂了套。謊言就像拔地而起的高牆，卡在兩人中間。

而到了一天的收尾，在九彎十八拐地穿梭康瓦耳的豪宅、爬坡衝回家的路上，他會腳踩著響尾蛇牌小丑登山車，腦袋裡想著在由樹海搭成的綠色隧道盡頭，等著他的是什麼。他愈來愈意識到自己這輩子，都得摸黑走這條路回家了。或許那些豪宅住戶隔著窗戶，看到的是一個健壯的美國少年騎自行車路過，他們會以為這孩子是在學校忙了一天，終於要返回溫暖的家了吧。在這個自由的國度裡，一個即將完成學業的年輕孩子，應該準備要振翅高飛，追逐夢想了吧。他們做夢也想不到的是，在這條路前頭短短幾英里開外的地方，究竟上演著什麼樣的亂象。沒有人能想到這名少年，將終其一生在黑暗中打轉。

比起其他小事，這證明了局面需要改變。泰勒可不想當那個少年。

話說他們拿雷朋墨鏡做了一個實驗，結果帶出了許多新問題，畢竟科學就是這麼回事。泰勒把影像的毛片上傳到了ＯＹＥ的網站上，以免未來遭人指控造假，但作為背景說明，他還是用TylerFlow95的風格剪輯了一支短片。那我們就一起來看看影片的內容吧：

我們會看到一群男生在市場與熟食店後面的巷弄內，以一個安全距離圍在黑岩女巫的身邊。泰勒把黑人饒舌傳奇傑斯[14]與聲名狼藉先生[15]的互尬經典〈布魯克林模範生〉用作影片的配樂，然後拿黑白色調的「格朗基」[16]頹廢搖滾風背景去與影像交疊，於是乎整個呈現出一種更像嘻哈音樂錄影帶的感覺。用趁社區服務時從葛林姆那兒拿到的捕捉棒，他們把布拉克的雷朋太陽眼鏡放到了女巫的頭巾上。眼鏡在她的鼻梁上找著了初步了平衡，只歪了一點點。但在少年們又補了一下之後，歷史寫成了。三百五十年來頭一遭，凱薩琳・凡・懷勒戴上了價值不斐的時髦配件來搭配其身上的鐵鍊。「現在誰是我的婊子啊？」布拉克唸起了饒舌，其他人跳起了霹靂舞與機械舞，至於傑斯與聲名狼藉先生則正一搭一唱地給我們打氣：把那給我拿走（傑斯部分）……扁你，從背後把你的兩腳分開……（聲名狼藉先生回嗆）

當然，平日那些定番的笑話哏也陸續在影片中軋上了一角，但請容我們跳到凱薩琳向後退到超市後方的小巷、而少年們趕忙追上去的那一幕。等他們一繞過轉角，女巫的身影已經見不著，而這時少年們才注意到自己實際上在追的是什麼：布拉克的雷朋太陽眼鏡。或至少是眼鏡的殘骸。覺得不可思議的少年們爆出興奮的叫喊，攝影鏡頭則猛然一轉，特寫起了柏油路，而泰勒則開口提醒：「小心，別碰眼鏡……」

那雷朋眼鏡看來就像半熔掉了似的——不這麼說還真不知道能怎麼形容。其中一片鏡片裂了；另一片則像被加熱到變軟了的玻璃一樣，呈現波浪狀。仍勉力撐住鏡片，沒讓它們掉下來的，是被灼燒到表面冒泡的熔化塑膠，其中一根鏡架從殘骸中突出來，看這像是某種天線。除了雷朋的商標還看得到，你還會注意到另外一樣東西：一種黑色、帶著脆皮、有層次感，很顯然是糊在鏡框上、不屬於鏡框原本結構的東西，質地類似從粉刷水泥牆裂縫中鼓出來的隔絕材質。「天啊，那是什麼玩意兒？」有人忍不住問了一句。「幹，臭死了！」另一個人叫了出聲。我們

14 Jay-Z，出身布魯克林的紐約嘻哈饒舌教父，碧昂絲的老公。〈布魯克林模範生〉（Brooklyn's Finest）出自他的饒舌出道專輯，為他與聲名狼藉先生合作的經典battle作品。

15 Notorious B.I.G.，又名「大個子小子」（Biggie Smalls），同樣出身布魯克林的已故傳奇饒舌歌手，反映其出身的作品中可見毒品、幫派械鬥等元素，一九九七年遭人開車掃射身亡，年僅二十四歲，這據信與西岸饒舌紅星吐派克（Tupac）在一九九五年被殺一事脫不了干係。

16 Grunge，九〇年代發源於西雅圖的另類搖滾分支，以Nirvana合唱團為代表，一說為龐克與重金屬的雜交，也是一種頹廢美學的概念。

可以看到泰勒把手放進保冷袋中，然後撿起了眼鏡。「還很燙耶……」他屏息說。那眼鏡原本是黏在柏油上，所以先「啵」了一聲才順利剝離。泰勒把到手的證據逼近攝影機，然後詔告天下說：「這是歷史性的一刻。」

下一個鏡頭，出現的是化學教室裡的一個櫃子，畫面上打出的字幕是：詹姆斯．I，歐尼爾中學，高地瀑布。勞倫斯．凡德米爾與擔任攝影師的泰勒正聚精會神地聽取這名實驗室助理的一字一句。灰髮的詹姆斯指間有香菸的污漬，但打扮稱得上是個理科型男，而他現在正利用顯微鏡，在檢視雷朋眼睛的殘骸。「所以你真的沒概念？」泰勒把問題重複了一遍，語氣中的興奮說明了這原本就是他希望得到的答案，但表面上他仍裝得失望透頂，彷彿他原本希望能得到，嗯……某種答案。實驗室助理關了燈，乾脆地說著：「我要知道這是什麼，那就有鬼了，這整個燒到面目全非，根本無從判別。以聞到的氣味而言，這當中多半有硫的成分在，但其結構看起來又是偏向有機。問題是，各位……你們究竟把這副眼鏡給怎麼了？玻璃要熔化成這樣，溫度得達到攝氏一千四百度，但塑膠做的鏡架卻還好好的，懂嗎？這根本是不可能的事情。因為如果眼鏡用那麼快的速度降溫，第二片鏡片肯定也會龜裂。」

歐買尬，一千四百度！這麼高的溫度，難道代表黑岩女巫現身得用上超高的能量嗎？這是一種前所未聞的超自然現象嗎？還有被燒上去的那團「糨糊」，又是怎麼玩意？歐尼爾中學的梅森老師說是具有有機結構的硫，而我們自然無法跟他分享我們的理論，但——鼓聲請下——會不會我們發現了**靈皮**存在的第一筆有形證據呢？？？

容我幫某些孤陋寡聞的朋友科普一下：靈皮，是法國生理學家夏爾．里歇發明的詞，它指的是一種可以被靈媒或精神力量外部化或投射出的物質。（維基百科如是說）我們都看過照片裡的靈媒嘔出這種噁心巴拉、看似馬鈴薯泥的雲。而通常靈媒是假，馬鈴薯泥為真，所以靈皮也一直未獲科學認可。惟即便如此，靈皮還是自，嗯，第一次有人見鬼以來，就跟鬼的概念形影不離。即便到了今天，電影《不死咒怨》裡那個喉嚨裡塞著奶昔的女孩現身時，她也是在臥房的天花板一角看似某種蓬鬆的雲朵。而在《厄夜叢林》裡，那個不識字的嬉皮也在被女巫逮住的前一夜，看得到其背包周圍圍滿了一圈宛若「藍色果凍」的東西。

我是說，我們並不急於強作結論，但要死了，這真的太令人雀躍了啦！這顯然有必要進行深入的科學調查。我們在OYE會仔細存放證據在資料庫裡，恭候國家地理頻道大駕。**國地**：你們隨時可以來泰勒家領取，我們分文不收，只求一副新的太陽眼鏡（要雷朋的，布拉克說，型號最好是rb8029K極限飛行員限量版）。

備受期待的耳語測試，幾乎被他們搞砸。那是因為機會來得多少有些意外，他們還來不急對各種選擇進行詳細的評估與討論。回過頭去看，泰勒認定即便他們有充分的時間籌備，這麼做也依舊會是一場天大的冒險。有時候，科學新知就是得發生在爆發的火山口，你再不爽也只能接受。

命運的那個星期天下午，泰勒原本計劃跟勞倫斯還有佛萊契去家後頭的林子裡走走。群樹把熾烈的色彩灑在一條條濕潤的林道上，閃耀著奪目的亮度，就像是在靜候著這個月的結束，到了月底，那就是它們褪色與落葉的時節。跟隨著林道急切向左，攀上山丘，來到可供人展望的制高點後，少年們直覺地沿哲學家之溪前行。到了哲學家之溪，就意味著他們脫離了隱藏式監視器的目力所及，不會再連同整個悲慘山步道被投影到駭克斯的螢幕上去。

勞倫斯與泰勒一邊前行，一邊隨興地討論著耳語測試的實務細節，而聊著聊著，一旁的佛萊契突然扯緊了牽繩，開始嚎叫了起來，兩隻耳朵也一併豎著。

泰勒把牽繩在手腕上繞了兩圈，做好了應變的準備。

隔著一段距離，他們聽到興奮的人聲，葉叢中似乎有些騷動。這時佛萊契突然瘋狂吠叫起來。泰勒與勞倫斯互換了驚愕的眼色，然後三步併兩步跟著佛萊契，去到了那個濕軟河床上有一道裂隙的地點，溪水在那裡岔開支流，周遭的坡地則慢慢收縮變窄。布拉克、傑登與賈斯汀三人出現在溪流的左岸，當中夾著黑岩女巫，他們在用長樹枝戳著女巫的身體。一聽見狗叫聲，布拉克與賈斯汀就回頭望了一眼身後，招起了手，還笑得好不燦爛。

「天啊，」泰勒念了一句。「乖，佛萊契，坐下！」他拉了拉牽繩，然後將之塞進了勞倫斯的手中。「抓好牠，別讓牠再過來了，不然牠會暴走。」

勞倫斯點了點頭，泰勒則跑向了其他人。「你們到底在幹什麼啊？快住手！」

「嗯，原來是膽小鬼啊，我還以為是我們大無畏的隊長呢。」賈斯汀笑著酸他。「我們在做實驗啊。我們要確認她是固體。」

「你看，這樣就可以證明了。」傑登一邊說，一邊用樹枝尖端刺著女巫的肩頭，動作還粗魯得完全沒必要。凱薩琳踉蹌了一下，轉頭看向她被刺的地方，但雙腳還是定在原位。

泰勒感到反胃。他們在拿女巫尋開心。沒錯，燈柱測試是他的點子，但那理應是場無傷大雅的惡作劇，後來的狀況不是他的本意。欺負女巫是項誰都應該想得通的大忌，根本無需緊急命令裡有這條規定。傑登的行徑讓泰勒非常震驚。同時傑登踏上了一處濕滑的山坡，一失足就會萬劫不復。

「住手。」泰勒重複了一遍，然後用力推了傑登的手臂一下，但他內心其實沒那麼有自信。

傑登的目光瞬間凝結，眼色也為之一沉。他放下樹枝轉了過身，大泰勒兩歲的他高出一個頭，而且顯然對衝突求之不得。泰勒感覺到心臟已經跳到了喉嚨，但他並沒有退縮。「老兄，你有病啊，幹嘛要這樣去挑釁她。請你他媽的不要再參與我們的實驗，你會害我們的身分曝光。」

「你的那隻狗，牠才會害你的身分曝光。」傑登說。泰勒從他眼中看到某種他一點也不喜歡的東西，一種讓他害怕，一種從他父親離家橫死之後，就一直悶燒在傑登內心的東西。在他們身後，佛萊契又吠了起來，而勞倫斯則跪坐在地上，試圖安撫狗狗。

「我們有過協議，做實驗一定要大家一起，而且一定要以有助於我們的研究為前提。鎮議會下禮拜就要開會了，你們這樣亂來被看到，我們爭取免費上網跟個人隱私的機會就泡湯了。」泰勒緊張地舔了舔嘴唇，然後下定了決心一不做二不休。「你給我像樣一點，不然就給我滾出OYE。」

「所以現在是你說了算就對了，誰讓你當老大的？」傑登邊說邊逼了上來。

「嗯……讓泰勒當老大的，不就是我們嗎？」勞倫斯跳出來仗義直言。泰勒閉上雙眼，雙手合十表達了感謝。

「那是他的網站。」賈斯汀傻氣地笑了出來。「是啊，計畫也是他的說。」布拉克順勢補刀。

傑登冷冷地瞪著泰勒，而泰勒則在回憶中被一口氣拋回了過去。當年他們一個十歲，一個十二歲，兩個都還在念小學。泰勒五年級，傑登六年級，因為他那年夏天被留了級。當時傑登的父親行蹤不明還不滿一年，只是還是個小孩的泰勒‧葛蘭特想不到這當中會有什麼關聯。那時他只知道一件事情，那就是為了自己好，最好不要無視傑登的各種要求，否則他可是個混蛋，而且是那種在家怎麼被打，到學校就怎麼打人的渾蛋。

有天他們在下課時踢足球，凱薩琳現身於學校後方空地上的學童之間。有些孩子嚇壞了，但艾胥頓老師叫他們往左移一點然後繼續比賽。「記住，看到她的時候，馬上跑去告訴老師或爸媽，然後我們原本在做什麼就繼續做，就當什麼事都沒有發生。」她說。安迪‧平肖這個比泰勒高一年級的臭屁男孩，提議說可以把女巫當成球門門柱，得到的獎賞是狠狠被巴在腦袋瓜上。等艾胥頓老師終於拍手示意結束，孩子們都大大鬆了口氣地跑回室內後，足球慢慢滾到了邊線外，來到離女巫不遠的地方。泰勒跟傑登是距離球最近的兩個人，而泰勒作勢要去撿球，但傑登用跟七年後的此刻一模一樣的冷峻眼神，看著泰勒。泰勒因而心生畏懼，不是怕女巫，而是怕傑登。後來等他慢慢懂事，慢慢眼界廣了，泰勒想像野生動物在第一次吸入森林大火的煙塵時，心中一定也不由自主地感受著這同一種恐懼。下個瞬間，傑登做了一件駭人的事情。他跑向足球，向後弓身，然後用力把球踢向了女巫，球像支大榔頭打在她身上，讓凱薩琳彎下了腰，而球則砰的一聲炸開，女巫也消失在那爆裂的聲響中。

那一幕幕畫面，都在他與傑登大眼瞪小眼，對峙於林中的幾秒鐘內，在腦海裡重演。七年的時間不算短，而那之後他們會三不五時在一起晃蕩，但那天在足球場上發生的惡趣味，在他心中留下了始終無法揮別的苦澀滋味。泰勒永遠忘不掉傑登那冷酷的眼神。一個十二歲的孩子就能壓抑出那麼大的怒氣來發洩在足球與女巫身上，真不曉得十九歲的的傑登能做出什麼事來？

最後，傑登放鬆了他的劍拔弩張的肩膀，笑了出來。「別哭，娘娘腔。」

泰勒也稍微放鬆了下來，但還是保持著警戒。「聽著，這跟誰是老大無關。我只是不想把事情搞砸。我們現在真的冒不得險。再撐一下，我們說不定就自由了，大家再忍忍好嗎？」

「沒問題。友誼萬歲。」

泰勒翻了個白眼。「鎮上知道她在這裡了嗎？」

「還沒。」賈斯汀說。「App說她在下南區的某處，後來就沒有再更新了。我們只是恰巧在這裡撞見了她。」

「我們只是在這裡打發時間，沒別的。」布拉克說。

泰勒走回到勞倫斯處，並在經過布拉克面前時賞了他一個冰冷的眼色。布拉克被瞪了一眼覺得莫名其妙，可能還覺得有點受傷。但泰勒的意思再明白也不過了：好吧，傑登跟賈斯汀就是愛秀下限，泰勒認了，但他沒想到布拉克也給他搞這種飛機。接著他撇過頭去說，「所以誰可以給App發個訊息嗎？這裡偏出林道不算太遠，登山客他媽的可能就在附近。」

「應該的。」或許是想認真示好的傑登掏出了iPhone。泰勒彎身哄起了佛萊契，而傑登卻於此時發出了一聲驚呼，為此泰勒猛一抬頭，原來女巫氣勢十足地向前跨出一步，只差一點就撞上忙於打簡訊的傑登，讓吃了一驚的他不禁倒退了幾步。女巫接著恢復成一動不動的站姿，封住眼皮與雙唇的的黑色縫線在她蒼白的顏面上，就像是被倉促抓出來的傷疤，充滿了存在感。

傑登瞬間忘記了他抓著的手機，所有人都陷入了沉靜。佛萊契停止了吠叫，切換聲道成了動物的低嚎。傑登內心或許有某種伺機而動的危險，但凱薩琳擁有的是古老而原始的力量，而方才的佯動，提醒了他們在食物鏈中的尊卑。這裡要出事了，各位，泰勒心想。要出恐怖的大事了，我覺得。

「嘿。」傑登羞赧地說。

女巫面對著他站立著，文風不動。

「不好意思，剛剛那是怎樣？妳說什麼，凱薩琳？」他歪著頭，作勢要聽清楚些。

泰勒瞬間感覺心跳震耳欲聾，淹沒了身邊的所有聲源。

「妳想讓我怎麼做？」傑登問說。「真的嗎，凱薩琳？妳要我摸妳的奶子嗎？」

賈斯汀與布拉克放聲尖叫還笑到歪腰。泰勒與勞倫斯笑不出來，只是交換了一個眼色。泰勒心想拜託趕快住手，你們太過分了，不要拿女巫尋開心。隔著一段空氣，傑登小心翼翼地伸出手來，假裝在揉著凱薩琳的胸部，同時還不堪入目地搖晃著自己的屁股。

「你才沒那麼有種呢。」布拉克在一旁鼓譟著。

「誰說的，要我幹她都行。」傑登說。突然間他彎下腰對著她的臉怒吼起來，「妳這個婊子！妳喜歡這樣，對吧！賤貨！妳以前就是這麼幹的吧，蛤？」

佛萊契狼嚎了起來，然後縱身向前一躍，動作快到勞倫斯差點跌到。泰勒抓住了狗狗的項圈，幫忙讓牠不要失控，同時還叫了起來說：「傑登，快別鬧了！」

傑登傻笑著望向了其它成員。「二十塊。」他說。「誰拍下她奶子的照片，我賞他二十塊錢。就是裸照啦，懂嗎。我想見識一下十七世紀的奶子長什麼樣。」

「快走吧。」泰勒說。「這太離譜了。」

「喔，快上啊。」傑登笑著說。「她肯定不介意，妳介意嗎，凱薩琳？妳不介意對吧？」他三兩步繞到她的身後，欲罷不能地發出了戲謔的細小尖聲：「不，泰勒，我一點都不介意喔！其實光講著講著我就有點濕了呢！你想親眼看看嗎？泰勒，你想看看我小褲褲有多濕嗎？」

更多的笑聲加入。凱薩琳．凡．懷勒在靜默中任人羞辱，彷彿徹底麻木。或許那雙緊閉的眼睛背後，真的什麼知覺都沒有。泰勒心想——起碼沒有正常人類的知覺吧。但沒有人能確認這一點。也許凱薩琳只是在靜候屬於她的時機，而那正是她蟄伏了好幾世紀的原因。想到這一層，泰勒的五臟六腑都翻攪了起來。

傑登又回去操作起了駭克斯的專屬手機應用程式，而這時勞倫斯突然冒出了一句，「等等，我們可以把她錄起來。」

一夥人面面相覷。泰勒花了三秒鐘思考這一可能性：茂密的樹林提供了良好的隔音，加上這裡又已經遠到無須擔心監視器，下一次不知何時才能有這樣的天賜良機。興奮之情點燃了他的內心的一道火花，泰勒於是說了句：「幹，豁出去了，好吧，但要做就要快。」

他們得用上牽繩。為此泰勒放開了佛萊契，由勞倫斯牢牢抓住項圈，帶到了下游的遠處。傑登遞出了他的iPhone，而想也沒想，泰勒就將牽繩綑在了手機上數圈，打了個結，然後綁在了剛剛那根傑登用來戳女巫的長樹枝上。

隔著段距離，他們聽到了孩童嘰嘰喳喳的咯咯笑語。驚嚇之餘他們環顧四下，發現聲音來自於南方，但在葉冠底下以一種不甚尋常的方式傳遞。多半是來登山健行的吧。他們繼續聽了一會兒，但就沒再聽見什麼後續了。

「來吧，動作快。」布拉克一邊說著，一邊從泰勒手中接過了樹枝。「你準備好了嗎？」

泰勒從口袋中掏出了GoPro，然後開始拍攝了起來。「好的，星期天，十月二十一日，現在要進行的是耳語測試。等等……」他退後了幾步。「好的，開始吧。」

傑登打開了iPhone上頭的錄音功能，然後壓低了聲音說：「ＯＫ，所有人保持安靜……」布拉克把樹枝舉高到空中，就像拿著魚竿在釣魚，而綁在佛萊契牽繩上的iPhone手機則向前方擺盪著。他小心翼翼地把整組工具撐在黑岩女巫的面前。泰勒看著布拉克的雙手顫抖到無法把手機拿穩，接著只見布拉克把釣竿往左一偏，砸在了凱薩琳的臉頰上，彈著點就在斷裂縫線的嘴角旁邊，而從那兒也傳出了物體陷入肉裡的的獨特撞擊聲。

整整一分鐘的時間現場鴉雀無聲。等布拉克終於把釣竿拉回來，傑登在空中摘下了他的手機之後，大家夥兒爆出了歡呼，為了實驗工作又一次成功達到了里程碑而拍起手來。但此時泰勒卻顯得有些意興闌珊。在其他成員歡欣鼓舞的同時，他關上了GoPro的電源，走向傑登，然後大家都用應有的尊重，朝手機的方向低下了頭。手機螢幕上，錄音程式提供的選項是**播放**檔案，或是建立**新樣本**。

「這就是凱薩琳的死亡低語。」傑登邊說邊要帥地搖了搖手機。他的拇指在觸控螢幕上空遲遲不降落，就像是在給人時間感佩他有多猛。「這搞不好會是全世界最危險的一段錄音。搞不好可以拿來當殺人武器。」

「是啊，所以誰要犧牲自己？」賈斯汀問道。其他人一起笑了出來，但其實沒有人能確定這是一件好笑的事情，也沒有人自告奮勇賭上一命。

「不急。」泰勒說。「首先我們得找個外人來當白老鼠。到時我們再來聽，在安全無虞的環境下聽。傑登，你可以把音檔用藍牙連線傳給我嗎？藍牙訊號他們攔截不到。」

「當然。」傑登應了一聲便傳送了檔案。泰勒用自己的手機完成了接收。

「你要把檔案上傳嗎？」布拉克問。

「當然不。這玩意兒是會要人命的，不能亂來。檔案傳送完就立馬刪掉，懂嗎？我可不想搞出什麼意外。」

他對傑登射出了一道銳利的眼神，而傑登則微笑以對。這之後兩人的手機顯示檔案傳輸完畢，傑登用拇指在螢幕上點了幾下說，「好了，刪了。」

傑登的臉色頓時亮了起來，手機則被他滑進了口袋。泰勒在腦中把手伸向那張臉，結果臉後面除了黑暗之外，什麼都沒有。

數日之後，OYE網站上貼出了新的影片。點開影片，你會看見特寫鏡頭拉近到泰勒的iPhone上，然後再通過吵雜的學校禮堂來到一個頭戴棒球帽與耳機、高大陽光的十七歲男孩面前。「嘿，在忙啥，兄弟？」他問了一聲，而泰勒則回說，「嘿，麥克，幫我個忙好嗎？」麥克對著鏡頭笑了笑說，「沒問題，我會假裝沒有先跟你套好招，沒有先被你問過能不能幫你聽個短短的試聽檔，也沒有答應你會說出『嘿，在忙啥，兄弟？』這樣的開場。」麥可身邊的朋友笑歪了腰，而泰勒的反應則是：「酷，我們再來一次。」

「嘿，在忙啥，兄弟？」麥克說道，而泰勒則回說：「嘿，麥克，幫我個忙好嗎？」麥克露出微笑。「沒問題，我這樣的演技是不是很自然？」「是啊，真的很自然呢。」泰勒說。「嘿，麥克，在忙啥，兄弟？」「嘿，泰勒，我可以幫你個忙嗎？」

所有人又是笑到肚皮快破掉，但總之讓我們跳到下一個鏡頭，此時的麥克已經取下頭上的全罩式耳機，取而代之的是從泰勒 iPhone 連過來的耳塞式耳機。「現場來自高地瀑布的麥克，」泰勒進行了說明，「即將進行音檔的試聽。你準備好了嗎，麥克？」麥克對他豎起了大拇指，泰勒於是按下了播放鍵。

剛一開始，完全沒有任何動靜。然後麥可突然怯縮了一下，然後將耳機往裡推得更深，就好像他拚命想聽清內容在說什麼似的。泰勒在一旁看得入神。「是說這到底是什麼東西？」麥克問了起來，但泰勒示意要他先別問，聽完再說。

「所以你聽到了什麼？」泰勒在檔案播完，麥克取下耳機後問了這麼一聲。

「只是某種悄悄話而已。」麥克說。他看起來有一點慌亂。

「那內容在說什麼？」泰勒逼問著。

「我怎麼會知道？裡頭講的又不是英文。其實那根本不是我知道的任何一種語言。只是嘰哩呱啦在胡亂碎念而已。這到底是什麼？那種倒過來放，會在你潛意識中變成『去死、幹你娘、惡魔崇拜、王八蛋！』的東西嗎？」他這話說到最後，重點的那幾個字變成了一道怒吼，背景音則是朋友們歇斯底里的笑聲。泰勒回他說，「嗯嗯，你說的有八七成正確。但……你有什麼感覺嗎？」麥克換上了鄙視的表情說：「我有什麼感覺？這位仁兄，你最近都在吸什麼啊，兄弟？給我也來一點。」

泰勒把鏡頭轉向自己：「理論確認，受試者毫髮無損——任務順利達成。」

第十章

這個秋天原本溫和怡人，但萬聖夜的前兩天氣溫驟降。老式的水銀溫度計在「沉默男子」酒館外頭，顯示出僅僅華氏四十度的氣溫。不算短的換季過渡期戛然而息，溫順的秋意突然變臉成為秋寒的鋒利，讓人冷到骨子裡，就是這麼轉瞬間的事情。十月三十一日，黑泉鎮上頭那鐵灰色的天空彷彿大腹便便地蘊含著水氣，惟那團濕氣只是在大氣層上緣吹來吹去，一滴雨都沒有真正降臨。

那天一大早，在實施交通管制的深洞路與下水庫路路口，沿著坦普山墓園地勢較低的一角，柳條女人[17]像被豎立了起來：那是以蘆葦草編織出來，節慶當晚將付之一炬的巨大假人。鎮民得攀梯登高，放上染黑的鐵鍊作為人像的妝點。等到草人被焚燒殆盡後，這些鐵鍊會被「打撈」出來供下次重複使用。莉莎・貝爾特的縫紉工作室捐贈了量身打造的圍巾包在假人的頭頂，另有一綑綑稻草被塞進了假人的眼睛跟嘴裡。這是個歷史比黑泉鎮居民本身都還要古老的儀典，但年復一年，其異教風格都遭受到柯頓・馬瑟斯的抗議，同時小衛理會教堂與聖瑪麗教堂之教區議會也都持反對意見。只不過，每年勝出的都還是諸聖委員會，因為他們主張傳統不可棄，畢竟焚燒柳條女人是每年女巫節的最大賣點，而女巫節又是從全美各地蜂擁而至的外地人在光天化日下看到凱薩琳時，最有說服力的幌子。

當然這樣的爭論，也只是做做樣子。源遠流長的原始真相是：這儀式本身已被織就在社區的靈魂裡，沒有人真心想要它壽終正寢。不管是基督徒、猶太人、穆斯林、還是無神論者，黑泉鎮上的每個人都同等渴望能至少一年一次，合法地跟凱薩琳·凡·懷勒牽扯不清。那天早上，民眾會從鎮上的各個角落帶來伴手禮，一個比一個更大包，然後默默地將禮物塞進柳條女巨人裙襬的開口。不少人會在這麼做的時候，順便緊張兮兮地觸摸假人，雙膝跪地一會兒，或針對邪眼比個手勢來擋煞。有人會帶吃的來：小朋友會朝編織的蘆葦草縫中丟擲糖果與蘋果，當爸媽的會做拿手菜或烤個派帶來，還有些人會拿大蒜項鍊掛到鐵鍊上。有人會帶不能吃的來：蠟燭、居家藤編製品、給客人用的毛巾、肥皂、燙髮用的電棒、還有柏奈特牌的老縫紉機，乃至於林林總總的供品。他們希望獻出這些東西，可以換得來年平安免於滅亡。還有一些祭品感覺比較詭異：約翰·布蘭察這名來自艾克曼角的羊農會帶著綿羊的屍體到場；鎮上一名年輕媽媽會堅持拿來一整個塑膠袋裡都是自家新生兒用過的尿布，然後一把火燒掉；葛莉賽妲·霍斯特捐贈過一顆小牛犢的頭顱，算是特地為了這個場合而向屠宰場訂購的珍饈。在第一批外來者蒞臨之前，這些有心人的特殊獻祭會臨時用正常許多的禮品加以遮蔽。

17 柳條其實指的是一種將有韌性之植物材料編織成各式用品的手工藝技術，主要是柳條的英文 wicker 源自斯堪地那維亞的單字 vika，意思是「使某物彎曲」，由此雖然傳統上的材料包括柳條、藤類、蘆葦或竹子，但統稱都是柳條製品，甚至於現代柳條製品有些用的是合成塑膠材料。

史提夫與喬瑟琳·葛蘭特都是理性務實的人，不可能參與上述那些怪力亂神的偶像崇拜。麥特跟泰勒還是小朋友的時候，他們會讓兩個孩子盡責地在祭品中添幅圖畫或加個胡蘿蔔，然後與群眾一同看著柳條女人被烈焰吞沒。現在兩個孩子大了，提不起興趣了，這祭典也就跟眾多兒時的傳統一樣被束之高閣。史提夫始終對焚燒草紮女巫的象徵意義有一點不安心，而且附帶的壞處的是煙味會附著在衣服上好幾天。他參加燒女巫的活動，只為了一個原因，一個跟他始終對一月份的聖誕樹營火傾心著迷相同的原因：每個男人都抗拒不了大火的魅力，而巍然聳立的熱源在眼前一柱擎天，更是這蕭然寂寥的秋夜最受歡迎的收尾。

只不過那部分是最後的高潮，時間還沒到。這一天對於黑泉鎮來講，還有很多獻祭儀式以外的事情要忙。

那天早上，葛莉賽妲肉舖食堂的廚房忙碌如蜂窩。葛莉賽妲臨時多請了六個人，來幫她準時把傳統好菜送到鎮廣場的食物攤位上：馬鈴薯沙拉、西班牙下酒小菜、串烤的肉品、特製綠色女巫燉菜（豌豆湯佐肉丸）放在正版的銅鍋裡上菜，還有不可或缺的葛莉賽妲招牌——酸味霍斯特肉派整整一大盤。其他生意人只要腦袋正常，誰都想從祭典吸引來的兩千多名外客身上好好撈一筆，但葛莉賽妲對於靠這場活動賺錢毫無興趣。

畢竟，她對自己說，這是在凱薩琳致敬。

下午三點前後，人潮真正開始簇擁，黑泉鎮的主要街道進行交管封閉，糖果與飾品的攤位在安非他命教堂與墓園周邊，圍出了一個馬蹄形。橘色跟黑色系的緞帶在樹上高懸，手雕的鏤空南瓜燈籠被木樁插起來立著。廣場上滿是打扮成黑岩女巫的遊客：有些人頭頂著尖帽，手拿波浪狀的掃帚，還有人畫上了傳統的縫眼妝。小朋友臉上塗著油彩，在蘇氏高地小館前面的充氣城堡上玩得興高采烈。在此起彼落的開心尖叫聲中，孩童會連番出棒攻擊掛在樹上的「皮納塔」[18]——那是做成女巫造型，墨西哥傳統的紙雕容器——最後被埋在從皮納塔裡掉出來的糖果當中。還有些孩子會跑到教堂廣場上，用特製的巫婆體重計過磅，要是量出來比兩隻鴨子還輕——這時不時就會發生——那他或她就會被宣布是巫婆，這時一群身著十七世紀行頭的演員就會手裡揮舞著乾草叉，追著他們跑來跑去。

這些人氣很旺的餘興活動在勞勃．葛林姆眼裡，老套到不行。幾年前，抱著姑且一試的實驗心情，他上交了一份企劃書，內容是要復刻中世紀的虐待遊戲，像是「拉鵝」（拉條繩索在路中間，上頭繫上鵝腳，然後由騎馬通過的參賽者把鵝頭扯下來）與「燒貓」（眾所周知貓燒成炭的灰燼是很吉利的東西），但案子被退了回來，理由是虐待動物有違法之嫌，且殘酷程度違反公序良俗。看著這案子，諸聖委員會完全笑不出來。

在傳統上，對葛林姆來說，十月三十一日是一年當中最忙碌也最令人惱怒的一天。要監控一下子湧入的這麼多外地人，你需要一定份量的同理心與耐性，而這兩樣都是勞勃．葛林姆身上找不太到的東西。按其自謙的淺見，葛林姆認為哈德遜河谷住的是一群欠缺教養、說話大聲、愛猛

18 英文是piñata，美國常見的同樂會道具。

灌啤酒、還會打老婆的人。而且最糟糕的是，他們欠缺常識到不懂去善用周遭的絕佳地理位置。話說在東邊，他們有哈德遜河可以讓他們在其中集體溺斃；南邊，他們有熊山州立公園可以去跟河狸或白尾鹿無恥地交配，用生物性的方法讓自己滅絕。只可惜到目前為止，都還沒有人懂得把握這些天賜良機。出於種種有的沒有的理由，勞勃．葛林姆在偕點校長官完成例行的巡視後就逕行歸隊，回到了控制中心的崗位上待滿一整天。而這下子，苦的就變成了葛林姆的同事。

女巫——不是草紮假人，是真貨——心血來潮的在十一點半多一點的時候，決定去鎮公所後方的廢棄停車場中間站著，然後就在那兒待了下來。停車場與慶典最熱鬧的地方只有三百碼的直線距離，但那是個完全可以處理的地點。葛林姆用圍籬把通往深洞路的通道封了起來，然後在鎮公所後方搭了一個假的工地，且工地四面均由訓練有素的工人把守。凱薩琳本身被用來存放工具的棚子給圍住。退一萬步說就算她真的一時興起，跑去慶典中跟人湊熱鬧，葛林姆沒使出來的沙盤推演也還有六招。上一回發生這種最糟的狀況，是二〇〇三年，那時他們還沒有購置流動的手風琴車，而那婆娘則是大剌剌地選定鎮廣場上蘇氏小館的前方，從慶典的開始一路站到結束。當年在經過一番激烈的爭論之後，他們決定在她身後架設一個黑泉鎮的告示板，然後掛上一條橫幅上頭寫著：來這跟正牌的女巫拍張照！只不過在女巫身上被安了個胸章上印著：歡迎光臨黑泉鎮之後，就沒有人相信她是真女巫了。小朋友通通跑來要跟這個好好笑的婆婆合照，而事後證明這招相對安全而且相當賺錢：五美元一張的價錢爸媽都笑著給，沒有人嫌貴。

有幾個寶寶哭得讓人心裡很不忍，但寶寶遲早都是要哭的。

但當年是當年，今天是今天。這次的慶典進行得順風順水。點校的督察已經閃人，葛林姆腦中浮現出鋼筋混凝土，而鎮民們則享受著派對，一整天的派對。

四點十五分，泰勒．葛蘭特跟朋友在噴泉與洗衣婦銅像旁的籬笆庇蔭下坐著。他們嗑著棉花糖，用說不出口的羨慕眼神瞪著來來往往的外地人。傑登那天在他媽媽的食物攤子上幫忙，但現在是休息的空檔，所以他還是跑來加入了大家一下。

勞倫斯舉起了五根火柴，每個人各抽了一根，然後大家一起攤了牌。布拉克抽到了尾巴燒焦的那根，而現實花了幾秒鐘才進到他的意識裡：他抽到要進行耳語測試。布拉克咒罵了一聲，「對啦，沒人接的屎缺找土耳其人就對了。」

其它人發出了笑聲，但那些笑裡沒有靈魂。泰勒總覺得大家笑得很緊張——笑得很勉強，笑得像是在慶幸著自個兒沒抽中籤王。一陣強勁的寒風撩撥了他腳邊的落葉，鉛灰色的天空像巨蛋體育場的穹頂，在黑泉鎮上空有如泰山壓頂。泰勒發著抖，朝衣領當中拉下了頭。這一切，很快都會改變，他告訴自己。

後來事情還真的有所改變，只是改法跟泰勒想的有點差別。

差一點就要五點的時候，正當凱薩琳．凡．懷勒在鎮公所的工具搭棚裡有如連珠炮似地用古老的語言，低聲口吐支離破碎、字不成字的咒怨，而兩英里外的佛萊契在狗屋裡輾轉反側地睡著，葛莉賽妲．霍斯特鬼鬼祟祟從慶典活動衝抽身。她快手快腳地穿過了墓地，去到了安非他命教堂的後方。趁著沒人注意，她用萬用鑰匙打開了通往教堂內聖壇的厚重木門，溜了進去，然後把歡慶的喧囂封印在了門外。雙手扶著冰冷的牆壁，葛莉賽妲沿螺旋的樓梯間而下，由淺入深地潛入由石材陳舊、木頭腐朽、水分滲漏、人類疾病所混雜出的惡臭。一道令人不快的寒意，從牆垣爬進了葛莉賽妲的關節：教堂底下的地窖裡四季如冬，終年為夜。

亞瑟．羅斯攤在牢房的鐵桿上，葛莉賽妲一眼就看出他已經氣絕身亡。他赤身露體，繃緊在孱弱肋骨骨架上的整片皮膚，在牆上燈泡光線照射下顯現出死魚一般的蒼白紫色。羅斯躺在自己的屎尿當中，一手無力地銬於鐵桿，臂上的血管筋脈活像剝露的電纜。

葛莉賽妲的心跳得超快，但即便如此，她卻又莫名地覺得鬆了口氣，畢竟她終於結束苦難，以後再也不用走下這駭人的通道給他送飯、拿水管幫他沖洗，或是聽拱形的天花板傳來他瘋言瘋語的回音，嘰哩呱啦的，彷彿教堂底下的空間滿布著迷失的魂魄。葛莉賽妲的感受完全不是慚愧或內疚，她內心有的只不過是緩緩地下不停的細雨，在她心中不留一點空隙。她從沒有刻意餓著他，她只是遵照馬瑟斯的命令行事，只是盡責地在服侍著凱薩琳。

她從器材室取來了掃帚，然後將握把伸入了鐵桿之間，戳了戳羅斯的身體。他依舊如一灘泥似地毫無反應。葛莉賽妲環顧四下，恐慌一擁而上。她僵在那兒，意識到自己隻身一人在教堂底下的黑暗之中，相伴的只有已是一具死屍的亞瑟．羅斯——八九不離十已經死了的亞瑟．羅斯。常識告訴她要去確認一下，但自我懷疑讓她思緒漫天亂竄，讓理智變成愚蠢，邏輯變成一場痴夢。多年前在被吉姆痛打完或硬上完之後，靜默的回聲中，她感受到的就是這同一種不理性的自我懷疑。她開始摸索著鑰匙圈，這個簡單的動作讓她冷靜了一點。

葛莉賽妲打開了牢房，謹慎地跪在冰冷而骨瘦如柴的羅斯旁邊，並用圍巾摀在嘴上來阻擋惡臭。發現人還有氣息時她感受到的不是焦慮，而是一種讓她感到有些脆弱的驚奇。他還活著，她想。而當亞瑟．羅斯張開雙眼，一隻手像被陷阱被觸發似地抓住她的手時，她第一時間甚至還來不及尖叫。

但想聽尖叫聲，不用怕沒有：被眾多假巫婆還有遊藝團員追著跑的小朋友、從野馬背上像牛仔一樣被甩落的青春少男少女、認真在比賽擲馬蹄鐵的阿公阿嬤，這三種人的驚聲尖叫都在黑泉鎮的街道上空飛高高，由低垂的霧氣將之扭曲成不和諧的輕聲細語。「你這個臭婆娘。」輕聲這麼講的亞瑟．羅斯或許失溫，或許飢餓，但絕對還不急著斷氣。「我要幹妳。」他邊繼續這麼輕聲說著，邊用雙腿鎖死葛莉賽妲，然後拿自由的那隻手，用力地揉捏起了她的一側胸部。在地面上，大家夥就著小提琴四重奏拉的傳統民謠翩翩起舞——葛莉賽妲能聽得樂聲悶悶地傳自通風口，但同時她也虛弱地、恍惚地計算著自己生存的機率，那渺茫但不是全無的機率。她感覺自己脫離了時間的掌握，他那隻急切的手固然撕扯著她的衣衫，卻已再不能對她造成傷害；吉姆的雙手也不能再傷害她一絲一毫；吉姆已然嗚呼哀哉，而她可以嗅到棉花糖、爆米花、烤雞烤鴨、和油煎香腸的滋味。

五點過十分，史提夫偕小兒子麥特漫步到市集的人潮當中，吃起了裝在油膩紙袋裡的現烤吉拿棒；而同一時間，安非他命教堂地窖中則有葛莉賽妲．霍斯特在生死關頭抓起掃帚，一下又一下地打在亞瑟．羅斯淌血的頭顱上，每一下都伴隨她高喊著亡夫的名諱。一隻大得出奇的貓頭鷹降落在教堂的尖塔上。那是隻望之甚具威嚴的猛禽，而從塔上的制高點，貓頭鷹用超乎人類的專注力監看著人群，就像看著落入陷阱裡的鼠輩。在慢慢匯聚的落日餘暉裡，沒幾個人看到那隻鳥兒，但少數目擊者都在事後表示他們聽到了牠飛離時的威猛振翅聲。那隻在神的十字架上歇腳的貓頭鷹，在他們眼裡就像不祥之兆預告著大禍將臨。

第十一章

麥特讓史提夫嚇了一跳，因為他最終還是留下了供品。在穿越路口的時候，麥特走向柳條人女巫，從大衣口袋裡掏出了一面錦旗，然後將之放在已經集結了許多禮物的火堆預定地上。雖然沒有要責怪麥特的行為，但史提夫終究是吃了一驚。若說麥特是隨手丟了兩根吉拿棒到女巫的裙底，那你還可以說那是臨時起意的屁孩行徑，但他可是特意從家裡帶來了旗子當作獻禮。

「你這是為了什麼？」他問了完事的麥特一聲。

「不為什麼。」麥特一臉認真地說。「只是想送阿嬤一點東西。」

「但為什麼送錦旗啊？那是你辛辛苦苦比賽贏來的獎品耶，是紀念品的概念，以後可以拿出來看耶。」

麥特聳了聳肩。「這是預賽贏到的旗子，那次我剛傷癒復出，記得嗎？當時努阿拉還沒有被馴服，結果我跑了第十四名。比完賽緊接著暑假，然後我上國中，再來事情就順利多了。」他遲疑了一下，然後補了一句：「何況，祭品不拿一點對自己有意義的東西，算什麼祭品呢？」

史提夫一臉不可置信地看著麥特。他納悶的是發生了什麼事情，讓麥特一轉眼間表現得如此愚昧、如此迷信。很顯然，那面錦旗象徵著麥特一年半之前陷入的低潮；燒掉錦旗，於他有著將前事畫上句點，並未雨綢繆地為將來消解厄運的雙重意義。這樣的心情史提夫可以理解，而且嚴格說起來，他也不應該為了家裡有人產生這種迷信而如此驚訝，畢竟他們是生活在這樣的地方，只不過他從前沒有仔細去注意罷了。

「所以獻祭有意義？」他挑了挑眉頭，還是問出了這個問題。

但麥特再次讓他吃了一驚，他這次的回應是：「沒有意義又怎麼樣？」

不，史提夫想。不會怎樣，只要你自己覺得有意義就好。比如十字架，或避免從梯子底下經過，都是人尋得希望、慰藉與自信的辦法；把贏來的錦旗獻給女巫當祭品，本質上也是一模一樣的事情。魔法存在於相信它的人心中，而不在其對現實產生的真正影響上。就算是我十三歲的兒子，這個得接受黑泉鎮的現實跟其他任何地方都有一點不一樣的小朋友，都似乎能理解這一點。是哪個爸媽說自己了解孩子的？

焚巫的活動在六點展開。在消防隊的命令下，周遭的攤位已經完成清場，「點對點」客棧也收起了店門口的遮陽棚。沿著柳條人女巫的周遭，圍起了一圈遼闊的圍籬，圍籬後頭的街面上則湧入了一排又一排，數不清的人群，慕名而來的觀眾不論從哪個方向算過去，都起碼能延伸五十碼的距離。史提夫與麥特在深洞路上找著了一個不錯的位置。喬瑟琳傳來簡訊說她站在父子倆的後方某處，她稍早跟瑪麗．凡德米爾去了市場，但史提夫怎麼也找不著人海中的老婆跟瑪麗。至於泰勒他根本連人跑去哪兒了都一無所悉。

群眾首先進行了默哀與祈禱的流程。然後以皮製蓋頭掩面的「劊子手」站了出來，手裡高舉著熊熊燃燒的火炬。他煞有其事地怒吼了一聲——角色人設有用心，滿分，史提夫心想——接著用火點上了女巫腳邊已經淋滿汽油、堆成圓丘狀的供禮。幾秒之間，火焰像舌頭一樣舔上蘆葦草，接著便快速地烈焰沖天，讚嘆的「喔喔啊啊」聲在人群中流竄。幾乎同一時間，提琴手奏起了激昂的旋律，圍籬圈內則有民俗舞團賣力轉起圈圈，繞著火焰中的女巫，讓人不禁想起古凱爾特神話中德魯伊信仰體系的祭司。

草紮的女巫燒了足足八分鐘。最旺的時候，火焰高過了周遭民宅的屋頂，向上伸去就像手指想抓住什麼東西。接著女巫向後一倒，臉朝著天空像是在用最後一次邪惡的咒語告別，最終轟然倒地。濺起的火花在寒冷的十月夜裡如漩渦打轉。等消防隊終於引導群眾退後，好讓整堆炭黑色的灰燼悶燒完畢，大家的衣服都已經被燻得臭氣沖天。

廣播系統這時響了起來，史提夫聽出了那是露西．艾弗瑞特的聲音，她是駭克斯的班底，也是諸聖委員會的主席來著。「女士，先生，還有各位小朋友，隨著這華麗璀璨的一幕呈現在夜空中，我們精彩的活動也告一段落！為了方便事後的清理工作，廣場周圍的酒吧與餐廳將於此時暫停營業。您可以遵照消防隊的指引回到二九三號公路上的停車場，接駁巴士會在那裡等著大家。最後祝大家萬聖節超級快樂，平安回家，我們相約明年再見！」

史提夫藏住了笑容，然後看著外來者一群群緩緩散去。在高地瀑布、高地磨坊還有蒙哥馬利堡等著他們的，還有一整夜的「不給糖就搗蛋！」與萬聖節派對。這話術真的是很高招，但他聽得出字裡行間的命令之意。拿消防隊的要求當藉口，讓鎮上的酒吧跟餐廳在最好撈的晚上六點半關門……你要不要乾脆一點說：快給我上巴士，滾出這裡，不然我們就要放狗咬人了。但因為露西把在地社區中心的超熱血員工角色演得很到位，所以沒人發現她別有用心。不疑有他的遊客們就這樣整整齊齊地魚貫而出，一整個超聽話。史提夫知道活動後「送客工作」的組織協調，有駭克斯在大小細節上不厭其煩地操刀。他們讓監視錄影器鏡頭加班工作，因為這一仗他們輸不起。市場因此關閉、鬧區一片死寂。晚上大約八點鐘，最後一批談戀愛不怕流鼻水，發著抖在樹林裡卿卿我我的少男少女，也被趕了回去。到了晚上九點，黑泉鎮將回歸成黑泉人的黑泉鎮。

這裡沒有人給糖，也沒有人搗蛋。

在回家的路上，史提夫跟麥特遇上了喬瑟琳、彼特，還有瑪麗．凡德米爾。抵達家中之後，他們又陸續發現了泰勒、勞倫斯與布拉克，而史提夫也在此時聽聞了傳言說有大事發生。泰勒念出了一則有人密他的私訊，發信者是傑登．霍斯特，其內容說的是：「度度鳥死得多徹底，亞瑟．羅斯就死得多徹底。歐買尬血流得跟什麼一樣，超級無敵噁！」泰勒吸收了這些資訊，然後記者魂大爆氣地連珠炮起來。「這代表他是目擊者，是吧？他這之後就沒回訊息給我了，但也可能是駭克斯攔截了他的訊息……」史提夫跟彼特交換了眼色，但忍住了沒有立刻對此妄加臆測。這兩個爸爸只是盯著駭克斯的手機程式，等著更新跳出來，其中史提夫決定去遛一遛佛萊契。

九點二十分，駭克斯發出了綠燈，於是所有人擠進了兩臺車，準備出席黑泉萬聖節慶典的傳統壓軸好戲：召開於鎮公所的公開鎮議會，也就是鎮民大會。這兩家人唯一被留在家裡的，只有麥特。他抗議歸抗議，但不滿十六歲就是不可以去。

在七八百位鎮民接受身分確認的緩步行列中，謠言開始傳得甚囂塵上。史提夫跟人打了幾聲招呼，握了幾雙手，被問到問題就聳聳肩不置可否。這時他意外地發現了柏特與芭咪・德拉羅沙的身影。他們用長版深灰大衣把自己包得神秘兮兮，然後在彼此的熊抱中取暖。

「近來可好？」他問了兩人一聲。

「還行。」回答的是柏特。「我們剛從慶典那兒過來。相當驚人，我必須說。所以我們想說都出門了，索性把黑泉經驗徹底親炙一回。」

史提夫笑著將身體倒向了他們。「眼睛記得張大點。」他摀著嘴悶聲說道。這是他發自肺腑能想到給他們最好的建議了。「今晚恐怕不是鬧著玩的，你們別涉入太深。他們知道你們是新來的兩隻菜鳥，你們本來就沒什麼條件去跟他們鬥。」

史提夫、喬瑟琳與泰勒在從舞臺算起的第六排，找到了中央走道左邊的座位。彼特跟瑪麗就坐在他們旁邊，後一排偏左有德拉羅沙夫婦。史提夫注意到講臺正後方平常掛著在地企業廣告的地方，現在換上了一副招牌上寫著：讓我們相信神，相信彼此。一股覺得「聽不下去」的感覺湧上心頭，他突然憶起了之前與泰勒為了黑岩女巫該不該是秘密的事情所鬧過的彆扭。出櫃，他心想。或許等到復活節跟萬聖節慢慢變成同一天，柯頓・馬瑟斯突然起身大跳特跳，用舞步慶祝起「聖沃普爾吉斯之夜」[19]的時候吧。

19 Walpurgis Night。沃普爾吉斯之夜，流行於歐洲中北部的傳統的春季慶典，算是紀念聖沃爾普加（Saint Walpurga）的一個基督教節日，時間落在每年四月三十日晚間到五月一日，活動內容通常是營火晚會及舞蹈表演。

十點過後片刻，座位間低鳴的嗡嗡聲安靜了下來，鎮長開始對所有人講話。他敦請鎮議會的成員們到貴賓席桌前就座——這晚共只有六人，因為葛莉賽妲・霍斯特身體不適缺席。史提夫嘗試與彼特對上眼，但他的鄰居正用看笑話的感覺在瞧著臺上，那兒有鎮長正引導柯頓・馬瑟斯到講臺後方的位子上，而勞勃・葛林姆也自個兒找了個席位坐下。有一回在彼特這位社會學家的後門門廊上，他跟一起在那兒坐著的史提夫說了些心裡的話。彼特說按他的淺見，黑泉鎮的行政管理階層是繼龐提烏斯・彼拉特[20]的法庭把耶穌基督定罪之後，最誇張的一齣默劇。

「好，」鎮長說，「現在我想把流程交給馬瑟斯先生，他會照例用〈詩篇〉第九十一章來為會議揭開序幕。」

此時禮堂中的安靜，是可以聽到大頭針掉到地上的等級。老議員以社區耆老之尊，開始以用莊嚴而單調的口氣說起話來。這人流露出一種奇異的磁場，一種就連史提夫也不得不感受到的吸力，彷彿老人家把室內所有可用的空氣，都吸到了禮堂外頭似地。馬瑟斯老歸老，但並非弱不禁風。事實上他很大一隻，視覺效果就像座長了腳的大教堂。「住在至高者隱密處的，」他正經八百地誦念了起來，「必住在全能者的蔭下。祂必救你脫離捕鳥人的網羅，脫離毒害的瘟疫。你必不怕黑夜的驚駭，也不怕行於黑暗中的瘟疫，或是午間損毀人的毒病。雖有千人仆倒在你旁邊，萬人仆倒在你右邊，災害卻不得臨近你。不過你要親眼觀看，見惡人遭報。各位女士先生，職責所在，我得向大家報告一件事情。因多次違反黑泉鎮緊急命令而被羈押在小衛理堂地下室的亞瑟・羅斯，本日稍早因為心臟病過世了。願他安息主懷。」

大家想說什麼而沒有說出口的安靜，維持了一會兒，接著是癲狂的歡呼聲從群眾中爆發。大家夥開始鼓掌，也有人帶著扭曲而不知所措的表情，當起了旁觀者。一聲「死得好，豬！」引發了滿堂彩的笑聲。

彼特彎身對史提夫小聲地說：「他還真是好意思講。」

「沒錯。」鎮長附和說。「我們今天就優先討論這事兒好了。羅斯先生一案本就是關乎大家的鎮務，這是我們一直以來的處理態度，所以我覺得有始有終會是最好的做法。就我們所知，亞瑟·羅斯不論在鎮上或外地都無親無故。由於他執迷不悟地威脅要打亂黑泉鎮的日常運作，我們不得已只能通過一道判決——當然是以符合民主程序的方式——以幽禁的方式將他與社會隔絕開。很不幸的是他恐怕是罹患了腦炎，而且一直沒好。現在我們的問題是要怎麼處理他的遺體。」

「一把火燒了那王八蛋！」有人喊了聲。

「沒錯，把他火祭給草紮的女巫！」新的笑聲又冒了出來。

「嗯，隨隨便便就把人給燒了，總還是不太好，是吧？」鎮長說了這麼一句，當中還夾雜了有如句讀的笑聲，就是那種政府官員說完註定無法善終的超冷笑話後，不知哪來自信的笑聲，惟出席的群眾似乎並不介意。在梁柱吊燈照出的光芒裡，眾人看來還是十分狂熱、十分嚴厲，就像

---

20 Pontius Pilate。羅馬帝國猶太行省的第五任總督，其最出名的事蹟變是判處耶穌被釘上十字架。

古時候被附了身的百姓似的。史提夫看見勞勃．葛林姆望向民眾，其眼裡看得出極度的反感，而史提夫也突然滿心被同一種恐懼所感染。

一股不由自主的衝動，讓史提夫站起了身說：「他有給醫生看過嗎？」

悉悉簌簌聲停了下來，鎮長一臉狐疑地看著他，很顯然被鑽了個空。史提夫感覺到數百雙鎮民的眼神焦點都在自己身上，他清了清喉嚨。「我的意思是我在想一件事情，那就是他的死，有沒有正式出具死亡證明書。」

「喔，他絕對死了，死到有剩。這我可以跟你保證。」鎮長說。

這是兩碼子事情吧，史提夫想。「您說的我懂，但確切死因一定要醫生才能判定吧。我聽一名直接關係人轉述說他死的時候，現場相當血腥。」眾人間傳出了焦慮不安的喘息，而這也讓史提夫得到了往下講的信心。「身為醫師，我認為大量出血這點並不符合死因是心臟病的案例。我提到的直接關係人，身分是傑登．霍斯特，鎮議員葛莉賽妲．霍斯特的兒子，也就是原本負責照顧羅斯的人。而如今羅斯不幸往生的這一天，她似乎是恰巧生病了。既然您說這是關係全鎮的事務，我想您應該不介意把事情的原委跟大家說個清楚吧？」

民眾竊竊私語地表示贊同。泰勒仰望起老爸，幾乎可以說像在看著偶像，而史提夫也多多少少感動了一下下。同時間在舞臺上，鎮長用眼神向柯頓．馬瑟斯搬起了救兵。

馬瑟斯措辭顯得相當謹慎：「在地牢發現羅斯先生失去生命跡象的。確實是霍斯特女士。她當下受到很大的驚嚇，所以今晚的活動她才不克參加，我想這大家實在不能怪她。至於羅斯先生則曾在羈押期間褪去衣著，在身上多數進行了各種嚴重的自殘行為，我在此就不深入細節了。總之，霍斯特女士在慌亂中先打給了兒子，然後是我。到了現場，我的判斷是失血過多加上失溫的雙重原因，造成了心搏停止的結果，所以說死因是心臟病。」

這他媽的不叫庸醫，什麼才叫庸醫，史提夫心想。他也拼湊了所有的資訊，得出了一個類似的結論，不過就是他的看法有一個跟馬瑟斯大相逕庭的地方：如果葛莉賽妲・霍斯特真發現羅斯死在自己面前，她合理的反應絕對不是先打電話給兒子。葛莉賽妲不是什麼弱女子，她早就被自身悲慘的家暴史鍛鍊成鋼，史提夫很難想像這樣的女人會驚慌。要是有在理性思考，她肯定會直接打給馬瑟斯，絕不會把事情扯上自己的兒子。但事實證明她當時並不理性，也就是說她慌了。她要是慌了，那教堂下頭肯定發生了什麼別的事情。

而且認真說，要是羅斯的死能扯上失溫，那請問你們在神的殿堂之下，究竟讓犯人過的是什麼樣的日子？

史提夫的雙手開始出汗而變得濕黏，而他也留意到懷疑在自己口中產生的酸意。事情在他腦中真相大白時，史提夫人還是站著的。此時坐著仰望著他的絕大多數鎮民，都長期活在壓力下，也活在街上隨時會出現什麼東西的無邊恐懼裡。他們會失控到什麼程度？史提夫想著。壓力一旦超過了臨界點，他們能做出什麼樣的事情？也許傳言不虛，也許羅斯真的是被他們活活餓死，也許今天出了什麼特別的亂子，他還來不及被餓死就死了。但這有差別嗎？這反正都還是黑泉鎮的鎮務，後果也還是一樣原封不動。

不，史提夫內心那個勸不動的理想主義者還是不肯退縮。我們還保有人性的尊嚴。那一點完好無缺，即便我們身邊的每樣東西都在崩潰。

「我只是覺得跟其他死者一樣，他也有權利獲得解剖相驗，如此而已。」史提夫說完便坐了下來。喬瑟琳抓住他的手，輕輕地捏了捏。

「你的意思我懂了。」鎮長說。「問題是，我們沒辦法依法公告亞瑟．羅斯的死訊，畢竟就法論法，他已經不存在了。解剖他會引發一票問題。鎮議會已經投票決議——六票贊成跟一票反對——要以讓本鎮蒙羞為由將他當成無名屍處理，而且不得以本鎮墓園作為埋屍之地。」臺下又是一陣歡欣鼓舞。「但畢竟我們是民主社會，所以我想付諸表決，讓大家……」

「葛蘭特醫師說的沒錯！」彼特．凡得米爾突然叫了一聲，然後從座位上站了起來。鎮長皺起了眉頭，惟這個頭銜並不足以讓他召喚出壓制異議所需的權威。「你這樣問我們，是認真要以民主的名義草菅人命，讓大家一人一票通過用眼不見為淨的方法去處理遺體嗎？是想讓大家可以把良心洗乾淨，繼續裝無辜嗎？這能叫民主嗎？這叫民粹，叫公審。」

「有差嗎？」走道另一邊有人放話，那是個面目陰沉的男子。「我們橫豎是要把他給料理掉。而他也沒資格得到多好的待遇。」

「但這樣太胡鬧了！」彼特說。「醒醒好嗎，大家，我們是文明人，不是蠻人，不是嗎？一念之差，我們將形同是濫用私刑的暴民。」

「所以你覺得我們該怎麼辦？」走道另一邊的男人不屑地說。「把他交給官方嗎？」

「不。」彼特說。「但起碼我們該找個醫師擬一份正式的死亡證明書。看在主的面子上，我們說的可是個人啊。」

一聲巨響響徹了鎮公所的禮堂。所有人都縮了一下，然後猛然轉頭看向前方。柯頓・馬瑟斯用老式的議事槌重擊了講壇，火焰在他的瞳孔中熊熊地冒了出來。「在……這……四……面……牆……內，誰都不准輕慢地濫用上帝的名諱。」鎮長身上看不到的威望，全跑到了馬瑟斯身上。

「緊急命令明文規定：什麼東西生在黑泉鎮，他就得死在黑泉鎮。」

「緊急命令才沒有這樣規定——這麼規定的是凱薩琳。」彼特坐下時咕噥了兩句，但聽到的除了史提夫，大概就只有他的太太瑪麗了。

「但還是讓我們展現一下在決策過程中，每個人的意見都會被聽取到的民主精神吧，就讓我們把這兩位大德的動議交付表決吧。」

史提夫暗暗咒罵著。馬瑟斯知道清教徒的固執絕對能輾壓人的常識，還順便賺到了程序正義的美名，簡直是得了便宜還多撈一筆。彼特對此也心知肚明，所以只能保持安靜。突然間，史提夫心上浮出了一幅醜惡猙獰的景象：柯頓・馬瑟斯與葛莉賽妲・霍斯特拿絕緣膠帶，把亞瑟・羅斯的屍體封在美國家常的「勇壯牌」的塑膠垃圾袋裡，然後拿用掃帚握把土製出來的停屍架，把他拖上悲慘山，讓他長眠在某個不名譽的亂葬崗上。

老議員面無表情地把發言權交回給鎮長，由鎮長進行了提問：「嗯，所以問題是，我們要不要指派醫生去開立死亡證明書，讓亞瑟・羅斯的死有正式紀錄可循？贊成的舉個右手。」

不可否認地還是有人舉手，但史提夫不用看，也知道舉手的人屈指可數——甚至可說是聊勝於無。貴賓桌上的鎮議員們，只有勞勃．葛林姆沒好氣地舉起了手來。

「看來是一翻兩瞪眼了，所以動議不成立。如果沒人還有異議的話」——鎮長很快地行禮如儀掃射了一圈現場——「我想要將議會的動議逕付表決。鎮議會提案要讓亞瑟．羅斯進行不名譽的葬禮，不立碑也不入墓園。贊成的人請舉右手。」

在衣袖摩擦的沙沙聲中與手肘關節轉動的嘎答聲裡，手一隻隻伸向了空中。幾顆腦袋瓜轉動起脖子，像在炫耀勝利似地看向了在第六排座位抱團的那一群，吃驚的他們只能在座位上雙臂抱胸。史提夫並沒有回瞪這些人，但他倒是回頭找到了柏特跟芭咪．德拉羅沙的眼神，這對夫妻的臉上寫滿了迷惑。

「動議通過。」柯頓．馬瑟斯大聲敲下了議事槌。

「還好你沒有在鎮上開業，」喬瑟琳說，「不然你一個晚上就嚇跑了一半病人。」他們並肩躺在床上，聆聽著又急又強的風聲。氣溫已於此時降到了冰點以下。

「他們是一群中世紀的宗教狂熱分子。」史提夫說。「他們需要的不是現代的家庭醫師，而是中古時代的理髮師兼外科醫師。」

「我們得學著與之共存的，就是這些信教的瘋子啊，史提夫。」

他轉身看向了另一半，打了個哈欠，「他們當中不少人，可以放個血，需要人手我可以自願。」

喬瑟琳開始控制不住地笑得花枝亂顫，然後朝史提夫親了上去。「今晚還是有人以你為榮。」她拉開了距離說。史提夫挑了個眉毛，而她還沒講完。「泰勒，我看到了他看你的眼神。他真的很佩服你能為了自己的理念挺身而出，史提夫醫師。上次為蘿芮鬧過彆扭之後，我想這對你們倆個都是好事。」

希望如此，史提夫想。雨過天晴一陣子或許可以，但這並不能徹底抹去他的擔心。他才剛眼睜睜地見證了事情永遠不會改變的事實。這一夜上演的偶戲已經證明了一切。而這與他所相信的每一件事都背道而馳。

他們做了愛，然後睡了在彼此懷中。史提夫夢見凱薩琳．凡．懷勒出現在他們的主臥裡，暗影交錯中有如一根黑色的石柱，只不過她的眼睛睜著，而且閃爍著惡魔般的生氣。隨著人慢慢清醒，他意識到自己夢到了什麼，然後一瞬間他以閃電的速度倏地坐起，踢掉了毯子，一旁的喬瑟琳仍在她習慣的另一側熟睡著。史提夫感覺到自己眼珠子都凸了出來，上半身全是冷汗。

當然，凱薩琳並沒有跑來，但他還是下了床，來到了二樓的走廊。自從他們婚後定居在黑泉鎮之後，凱薩琳一共兩次出現在他們的主臥。麥特出生前的第一次是她趁夜裡跑到三面的對外窗前站著，好像在欣賞風景似的。史提夫跟喬瑟琳嚇得不敢下床，只是遠遠地看過去，就像你會從保護區的小木屋瞭望野生動物的屍體。第二次不過是幾年前的事情，當時她足足在兩人的床邊站了三天三夜。喬瑟琳堅決要兩人一起換到沙發去睡。

史提夫檢查了屋內裡裡外外，包括樓下跟車庫。他把能開的燈全都開了——他知道要是在黑暗中撞見她，自己肯定會尖叫得跟什麼一樣。他把門全部確認了一遍。雖然這麼做對女巫來說，一點意義都沒有，但就是能產生一種安慰的心理作用。繞了一圈，這確實是棟安靜而不受打擾的房屋無誤。唯一的動靜，大概就是佛萊契了吧。牠好奇地從自己的籃子裡仰望史提夫，叫聲輕輕柔柔。

夠了嗎，去睡吧。他這麼對自己說。天冷讓他發起抖來，幻覺則讓他自己嚇自己。

惟儘管如此，他還是在風吹樹枝打到三面窗時，差一點沒壓抑住自己的驚呼聲。決意不再胡思亂想的他鑽進被窩。史提夫為了自己的愚蠢咬了咬嘴唇，很快就陷入了夢鄉。

第十二章

隔天泰勒下得樓來，時間是早上八點十五分，家中其他成員已經在早餐桌前就定位。麥特臉上掛著眼袋，手邊放著一本打開的歷史書。喬瑟琳還穿著睡袍。來自烤箱中的新鮮小圓麵包香味，常能讓他分泌口水，但今天他卻意興闌珊。他拉出了椅子坐下，一語不發，面無表情地開始咀嚼起了一塊餅乾。

「哇，有人昨晚睡得很好呢。」麥特做起了評論。「少廢話，白癡。」泰勒也不是好欺負的。喬瑟琳把餐刀放回了盤子上，「嘿，別鬧了，你們兄弟……」

「我只是關心他睡得怎麼樣。」麥特發出了不平之鳴。「不要好像吃了炸藥好不好，你這傢伙，真是……」

「我們是快樂的一家子，」史提夫說。「動作快喔，你們兩個，不然巴士要趕不上了。」

「今天是教師研習日，放假一天。」泰勒說。「我忘了說。」

「不會吧？」麥特哀號。「你怎麼這麼好狗運？」

「只有高中部是，國中部沒有。」這謊話他不知不覺中就說了出來。到了這個時候，他才意會到自己原本就有心蹺課。這讓他有點不安，他沒想到自己可以這麼輕鬆地對父親說謊，尤其他完全沒有一絲的罪惡感。當然沒人會把什麼事都告訴父母，但他與父親的關係是真的從根本上產生了質變，而事發的關鍵就是他迴避了父親那個直搗黃龍的提問：你沒有藏著掖著什麼自以為的錦囊妙計——吧？以那瞬間作為起點，他已經駛入一條無法輕易脫離的航道。

「好。那你可以帶狗出去遛。」史提夫說。

泰勒聳了聳肩，從盒子裡多抽了一片餅乾。麥特用擁抱向喬瑟琳跟史提夫告別，出發前往了等車的地方。後門砰的一聲關上，喬瑟琳發了一下牢騷，但她並沒有為這點事去追殺麥特。反之，她給自己倒了一杯續杯的咖啡。沒事沒事：同樣的鳥事，不同的日子。但說時遲那時快，泰勒突然有想吐的感覺。他放下了手中的餅乾，汗從的毛孔中噴發出來，至於壓軸的則是胃部的痙攣。

你沒有藏著掖著什麼自以為的錦囊妙計——吧？

沒事才怪。昨天的騷動就像一塊巨石一樣壓住他的五臟六腑。鎮民大會開始時沒看到傑登報到或現身，他的直覺反應是火冒三丈。不論是想抱怨隱私權跟上網政策，他們都需要團體裡唯一成年的他來發難。泰勒知道出了人命，情勢自然不能跟平時同日而語，但起碼傑登應該要對手機App上的奪命連環叩回應一下，好讓其他成員知道要趕緊去想個B計畫來當成備案。

泰勒一直以為自己為了OYE做的每一件事，都根據的是常識，但在鎮民大會的恐怖開場跟對亞瑟．羅斯後事的表決之後，那種席捲他整個人的絕望與破碎心情當中，真的有常識可言嗎？轉瞬之間，他的士氣衰落到最低點。他真的相信喊出一把火燒了那王八蛋！沒錯，把他火祭給草紮的女巫！的同一批人，會不覺得他們要求有權利使用推特跟臉書是一件很蠢的事情嗎？他真的以為這批人會讓這種要求過關嗎?那簡直可笑到極點。破天荒頭一回,泰勒意識到有更大的力量在作用著。

你必不怕黑夜的驚駭,也不怕行於黑暗中的瘟疫。

但他超怕。每一回納悶著自己想改變那些力量,究竟是不是個好主意的時候,他就會想起傑登在林子裡用樹枝戳著女巫的畫面,還有當時不知從哪兒冒出來,泰勒一瞬間的感覺:這裡要出事了,各位,恐怖的大事,我覺得。

別再搞一些跟女巫有關,有的沒有的東西了。水管上的影片不拍了,瘋狂的主意也好停了。

他們不來火槍隊行刑那套了,但皮肉之刑仍白紙黑字寫在緊急命令裡。

我們或許很亂來,但他們是亂來中的亂來。

歡迎來到黑泉鎮。

「你沒事吧?」史提夫皺著眉頭問。「你看起來有點發燒的樣子,該不會是感冒了吧?」

泰勒眨了眨眼睛。「我沒事。」他擠出了一個笑容。「可能是還沒完全醒吧,我猜。」

他退開了餐桌,跑了幾步到廁所,然後人掛在了馬桶座上,但沒吐出什麼來。泰勒在臉上潑了潑水,看著鏡子裡的自己滿眼血絲。放手吧,他想,隨他們都下地獄去吧。那些事情與你無關。只不過其實有關。而且要是他不說,還有誰會說呢?

回到房間裡,他打開了收音機,找到了「追隨者」合唱團的歌,然後把把音量調到了最大。旋律中的騷動讓他振作了一點。他用手機程式私訊了勞倫斯,問他是不是在搭巴士,而勞倫斯回覆說他爸在昨晚的會議後對他特別溫柔，打電話幫他請了病假。兩個沒去上學的少年，於是約了九點半在他們兩家房子前的巨石堆前見面。佛萊契一看到勞倫斯就跳到他身上搖起尾巴，搞得他夾克上都是一處處泥巴。

「嘿，別激動，狗狗！」他說。他輕拍起佛萊契的頭，而佛萊契也吠叫著回應他。泰勒提議去樹林裡走走，但勞倫斯有消息告訴他，「你沒聽說嗎？女巫在布拉克家。」

「布拉克家？」

「對啊，駭克斯的App今早講的。我還沒跟布拉克連絡上，但他爸媽通常也會讓他在鎮民大會後放個假。」

他們決定親自去考察，便走向了布拉克家的方向。賽爾一家住在波波羅賁湖附近的下南區，摩里斯大道上的一間獨棟房子裡。布拉克的雙親是土耳其裔，屬於黑泉鎮僅有的小小穆斯林社群。泰勒一直很好奇伊斯蘭信仰會如何影響他們對女巫的看法，但布拉克被問到這個話題，一般的反應都是聳聳肩而不予置評。就泰勒所知，布拉克本身並不會去紐堡的清真寺，惟這並不影響傑登拿超級政治不正確的笑話去損他、虧他的興致。他們剛來到鎮廣場，就看到節慶後的清掃活動正進行得如火如荼。其中一名鎮上請的工人正用高壓水柱沖洗著十字路口，那有個灰燼留下的大面積黑漬，緊接著泰勒就收到了布拉克傳來的訊息：

傑登在這，瘋了，請盡快趕來！

跟著帶頭的佛萊契，他們跑完最後半英里的路程，來到了布拉克家，搞得泰勒想吐到一個幾乎要失控的地步。

「那傢伙不知道哪一天會弄到事情無法收拾。」勞倫斯上氣不接下氣地說。

是啊，所以就讓他去吧，這關你什麼事呢，泰勒再次有了這種念頭。但這當然只是氣話，因為萬一真的出了什麼事，他怎麼說也有道義上的責任。

賽爾家的車開出去了，也就是說布拉克的爸媽不在家。他們穿過了草坪，繞到了後院，用牽繩把佛萊契繫好在其中一棵白楊樹上。很顯然佛萊契還沒注意到女巫就在附近，因為牠還能蹦蹦跳跳地對著籬笆聞來聞去。泰勒試了試後門，鎖是開著的。

「哈囉？」勞倫斯跟著他穿過了廚房，這時通往客廳的串珠門簾突然被撥了開來，發出嘩啦嘩啦的聲響，而簾後出現的是布拉克。他的眼神有著平日看不到的狂放，差一點點就可以形容為驚惶。

「泰勒，你最好……」

但下一秒勞倫斯就看到了現場，而他的聲音聽來像在啜泣。「喔，靠，幹……」

那幅光景有如超現實的夢魘。布拉克背後的客廳，在若明若暗之中閃耀著光芒，主要是窗簾被拉闔了起來，同時還有一股嗆辣的氣味飄散過來，那是種你會覺得在《天方夜譚》的故事裡，霧霾該有的氣味。泰勒隨即發現了嗆味的來源：許多長條狀的線香點燃在咖啡桌上與壁爐架上，而線香的一旁就是凱薩琳。賽爾家裡並不常有這麼大剌剌的宗教擺設，但此刻卻有數不清的護身符垂在女巫身邊晃啊晃的，花樣有如藍色的孔雀眼睛，都一個個被拿或長或短的線頭，用大頭釘釘在天花板上吊著。彷彿上星期在森林中的場景詭異重現，傑登又拿著一根樹枝站在凱薩琳面前，唯一的差別是這一回，樹枝的尖端還有絕緣膠帶綁著一隻X-Acto牌的筆刀。他用筆刀劃開了凱薩琳破爛的衣裳，而布料就像吊橋被放了下來，暴露出了凱薩琳．凡．懷勒垂晃在右邊胸前，蒼白的紫色乳頭。

此時閃出一道白色燦光，原來是傑登用iPhone拍了張照。閃光燈的亮度讓一切真相大白，白到泰勒想看也好不想看也罷的每樣東西，都被燒烙在了他的視網膜上，包括凱薩琳軟趴趴而毫無生氣的胸部穹頂上那黑色的端點。有些胸部會因為長相奇特或帶有異國風情而讓人覺得性感，但這完全不是那回事。這玩意兒只讓人想吐，只讓人不忍卒睹。而且這還沒完：傑登割也不小心地割。凱薩琳的裸肉上看得見劃痕，包括其中一個口子正緩緩滲出了暗色的血滴。

那一滴血，那傑登手機閃光燈下的黑色乳頭，還有那些吊在線頭上，看似滴著淚的藍色孔雀眼睛，都讓泰勒想忘也忘不掉。「勞倫斯……泰勒……」傑登挑起了眉毛說。「你們最好不是來掃我的興，是的話就一起給我滾。」

「你要死的這是在幹什麼？」泰勒話說得結結巴巴。他人像被釘住而動彈不得。喔，天啊。就在剛剛，就在他需要抬頭挺胸的時候，不爭氣地他一整個偏過頭去。這真的超過了他的承受能力，這太不真實了。

「你才他媽的在幹什麼？把我傳的私訊秀給你們家那天殺的老頭看，好讓他犯賤地去讓全鎮的人都知道我寫了什麼嗎？」

傑登幾乎是用吼的說完了最後幾個字，口水在他的嘴唇上閃閃發亮，綁著筆刀的樹枝則在他手裡搖晃。

「失聯是你不對！」勞倫斯喊道。「我們傳了一整晚的訊息給你！你死哪裡去了？」

「也許比起你們的什麼爛實驗，我有他媽更重要的事情要煩。馬瑟斯今天才譙了我一頓，還附送甜點！就因為那娘兒們閉不上那張臭嘴。」

「兄弟，我只是希望你可以先離開這裡，現在……」布拉克聲音聽來有點崩潰。「要是我爸媽知道了你在我們家做的事情，他們一定會殺了我的。」

「你有病。」泰勒輕聲說道，而他的目光仍鎖在女巫那醜惡的黑乳頭上。「你是在拿所有人的性命開玩笑。今天的事情如果讓鎮上知道，他們絕對不會只把你送到肚兜鎮就完了。」他在外套口袋裡掏了半天，拿出了GoPro，但傑登一看到攝影機的模樣，就連人帶著樹枝跟刀，一起撲了過去。泰勒叫了一聲然後向後一縮，跟勞倫斯撞了個正著。

「喔，不，你別想。」傑登一邊說，一邊用眼神讓泰勒把機器放回了口袋裡。傑登已經失控，而且是很徹底的那一種。「今天只有一個人可以攝影或拍照，那個人就是我。人類有史以來，他媽最棒的一組照片。猛鬼露點！」他狂笑了起來。「我要把這些照片寄給賈斯汀，寄給布拉克，因為這搞不好是他這個穆罕默德這輩子第一次看到女人胸部，我猜他等一下會想回房打手槍。但要是誰敢多說一句今天的事情，我就把你們的網站跟實驗都抖出來，要死大家一起死。」

「刀他媽的別放我面前，給我拿開！」泰勒厲聲說道。

「都聽你的，兄弟。」傑登話一說完，就轉身把筆刀狠狠插到凱薩琳身上。筆刀刀刃雖不過一英寸長，但這一英寸卻扎扎實實全部沒入了她垂落的乳房。女巫的身體先是震動向後，然後出現顫抖，就彷彿她被電擊到了一樣。她瘦可見骨的雙手抽搐著握緊拳頭。等傑登連著樹枝抽回刀子，瞬間湧出的血柱灑滿了整片地毯。

「幹！」

「你看看你幹的好事！」布拉克尖叫著指向了地毯。「我爸會要了我的命！」

勞倫斯撇過頭去，跌跌撞撞地退了幾步，雙頰上掛著眼淚。女巫在鐵鍊的束縛下前傾懸著，由此暴露出更多的胸部。刀傷撕裂了她的乳頭，血液在她衣服上形成了深色的斑點。去吧，消失吧，泰勒心想。*在狀況沒有更糟之前趕緊變不見吧……*

他試著讓自己的聲音不要太失控，但聲線還是止不住地發抖。「兄弟，這麼做太變態了——你這是一種虐待。你不能這樣對她。」

「我礙著誰了？她是個操你媽的女鬼！等會兒她跳一下跑到別的地方去，全身還不是煥然一新。」

「但你這樣是在污辱她，是在對她不敬，她會……」

「那賤貨是我的殺父仇人！」傑登邊怒吼著，邊激動地揮舞著手中的土製尖矛。泰勒再次為了閃躲而縮了一下。「那賤貨強暴了我的母親！所以不要你少在那裡跟我嘰嘰歪歪什麼可以什麼不可以，因為這全都是她自找的！」

「天啊。」泰勒掌心朝天舉起了雙手。「聽著，我不知道昨天發生了什麼，但我們聊聊好嗎？我們大家一起，沒有解決不了的事情，你們說對嗎？」

他對布拉克跟勞倫斯投以求助的目光。布拉克領略了他的心思。「對對對，泰勒說的沒錯。你先冷靜下來。」

「少來要我冷靜那一套。我們已經優待她太久了。計畫改變。我們以後不走光明正大的路數了。」

「你這話是什麼意思？」泰勒問了聲，但他很清楚傑登是什麼意思。

傑登內心有東西繃的一聲，斷了，那是一樣開始在很久以前，昨天來到最高潮的東西，而追根究柢，女巫就位於那樣東西的中心。傑登不想再辛苦地去填補溝通的漏洞，也不想再去培養外界的理解了。因為要是他們真的走上了主流，引入了外界的官方力量，那他就再也不可能……嗯，我的天啊，不可能復仇了。教堂底下究竟發生了什麼事情？傑登到底是被什麼東西上了身？這天殺的女巫怎麼還待在這裡？

「我的意思是，世上從此沒有OYE了。」傑登說著瞇起了眼睛。「以後大小事我說了算。我怎麼說，大家就怎麼做。不要以為我在開玩笑。這裡誰給我亂講話，我就把所有的影片、報告、訊息都秀給他們看，到時候你們全部都得去肚兜鎮報到。別忘了我媽是懲戒委員會的成員。而且不用懷疑，他們都欠我媽很大一份情。有她在，你覺得懲戒委員會相信你，還是相信我？」

他用捽的把黏著筆刀的樹枝丟到牆角，然後就甩頭走人。他衝刺著穿過了廚房，去到了屋外，只留其它人在噁心巴拉的線香雲霧中驚魂未定，好像剛歷經完颶風過境一樣。所有人都不發一語。稍過片刻，泰勒轉頭向著女巫，全身依舊抖著。

「她還好吧？」布拉克鬱悶地問起。

「我真不知道，兄弟。」她還是沒有動靜，只是在鐵鍊容許的範圍內彎身到最大的程度，被刺的右胸持續滴血在地毯上。其中一枚藍色的護身符如今垂靠在她的頭巾上。凱薩琳蜷曲起手指……是表示痛？可以確定的是她的手指在抖。她在什麼程度上覺得受到羞辱呢？泰勒是實實在在沒有概念。女巫的人性是個還沒被誰破解的謎團，就像也沒人知道她何時會出現或消失在哪裡一樣。而這也正是她嚇人的地方。

「凱薩琳？」勞倫斯問。他帶著抖動的嘴唇，小心翼翼地靠了過去。「凱薩琳，很對不起。這種事不該發生的。弄妳的是傑登，都是他幹的。我們絕對沒想過要……」

「兄弟……」泰勒把手放到了他的臂上。

勞倫斯聳了聳肩，拭去了眼淚。「我真的不知道該怎麼辦了。」

「是說，這一堆護身符是怎麼回事？」泰勒問起了布拉克。

「那些是『納札爾』珠，邪惡之眼的意思——它們能以毒攻毒地保護你不受女巫的邪眼傷害。我媽今天早上一下樓就看到她在這裡曬太陽，所以就圍著她擺出了這個『菜市場』。她跟我爸現在在清真寺裡祈禱她趕緊離開。幹，我好像也應該來祈禱她趕快閃人。萬一我爸媽回家看到她還在這裡，而且還被弄得這樣慘兮兮……」

「你家裡有沒有不用的舊床單或之類的東西？就跟你爸媽說你受不了跟她大眼瞪小眼，所以你就拿被單蓋住她。」

「她是瞎子耶。」

「你知道我的意思嘛。他們絕對不會把被單掀起來檢查的。但我們倒是得想辦法把地毯上的血給弄掉。或許我們可以……你有掃把嗎？也許我們可以把她推直起來，當然要很小心。這樣她血才不會繼續滴。」

「幹，我才不要碰她。」

「那網站怎麼辦？」勞倫斯說。「傑登剛剛真的是抓狂了。我覺得他不是在開玩笑。」

「我們就少他一個繼續弄啊。」泰勒也發狠了。

「這樣好嗎……」布拉克說。

「什麼意思？難道你就任他這樣威脅你喔？」

布拉克沒什麼信心地搖起頭來。「昨天我被選中去做耳語測試，今天她就突然出現在我家裡。這不會只是巧合而已——吧？」

「你想太多了啦，」泰勒說，但他其實可以體會布拉克的焦慮。「聽著，測試的事情你不用太勉強，真的不想做就不要做。交給我就是了。在條件有所控制的環境下，又有你們在我旁邊陪著，能出什麼事？又不是說人會說自殺就自殺。我們只是得把分寸拿捏好，別過分了就是。聽過她耳語的人還少嗎？大家現在還不都活生生地會呼吸，能講話。」

「我不知道耶，泰勒。」布拉克還是放不下心。「我真的不覺得天底下有這麼巧的事情。我覺得她是在叫我們住手。你的這些實驗，還有要把這些事公諸於世的努力。她恐怕不希望我們這麼做。對不起，老兄。」

「但是……」

但泰勒還來不及想清楚該怎麼說——他是真的腦袋一團糨糊——一切就都摔落了邊緣，墜入了萬丈深淵。珠簾被用力撥開，傑登走了進來，而他拳頭中緊緊握住的是佛萊契的項圈。原本打算閃人的傑登發現狗狗在後院，起了壞心眼。也許他是想要向泰勒討個公道吧，也許他只是覺得女巫現身機不可失吧。不論動機為何，總之他想到的要命主意是放狗咬人，狗是佛萊契，人是凱薩琳。泰勒不清楚狗狗平常察覺到女巫的存在，是單純因為牠聞到了什麼，還是因為有什麼更原始更本能的訊號，但總之燒香的煙味一定是一種干擾。不過如今凱薩琳已進入牠的視力範圍，味道已經不是重點了。牠的叫聲從低沉的怒吼一路拉高到凶狠的嚎，迴盪在賽爾家稱不上大的客廳裡。同時間牠用爪子對空氣不斷比畫揮拳，狠勁媲美比特犬。

「傑登，別！」泰勒叫了出來。他試著跳進佛萊契與女巫之間，但傑登對佛萊契的項圈又拉又拽，挑起了其身為邊境牧羊犬的情緒，於是乎不管小主人說什麼，佛萊契都聽不到了。牠扯開嘴，露出了牙齒，猛烈的吠叫聲中有瘋狂、有怒火，然後只見傑登鬆開了手。

佛萊契像在溜冰一樣滑過了客廳地板。一時間泰勒覺得自己要抓到狗狗了，畢竟他的手指已經逮到了牠的毛。但就在此時狗狗的前腳勾到了地毯的邊，後腳也找回了摩擦力。在一聲無懈可擊，發自於喉嚨的咆哮中——論音量的氣勢勝過單純的吠，論延伸的廣度屌打威嚇的低吼——牠以整副身體撲向了女巫，用強力的上下顎鎖住了女巫的右臂，凱薩琳的身體因此一會兒朝左側擺去，一下子向右邊盪去，甚至有段時間，佛萊契咬住凱薩琳被鎖鏈捆住的臂膀為支點，整隻狗離地起飛，但整顆頭仍不忘猛力甩動，女巫的皮膚與肌腱都因此遭到扯裂。不過只相隔一秒，就聽見一聲尖銳的嚎吠，狗狗遭到橫空拋飛，砸上了牆面。

在那一瞬間，絕對的震驚與不解讓泰勒感覺超敏銳的神經被似乎來自體外的電流狠狠打到，讓他豎起了身上每一根寒毛。腎上腺素朝他的血管湧入，那種恐怖讓他的感官被一整個削尖，於是乎他甚至還沒有轉頭，就知道凱薩琳已在一陣煙裡消失無蹤……而且他還知道自己跟她剛剛距離超級近，近到他確定自己感覺到的就是在消失中的她。

藍色護身符搖動得像發了瘋的鐘擺。

含著哭號，泰勒撲倒在了佛萊契的身旁。狗狗躺在他的身邊呻吟而且呼吸急促，有氣無力地用前腳耙著牠的鼻頭，就好像他不小心捅到了馬蜂窩。泰勒小心翼翼地把牠的頭擁入懷中，然後用手給他呼呼。佛萊契舔起泰勒的兩隻手，而泰勒並沒有向平常那樣把牠推開，而是任牠想怎麼舔，就怎麼舔。

傑登在門口遲疑了一下。「牠是不是……？」

「你給我滾！」泰勒大吼一聲衝向了他。傑登嚇得跳了一下，嘴巴也扭曲到兩片嘴唇只看得到毫無血色的皮膚與皺褶。他不知道該走還是該留地在那兒站了幾秒鐘，然後才腳底抹油。

勞倫斯留在布拉克家幫忙收拾殘局。泰勒離開屋子的時候，十一月初的寒意似乎比往年更加難敵。那股寒意浸入了他骨子裡，混合了在目擊傑登手段之殘酷之後，巴在他心頭上的那種心寒。他讓佛萊契從流經鎮廣場的小溪中喝水。狗狗舔得很貪心，最後整副口鼻都浸入了水裡，飢渴地大口牛飲起來。此時的泰勒擔心到都快要生病了。雖然外觀看不出哪裡受傷，舌頭或上顎也沒有燒傷或割傷的痕跡，但狗狗很明顯是受驚了。牠輕手輕腳，畏畏縮縮地跟在泰勒身後，頭低到都快要垂到地上，尾巴也夾在兩腿之間。隨便一隻鳥振翅起飛，都能讓牠瞪大了眼睛環顧四周，而每當有車輛在轉角過彎，牠也會一頭栽進籬笆裡唉唉叫。泰勒一直哄，但好像也哄不出什麼效果。

回到家中，他帶了佛萊契上樓，把牠放到了浴缸中，然後馬拉松式地用狗狗專用洗髮精，給牠洗了給泡泡浴，包括最後用溫水把牠十足沖了乾淨。平時把討厭水當成興趣的佛萊契該有的正常反應，理應是把整間浴室跟主人都一起弄得濕淋淋，但今天卻乖順地任由泰勒上下其手。史提夫跟喬瑟琳都在上班，所以他也就不需要跟誰解釋什麼了。這也讓泰勒鬆了口氣，因為他真的不曉得自己會說出什麼事情。

牠跟女巫只是稍稍接觸到，他告訴自己，牠受到驚嚇是很正常的事情，但也許這也不是什麼世界末日，不用自己嚇自己。

只不過等佛萊契壓低了身子爬進籃子裡，泰勒從放在廚房櫃中的鐵罐裡拿出牠最愛的乾乾給牠時，狗狗只是嗅了嗅，然後抬頭對泰勒秀了秀牠哀傷的大眼睛。

一整個午後，泰勒都想靜而靜不下來，感覺就像是偏頭痛要來不來了一下午。他用媲美強迫症病人的頻率，不停查看著駭克斯的App。下午兩點，程式通報說凱薩琳站在克勞二手書店的櫥窗裡面，但並沒有提供細節。很顯然，事件的蛛絲馬跡已全部被消滅……起碼在她身上是已經看不見。但這並不是可以安心的理由，因為到了大約四點，就在他爸媽快要下班到家，而他在歐尼爾中學修習的西班牙文課可能剛剛結束的時候，佛萊契開始渾身抖動了起來。

「你怎麼了，狗狗？」輕聲這麼說的泰勒把鼻子埋進了狗狗的毛裡，他吸進肺裡的是自己這些年來已經習慣到不行的氣息。「都過去了，放輕鬆點。」

但佛萊契還是有氣無力地哀嚎著。泰勒感覺到胃裡的那顆大石頭不斷膨脹，儼然有種山雨欲來之感，而這場風暴既然有了開端，就一定會走完。

佛萊契當晚沒有吃飯，只是靜靜在喬瑟琳的渾沌區裡躺著。喬瑟琳跟麥特看著電視上的《美國偶像》，史提夫埋首在雜誌裡，而泰勒則漫無目標地在筆電上搜尋。佛萊契並沒有睡下去。牠不時會聞聞這裡聞聞那裡，然後盯著遠處，狀態顯示為眼神死。遇到電視在那兒大小聲，牠會輕輕地低吼兩下。

「這狗是怎麼了？」喬瑟琳感覺到不對勁。「牠怎麼活像個壓緊的彈簧，看了感覺真不舒服。」

「喔，天啊，不會是阿嬤回來了吧。」麥特話說得像在耍寶。泰勒完全不敢從筆電中抬起頭。

那天晚上他完全睡不著，只是眼睛直直瞪著天花板，腦海中盡是傑登眼裡那要殺人的眼神，那毫無遮掩又鮮血淋漓的乳頭，還有佛萊契被甩飛過客廳的鏡頭。那是他第一次看到女巫為了自己出頭，而不再只是被動地站在角落。而現在的情況究竟有多糟？這個他很難說沒有責任的事件會有什麼後果？

有超乎人類控制的力量在作用著。

我們或許很亂來，但他們是亂來中的亂來。

他費了好一段時間，才在累翻了的狀況下睡著。而睡著之後他夢到了貓頭鷹，長著絲綢般翅膀跟金色眼睛，趁夜出來狩獵的大貓頭鷹。

隔天週五早上，佛萊契搖著尾巴，唉叫著走進了廚房。泰勒一臉不可置信地看著牠，下巴有點闔不太起來。喬瑟琳這天休假，所以他以為她可以幫忙看著佛萊契。但等牠真的吃了幾口食物之後，泰勒讓自己燃起了一線希望……他希望事情其實沒有想像中的糟糕。

時間來到下午兩點，喬瑟琳打算出門去補貨。她後來回憶說她正要把狗關進狗屋裡——這裡說的回憶，是葛蘭特一家在日益加深的絕望中試著重建那天的事件，其間泰勒嘴巴都沒張開，整個人處於驚呆的狀態——而佛萊契做了一件牠從來沒做過的事情：牠兇起了喬瑟琳。喬瑟琳於是罵了牠，而牠這也才像做錯事似地垂頭喪氣，讓喬瑟琳把牠帶到了狗屋裡。接著喬瑟琳就出發到市區，忘懷了狗的事情。直到下午四點半泰勒放學回來，注意到通往佛萊契「專用跑道」的門沒關好，狗屋也空空如也，她才又想起了早上的事。

此時天色雖已慢慢變暗，但史提夫與泰勒仍帶著手電筒去屋後的林子裡尋找，麥特則騎著腳踏車在附近跟深洞路上吹口哨或呼叫。

「佛萊契可能愛玩，但他從來不會跑遠，而且森林他熟得就像自家後院。」史提夫把話說得很滿。「只要牠在裡面，我們就一定可以找著。」

「要是找不著呢？」泰勒反問。聚集中的夜色遮掩了泰勒蒼白氣色與發抖嘴唇中的恐懼，更別說新鮮而強烈的罪惡感讓他心如刀割。史提夫沒有回答，因為找不到佛萊契是他不可能接受的選項。他們怎麼可能，怎麼可以找不到佛萊契。但結果他們還真的沒找到，而這時史提夫也才開始擔心起來。當夜晚些他們又找了一遍，這次還加入了彼特．凡德米爾幫忙，但烏漆抹黑的找起來只是白忙一場。

九點半，喬瑟琳嗚咽著說她可以發誓自己確實有把門閂栓上，然後開始幻想起最可怕的可能性是佛萊契已經躺在車底，而泰勒由淺入深地崩潰到可以貼切地形容為初期的歇斯底里。而就在此時，駭克斯發了通知給鎮民，內容是要大家協尋一隻黑白相間的邊境牧羊犬，主人是深洞路一八八號的葛蘭特一家。至此佛萊契正式成為了失蹤「狗」口。

第十三章

那一夜，他們一直沒把後門關起來，還且還一起熬夜到凌晨四點，但佛萊契最終並沒有自己跑回來。天剛亮，彼特與瑪麗．凡德米爾倒是出現在後門。瑪麗親手烤了馬芬蛋糕——她這麼做真的是很貼心，但孩子們都還在睡覺，兩個大人只有史提夫有胃口，還在浴袍模式的喬瑟琳問彼特跟瑪麗要不要來杯咖啡，但真正去準備的時候，你會分不清她到底是在倒咖啡，還是想把咖啡通通灑在外面。確實徹底醒來之後，她又開始靜靜地掉起眼淚，好像關不緊的水龍頭似的。

「別擔心，喬瑟琳。」瑪麗起身去廚房拿毛巾。「我們會把牠找回來的。我相信牠一定會搖著尾巴走進房門，好像什麼事都沒發生過一樣。狗狗那死樣子，你又不是不知道。他們時間到了就會找路回家。」

「但佛萊契從沒有離家出走過！」喬瑟琳叫了出口。

但走一次就完了，史提夫這麼想，但沒有說出口。他已經接受了佛萊契可能不只走失，而是已經凶多吉少的現實。會自己回家的是貓咪，貓咪是漂泊不定的流浪漢、是道上的兄弟。狗狗如果離家出走，就是很難有好下場的悲劇前奏。忠心耿耿的米克斯連蒼蠅的一根寒毛都不敢傷，卻追著兔子到樹林而死在捕獸夾裡；心愛的獵犬從來不亂跑，某天卻爬出籃子然後在繁忙的馬路上被輾死。狗狗與命運的相遇，就是如此令人毛骨悚然。你會有一種宿命之感。

十點半，勞勃．葛林姆出現在門口。以這麼晚的時間而言，他精神抖擻得令人耳目一新。

「我們研究過了深洞路上監視器拍下的畫面，時間是從喬瑟琳出門採買，到您公子放學回到家為止。我們確定您府上的狗兒沒有從街邊跑走，有的話我們不可能沒看到。屋子後方的各監視器也沒有錄到任何不尋常的東西，不過那些鏡頭都是對著山徑，沒有拍到您家後院就是了。」

「但這就代表著牠幾乎可以確定是在樹林裡就是了，對嗎？」喬瑟琳燃起希望地說。

「我也是這麼推測。」葛林姆說。「但這兒還有一個好消息：我從高爾夫球場一路開到波波羅賁湖南側，足足把二九三號公路開了兩趟，路肩上都沒看到任何東西。App上的留言都很關心這件事情，街坊也都會幫忙四處留意。只要牠出現在鎮上，我們監視器一定會拍到。狗狗肯定很快就會回來。」

你這傢伙真是什麼場面話都說得出來。史提夫心想。

他招呼彼特跟葛林姆出了門，來到了後院。「喏，你們看看這個。」他抽開了佛萊契狗屋的門閂，然後把手指伸進了金屬隔網。「喬瑟琳說她確定自己有把門閂栓上，我相信她。你不可能看著狗狗進了狗屋，然後不把門閂栓上；那怎麼想都太不合理了。而且你們再看。」他把門推向鎖，然後放手。他這一放，門就彈了回來並保持半開的狀態。他重複了一遍動作，結果門還是照樣彈開。「你必須要把門閂栓上，否則這門你根本就關不上。」

彼特看著這一切點起了頭。「所以你認為狗屋是從外頭被人打開。」

「百分之百。」

「問題是誰？」

葛林姆豎起大拇指，越過肩頭指著身後，意思是黑泉鎮的某個人。「星期三晚上的鎮民大會，你沒交到什麼朋友吧。別誤會：你的理想之崇高很令我感動，只是你的呈現方式……有一點太衝。」

「你該不會覺得是——」史提夫開了口又緊急煞車。一陣強風吹過了屋簷，他沒有理由地哆嗦了一下。

「我不知道。」葛林姆說。「假設有人想要報仇，所以想了個計畫來毒你的狗。他們肯定是直接經由森林進出，而沒有走山徑，否則監視器裡一定會看到他們入鏡。」

「那好像不是太容易。」彼特說。

「嗯，但不是不可能。」史提夫念叨了一句。「你真的覺得他們能做到嗎？」

「你是說想出這樣一套計畫嗎？絕對可以。」葛林姆的口氣聽不出一絲懷疑。「但這策略有點太過複雜。你要是想幹掉一隻狗，潛進後院放一碗下了毒的普瑞納就行，活生生把一隻給狗給搬走，怎麼說都太過招搖，尤其是在這兒。」

你要不要直說自己在怕什麼？史提夫心想。那件我們所有人都怕，但沒有人敢大聲說出口的事情：不論聽起來有多扯，她都跟這件事拖不了干係。這不符合之前的模式，但你就是那麼想的，不是嗎？不然你來這裡幹嘛？沒事你會為了一隻狗找上門來嗎，拜託。

史提夫意識到自己的心思，葛林姆應該已經讀取到，因為這名安全主任把頭縮進了邊邊有一圈毛的大衣頭套裡。他一語不發了一會兒，然後似乎在內心做成了決定。「也許我們應該一起去林子裡散個小步。這麼早還不會有登山客。牠如果只是掉進了某條挖礦用的水渠或是卡在鐵絲網上，活著的機會應該很高。」

「好。」彼特的口氣，像是他早就在等葛林姆下令。「我去把雨鞋套上。山徑肯定會相當泥濘。」

他們沿著哲學家之溪，輕快地向上爬去。溪水從史提夫家的那一側離開了自然保護區，鑽入了深洞路底，最後流入了下水道體系。隨著河床慢慢變窄，他們選擇了左側的山徑，繼續向上爬去。他們決定以稜線上的山脊為起點，地毯式地朝南方跟西方搜尋：悲慘山屬於黑泉鎮的部分。不用說出口，他們都有一個既像直覺，又好像無意識，但總之很確定的默契，那就是佛萊契肯定還在黑泉鎮境內。

山徑果然泥濘，史提夫在後悔穿了球鞋之餘，也很快就感覺到襪子濕得徹底。稍早他進屋去穿鞋的時候，孩子們已經醒了。泰勒的氣色顯得蒼白退縮，什麼話都沒說。喬瑟琳與麥特下午有預賽，但喬瑟琳說她要是他們還沒有好消息，那比賽她就取消不去了。她想親自在家等著說不準何時會回來的佛萊契。

他們攀上了構成山頂的那兩塊岩石平臺。通過更高一些的左邊那一塊後，他們爬過整齊如經切削的石徑來到南端的制高點。到了制高點，彼特仰起頭伸展了腰背。

「你還好吧？」史提夫關心了一下。

「我沒事，只是喘口氣。」他找了塊石頭坐下，點起了根菸。

這是一座有歷史的丘頂。對於在矮坡上建立聚落的門西族而言，這曾是他們用以讓逝者安息的聖地。在十七世紀，荷蘭陷阱獵人曾在主峰上蓋起過瞭望的哨站，但痕跡現已完全看不出來。以此處為起點，地表會倏地向下急墜至山谷中，而此山谷曾先在冰河時期有大陸冰河的冰舌造訪過，後有哈德遜河以河勢雕刻出一條水路。史提夫看著良田、河流、原野、蒙哥馬利堡跟高地瀑布的建物、熊山橋，還有更遠處的皮克斯基爾。悄然無聲中，無邊無際的灰色色調予人一種中世紀氛圍，隱約有邪惡隱藏其中。那所散發出的一股似乎源自於四面八方，充滿存在感的能量，最後集中在了南側山脊背後，黑泉鎮所在的地方。你能嗅得的那股臭氣裡藏著由酷虐與疾病交織成的過去，那是一段由恐懼發號施令的過去。曾經在這裡，驚惶的墾民選擇了令人髮指的暴行；曾經在這裡，他們以吊刑奪走了女巫的性命。逃來新世界，卻仍在皮膚上蝕刻著舊世界疤痕的他們，曾經在大街上一面用不祥的行伍扛著他們的死者前往火葬場，一面焚燒一箱箱的瀝青與藥草來驅趕被汙染的致病空氣。是說他們一路上把死者被感染的淋巴腺腫切除，也等於一路上散播著疾病。同樣曾經在這裡，死者的子嗣被逼著一個個跳進冬日早晨的哈德遜河，就此屍骨無存。

在那樣的時空背景下，在空氣中那樣的能量瀰漫下，沒有什麼慘絕人寰的事情不可能。如今佛萊契搞不好是被誰帶走，搞不好已經被餵毒或被用石頭砸凹了腦袋。真的有差嗎？史提夫心想，三百五十年之後的今天我們有了可以說嘴的現代文明，但這真的有差別嗎？

「走吧，夥伴，」葛林姆把同情的手放在了他的肩膀上。「我們這樣是找不到狗狗的。」

史提夫點了點頭，轉開了瞭望的目光。他感覺淚水在眼眶裡刺痛著，這是第一次他感受到佛萊契的失蹤對他是多大的打擊。他們能找到活跳跳、毫髮無傷的佛萊契，現在還是一個沒有絕望的可能性，雖然史提夫也不敢太有信心，但只能說愛到卡慘死，他拚了，畢竟他就是愛那隻狗狗。

他們向下潛入了樹林的庇護當中。來到海拔降低了點，地形也平坦一些的地方，彼特停下了腳步。在他前方的山徑上是一圈象牙綠色，圓到有點不太自然的蕈菇。

「精靈指環。」彼特說。「我母親說過蕈菇圈要是能數超過十三朵，那就代表女巫在這裡跳過舞，你得緊閉著眼睛繞過去，才能擋掉死亡的厄運。不過我後來慢慢覺得女巫之事是子虛烏有，所以只把這當成一種平衡練習在做。」

他眨了一下眼睛，但動作小到幾乎察覺不出來。史提夫蹲著伸出了手，但彼特阻止了他。「當心——這些蘑菇有毒。它們是俗稱死帽菌的毒鵝膏。」

史提夫把手縮了回來，「這感覺……好刻意。」

「喔，是啊，所以大家才會叫它們精靈指環。蘑菇的生長速度本就媲美雜草，而像這樣的指環可以一夕之間冒出來。以前的人會被它嚇得屁滾尿流，但其實這是一個自然到不行的過程。菌菇原本就是在地底下四面八方成長，等到地底的養分用罄了，菌菇的子實體就會向上發展。大自然固然是個謎團，但就跟其他許許多多的謎團一樣，其背後幾乎都有一個合邏輯的解釋。」

看著三個大男人被一圈小蘑菇嚇得裹足不前，史提夫感覺有點莞爾。最後是勞勃・葛林姆跨出了第一步，緊接著的是彼特。他們兩個都沒有閉上眼睛。史提夫納悶今天如果旁邊沒有別人，他們會怎麼做。

出於一股衝動，加上覺得一時間掏空了自身決心的那種迷信有點窘，史提夫賞了某朵死帽菇一腳，指環也因此缺了一角。他這麼做沒讓前面的兩個人目擊，而他在踢完之後也三步併兩步追了上去。

三人並沒有續留在山徑上，而是穿越長著樹木的基石露頭或無名的溪流，搜尋著整片區域。坡面上覆蓋著密密麻麻的蕨類，以及被動物撬開的橡實殼斗。剛一開始，他們會穿插著用口哨或叫聲來呼喚佛萊契，但慢慢就停了，因為佛萊契如果真的在這一區，牠不可能沒聽到有人在草叢中大手大腳地翻找尋覓。

這時史提夫突然哪壺不開提哪壺，丟出了個話題。「她上一次主動出擊，是什麼時候的事情？」他刻意把語氣弄得不帶感情。「我是說六七年那次不算的話。」

「你是說我們能確定的嗎？」彼特確認了一下。「哇，那可就久了，非常久。我的老天爺。我想當時的目擊者都已經作古了吧。三二年的時候，他們把鬧事的舊林場工人給槍決，事情弄到慘不忍睹的時候，我們都還沒出生呢。但三二年的事情肯定不能算在凱薩琳的頭上。人本來就是會不斷地惹麻煩，這點是不會變的——那些渾事就像海浪，自會一波接著一波打來。當然，大家都聽說過四五年從柏林回來的那六個點校軍官，傳言說他們被發現吊死在巫婆池畔的樹上，地點就在這林子裡，但那只是穿鑿附會的胡說八道。老邁昏聵，在蘿絲柏格安養院裡的威廉・羅斯法思老爺子已經半隻腳都進了棺材，但他以前會信誓旦旦地說官方說什麼軍官們死在前線是鬼扯，是在混淆視聽，他說他敢這麼說，是因為自己也是幫忙把屍體放下來的其中一人。但他都是在沉默男子酒館裡幾杯波本下肚後，才會這樣跟人說，同時什麼巫婆池還在的說法也完全是空穴來風的屁話。我可以帶你去看巫婆池的原址，也就是女巫遺體被丟棄之處，但那整個區域都已經在十九世紀伐木業進駐黑岩森林時，都經過重新造林了。女巫池的消失，早就是陳年往事了。」

「酒鬼的話，永遠都是聽聽就好。」葛林姆說。「除非酒錢他出。」

「當然，這一帶的自殺率確實是高得出奇，但這裡的自殺率從來就沒有低過。至於原因嘛，主要是社交孤立、憂鬱，還有持續性的壓力。你懂的，就像在日本，那兒的人工作超拼，拚到某一天他們內心某個地方就綳斷了。兩邊基本上是一樣的東西。我覺得凱薩琳每天的規律作息，是這裡還能住人的唯一原因。事情失控已經是好久好久以前的事情。時間拉回到六七年，我才剛滿二十歲，而你，勞勃……你是哪天生的啊？」

「一九五五年八月十七日，黛安颶風來襲，哈德遜河谷淹大水的那天晚上。」葛林姆說。「他們都說我是哈德遜河的嘔吐物。」

「我怎麼覺得不意外，你這個老廢物。但看吧，就連你當時都還只是個孩子。她也算他媽的夠穩定了，史提夫——那就是我們的救贖。那些人天曉得是怎麼樣縫上了她的眼睛，我們真的得叫他們一聲大恩人。」

彼特雙手插在屁股上，靜靜地站了好一會兒，環顧了四下。隨著植被愈來愈稠密、樹叢開始遮蔽了陽光，在林木殘株與發霉的樹枝間攀爬變得愈來愈費勁。

葛林姆接續了話題說，「她上一次真正脫離常軌——或至少我們這麼懷疑——是在一八八七年，當時是伊萊莎．霍夫曼在林中失蹤。沒有人知道是什麼原因造成她這麼做，但接續的眾怒讓點校下定決心，駭克斯於焉成立。」

「所以當年發生了什麼事情，究竟？」這麼問的史提夫對那年的往事，只知道個梗概。」

「伊萊莎．霍夫曼是紐約一個顯赫家族的千金小姐，而當時他們家族剛搬到黑泉鎮。」彼特說。「這故事我是聽自我的祖父，而他又是聽自他的父親。憑藉在地特產的潔淨山泉水，漂衣廠曾在十八、十九世紀時在黑泉大行其道，而我祖父就是其中一家老牌漂衣廠的老闆，但到了一八八七年，漂衣已經是夕陽產業：在政府通過了嚴格的環保法規，乾洗店跟自助洗衣店開始在城市裡一家家冒出來以後，傳統的漂衣場已無立錐之地。我想說的是，老凡德米爾家的生意完全談不上大發利市。總之，某一日，霍夫曼家在去林中走動時走失了小女兒，從此音訊全無。可憐那孩子當年還不滿八歲。他們找來了搜救人員與犬隻，還把波波羅賁湖打撈了一遍，但都一無所獲。」

「所以他們認定這是綁架。」史提芬推測說。

「沒錯。但黑泉鎮的人都知道真相是怎麼回事。整整三天，哲學家之溪變成血一般的深紅色，不可計數的白鼬集體溺斃，死屍浮滿了水面。溪水連續數日無法飲用。我祖父也不得不讓漂衣廠停工了一星期，而這對原本已經不好的生意自然是雪上加霜。但怪的是溪裡的血並不是白鼬的血，因為牠們都死於溺斃而沒有外傷。我祖父說那感覺就像大地在淌血。」

聽完這一趴的史提夫不太確定自己究竟是相信呢，還是不相信。不是第一次了，他發現雖然接受第一個超自然現象並不如想像中的困難，但這也不會讓接受第二個變簡單……因為話說到底，他就是無法發自內心相信這些東西。「聽起來不像是凱薩琳會做的事情。」他終於開了口。

「事情就怪在這裡。沒有人知道事情為什麼發生，也沒有人知道孩子去了哪裡。」

「但……白鼬？」

「我們還有一些泡在福馬林裡。」勞勃．葛林姆說。「他們在燒屍的時候留了幾隻。有興趣你可以找時間來參觀，只不過牠們真的就只是陳年的動物死屍，沒什麼特殊之處。」

「而那之後就沒再發生過類似的事件了嗎？」

「沒。」彼特說。「而且要不是霍夫曼來頭夠大，曾經在紐約是名震一時的法官，所以讓事情在當時鬧得比較大，否則這案子已經也是會被打壓到沒人知道。《紐約時報》的一篇文章下了個聳動的標題是：〈悲慘山鬧鬼？〉就我所知，那是唯一一次有主流媒體報導了這裡的事情。他們甚至於想把這案子連結到『有關一七一三與一六六五年黑岩森林失蹤事件，且據傳牽扯到一個女巫的民間傳說』，注意我這念的是報導原文。點校聽到風聲，便決定要採取行動。」

「於是就誕生了駭克斯。」史提夫說。

「沒錯。而那在當時並不困難，畢竟黑泉鎮自一八七一年起就進入了自治。在那之前，黑泉鎮是高地磨坊市的一部分，而且市議會開會就在黑泉鎮。那對市長來講是個燙手山芋，畢竟一市兩制真的很混亂。每周都有來自高地磨坊、中央谷地與哈里曼的議員搞不清楚狀況。但凱薩琳不會去配合你的行政區調整，她詛咒的是就只是黑泉鎮的我們。點校用機密的方式給了黑泉鎮自治，並創立了駭克斯，好讓我們可以捍衛自己。他們會監督人員的進進出出，也會把錢撥給我們，但此外他們完全不想跟我們有任何瓜葛，免得弄得自個兒一身腥。但誰又能怪他們呢？他們可是嚇得屁滾尿流。」

史提夫踩著通過了一堆落葉。「他們是怕消息走漏？」

「他們是覺得這麼扯的事情怎麼可能，而且這還不是件派兵來就能解決的事情。」

「喔，我的天啊。」彼特邊說邊緊急煞車，害史提夫差點追撞上去。

這兒有稍微多些亮光。在他們一路走來的獵徑右手邊，三棵細瘦的枯木穿透了變薄的十一月樹冠。他們原本可能是白樺，但衰老的樹幹經過風吹雨打，你已經沒辦法百分百辨識出來。它們搖曳在風中，微弱地呻吟著，早已茂葉落盡的枯枝有如結晶的黑色閃電，有稜有角，連鉤帶刺地映照在鐵灰色的天空中。彼特仰望起來，而順著他的視線看過去，史提夫也才恍然大悟：懸在起碼五十英尺的高度，接近樹的最頂端，就是他們在找的佛萊契。

邊境牧羊犬的頭跟兩隻前腳卡在開叉的樹枝上，上半身的毛皮因為懸掛的重量而擠成一團。牠並沒有被開腸剖肚，也看不出絲毫的肢體扭曲或變形，但這麼完好無缺的遺骸，只讓人更加感覺到一股邪門的氣息，就好像牠的眼睛會在下一秒睜開，嘴巴則會猛然吠叫起來。但你不需要特寫鏡頭，也能判斷出那是不可能的事情。佛萊契半開著彷彿玻璃珠一樣的眼睛，沒了血色而乾巴巴的舌頭則垂在嘴外。雖然已經是年末的秋冬時節，但螞蟻還是先他們一步找上了嚥了氣的佛萊契。

「那是佛萊契嗎？」葛林姆有點明知故問。

「嗯，是牠，錯不了。」史提夫嘆了口氣。這噩耗他要怎麼跟家裡的人講？佛萊契對葛蘭特家而言就像親人一樣。他們都瘋狂地愛著這該死的狗——不光是喬瑟琳跟他自己，家裡兩個男孩子也愛佛萊契，但現在看來都白愛了。彼特在史提夫的背上拍了拍，而此一簡單的動作在這個令人痛心疾首的時分，於史提夫而言既彷彿得到鼓勵，也覺得感動不已。

「這不是誰在虐待動物。」葛林姆說。「沒有人會爬到離地那麼高的樹上，冒著摔死自己的危險，只為了把條狗給掛上去。」

接著三人都不發一語。他們距離山徑只有五分鐘的路程，但壓迫感十足的沉靜似乎降臨在整片森林。「有無那麼一些些的可能性是你的狗自己爬到上面去，然後失足卡在樹頂呢？」

史提夫做了個鬼臉。「不可能。狗根本不怎麼能爬樹。而且你看……看看這樹，你不覺得哪裡非常不對勁嗎。你也看出來了，對吧？」

確實，他們都心裡有數。他們眼前的畫面簡直不對勁到了極點，此時此地的氣氛也極度詭譎。總之，一字記之曰死，所有的不對勁都可以總結為死這個字。身為一名醫師，他知道自己應該用科學的態度去理解這一切，但他就是怎麼都做不到這一點。三棵骷髏般的枯樹，天外飛來一筆地現身在強風吹拂下的荒野正中央，怎麼看都不像是個巧合，更別說三棵樹湊在一起的方式，還有佛萊契怎麼會選偏偏在這裡斷氣，沒有一樣事情合理。這四周長有小小的花楸樹，但若要驅趕圍繞著這三棵枯木的那種隱隱約約的黑暗感受，這些樹完全發揮不了任何作用，那感覺就像是源自昨晚的某樣東西還巴在他們身上。就連空氣都顯得靜止、冷冽而一成不變。一瞬間，史提夫確定了一件事情，那就是佛萊契不得好死。關於牠的死，沒有任何一丁點可以跟美好或安詳沾上邊。

如果我們走過精靈指環的時候有把眼睛閉上，事情也許會不一樣，他想。也許佛萊契就不會有這樣的下場。

這種想法自然是愚蠢至極，自然是狗屁，自然是那種他無論如何也不想屈服的迷信跟瘋狂囈語……但又好像就是實情。

我後來慢慢覺得女巫之事是子虛烏有，所以只把這當成一種平衡練習在做。

「這感覺有夠差的，勞勃。」彼特說。

「就當是我瘋了吧，」葛林姆說。「但你們會不會覺得這有點像是狗從樹頂自己往下跳？我是說牠不知道用什麼辦法讓自己上到樹梢……然後把自己給吊死？」

一股寒氣降臨在史提夫身上，那是種用力壓在他胸上，原始而強大的涼意，讓他幾乎難以呼吸。在他的腦海中，突然浮現了佛萊契張大著充滿恐懼的眼睛，爬上了枯萎的樹幹，而引誘著牠這麼做的是個在低聲碎念的痀僂女性身形。同時以德魯伊神話中的對稱形象，被各用一段馬尼拉繩吊在另外兩棵樹上的，是自己的兩個兒子，麥特與泰勒的屍體，兩人都睜著像在控訴的眼睛，用雲霧繚繞的象牙白色角膜瞪著自己。那樣的白色圓形讓他想起叫做毒鵝膏的毒蕈菇，毒蕈菇又讓他想起精靈指環，他踢破的精靈指環……

他倏地轉過身去，雙手撐在膝上，然後用力閉上眼睛直到感覺頭暈。再度睜開雙眼，他看到的是眼前一點一點，但那起碼蓋掉了腦海中那些醜惡的畫面。

「你還好吧？」彼特問了聲。葛林姆已經講起了電話，而他臉上的表情讓史提夫看了有點擔心，因為他平日那種耀武揚威跟看什麼都不順眼的樣子，完全不見了。

「說真的不太好。」他說。「我只想他媽的趕快離開這裡。」

「我們下山吧。」彼特說。「雷・達洛的急件粉刷店裡有爬梯，高度應該夠我們把佛萊契搬下來。可憐的小傢伙起碼該被埋葬得像樣點。」

等史提夫第二次從林中走出來，他身邊多了佛萊契了無生氣的軀體被包裹在毯子裡（他實在不忍心把牠裝在垃圾袋裡），腦袋也清醒了，由此他可以更冷靜地去評析現在的處境。之前在山上那種山雨欲來的氣氛，還有莫名其妙地古今不分的感受，如今都感覺像是做了場夢，反倒是一個現實得多了的想法一下子冒了出來：有些時刻你會記得一輩子，而那些時刻幾乎都跟生死有關，就像現在這樣——史提夫手裡捧著那在雙重意義上沉重的包袱，全身痠痛而步履蹣跚地通過了後院的鐵門，眼前則是出來迎接他，淚流滿面的另外三名家人。這會是一個深深影響他們全家一輩子的瞬間，也是個永遠不會被遺忘的瞬間。事實上，這會是個被捧在手心的貴重瞬間……因為其帶給他們的內心掙扎，意味著對事實的接納，而接受現實，就代表朝痛苦停止的那一天跟溫熱回憶展開的第一天，踏出了第一步。

他們就地取材地在花圃邊辦了一場葬禮，那兒有長在夏天的忍冬花。話說花圃就位在他們家與哲學家之谷接壤的馬圈後面，那是佛萊契一向最喜歡的地點，喬瑟琳說。獸醫當天稍早來了一趟。葛林姆的希望是能把遺體帶回去解剖一下，但史提夫懇求讓狗狗留在家裡，於是葛林姆也就不堅持了。獸醫的說法是死因毫無疑義，而狗狗外皮的一塊塊磨損就是證據：懸空的體重，阻斷了佛萊契的呼吸道，所以沒有第二句話，牠很單純就是窒息而死。但喬瑟琳告訴史提夫一件事，那就是在帶獸醫去廚房洗手時，她看到他用食指跟小指比出了「牛角」的手勢……那手勢的意義是叫邪眼退避。

最後，來到了家中不再有外人的時刻，哀悼終於沒人打擾。他們把被包在毯子裡的佛萊契放低到新挖的坑洞裡，然後把毯子摺起蓋在他身上。此時回憶湧上心頭，麥特與喬瑟琳相擁而泣。泰勒站在他們身旁，若有所思的臉上有藏不住的震驚，但嘴上並沒有多說什麼。他不住地四處張望，就像在確認自己人還在那裡。史提夫有點擔心他。泰勒平常面對這種挫折，也是會把自己縮起來，只不過他一般會邊縮邊表現出一點腳踏實地的感覺，而這種感覺這天完全沒有出現。

他們把花朵拋入了墓地中，然後是一掬濕土，而這讓史提夫憶起了他對德拉羅沙夫婦提過在一六五四年的天花疫情之前，那些兒童在聚落的圍牆外挖洞，然後以抬屍的行列式把裝水果的木箱扛到聚落外頭，放到墳墓中。他們的父母親覺得孩子是被附了身，而這種遊戲也被視為是一種不祥之兆。

他讓自己別再胡思亂想。喬瑟琳帶著孩子們進了屋內，史提夫走到了馬廄去取鏟子。帕拉丁跟努阿拉用來迎接他的，是馬兒很常見的那種焦躁不安跟噴氣聲——那聲音說不出什麼地方讓人懷念，但就是默默地給了史提夫安慰。他擁抱了兩匹馬兒，然後回頭去為佛萊契覆蓋上墓地。

勞勃．葛林姆再回到葛蘭特家，已經是四點過一點的事情，而他就像希臘悲劇裡那些不祥之事的預言者，帶回了壞消息。要說有什麼差別，那就是葛林姆的壞消息，是一小段不完整的影片。「我們看遍悲慘山所有的監視器，只能找到這一點點東西。」葛林姆說。「但它說明了一切，而我覺得這應該讓你們看過才是。」

他們聚集在咖啡桌上的MacBook筆電前，由葛林姆按下了播放鍵。一開始的畫面有點不清楚，人不太能辨識得出自己在看些什麼。一定要說，那有點像是在看模糊的攝影負片。然後史提夫懂了，他們在看紅外線的影像。鏡頭上有濕氣，所以影像變得稍微有點糊，但他仍可以在有如曜石黑的深沉色調裡，辨識出哪些東西是樹，哪裡又很顯然是山徑。畫面的底部顯示著一串數字：2012/11/02, 8:57 p.m.。所以是昨天，史提夫心想。

這段影片接下來的畫面，恐怖到讓他整個人化成了冰柱。雖說沒人不被嚇到，但泰勒的反應比誰都大：他向後一縮，咬住了自己的手掌，接著便是熱淚盈眶。螢幕上出現了兩個身形，雙雙在夜視畫面中顯得蒼白而明亮：其中跨著步伐的女巫就像個蒙面化裝舞會上的幽靈魅影，佛萊契則位在她的身側。狗狗這裡聞聞那裡聞聞，甚至還短暫搖了搖尾巴。史提夫意會到這看似人畜無害的畫面，其實非常駭人：他們從來沒看過凱薩琳用行動表現出如此的決心，這幅畫面是頭一回。這個畫面裡的一巫一狗相偕走進黑夜，而佛萊契的死亡將是這一對此行的終點。

「這是一個非常大的警訊，你們了解吧。」葛林姆說。「我跟鎮議會溝通過，現在最重要就是要把這事壓下來，免得傳出去造成社會不安，但在這之外，我們是覺得一頭霧水，因為之前從沒有過這種事情。這之前佛萊契有做過什麼挑釁的行為嗎？有的話我必須要知道，拜託大家了。」

喬瑟琳跟史提夫都緩緩地搖了搖頭。「佛萊契一直都怕她怕得不得了。」喬瑟琳餘悸猶存地說。「結果你看看牠影片裡是怎麼在她身邊跟前跟後……」

「都是你害的！」麥特突然炸了開來。「你什麼都沒有送她！」就在史提夫瞪著他的方向，丈二金剛摸不著腦袋之際，麥特才加了一句。「在柳條人女巫的慶典上，你什麼都沒有燒給她，現在她跑來帶走了佛萊契！」

「那完全是兩碼子事。」史提夫說。「你怎麼會想到那裡去？」

「你又知道了？」麥特哭著掙脫了媽媽的懷抱。史提夫看著葛林姆的苦瓜臉心想，這只是開始而已。接下來的日子，愈來愈多這樣狗屁不通的推論會讓我們聽到想吐。想指著誰的鼻子來怪罪，想找個人來背鍋，這都是人會有的衝動。這次的事情要是流傳出去，我們麻煩可就大了。這，你懂吧？

「泰勒？佛萊契是不是遇到了什麼事情？你是不是知道些什麼？」泰勒拚命搖著頭，但掩藏不住嘴唇在抖動。

「你沒有在去遛佛萊契的時候跟她撞個正著吧？」

「沒有。」

史提夫對泰勒射出了有如探照燈的眼神，然後試探性地說了：「要是真有什麼不好的事情發生了，請一定要告訴我們，好嗎？這關係到大家的安全。」

「沒錯。」葛林姆也跳出來幫腔。「別擔心。要是你們幾個小伙子跟平常一樣愛玩，拍了之前那樣的影片，我不會告訴鎮議會的。我絕對相信你們也不希望發生這種事情，我只是必須要知道真相而已。事情現在已經鬧大，不能開玩笑了，你懂嗎？」

泰勒眼裡匯集了淚液，嘴唇也比之前顫抖得更加大力，所以或許，只是或許，兩個大人已經成功動之以情，泰勒已經在這個瞬間準備好要吐露一些事情了——但此時只聽得一聲巨響，這個瞬間就要很久以後才會被人重新想起，只因為這個瞬間的下一個瞬間，震撼到足以讓其他所有的瞬間都瞬間遭到忘卻。話說就從這瞬間到下一個瞬間，時間只夠史提夫轉頭朝向響聲的來源——那是極具分量的木頭砸在地面上的聲音——而穿過飯廳的法式滑門，也穿過通往後院的窗門，他看到的是自己的大腦無法完全理解的畫面。他看到一匹馬朝著自己踩地而來，看到緊繃的肌肉，看到黑色的腹脅有白色的汗沫，看到翻滾的雙眼，看到甩動的馬蹄。彷彿爆開的水晶，窗玻璃粉碎得滿地，而穿過由碎玻璃構成的簾子，帕拉丁一躍而入葛蘭特家的飯廳。這馬兒滑過飯廳裡的餐桌，桌腳撐不住了，整張桌子就重壓到地板上。桌子垮掉之後換成帕拉丁的馬腳一軟，翻倒到側腹著地。恐懼推動著牠的瘋狂行為，室內法式滑門的破片被牠踐踏在馬蹄之間。

葛蘭特一家與勞勃．葛林姆趴下找掩護的模樣，就像在躲轟炸。沒有人尖叫；馬兒以雷霆之勢衝入屋裡的力道之強，似乎讓室內所有的氧氣都被吸光。接著帕拉丁站起了身，然後在這幅優美而超現實的光景中，飯廳的吊燈遭到斷頭。喬瑟琳與麥特母子像箭一般衝向前去，直覺地想拉住韁繩，把這匹種馬給控制住。但衝出馬廄的並非只有帕拉丁；同一時間在盲目的驚慌中，努阿拉快步衝出了後院的鐵門，繞過了屋子，然後向西朝著深洞路而去。同一時間路上沒車子經過，真的算他們好狗運——用路人跟努阿拉都應該感謝老天。好幾臺監視器拍下了這匹母馬的動態：首先是在哲學家之溪終點的山徑起始處，停車場附近的那一臺，然後是派頓街角也有一臺發揮了作用。此時在屋內，喬瑟琳跟麥特總算讓受到驚擾的種馬帕拉丁平靜了下來。牠一面大聲呼吸，一面撞翻椅子，但喬瑟琳嚴厲的聲音算是傳進了牠耳裡。史提夫扶起了勞勃．葛林姆，而他覺得自己的心跳只要再快一點，胸腔就要爆了。

以葛蘭特家為中心，街坊開始從四面八方跑出來觀察動靜。凡德米爾一家——彼特、瑪麗，還有勞倫斯——衝了過來，對街的威爾森一家也沒有缺席，而他們只是現場眾多鎮民中的兩戶。駭克斯的監視器顯示他們像磁鐵一樣被吸到了葛蘭特家，然後再被吸引到葛蘭特家後方的區域。在控制中心裡，張大了嘴的華倫．卡斯提歐跟克萊兒．漢默注視著螢幕。在他們的隔空注目下，史提夫、泰勒與葛林姆也來到室外一探究竟，他們也想知道是什麼東西能把兩匹馬嚇成這樣。克萊兒快手切換到一架新的監視器，但不換還好，這一換可讓她反胃了起來。

新的畫面上，顯示一小群人聚集在了哲學家之溪的沙質河床上。

在汩汩湧出的暗沉水流中，旋轉著的是一條條的血紋，毫無疑問。

第十四章

那個星期天，在葛莉賽妲的肉舖食堂，門上的銀鈴始終響個不停。平常遇到星期天，葛莉賽妲是不開店做生意的，但今天她心懷一種想要盡一份社區責任的情操，所以特地開放午餐餐室，好讓焦急的鎮民可以在成群做完禮拜之後有個地方可以去，然後大家一起八卦現在是什麼情形。

這是個陽光普照的秋日，清新的涼意中，看得到泛白但強烈的日光映照在沿街的一個個水窪中。但如此這般天涼好個秋，大家的臉上卻寫滿了籠罩整個黑泉鎮的哀愁。那天早上，所有人都對山區避之唯恐不及，因為滿山遍野都瀰漫著傳自於樹林與溪流一股被汙染的味道，充滿壓迫感地懸在空氣當中。在葛莉賽妲看來，這些人就像一夥在躲避追趕的亡命之徒：一心一意來到安非他命教堂或聖瑪麗教堂，一方面是受編鐘音韻的吸引，一方面是想相互分享恐懼與信念的需求在內心催促著他們。牧師與神父都受到嚴格的明文約束，不可以把凱薩琳放進佈道的內容——因為外地人也可能來這裡做禮拜——但上有政策下有對策，牧師與神父會拐個彎鼓勵教眾勿屈服於「趁夜而來的恐怖」，而要能「把信心寄託給主」。至少比較早來報到的一名客人，塔爾伯太太，是這麼說的，畢竟葛莉賽妲跟上帝的頻率不太能通，而她一上午又都在廚房裡為繁忙的午餐時間備菜。按照有去做禮拜的塔爾伯太太現身說法，唱詩班的一名成員在紐曼牧師進行祝禱時突然發難，從橫排座位上站起來大喊：「廢話不用那麼多！你談談現實的狀況跟我們怎麼辦好不好？」

這人接下來就泣不成聲，哽咽得話都講不下去。同時間其他人交流著焦慮的眼神，話則都在內心裡藏著。

但來到葛莉賽妲的店內，他們可就暢所欲言了起來，有什麼說什麼。血染的溪水跟慘死的一條狗命，是當天鎮上最熱門的話題，但即便在這樣熱烈的氣氛中，鎮民們也沒有忘了可憐的肉舖老闆娘最近經歷了什麼，由此他們通通跑來跟她買肉。他們買肉、吃肉，就像是用這種方式在對老闆娘說：把妳的肉賣給我們，葛莉賽妲，讓我們吃掉它；把肉賣給我們，我們就能分擔妳的重擔……

「哪個兔崽子有這麼大本事，讓凱薩琳動這麼大的氣？」史特勞斯太太一邊廣播，一邊卡滋卡滋地咀嚼著還有熱度的羊排三明治。

有些客人狀似擔心害怕地咕噥了起來，小小聲點出了幾個名字。老皮爾森先生用自己孱弱中不失堅定的手，握住了正好經過的葛莉賽妲。「是那該死的網路。」他說得咬牙切齒，然後一口吞噬了插在叉子上的肉丸。「我不是老跟妳說：網路不是啥好東西。這次是狗，下次換成我們其中一個人，那可怎麼辦？」

這話說得讓不只一位老人家點頭稱是，但也不是沒有嗤之以鼻的笑聲。葛莉賽妲遞過餐巾紙給老先生（她不察中先輕擦過額頭出汗的同一張），因為濃稠的肉汁正從他的下巴滴下來。

薛佛家的女人，也就是那名外科大夫的醫師娘，此刻已經在櫃臺候著。「喔，親愛的。」她說。「歷經這麼多事情，真是難為妳。妳有夠勇敢的啦。給我一片霍斯特肉派，今天幫我切厚一點。」平日在葛莉賽妲的眼裡，薛佛太太就是坨屎，但今天她注意到這女人抓著她小包包的指節都已經因為太緊繃而發白，付錢時的手指也不住地發抖。這可憐的傢伙簡直嚇壞了。

把妳的肉賣給我們，葛莉賽妲，讓我們吃掉它；把肉賣給我們，我們就能分擔妳的重擔……

葛莉賽妲自己也感覺渾身不知道哪裡不對勁，加上餐室裡鬧哄哄的更讓她有點緊張兮兮。亞瑟．羅斯搞出的飛機才結束四天而已，她還沒能徹底從震撼中恢復過來，現在又一波未平，一波又起地鬧出這種事情。

鎮議會召開了一場危機應變會議。上一次跟柯頓．馬瑟斯見面時，他抓住了她的手，輕輕柔柔但又煞有介事地跟她咬耳朵說：「冷靜，葛莉賽妲。妳做得很好。對外界而言他就是自然死亡，沒有人需要知道真相。」這一次兩人見面是在哲學家之溪的岸邊，鎮議會全體議員外加駭克斯的部分人員在沉默中望著溪水，沒有人膽敢朝被詛咒的流水靠近半步。溪底從不只一處湧出血來，慵懶地轉著圈的模樣就好似一道道紅墨水。那血量雖遠遠不足以讓溪水飽和，但鏽狀的沉積物已經開始形成在溪流兩岸。這個既不自然又褻瀆上帝的現象擁有一種黑暗的磁場，看上一眼都會讓葛莉賽妲渾身發顫。

到底發生了什麼事情，會讓凱薩琳以如此強烈的手段表達出不滿？就跟許許多多的鎮民一樣，葛莉賽妲也很沉迷於一種想法，亦即她自己就位於問題的核心，不同的是，在葛莉賽妲的案例裡，她是真心這麼相信。昨夜她躺在床上翻來覆去，就是睡不著，被單惱人地卡進了她兩瓣屁股中間，周圍盡是她自身發汗產生的濃烈氣味。一天天過去，她更加相信自己不知怎地辜負了凱薩琳，所以凱薩琳要親自針對她，隨時都可能帶著睜得老大而呈現乳狀的混濁眼睛，出現在她的臥室裡，靜靜地用指控的指尖對準她……

即便是現在，她在光天化日下清理著咖啡機的現在，這種想法都沒有停止，讓她擔心煩躁到想把胃裡的東西好好吐個精光。

就在此時，街上發生了些騷動，餐室內的交頭接耳一下子安靜了下來。葛莉賽妲向窗外瞅了一眼。墓地的前方，一小群人如潮水般圍住了牧羊的農夫，約翰．布蘭察。布蘭察一手誇張地不知道在比劃些什麼，一手握著那種個頭不大，身材平坦，基本上就是臺電腦的東西——喔對，他們管那叫作平板。葛莉賽妲把抹布甩到肩頭上，往門口一站，她頭上的鈴鐺因此發出了聲響。

乍看之下有點難以置信，不過那名羊農應該是在佈道無誤。「天譴啊！天譴！我是不是在月初夜空出現亮光時就警告過你們大家，結果現在女巫是不是把醫生的狗兒給殺了？我跟你們說過，但你們就是不聽。貓頭鷹是不是大白天飛來飛去？她是不是讓大地流起了血？醫生的馬兒是不是發狂失控了？」

「沒錯。」他的一名聽眾附和了起來。「這是不是都應該怪葛蘭特醫生滿口妖言惑眾？」

「不。」約翰．布蘭察說。「女巫的怒火不該只由他一個人承受。我的羊群自從雙頭羊誕生之後就一直靜不下來，飯也都不吃了。主是不是對耶利米[21]說過猶太人會因為他們祖先背棄了上帝而受到懲罰。祂是不是說過這些懲罰會有四種面貌：瘟疫、兵禍、饑荒，跟，嗯……那個……」

說到一半卡住的這名羊農操作了一下手中的平板，但平板好像反應不太過來，於是布蘭察怒了。

他不耐煩地又連點了好幾下觸控面板。「放逐！」

女裁縫莉莎．貝爾特跑到葛莉賽妲面前，發表了看法。「要是連舊約聖經都出了電子書的版本，那我就一個人回去把我媽的家傳大聖經給吃了。我的媽啊，那是約翰．布蘭察嗎？」

「是。」葛莉賽妲說。「還有他的追隨者。」

布蘭察的聲音鏗鏘有力，迴盪在空氣裡。他用他在地而深受信任的高地口音講述末日的來臨，讓這一幕看起來少了一分平淡無奇，多了一分不可思議。「坦承自身的罪愆，把榮耀歸給上帝——這才是擊退邪眼唯一的辦法，各位兄弟父老。姦淫者，現身吧！同性戀，出來吧！戀童癖、異國人、弒兄弟者，站出來認罪吧！讓我們來合唱一首……」他點了幾下螢幕，然後一整個爆氣。「有人知道這只會速懶覺的賤貨怎麼用嗎？」

「首先你要買對牌子，不要買這種垃圾。」群眾裡有人說了。

「喔，這是訂《汽車週刊》的贈品啦。」布蘭察一心二用地說著。「有了，行了。」他把螢幕轉向追隨者，上頭顯示的是YouTube上的讚美詩卡拉OK，然後只聽見尖銳的管風琴樂音從小小的喇叭中傳了出來。但由於他人在室外而且跟離Wi-Fi熱點的距離有點遠，所以影像跟聲音之間

21《聖經》中猶大國滅國前，最黑暗時的一位先知，《舊約聖經》中《耶利米書》、《耶利米哀歌》、《列王紀上》及《列王紀下》的作者。他被稱作「流淚的先知」，因為他明知猶太人離棄上帝後，所注定的悲哀命運，但不能改變他們頑固的心。

有點脫節，音樂都過了，字幕才跳出來。結果就是真正在跟著唱的人——數目還真不少的一群——脫拍脫得有點誇張。

如果你的上帝聽得到，葛莉賽妲心想，祂應該會很後悔自己沒事亂創造什麼東西。

過沒多久，布蘭察跟他的「教眾」被駭克斯的人員驅散。但一整個下午還是紛紛擾擾不斷。到了五點三十分，最後一批鎮民也終於離開之後，葛莉賽妲．霍斯特把店門口的牌子翻成代表打烊的「休息中」，這讓她在精疲力盡之餘也感覺鬆了口氣。

那天晚上在位於肉舖後方的小小住家中，葛莉賽妲趁著宜人的落日餘暉，做了件她睽違了二十年的事情：她尋求了酒精的慰藉。但她喝的不是啤酒；啤酒是吉姆的最愛，而葛莉賽妲覺得啤酒的臭味中混雜了大麥、汗水，還有吉姆那雙不安分的手。所以她喝的是葡萄酒。上好的葡萄酒。這瓶酒她買了有一個年頭，當時在市場於熟食店購入時，她的設想是可拿來招待上門作客的朋友。但一年過去了都沒有人來，而她現在才想起自己把酒藏在肉品的冷藏櫃下面，以免被傑登一掃而空。原則上，葛莉賽妲並不覺得酒精是什麼好東西，但如果非得找個時間來打臉自己的話，最好的選擇就是今天晚上。因為就在晚餐前，她翻炒著一整個平底鍋的肉泥時，一個想法不請自來地出現在她腦裡，而且那想法肯定一下午都待在她腦子裡呼呼大睡，哪兒都沒去，畢竟那念頭在她腦中一點都不突兀，反而怡然自然得就像回到家似的：妳什麼時候要宰個東西獻給她……你什麼時候要為她獻上你血祭的牲品？

這個想法背後，有一種由邏輯造就出的平衡感，讓人無從抵賴。葛莉賽妲曾經給過女巫肉派；她還給過女巫一顆牛犢死後的頭顱；女巫自己殺了一隻原本活生生的狗。這一路看下來，女巫的胃口顯然沒有得到滿足，所以結論是：凱薩琳想要的是活物血祭。

其他人可能會打個馬虎眼，把亞瑟．羅斯的死算成是血祭，這樣自己該盡的職責就可以推得一乾二淨，啥事都沒有。但說也奇怪，葛莉賽妲一板一眼到無法這樣去鑽漏洞，主要是這兒也有一個無法否認的平衡存在：葛莉賽妲曾懇求女巫去找羅斯，由女巫把他給解決掉。而雖說後來繞了一圈，變成她親自動了手，但她行凶的工具確實是掃帚，那這豈不就代表著冥冥中自有天理嗎？但不論怎麼說，這都算不上是獻祭，葛莉賽妲對這一點心知肚明。她這麼做，完全是出於自願，是為了自己。她每一下掃把打在那可憐蟲不成人形的腦袋上，都讓自己從吉姆那兒獲得了多一點的自由，也讓她與自身的過往又更能平起平坐。雙臂強烈的痠痛，令她到今天為止都還沒辦法把手舉過肩頭，但那代表的依舊是種解脫。

葛莉賽妲坐在靠窗的椅子上，把酒倒進了平底的杯中。酒的苦澀讓她身體縮了一下，但隔了一會兒，那味道在她的喉嚨中沉澱了下來，感覺就沒那麼差了。身為女人她算是強壯，但喝酒不是她的專長，所以第二杯還剩一半，她已經感覺到茫，腦子裡的想法也開始四處遊蕩。

吉姆以前的工作包括宰牛，服務對象主要是來自於高地的小農。他們會每年帶頭小牛或三兩隻綿羊來給他處理。在他工坊的後頭有一個舊式用來綁住牛後腿，然後將之吊起來宰殺的繩圈，有一臺手動的絞肉機可用來製作用豬腸衣包住的羊肉香腸、一個用來讓肉熟成的冷房，一臺燻肉用的櫃子，外加一個用來醃製火腿的浸泡池。在他死後，葛莉賽妲把這些工具賣到一件不剩——她最近才從批發商那兒重訂了整套東西。工坊聞起來還是有濃濃的血腥味，但其實是傑登摩托車所發出的金屬跟機油味。霍斯特肉鋪已經不再是品質保證的老店，但起碼她還不至於讓生意做不下去。

而雖然葛莉賽妲並不如丈夫一樣是屠宰的專家，但她基本的概念她還是有的。

妳知道自己在做什麼嗎，葛莉賽妲？妳真的想要為了她犧牲一頭牛嗎？妳知道吉姆當時就一天到晚在抱怨這牽涉到多少該死的法律規定嗎？首先，妳不可以自行運送牛隻。稽查員會先過來進行全面的檢查，在那之前妳連刀都不准磨。然後會有一臺測試機器找上門來，不然你以為他們會在蠢斃了的表格上，勾一下後面寫著「犧牲」的小方格嗎？那怕有一點地方不合法，妳就得當心營業執照被吊銷。但當然要是不滿意的換成凱薩琳，那問題就不光是被吊照那麼簡單而已……

但這些細節真的重要嗎？或者這只是自己內心那個膽小鬼在說話的聲音？同一個聲音曾經要她別離開吉姆，結果看看後果是什麼慘狀？而且認真說起來，她根本也不會在工坊裡做這件事。

這事而必須得上山到林子裡的某處去進行。以更有系統的方式，她開始過濾起所有的可能性。

地方上她認識幾個務農的人，每個人都有機會用暗盤賣她一頭小牛，而且當中有些人還有在私宰，但這些人在葛莉賽妲的眼裡都是生意上的競爭對手，所以她比較不想走上這條路。然後她想起上星期在電視上看到關於城市裡的穆斯林跟他們的屠宰儀式，好像還滿像回事的。他們的拉瑪丹剛過，回教的齋戒月是這麼說的吧，應該啦，總之這裡頭各種怪裡怪氣的儀式就包括一刀劃在山羊的喉頭，血濺清真寺。讓那些人偷塞隻羊給她，應該不算難事吧，葛莉賽妲輕蔑地想著。惟她寧可獻上自己的血，也不想跟那些人有任何關係，何況拉瑪丹已經過去超過一星期，他們的羊也早該被吃乾抹淨。

妳忘了最重要的一件事。妳覺得妳用繩子綁著頭羊，走在大街上，鎮上的人看到會怎麼講？「那不是葛莉賽妲那神經病嗎？她又想幹嘛？」不可否認地一路走來，妳消費了他們不少的同情與憐憫，但要是他們懷疑起妳跟女巫牽扯不清，他們不眨一下眼皮就可以為了自己犧牲掉妳。

真該謝謝只會幫倒忙的他們，她酸意爆表地心想。我那只會是去送頭而已！

還有那些該死的監視器呢？

葛莉賽妲站起了身，抓住了椅背。客廳開始以卯起來用讓人想吐的速度，天旋地轉起來。她跌跌撞撞地去到廚房裡，把頭趴在了碗槽上方，冒出一身冷汗。

她必須要放棄這個想法。這太瘋狂，也太太太危險了。

後門響起了敲門聲。

一時間她僵住在櫃臺前，思考也隨之停擺，這時的她腦中只剩下一種酸烈的恐懼：凱薩琳來了。有人幫她打開了眼睛，她現在要來拿牲品了。她臉上會有被殘留線頭磨破的眼皮，她會用殺人的眼光讓葛莉賽妲動彈不得，然後碎碎念著都是因為她沒盡到該盡的職責……

她關上了水龍頭，搖搖晃晃地去到了後門處。她用蠟白的指頭推開了老式的蕾絲窗簾布，向外瞄了一眼。在室外燈昏暗的光線中，她瞥見的不是凱薩琳，而是兩手插在口袋裡，等得有些不耐煩的傑登。葛莉賽妲試著擠出點笑意，用顫抖的手開了鎖，然後門便應聲而開。

「抱歉，我鑰匙沒放身上。」傑登悶聲說。

「你怎麼灰頭土臉的！怎麼回事？」葛莉賽妲盯著藏在陰影中，傑登的臉。他的右眼是腫的，深紫的瘀青讓人怵目驚心。

「跟人打架了。」他說。

「打架？跟誰？」

「我不想說。」

一瞬間，她感覺時間繞了一整圈，又回到了原點。傑登的黑眼圈。亞瑟．羅斯。葛莉賽妲跟兒子在這同一個廚房中的火爆對槓。吉姆用雙拳把九歲的小男孩打到全身青一塊紫一塊。傑登不論是旁觀到或親身體驗到的家暴，都只會多沒有少；光是看一眼他左眼的黑青，做媽的葛莉賽妲就感覺到一股餿臭的嘔氣從體內竄起，嗆得她滿鼻都是酒精的酸腥。

「親愛的，他們怎麼把你打成這樣，讓我看看……」

傑登用手揮開了她，沒讓她碰到自己。「媽，這次是我不好，好嗎？」他話說得有些破音。

「我說了不該說的蠢話。」

「但那也不等於他們有權利把你弄得這樣遍體鱗傷啊，不是嗎？」

傑登嘟囔了一聲，把市場與熟食店出的藍色大購物袋連同裡頭他上健身房用的衣物，拋到了角落裡，接著就跑上了樓，在那兒捶起了身後被他關上的房門。葛莉賽妲看著他離開，沮喪之餘也只能不知所措地站在廚房裡。幾分鐘後，她把剩下的酒倒進了洗碗槽，然後給自己裝了杯牛奶。第二杯喝到一半，她突然意識到自己剛剛看到的，是一個什麼樣的傑登：那是害怕得要死的傑登。

她瞪著角落的購物袋，突然明白了自己該怎麼做。

四十分鐘後，把自己包在雨衣裡的她將購物袋塞在腋下，穿過了草坪，直朝車道而去。夜幕降臨，一陣強風隨之吹起。方向盤後頭的她興高采烈——這麼說算是客氣了——果然她遇到第一個彎道就轉向過度而甩了個尾，第二處彎道更是直接開到路緣石的上面，整臺車跳都跳了起來。而這都是因為她迫不期待要開往深洞路。等到一個半小時後葛莉賽妲的車尾燈亮起，把她的老道奇轉回到自家的車道上時，她瘋狂賽車手的開車風格已基本不復見。在這趟黑夜小旅行中的某個點上，葛莉賽妲已經醉意全消。

緊抓著胸前的購物袋，她去到了工坊。等又過了半小時她走出工坊——此時已接近凌晨一點——購物袋被用針線縫了起來，只有在遠端突出了厚厚一團孔雀羽毛。她把這包東西塞在了大衣裡面。

葛莉賽妲會帶給凱薩琳她能力範圍內……而且可以被藏在購物袋裡……最尊貴的祭品。

之前帶著滿滿自信，她取道波波羅賁行車道，去到的目的地是蒙羅那間長老教會附近的寵物動物園。規模略顯迷你的這間動物園裡有一些山羊、一些鴨子，還有一隻孔雀。她把老道奇停在兩根路燈中間，烏漆抹黑的停車位裡，然後隔著鐵網圍籬，她開始偷偷觀察起園內的情形，但目力所及並沒有孔雀的蹤影。這時一臺車駛近，葛莉賽妲趕緊跳到樹後面藏匿。慌亂中她開始瘋狂苦思下一步該如何。她總不能一手一隻蠢鴨跑去送禮吧。二十分鐘過去——寶貴的時間不斷流逝，但也就在此時，她想起了在家用估狗大神搜尋「如何捕捉孔雀」時曾讀到一件事情：孔雀經常睡在樹上。

她抬頭定睛一瞧，果然看到尾羽從池塘邊一棵大橡樹的陰影中垂下來。

蠢貨！她對自己說，妳不是很行、不是想當英雄，那還愣在那裡無所事事幹嘛！

於是她張望了一下四周，確定沒有閒雜人等在看之後，就先把購物袋拋過了圍籬，然後自己也爬了上去。說起爬這件事情，四肢並不發達的葛莉賽妲有身材跟手臂使用過度這兩項劣勢，但頭腦簡單，一心想爬過去是她的優勢。優劣勢經過一番拔河，還真讓她翻牆成功，砰的一聲降落在鳥屎當中。她用原本就不強壯、還發著抖的腿，勉強站了起身，拍了拍刮傷的手，然後開始辦起正事來。

首先，她丟出一棵大石頭，把孔雀從樹叢當中趕了出來。

鳥兒邊逃邊發出魔音穿腦的尖叫。葛莉賽妲把身體貼著樹幹，心臟在嘴邊就快要跳出來，畢竟大半個蒙羅鎮都應該被吵醒了吧，她想。鳥兒這一番失態於她就像酷刑一般，更別說與其一身貴氣的藍羽華服說多不搭就有多不搭。葛莉賽妲只希望凱薩琳不會覺得這鳥很吵。

十分鐘之後她躡手躡腳踏出了陰影，從購物袋中取出毯子，然後按盤算將之攤了開來，一切算是準備就緒。此時的鳥兒就站在金屬格網的前方，充滿警戒地盯著她。葛莉賽妲一靠近，牠就三步併兩步拖著宛如禮服裙襬的尾羽跑開。葛莉賽妲追著孔雀來到了動物園的一隅。這時候要是有人正好出現，她將百口莫辯：她不可能假裝自己是飼主來蒙混過去，而一旦被帶回警局，她就得解釋搞這些飛機到底有什麼意義。但葛莉賽妲對凱薩琳充滿了盲目的信心，所以她完全沒去管四下有沒有人在看，只是一股腦把毯子撒網出去，然後順勢把全身的體重壓上去。

回到黑泉後，她趕忙通過了位於沼澤草原山腳下，原本霍普威爾家後方的山徑起點圍欄。即將進入樹林裡那由絕對黑暗統治的領域，除了風以外就只有她的陪伴，讓葛莉賽妲不僅渾身顫抖起來。但葛莉賽妲逼著自己不去想這事兒，趕路要緊。購物袋裡的孔雀靜悄悄的。葛莉賽妲擔心她會不會在搏鬥當中弄斷了牠的羽翼。當時牠曾叫了一下，那感覺就像她踩到了一盒生雞蛋，鳥兒於是惡狠狠地呻吟了一聲，但回程的半路上牠就睡著了。時不時葛莉賽妲會把手伸進袋子裡來感覺牠纖細的身軀，確保牠還有氣。

在黑墨般的深夜裡找路，是一種瘋子的行為，但終於她在駭克斯App指示的位置找到了凱薩琳：艾克曼角那片野地後方的林子裡。在把地圖研究了一番之後，她對凱薩琳會站在哪一條山徑附近有了個粗略的概念，但葛莉賽妲並不想冒險走這些現有的路徑，因為這些路一向是監視的熱點，即便在夜裡也不例外。因著這層顧慮，她只得設法在矮樹叢中沒路找路，但樹叢有時密到她有種四處碰壁的感覺。隨著體力一步步流失，她懷中的供品也感覺愈來愈沉重。泥巴、黴菌與森林中腐朽的氣味，讓她有種隨時要窒息的感受。葛莉賽妲的豐腴軀體全面嘶吼著痛，而身為這副身體主人的她則疲憊到喘不過氣。就在她幾乎要放棄的同一時間，凱薩琳赫然出現在她的眼前，雖然那在能見度極低的黑暗中幾乎難以察覺。

葛莉賽妲的血液瞬間凍結。

「妳嚇到我了，凱薩琳。」她這話說得口乾舌燥。「是我，葛莉賽妲。」雖然明明是自己的說話聲，但黑暗裡聽來還是讓人毛骨悚然，要能克服原始的衝動而不轉頭夾著尾巴逃跑，意志力的消耗量真的是非常之大。女巫站在那兒，一動不動就像一座黑色的雕像，而以她為圓心的一切都瀰漫著死亡的能量。

葛莉賽妲環顧四下。她身處在一群高大而古老的松樹群中央。她反覆告訴自己說溪水被下咒是每個地方都可能會有的事情，黑泉鎮的並沒有特別不吉利。她還要自己別忘了只要下得山去，就可以馬上回到熟悉的小鎮風情，遠離似乎籠罩在這裡的異教戾氣。

凱薩琳來到這個位置，是一種古老的直覺在帶給她動力。只要她對女巫好，那女巫也肯定會對她好。

她雙膝跪地，左膝蓋沉入了某種泥濘，然後她像是被電到似地重新跳了起來。小心翼翼地她用手摸索起黑暗的森林地面，直至她感覺到一樣潮溼、帶點溫度而有著彈性的東西。而不一會兒，葛莉賽妲那雙肉舖老闆娘的手就認出了那是什麼東西：一顆豬心。她突然間湧上的情緒是生氣，甚至是有點感覺受辱，而這也中和了她心中的恐怖。有人搶先了她一步。那卑鄙的懦夫！不論那人是誰，他或她都肯定是想要討凱薩琳的歡心。她隨手把那髒東西扔進了樹叢裡，然後在褲子上把手抹了個乾淨。

這下子祭壇清出來了，她也重新跪回了女神面前。

「喔，看看您，真的很對不起，凱薩琳。我的口才或許比不上柯頓、約翰・布蘭察等人，但我的心意惟天可表，請您一定要記住這點。關於您需要牲品的事情，我確實是失算了而沒有想到，為此我想在這磨著膝蓋來謝謝您對我的指正。我應該要長點腦的。請接受我求和的獻禮；這是我能想到最美的禮物了。」她試探性地老王賣瓜了一下，「這是隻孔雀來著。」

凱薩琳一動不動在黑暗裡站著。葛莉賽妲爬了起來，從大衣口袋中取出了一卷麻繩。孔雀本人在購物袋裡緊張地動來動去，並開始發出微弱的咕咕聲。

「我不想對您有太多苛求，但您覺得要是不麻煩的話，您可以讓事情全部恢復原狀嗎？我是說那條溪，還有各種……有的沒有的……我當然知道您沒有任何惡意，但鎮上的百姓有點被您弄得人心惶惶——老實說我也一樣。我給您帶來了活物當成供品，一如您所希望的。我知道您用不著那些噁心八拉的內臟，也不知道是哪個混帳東西把那些東西帶來髒了您的腳下？要是給我查出來了，我一定會好好教訓那不長眼的賤人，您放一百個心吧！」

語畢葛莉賽妲開始辦起正事。她沒把家裡的殺豬刀帶來，主要是謎團最後的幾塊拼圖，也在從動物園回來的路上被她破解了。會不會凱薩琳並不真的樂見自己沒穿鞋的腳邊搞得一攤熱血呢？若真是如此，那不少祭品都馬屁拍到馬腿上了。恐怕凱薩琳是希望一切能安排得乾乾淨淨而不會斯文掃地，而葛莉賽妲也立馬就想到要如何做到這一點。

她啃下了長度大約兩碼的繩子，其中一端繞過購物袋的兩個把手綁好，然後就在她從口袋中拿出一對蠟丸耳塞之時——那是她以前每晚都少不了的入睡聖品，主要是吉姆會打呼，事實上她現在也改不了這個戴耳塞的習慣——葛莉賽妲突然停下了動作，原來是她意會到一件事情：女巫嘴裡並未念念有詞。

也在這時，葛莉賽妲才意會到林子裡是何等程度的一片死寂。

她用力豎起了耳朵，貼著凱薩琳，然後從一數到了六十。死寂。

她深受感動加上震懾，這說白了，可能是葛莉賽妲這輩子所知最接近友誼的東西，她先是親吻了自己赤裸的雙手，然後必恭必敬地對女巫獻上飛吻。「謝謝妳，親愛的。」她用發著抖的聲音說。「謝謝妳這樣歡迎我。」

不再恐懼而準備好更靠近之後，葛莉賽妲把麻繩穿過了凱薩琳身上鐵鍊的一眼，其間她千小心萬小心地，就是不要碰觸到女巫。她把繩子的另外一端打了個結，綁到了一根既長且粗的樹枝上。站在女巫身後，她把繩索繞在樹枝上到最緊繃的程度，然後開始像是舉釣竿一樣地把樹枝拉高起來，為的是讓購物袋離地。懸空的袋子來到女巫身體前方的第一時間，孔雀就爆發出令人膽寒的尖叫。葛莉賽妲的眼睛瞪得老大，在黑暗中突了出來。在山上的林子裡，鳥兒的刺耳尖聲一點都不顯得突兀，有的只是抑鬱與恐怖，就像瀕死之人最後的哀呼。葛莉賽妲自己也唉了一聲，但並沒有停下手。她用盡吃奶的力氣，把購物袋盡可能拉高，然後開始抓著緊繃的繩子對凱薩琳繞圈，邊繞還邊解開樹枝上的繩結，直到繩子緊緊纏在凱薩琳身上為止。最後葛莉賽妲把繩頭繫在了購物袋的把手上，大功於是告成。

整個放心下來後，葛莉賽妲停下來歇了口氣。深夜裡看不清楚，真是可惜了，否則她真的會很想好好欣賞一下自己的傑作。不過即便無法親眼驗收，她心中還是確信凱薩琳對這供品絕對沒得挑剔。等今夜稍晚，女巫得再次消失的時候，購物袋裡的孔雀便會像鳳凰一樣浴火重生。

再一次，葛莉賽妲靠了上去。這一次，她是要把孔雀羽毛再弄整齊。

第十五章

星期一早上快到但還不到七點半，馬諦．凱勒打了通電話要他趕緊過來，勞勃．葛林姆或許來不及打斷這場對話，但他倒是有時間天馬行空，恣意幻想起自己咬下了柯頓．馬瑟斯的LP，吐往他老媽用來剁肉的陳年砧板，然後用槌球專用的槌子把他還在抽動的蛋蛋打爛成一團。那一幕或許不是很美觀，但仍能帶給他一種零爽度的滿足感。

掛上電話後，葛林姆與華倫．卡斯提歐套上了他們的斗篷雨衣，沿老礦工路衝到了山上。那天早上天色暗濁，風也愈吹愈強。街上連個鬼影都沒有，因為但凡那天不用上班的人，都待在家裡門上了門，拉上了窗簾，一切都是為了躲避風雨。至於理論上該上班的，也很多人打電話請了病假，至少露西．艾弗瑞特是這麼回報的——電話線熱到她沒辦法像平日那樣滴水不漏，而只能挑著監聽。不過葛林姆心裡清楚，大家害怕的風雨不在街上，而在心中。鎮民的焦慮他感同身受，因為他終於自己也沒辦法將那種恐怖擋在外頭。

凱薩琳，妳這女孩兒到底想幹什麼？誰讓妳生這麼大的氣？

年輕快十歲的華倫走在濕滑的路邊，竟不太能跟上葛林姆的速度。「這次事情會有多糟糕，你覺得？」他喘著氣問道。

「不會糟糕到我們不能處理就是。」葛林姆這麼回應，但他的聲音聽來有種說不出的虛。在星期六下午，葛蘭特家的馬兒惹出的超扯事件結束後，葛林姆曾有種事情多少已塵埃落定的感受。當然在事情發生的當下，他覺得自己彷彿心臟病快要發作，但衝出到路上的馬兒終究沒有亂來，之後也很快獲得了安撫。牠只是在盲目的慌亂中奔馳起來，衝出馬廄，之後多半是被自己的倒影嚇到才會一躍而起。事情之後，葛蘭特家的兩匹馬被葛林姆移置到鎮的另一頭，薩歐・亨弗瑞的牧地上……畢竟讓馬兒發狂的超自然恐怖力量就在馬廄的正後方，那兒恰好有哲學家之溪沿著史提夫・葛蘭特的家園流過。

一看到哲學家之溪的異狀，葛林姆就知道事情要解決還早，事實上這狀況可以說是霹靂宇宙無敵糟糕。

馬瑟斯說過他希望事情能盡量低調，而葛林姆聽到這話差點沒爆炸。

「聽著。」他說。「我現在有動物發瘋跑到路上，有一隻狗想不開自殺，有悲慘山在排出它自己該死的胎盤。你要在魔法森林裡撒麵包屑我沒意見，但我是會把這事情通報給西點。」

「你不准給我這麼做，勞勃。」老議員的口氣有種只能在小小孩或宗教狂熱分子身上才看得到的無賴。但葛林姆也不是不能在他的聲音裡聽到一絲絲的不確定，外加有如深刻岩床般的疲憊與歲月沉積。」

「我們非這麼做不可。凱薩琳以前從未找過家中寵物的麻煩。一百二十年來這是她第一次不按牌理出牌，而且也沒人知道這是為了什麼或接下來會如何。」

「沒錯。而這也正是我們為何得在草率做出決定前，先把事情調查清楚的原因。這是關係到全鎮的事情。黑泉一路靠自己走到了現在，這次也不會例外。」

「但我們就是不知道發生了什麼事情啊——這很難懂嗎！」葛林姆挫敗地吶喊著。「這次的事情非常罕見，而且帶有很大的風險。大家都已經嚇得屁滾尿流了。但你能怪他們嗎？我們必須讓有關當局掌握情勢，隨時做好介入的準備，免得事情一發不可收拾。」

「馬瑟斯先生是對的，勞勃。」同樣身為鎮議員的艾德利安．蔡司說。「西點軍校的那些人又能幫我們什麼呢？還不就是躲在防彈玻璃被後看著我們的處境失控？」

葛莉賽妲．霍斯特點頭如搗蒜，然後超級捧場地說：「我們要相信主。」

「這他媽的太亂來了。」葛林姆搖著頭說。「對不起，恕我不能陪你們胡鬧。我有我的職責所在。」

馬瑟斯用他骨感的手指滑起了葛林姆的手腕，就像條毒蛇一般。「鎮議會的決定有其約束力。要是你不照辦，我就只能解除你的職務。」

葛林姆咒罵起了柯頓．馬瑟斯跟把他帶來這世上的接生婆。雖說他也不是對西點軍校的那些人有多高的評價：他年復一年都很盡責地交出了報告，但基本上那些報告於他只是官場文化的應付公事，而那些人只是得皮笑肉不笑去按捺的官僚，畢竟為了錢能持續撥到鎮上，跟西點的關係還是得顧好。但此一時彼一時，葛林姆現在會想要把溪水的檢體送一份上去，然後盡快送去實驗室分析。他希望他們能……嗯，他希望他們能找出答案。也許這麼做只能添加一點表面上的安全感，但他總感覺這麼做才是正道。那該死的溪水已經讓葛林姆來到抓狂的邊緣，任何方法能讓他維持住最後一絲理智，他都不會排斥。

但馬瑟斯就是怕，而害怕凌駕了理性思考，讓身為議員的他變得無法預測，就像人被逼到了牆角似的。而跟史提夫．葛蘭特一樣，葛林姆也清楚這不是開玩笑的事情：原始的人性衝動會將恐懼抒發成怒火……而怒火會讓人想去找個代罪羔羊出氣。這種執著，跟發瘋只有一線之隔，而且已經在全鎮成燎原之勢。是誰去戲耍了女巫？是什麼讓她改變心意，起了想要懲罰我們的念頭？所有人都開始疑神疑鬼地把身邊的小事放大，然後穿鑿附會地認定那一定就是怎樣。柳條人女巫的火祭、慶典時來到鎮上的外人，隔壁那個把花園籬笆漆成陶土紅色，看起來醜不拉嘰的那個女人，還有葛蘭特醫生——畢竟他是狗的主人。

柯頓．馬瑟斯認為要怪，就應該怪從上週三下午五點過一些到現在，都還巴在那女屠夫手上抹不掉的血液。究竟發生了什麼事情，葛林姆只能用猜的，但他很肯定那不會是猶太的潔食大餐。那個姓霍斯特的女人被發現在羅斯的遺體旁驚魂未定——而如今，凱薩琳大鬧黑泉鎮。對馬瑟斯而言，這已經是再無腦也不會被考倒的因果關聯。

你這個半獸人他媽的何德何能，葛林姆想說，竟然能跟上帝用私人熱線通話，然後還能對女巫產生影響。

無論如何，馬瑟斯讓羅斯葬在了林子裡，遺體包在勇壯牌垃圾袋內，然後用絕緣膠帶封死。至於他的死訊也從未通報給點校。如今剩下的，就是等看雷什麼時候會打下來。柯頓．馬瑟斯想要把情報單位擋在議會門外，對此議員們也做了表決——五票贊成、兩票反對——由此葛林姆真的是被逼到了退無可退。

自從溪水在星期六冒出血來之後，駭克斯的七名成員就為了讓情勢獲得控制而處於高度戒備。相同的現象據報也發生在主要由向西邊流的哨石谷溪，事發地點就在鎮公所對面的水車古蹟處。等星期天白天太陽一出來，那幅畫面讓人心整個沉了下去：自一九八四年修復以來，水車第一次沒在轉。圍籬被豎了起來阻斷通往保護區山徑的入口，包括在那兒跟在悲慘山都一樣。兩條溪持續在冒血。血量雖不足以讓溪水飽和，而且他們說不定可以用泉水裡含鐵的說法把登山客唬弄過去，但葛林姆並不想冒這個險。沒人知道這汙染有沒有害，也沒人知道後續會有什麼發展。動物是真的都被嚇壞了，而葛林姆覺得自己沒理由懷疑動物的直覺。

更糟糕的是，星期天的天氣好得不像話，可以說是風和日麗，所以蜂擁而至的登山客必須要想辦法疏散。葛林姆於是派了大批志願者身著州警的制服在每一處路障站崗，而他們套好的話術是軍校在山區進行大規模的實彈演戲。當然既然話了說出去，山上就得有該有的聲音：駭克斯的音效圖書館可不是開假的。

在事發的頭二十四個小時裡，他讓三個人形影不離地跟著凱薩琳。起初她出現在蘇德蘭行車道上的一處掃把櫃裡（她被發現純粹是意外一場，主要是那家人的臘腸狗開始怒氣沖沖地朝櫃子的門猛撞）。接著她跑到艾克曼角險峻而封閉的空地上來回踱步了一番。再來到了星期天晚上，她待在樹林裡任風吹雨淋。這稱得上是她隨機亂跳的老模式，沒有什麼行為改變的嫌疑。此時天氣開始變臉。考量到外頭的低溫，加上跟蹤她的人已經無聊到生無可戀，葛林姆於是讓他們回家去也。

而事實證明，這是他自星期天把義式濃縮咖啡給喝到斷貨，只好改喝紅牛之後，最大的錯誤。勞勃．葛林姆覺得自己簡直要快要因為咖啡因過量而引發痙攣，動脈也好像隨時會啪一聲說斷就斷。

他叫了一聲負責擔任嚮導、領著葛林姆跟華倫在雨中樹林裡前進的馬諦。那孩子像趕著去投胎似地跑了上來，腳底踩著的是濕透了的球鞋，臉上掛著的是張從前一晚到現在仍餘悸猶存的表情。「再往上一點就是了。」他氣喘吁吁地說。「勞勃，現在有點慘喔……」

我的老天鵝啊，是葛林姆第一眼的感想。他的下巴差一點就要摔到地上，搞不好在濕潤的森林土地上都能砸出巨大的聲響。

女巫溼答答地站在蕨類之中，吸飽雨水的嬌小身材看起來烏漆抹黑。區區不到一秒的時間內，她就成功召喚出了這裡是個雞鴨市場的幻覺，主要是她腋下夾著隻孔雀。我應該沒有看錯吧？葛林姆邊想邊覺得有點不可思議——但他隨即注意到有人綁了個藍色而且縫死的購物袋在女巫的腰際，而氣宇軒昂地從袋子裡探出頭來，是稱得上壯觀的孔雀開屏。數不清的綠藍色孔雀眼睛包著深色的瞳孔，看著在場的三人，就好像凱薩琳本人睜開了眼睛在瞪著他們。

這念頭打在葛林姆身上，就像狠狠的一巴掌。而要是葛林姆曾在幾天前的賽爾家看到女巫跟她身旁一堆納札爾珠——那些用來驅趕邪之眼，淚滴狀的藍色護身符——的話，現在的他一定吃驚地發現兩者間詭異地相像。但他沒有，惟這仍是勞勃．葛林姆這輩子第一次感受到這麼強的徵兆在預示著某種力量的增強……一種不好的力量。

「那鳥還活著。」馬諦說。

「開什麼玩笑。」華倫說。

「是真的。我剛剛有聽到鳥啾了一聲，還是咕了一聲。總之就是孔雀的叫聲。」

「你饒了我吧。」葛林姆故意咕了一聲。

「我還沒說完。」馬諦說。「樹叢裡躺著個器官——我覺得應該是動物的心臟，但我畢竟不是解剖專家。然後我們那邊還有個用樹枝編出來的娃娃」——他指著不遠處的樹枝上懸著一種把柳枝拿來編辮子，成品有點像十字架的東西——「但這感覺，嗯，完全是在抄襲《厄夜叢林》嘛。我不懂耶，因為在電影裡面，這娃娃是來自女巫自己的邪惡之物耶，把這種東西送給她是哪招啊？真是天才。還有這裡是，嗯，超級市場的折價券。」

葛林姆跟華倫瞪著他，有點傻眼。

「這後面有寫東西。雨讓字跡有點糊掉，但我覺得這應該是出自聖經的章節。」

購物袋裡的孔雀讓人揪心地叫了一下。「王八蛋！」葛林姆話說得咬牙切齒。「馬諦，打電話給克萊兒。讓她通告說情勢已經獲得控制，但與女巫的接觸依舊禁止。提醒她要提到緊急命令，還有知法犯法者會有什麼下場。另外，叫克萊兒搜尋所有相關的監視錄影資料。我要把這些亂搞的混帳揪出來，把他們的頭皮掛在牆上。」

他從大衣口袋裡掏出了美工刀，開始向前走去。

「你要幹什麼？」華倫問了聲。

「把袋子卸下來啊，不然呢！這些跳梁小丑做事也太不知輕重了，簡直是引火自焚。她已經被鐵鍊五花大綁了，現在要是大家都有樣學樣，開始把各種垃圾往她的身上綁，天曉得她的反應會是怎樣。萬一有人說中風就中風，像一九六七年那些老人家那樣倒地暴斃，那可怎麼好？這些人腦子裡到底都裝些什麼東西？」

「總之你小心一點，好嗎？」

葛林姆注意到女巫那毫無生氣又塌陷乾癟的嘴唇在混濁的雨滴聚集之餘，開始微微地動作起來，由此她左邊嘴角滲透的縫線也隨之變緊。他專心聽著此時已連絡上克萊兒的馬諦說話聲，也專心聽著林中的雨聲。女巫低聲在碎念著什麼，但葛林姆當然沒有去聽她說些什麼東西，而是用盡吃奶的力氣去調大腦中卡翠娜與搖擺合唱團的歌聲音量，好讓自己盡量分心。

他清了清喉嚨，向前跨了出去。藍色購物袋裡的孔雀輕發出沙沙的聲響，全身羽翼飄過一陣抖動，同時凱薩琳的身體兩側無力地垂著她的雙手。葛林姆伸出了美工刀……

……而女巫則一把抓住了孔雀的羽毛。

葛林姆向後一跳，差點沒跌到，主要是華倫一把扶住了他。他悶聲叫了出來。女巫這次的出手很有說服力，而且絕對是故意。可憐鳥兒的尾羽正好從露出到她用寸勁轉一下手腕就可以觸及的距離，而如今她骨瘦嶙峋有如屍骸的手指已經緊緊纏住那些羽毛，活像中世紀用來捕狼的陷阱。在三人的目擊見證下，鳥兒的生命漸漸消逝。閃耀光芒的藍綠色從孔雀羽毛的眼睛中慢慢褪去，變成了供人憑弔的灰色。羽毛眼睛周遭的細毛則向內彎折，然後碎成了粉，飄散在風中。

鳥兒並沒有像鳳凰一般浴火重生，而是像隻雞一樣被烤熟。幾縷輕煙從購物袋中飄出，散發出令人退避三舍的惡臭——不是東西燃燒，而是東西被炭化的味道，就像一塊乾乾的木炭在喉嚨裡碎裂，然後在你氣管裡填滿了灰。葛林姆想像龐貝古城的陵墓被開啟的瞬間，就會是這種感覺。

「我等……我等等再打給你。」馬諦話說得結結巴巴，掛掉了克萊兒的電話。「什麼鬼啊，你剛剛有看到嗎？我是說，你看到那有多扯了嗎？」

沒有人回答這個不需要回答的問題。凱賽琳面對他們站著，一動不動。她握著無疑已死去之鳥兒的那種風格，讓三人有一種她在嘲笑他們、在挑釁他們的感覺，就好像這簡簡單單的一個動作，是她在要他們別忘了黑泉鎮的老大是誰。葛林姆仍希望能訴諸理性，但他真正的感受是世界瘋狂地歪斜，打直了一下，然後又偏滑到了對向的車道。他感覺一種要讓人窒息的慌張，並且這輩子頭一回希望自己沒有生在黑泉鎮，而凱薩琳是屬於別人的詛咒。

凱薩琳仍與她的孔雀形影不離。

她沒有消失，沒有跳到別的地方，沒有像平日那樣每七個小時左右就要另外開視窗。換句話講，她的模式不一樣了。從那一刻起，她開始在鎮上四處遊蕩，其間購物袋始終繫在她的腰際，而一把死去孔雀的羽毛仍被她抓在手裡。

「我想她應該挺滿意這份供品。」華倫．卡斯提歐在某個點上下了結論，但沒人知道這話的真實與否。

到了星期一晚間，正當全美各新聞網都在最後衝刺地報導隔天的總統大選時，哲學家之溪變成了混濁的紅色，看上去就像有條大白鯊在水裡游來游去，而且牠才剛把幾名登山客咬成兩半。

凱薩琳這會兒來到了鎮公所，當然孔雀仍陪伴在她左右。

第十六章

他在佛萊契死後的那種行屍走肉，於週一深夜的凌晨一點半達到了最低點——僅著內褲的泰勒躺在床上，全身覆滿了雞皮疙瘩，胸前的兩個小點黑黑硬硬。平日雖不傲人但還線條還算勻稱的肌肉與胸肋，如今在蘋果筆電的螢幕保護程式光輝中，顯得凹陷而暗淡。他瞪著天花板，耳中傳來暖氣管線的答答聲，心裡則一秒秒地數算著時間的流轉。窗戶工人要明天才會來修理家裡的後窗，所以家裡現在「通風」好到爆，暖氣則已經連著好幾天拚命加班。

泰勒不是累，是累到爆，但卻又睡不著。他換了個姿勢，身體延續著不安的抖動，然後把毯子拉高到腰的高度。他不知道自己是怎麼在幾乎沒睡的狀態下，撐過了四十八個小時，但總之他就是撐過來了。但結果是他現在集消沉、緊繃與挫折感於一身。他可不希望再這樣搞一晚。

稍早在午夜寸前，蘿芮傳了簡訊過來：

泰勒，你好嗎？想你，聯絡人家一下，好嗎？

愛你的，蘿芮

泰勒按掉了訊息，手機也順便關機。他不覺得自己現在有能力給蘿芮回應。那感覺就像是自己在某個空間裡看著腦海中的跑馬燈，看到想吐，看到凱薩琳的乳頭、佛萊契、還有馬兒的畫面不斷重複，而蘿芮則身在另外一個次元，一個那座走馬燈不存在的次元。他有上網去瀏覽一個網路攝影機的網站，試圖尋求一點慰藉，但在這種狀態下，根本沒有事情能讓他真正打起精神來。

最終他在部落格的內容管理者功能裡寫了些字句，但當然他沒有把這些東西給上傳上去：

廢人一個。我覺得我簡直成了個植物人。好好思考我做不到。腦袋瓜像被卡車撞過，彷彿帕拉丁摧殘的不是我們家的客廳，而是我的腦筋。要是我手邊有大麻還是什麼就好了。得讓自己冷靜一下，不然我真的會爆炸。從樓下拿了瓶龍舌蘭酒，在自個兒房間開了個小趴——TylerFlow95流的單人嘉年華，你們這些臭婊子。我覺得我要吐了。要是沒吐，這輩子我就滴酒不沾。

下一步該怎麼走還不清楚。事情怎麼會變成這樣。人類的傲慢、伊卡魯斯之類的那些狗屁？是啦，都是我的錯。OYE是我的計畫。適合的道具，打勾；願景的溝通，打勾；容忍，打勾；洞燭機先地預期情勢，打勾。但傑登的瘋狂行為不能容忍，也無法預期。他把那刀插進她的奶子裡。**太亂來了**。我不想去想，但又沒辦法不去想。他是怎麼把她的奶頭切開，既像腐爛的蛋糕，又像皮納塔。為什麼我會讓諾曼・貝茲[22]加入我的團隊？

22 希區考克電影《驚魂記》裡的變態殺人魔。

他是個**危險人物**。就這麼簡單，沒什麼好囉哩叭唆。閃他閃遠一點。不要像昨天那樣被誘惑而忍不住。他自以為是個漢子，自以為是站出來維護自己的權利。他根本沒把人放眼裡。一臉好像他知道自己為什麼活該嘴上被揍一拳似的。去，他最好是知道啦！你看他是怎麼看你的。一副他是自找的、也早料到了，求仁得仁的模樣，他以為自己是放學後被留下來的學生喔。

今天去了溪邊。爸說那邊不要去，因為我們還不清楚實際的危險性——不然馬兒怎麼會抓狂成那樣。不過話說回來，馬的感知能力與我們不同，而我真的不覺得人會受到相同的影響。我個人認為危險性是有，但那會是一種完全不同的危險。我們該怕的是大腦被惡搞。那些飄在溪水裡的血痕，就像派對上的彩帶，有催眠人的奇效。

總之，我拍了些紀錄片但一點也不想剪片。有什麼好剪的呢？OYE已經一命嗚呼加入土為安了。它在後院有個墓碑，跟佛萊契一樣。

喔，佛萊契。爸，我很抱歉。媽，我很抱歉。麥特，我很抱歉。要不是我，佛萊契現在應該還活著。爸知道我好像知道些什麼，我從他看我的眼神中看得出來。他問過我一次，但我什麼都沒招。他是在等我自己全盤托出嗎？但我沒辦法，我連要從何講起都不知道。而且凱薩琳的行為只是出於一種反應——先攻擊她的是佛萊契。我們能怪她想要討回個公道嗎？我們殺了她的孩子，吊死了她，把她該死的眼睛縫成那樣。這樣誰都會不爽吧？天啊，我怎麼會說「我們」？被害妄想吧。可能我真的失控了。事情都亂了套了。冷靜記住：**她的眼睛絕對不能打開**。三百年份的能量，她肯定會像超新星一樣爆炸。

我已經褲底一包了。這輩子我最勇敢不起來就是現在。我怎麼會搞出這個計畫，還取名叫「睜開你的雙眼」呢？真是怪了，同一件事竟然能一開始合理到沒得挑，後來卻匪夷所思到一整個莫名其妙。

取這團名，他一直是希望黑泉鎮民能睜開雙眼，怎麼現在會聽起來像是要女巫睜開雙眼？

一聲嘎吱，從二樓地板上的一片木板處傳了過來。

泰勒一聽便像石頭上的蠑螈一樣僵了起來，全身既冷又熱地打起了擺。那道聲音移動了起來，後頭無疑跟著樓梯關節的呻吟聲——那代表有人輕手輕腳地不想吵到人。泰勒聽出了那是麥特，畢竟人住久了就會熟悉彼此的腳步聲。他納悶的是麥特去樓下幹什麼；要洗澡的話二樓也有浴廁。也許他是肚子餓了去拿吃的。想到這一層，泰勒自己也餓了起來；他已經一整天都食不下嚥了。也許吃點東西會讓龍舌蘭造成的「火燒心」好一點……前提是他不能吃了又吐出來。

他又聽了一會兒。聲音不見了。泰勒把手掌壓上雙眼，直到眼前出現白花花的雜訊畫面，但突然間他坐直了起來，瞪大了雙眼，樓梯間傳來急促的腳步聲。乒的一大聲、乓的一小聲、含在嘴裡的幹譙聲：麥特絆了一跤。他匆匆忙忙碎步跑到爸媽的主臥。泰勒望進黑暗裡，聽著焦急中帶著睡意的說話聲。他辨識不出麥特跟爸媽說了什麼。

食物不見了，他開始胡思亂想起來，被巫婆吃光了。明天他們就會帶麥特跟我到森林裡，把我們遺棄在那兒供野獸享用。

一聽到佛萊契的名字被說出口，他掀開了毯子，鞋也沒穿就躡手躡腳地下了樓，穿過走廊。光線從爸媽的臥室中湧出，而麥特則轉過頭看著泰勒。

「去睡啦，都一點半了……」他聽到喬瑟琳從枕頭下面哀號。史提夫低吼著說了些什麼，而麥特則緊張地從一腳跳到另外一腳。

「怎麼回事？」泰勒

麥特轉頭望向了哥哥。「我在夢裡聽到佛萊契用爪子在抓後門，就好像我們不小心把牠鎖在了天氣這麼冷的外頭，你懂嗎？然後我就想跑去看，結果跑到樓下，我才想起來牠已經死了。可是他又真的在抓著後門。外面的燈光裡有他的影子。」

泰勒嘆了口氣，看到了麥特的黑眼圈。身上那件不合身的大T恤，讓藏在麥特心裡的那個小小孩又跑了出來，而既然是小小孩，就百分百有資格以十三歲的生理年齡偶爾探出頭來——比方說作惡夢的夜裡——給爸媽跟哥哥添一點麻煩。「喂，你在做夢啦。」他說。「去睡覺，這位弟弟。」

「可是外頭的燈剛剛真的亮了，泰勒，所以就是說……」

然後他們一起聽到了：遠方一道不是很清晰的狗吠聲，感覺似乎來自於自家後頭的森林。有那麼一秒鐘，泰勒覺得自己應該是在幻聽，這狗吠聲應該只存在他腦子裡，而那只是他這幾天歷經了這麼多事情以後，大腦疲憊到極點後所產生的某種心理學反應。因為確實，那聽起來還真無庸置疑，像極了佛萊契。但就在這時，他再一次聽到了狗吠聲。而且這次更清楚，距離感也更近，彷彿叫出這聲音的狗狗就站在後院的馬圈旁邊。這下此他真的拿定了主意：那就是佛萊契。

話說，所有人瞬間一起動起來的樣子，還滿有喜感的：泰勒衝下樓去，後頭緊跟著麥特，接著史提夫跟喬瑟琳也連滾帶爬下了床，加入了兩個孩子。來到樓下，泰勒踏過了冷冽月光穿過後門，進而照在磁磚上所形成的長方形。經他一瞧，門外的燈暗著。那燈裝了定時的動態感測器，所以門外剛剛可能有東西出現過，但現在不在了。樓下如今不是普通的暗，原因是暫時用來蓋住飯廳窗戶的壓縮板，把任何可能射進來的光線都堵死了。他們還沒有添購新的飯桌，因此飯廳如今是個空蕩且被板子釘起來的黑暗空間，氣壓感覺格外低，工廠的老鍋爐室差可比擬。

泰勒拉開了後門的門閂，轉動了鑰匙。門一開，冰冷的室外空氣就凍到了他裸露的皮膚。麥特從他身側擠了出去，看向了屋外。

「兩個帥哥，你們這樣會感冒著涼喔。」喬瑟琳說，但麥特豎起了食指說：「噓——！」

他側著頭，希望耳朵收音清楚些。但外頭什麼都聽不見。

但就在此時，狗吠聲又來了一遍，這回的聲音比較平，但也比較有臨場感，畢竟少了牆壁使聲音模糊的效果。聲源在左邊，也就是現在看來是一團黑的悲慘山那邊，或至少是當中的某一點。泰勒的呼吸靜止在喉間，而麥特則轉頭露出了瘋了似的雙眼。「是佛萊契！」

「不要瞎說，麥特。」史提夫板起了臉孔，然後加入了在門口的兩個兒子。狗吠聲的位置有了移動，這一次換到右邊，而且聽起來不太開心，就像佛萊契以前在追著樹枝跑時，照例會發出的那種叫聲。那聽起來也不是生氣……用「擔心害怕」去形容應該比較接近，但這也不禁讓人有點哀傷。可是無論怎麼說，那聲音……你有辦法在激動又害怕的情況下——而且四周還一片漆黑——像辨識人聲一樣認出狗狗的叫聲嗎？因為那怎麼說也不可能是佛萊契。他們已經在周六下午埋葬了佛萊契，如今牠已經全身由一張羊毛毯裹著，長眠在後院遠端、馬圈後方的一個淺坑當中。在潮濕的土壤裡，毯子如今一定已開始長黴，佛萊契的牙齦可能已經腐爛，牠毛上的一個個斑點顏色也不會再是原來的白。

遠方的狗吠聲愈來愈高亢，變成一種鬼魅般的慘叫，泰勒從骨子裡覺得冷到發毛。

「你們聽——是佛萊契……」麥特一邊壓低聲音說，一邊感覺情緒有點失控。

「佛萊契已經死了，麥特。」泰勒提醒他。「而且，這聲音聽來跟牠平時也不太相同。你有聽佛萊契像這樣狼嚎過嗎？」

「是沒有，但佛萊契也沒有死過啊。」

像這種白癡邏輯，基本上無從爭辯起，而這也讓泰勒的嘴角嘗起來有廢鐵的味道。麥特把身體潮外頭前傾，開始緊張地壓低聲音來呼喚起死去狗狗之名。你問泰勒，泰勒應該也解釋不出來，但他就是覺得這舉動讓他渾身不自在，或更精確地說是充滿恐懼感。這是一個沒有理由的事實。於是他不由自主地轉過頭去，身體還抖個不停。事實上就連史提夫，都似乎體驗到了這種感覺，於是乎他一把摟住麥特的腰，把他拉回了屋內。

「不要再鬧了！」他告誡起麥特。「鄰居聽到你這樣叫，他們會怎麼想？外頭有條狗在遊蕩，但那不是佛萊契，佛萊契已經死了。」

「但如果是她搞的鬼呢？」麥特表示抗議。「她能對溪水下咒，就能對……我也不知道。她就是殺死佛萊契的凶手！」

史提夫也失了方寸。喬瑟琳用雙手抱住了自己——她現時身上只有一件單薄的睡袍——然後她說：「老實說，我不覺得那聽起來像是佛萊契的聲音……」

「你們待在家裡。」史提夫套上了一直躺在佛萊契的舊籃子旁邊，電暖器底下的一雙布希鞋。那狗籃子還放在原地，是因為沒人有那勇氣去將之收到儲藏室裡。那原是一種人類悲傷的殘片，但如今它看來似乎更加邪惡猙獰。在能夠動手去收拾之前，葛蘭特一家似乎仍無意識中在等待著某些他們並不太了解……或許也完全控制不了的理由。

史提夫出了門，而泰勒也跟在他身後溜了出去。喬瑟琳喊了他一聲，但泰勒只是拉上門，然後跑著追上了父親。帶著溼氣的寒意像大榔頭一樣，打在他身上。外頭的氣溫連華氏四十度都不到，而他赤腳踏上的露臺磁磚上是滿滿的落葉，冷氣就透過落葉傳到了他的腳踝，然後朝他的身上每一吋擴散。泰勒開始不住的打起冷顫。他抓住腰部，嘗試用摩擦來取暖，但效果不是很大。史提夫轉向狗叫聲的方向，正準備開口說些什麼，但又在最後一刻改變了想法。泰勒從父親的眼神中，瞥見了一絲鬆了口氣的感覺。

狗吠已經停歇，黑暗中剩下的只是風吹的沙沙聲與潺潺的溪水聲……說起溪，那當中的血液在夜裡也不會是紅色，而是一抹抹黑。天上掛著滿月，父子倆的呼吸就像映著光的白色炊煙。

接著狗吠聲再度響起，這一次感覺傳自更身的林子裡，而泰勒突然不理性地確信那正是佛萊契。雖說不可能，但又栩栩如真。在這個童話故事一般的寒夜裡，這些事情一點都不難為真。

「我可以理解麥特為什麼會覺得那是佛萊契。」史提夫突然這麼說，聲音平的出奇。「那聽起來真的很像是牠。但中型犬的叫聲其實都大同小異。鎮上狗兒少說幾十條，那叫聲可能來自其中任何一條。」

黑暗中，泰勒看不出這是父親的肺腑之言還是故作輕鬆，又或者他只是想說服自己才這麼說。

四周又安靜了下來。

他們繼續聽了好幾分鐘，但都沒再聽到吠叫。史提夫轉過身，似乎做成了個決擇。「這隻狗要是在四下趴趴走，那我們就得在更多壞事發生前把牠逮住。」他說。「我會傳訊息給勞勃．葛林姆。你要跟我一起回屋裡嗎？」

泰勒想到他們稍早聽到的嚎叫。他把頭往後一傾，仰望起天空中的寒星，排開了原本揮之不去，在他腦子裡興風作浪的雜亂思緒。接著他掃視起後院，判讀出各種輪廓：馬圈、埋葬佛萊契的圓丘、如今空蕩而黑暗的馬廄。他查覺到有什麼東西在動：屋頂的邊緣蹲著一隻雪白的貓咪——精瘦、狩獵中。

史提夫碰了碰他的手臂說：「進屋吧，你快凍僵了。」等泰勒再一瞧，貓咪已經不見了。

「那是什麼？」史提夫問。

「我覺得我好像看到了隻白貓。在馬廄的屋頂上。」

「你確定嗎？應該是月光的關係吧。」

泰勒思考了一下，然後才轉過了身。

步道上，鵝卵石閃爍在滿月的照耀下，就像在指引著他們回家。

鎮上沒有狗失蹤的通報，也沒有其他人半夜聽到狗叫。泰勒放學回到家，史提夫告訴他溪水早上停止流血了，由此中午時分的溪水已經跟以往一樣清澈透明。駭克斯很盡責地對樹林進行了地毯式的搜尋，但沒有發現任何異狀，他們老實說還滿樂觀的。史提夫推測半夜會聽到嚎叫聲，一定是保護區另外一頭的蒙頓維爾獲中央谷地有狗狗蹺家，而牠現在一定已經回到主人身邊了。修理窗戶的師傅離開後，他跟喬瑟琳去了趟紐堡的「倉庫家具展售間」賣場，挑了張全新的餐桌。在等新桌子宅配到家的空檔，他們先從閣樓中攀出了松木的舊桌子來擋一下。滿屋子那種

「重新來過」的濃厚氣息，讓泰勒在期待中帶點心神不寧。來到此時，鎮上的居民應該都已鬆了口氣，畢竟大小事都恢復了原貌，而大家所求的也就是平安就好。

但泰勒一口氣還撐在那兒。事實上他此刻比之前任何一個時候都不痛快，頭上像是懸著一種不斷累積中的強烈焦慮感。他感覺身邊的每一件事都不大對勁，都有被弄亂過的樣子。

晚上他費了好一番工夫才睡著。他坐在房間的窗前，肩上披著毯子，蒼白的月光反射在他的眼裡，然後他聽到了弟弟說的那句話：是沒有，但佛萊契以前也沒有死掉過啊。這句話會回到泰勒的雷達上，是因為白天的地理課堂上，他收到了傳自勞倫斯的私訊。

你昨晚有聽到那隻狗嗎？？不知道該不該告訴你，但我真的嚇到挫屎，因為我覺得那聲音好像是佛萊契！

「泰勒，你有什麼話要告訴我嗎？」史提夫那晚突然問起正準備要上樓的泰勒。當時時間剛過十一點，電視上的新聞網剛宣布歐巴馬拿下俄亥俄州的選舉人票，而這也代表他連任成功，未來將再當四年美國總統。

「沒有。怎麼了嗎？」他對父親使了一個看似坦蕩蕩的眼神，但內心卻痛罵自己是個爛人。是說自己有這麼好看透嗎？

「我不知道，你最近好像話變少了。」

他聳了聳肩。「最近事情變化太大了，不是嗎？」

「也是啦。」史提夫看著他，試著找出他眼神背後的真相。泰勒突然有一種自己是人體佈告欄之感。「你不會有事吧？」

「我能有什麼事。」

史提夫笑了笑說，「你要是想講了，就喊我一聲。」泰勒勉強生出了一個山寨版的笑容，跑上了樓。那個當下，他真恨自己的爸爸，他恨史提夫這麼沒有挑戰性地看穿了他；史提夫的話就像一把火燙而充滿敵意的刀尖，刺痛了他，而那一刺的力量超乎他的想像，甚至讓他有點受傷。他被逼著去承認事情改變了，而且不都是好的改變。事實上幾乎都沒什麼好的，認真想起來。

樓下走廊的時鐘響起，他跳進了牛仔褲，套上兩件毛衣，往愛迪達的運動袋裡裝進了自己的東西：Maglite手動筒、GoPro運動攝影機、iPhone手機，還有當晚稍早他從留下食物儲藏間裡帶上來，半滿而折成一半的一袋狗乾糧。這又是另外一樣他們還沒有丟掉的狗狗用品，即便家裡唯一吃這玩意的佛萊契已經再也不會回來了。他在二樓走廊上豎起耳朵，聆聽了一會兒，然後他判斷取道於會吱吱拐拐發出聲響的樓梯，實在太危險了。於是等他相信所有人都入睡之後，泰勒盡可能不發出聲音地打開了自個兒房間的窗戶，把手放在窗臺上，然後緩緩讓身體降低到不是很穩定的棚架上，直到球鞋感覺到偏左手邊出現廚房窗戶的砂漿上緣為止。他小心翼翼地將窗戶推到半開半閉。外推窗的樞紐與固定桿發出刺耳的尖叫聲，讓泰勒以為自己的整個計畫都要穿幫了。他的爸媽一定整個都醒了吧。他們會發現自己的兒子懸在爬藤的棚架上，然後立馬將他遣返回床上。

但他們沒醒，所以泰勒往下一跳，落地之後雙膝觸地，然後在地上打了個滾。

他無聲無息地摸進凡德米爾家的後院，打了手機給勞倫斯。這之後他等了十分鐘，才看到一顆睡眼惺忪的大頭現在窗邊。泰勒剛剛使出了絕命連環叩，無效之後他換成用鵝卵石丟他的窗戶，沒有在客氣的。「對不起，我睡著了。」勞倫斯話說得也不太爽。又過了五分鐘，勞倫斯終於爬了下來，從門廊的天窗屋頂降落在露臺之上。

「我跟你說過要設鬧鐘，不是嗎？」

「我睡到鬧鐘響完了都沒感覺。」他把手伸進口袋裡，然後磨擦起大腿來生熱。「老天爺，這會兒還真冷。所以計畫是怎樣？」

「我們要前進樹林。」

勞倫斯愣了一會，似乎在考慮要不要食言而肥，那感覺就像是泰勒的點子白天聽起來很有邏輯跟道理，但一暴露在閃爍於夜空中洶湧雲層中的星光下，感覺就整個不對了。「我不知道耶。我今天晚上是連個屁也沒聽到。」

「我想要確定一下。」

就這樣，兩人一語未發地默默踏上了溪水另外一邊的高地山徑，而山徑則沿著山脊的一側驟升上去。時不時他們會看到高掛在頭頂上，樹梢監視器的紅色ＬＥＤ燈閃動，但App說女巫在鎮上，而不在山上的樹林中。泰勒很樂於冒這種被駭克斯看到的風險，因為這山徑讓他有一種稍微安心的感覺，就像很久以前的水手會因為在暴風雨的海上看到燈塔而獲得安慰。山上的黑，是一種不同凡響的黑。而每一絲聲響在山裡——樹枝折斷的聲音、風吹的沙沙聲、夜行性鳥兒的緊張叫聲——都像經過了傲人的擴音處理，彷彿夜晚本身就是一種天然的音響放大器，而樹林的一切都有他們不可告人的生命。此時以十七歲的年紀，他仍保有那股他以為自己很久以前就拋下了的孩子氣，而他也知道自己的身分與正在做的事情，是何等地不堪一擊——兩個半大不小的孩子，自作主張地在遼闊而黑暗的森林中晃盪。走了一段時間後，他從包包裡抓出一把狗糧，開始沿著山徑一點點地撒。

「要死了，兄弟。」勞倫斯混身不舒服地看著他這麼做。「你這樣也太太太像童話故事的開場了吧。我是說那種主角最後沒有好下場，被大野狼吞下肚的那種童話。」

泰勒閃過一抹笑容。「我覺得你應該是把兩個故事搞混了吧。」他們就像營火旁邊的兩個小男孩在聊天：悶著聲講的悄悄話。泰勒繼續仍了一顆狗糧在地上，然後小小聲地吹起了口哨。

「你認真覺得這樣會有效？」勞倫斯問道。泰勒聳了聳肩膀，然後過了一會兒，勞倫斯也加入了他。兩個人兩張嘴，他們的口哨聲聽來就像音高甚高的尖銳鳥叫聲，玻璃般的細弱音色宛如一首死亡交響曲，而這也讓泰勒後頸的毛髮一根根豎起。兩人同一時間停了下來，肩並肩地站著。手電筒射出的橢圓，跳躍在樹幹與樹幹之間。

「我真的有一種自己是白癡的感覺，你知道嗎？」勞倫斯邊說邊笑得傻氣。「昨天晚上那個不是佛萊契啦。我說那聽起來像牠，但佛萊契就已經死掉了啊。我們都看到了傑登是怎麼刺激牠去攻擊女巫，不是嗎？所以她才會想要報復牠。所以我們現在來這裡幹嘛，泰勒？」

「你覺得傑登現在害怕嗎？」泰勒問。「我是說，你覺得泰勒會擔心女巫也去找他嗎？」

「不，我不覺得。一開始他應該有點怕——所以你一拳打在他臉上時他才沒有還手。但我不覺得女巫有想把他怎麼樣。佛萊契是用牙齒咬了她，傑登的刀是綁在樹枝上，他們從來沒有過『肌膚之親』。」

「他自己可能不覺得，但我覺得他還比較危險。」泰勒說。

「怎麼說？」

泰勒聳了聳肩。這是一種直覺，或者可以說是一種預感——他解釋不出來，但他知道事實就是如此。傑登在把美工刀狠狠插入凱薩琳胸前的那個眼神，他始終揮之不去，而經過思考，泰勒的結論是那遠遠不只是暴虎馮河的愚勇，也不是血氣方剛年輕不懂事，甚至於不只是發神經病。

那完全是另外一種層次的亂來。

泰勒停下來的時候，他們已經走了大約十五分鐘。他們已經爬了好一段陡坡，左手邊的某處有岩石露頭構成了山丘的頂端，山丘背後就是亞力克草原水庫跟瞭望點。手電筒的光束，明亮地照在無法穿越的粗壯樹幹上，也照在山坡上的凋落樹枝上，但這光線最遠也只能照到大約十碼以內，而這範圍裡看不到什麼異狀。他轉過頭，把手電筒對準他們的來時路，看到的是狗乾糧散落的痕跡詭異地消失在樹木形成的隧道裡。正當泰勒在心裡安慰自己說在每個童話故事裡，你都只要循來時路的足跡回頭，就可以平安返家，黑暗裡就突然有了動靜。

泰勒猛然停止了移動那沉悶的黃色光圈，把注意力集中在聽覺上。有那麼一瞬間，他不確定那聲音還在不在。然後有了：地面植被中的搗弄聲，樹葉被翻得沙沙作響，儼然是某種動物在鬼鬼祟祟地蠢動。勞倫斯一邊側耳傾聽，一邊含住了繃緊的嘴唇。

泰勒反射性地把右手伸進運動背袋裡，拿出了GoPro攝影機。他把攝影機打開，按下了錄影鍵。在黑暗當中，LCD螢幕亮了起來，活像個具有立體感，又綠又黑的污漬。

又一次他們聽到了那聲音，從下方的山徑上不斷逼近，泰勒感覺全身血液都在往上衝，簡直快腦溢血。他的掌心開始飆汗，手濕潤到手電筒差點從指尖滑掉，但同時間他的嘴裡卻乾到一個爆。

「佛萊契？」他低聲說。

「喔，拜託。閉嘴啦。」勞倫斯怨了泰勒一聲。

「你也聽到了，是吧？」

「那不是佛萊契，那是隻鹿或狐狸或該死的浣熊吧；那可能是隨便一種動物。媽的我想閃人了。」

那聲音換到了山徑的右側，似乎在山坡上一下變遠，一下又重新跑了回來。那是一道速度很快，感覺急急忙忙的聲音，而泰勒知道那不是什麼鹿或浣熊；他知道在那兒動來動去的東西是受一股狩獵的本能牽引，而且是用迅捷的爪子在貼地植被中劈劈啪啪地穿梭。夜晚似乎在呼吸著、膨脹著，等待著爆開。泰勒的雙腿開始像橡膠一樣發軟。在他們前方的黑暗中啪噠作響的玩意兒，顯然是一隻狗。

「喔！天啊，是牠。」勞倫斯用沙啞的聲音說道。「佛萊契！」

在一股難以控制的衝動中，泰勒向前一躍離開了山徑，進入了林子裡，但勞倫斯拉住了他的袖子，把他扯了回來。「喔不，你不准！你給我留在這裡！」

「佛萊契！」泰勒又用激動的氣音喊了一聲，然後輕聲地吹起了口哨。勞倫斯也加入了他。有那麼一瞬間，泰勒覺得自己好像可以聽到喘息聲……然後慢慢地他現自己不是在想像或幻聽，那兒真的有喘氣聲。又一次那聲音開始移動。毫無疑問地佛萊契就在他們的聽力所及範圍內——當然前提要那真的是佛萊契啦，但何必還沒看到就認定那不可能是牠呢？牠頂多就在上坡處五十英尺的地方吧，雖說聲音在晚上確實莫名地傳得比較遠。但牠為什麼不過來呢？泰勒想像佛萊契就在不遠處的黑暗中聞著環境，又瞎又聾，舌頭垂在嘴裡，找不到回家的方向……

你必不怕黑夜的驚駭，也不怕行於黑暗中的瘟疫。

那是柯頓．馬瑟斯的聲音出現在他腦海裡，但他一點都沒有因為這樣而多少放心一點，因為那後面緊接著另外一道聲音憑空跳了出來，就像凱薩琳本人在他的腦子裡念叨著：像隻耗子似地咬啊咬啊咬，明天大家都得死翹翹。

突然間泰勒感到一道腦波閃過，溫度冷得像是一掬黑冰。手電筒開始不受控地晃動，他於是一把抓住了勞倫斯。「他們說凱薩琳讓她兒子死而復生，對吧？那不就是他們把她吊死的原因嗎？你相信這種事情嗎？你相信她能讓死掉的生命再活過來嗎？」

「滾開。」那聲音聽起來要哭要哭。

「萬一她……」

「我不知道。但我不覺得那是佛萊契在動，兄弟。如果那真的是佛萊契，為什麼他不過來呢？」

「別叫了！」

「佛萊契！」

空氣中突然滿滿地是一陣狂野的拍動聲，然後一隻雪白的貓頭鷹從手電筒的光束中一閃而過。兩個少年在彼此的尖叫聲中跳著相擁，鳥兒則淒厲地叫了一聲，強悍地拍動起翅膀，然後消失在瞭望點那兒有座破落小木屋的方向，那兒也正是兒時的他們曾經度過許多個夏夜，野餐起來超爽的地方。但這時要是跟著這隻貓頭鷹過去，那他們一定會發現那小木屋是連同薑餅屋頂跟糖霜窗戶都一應俱全的糖果屋吧。就這樣一瞬之間，泰勒確信自己不想知道了。他不想知道是什麼東西在他們周遭的黑暗中鬼鬼祟祟的了，就算那真的是佛萊契也一樣。因為那如果是死而復生的佛萊契，那等著他們的只會是讓人理智蕩然無存的恐怖畫面。

等他再回過神來，兩人已經跑了起來，其中泰勒聽得到那鬼玩意兒從後頭追來，而且還不費吹灰之力地縮短著落後的距離。手電筒切開前路的過程就像一場詭異的燈光秀。有時候勞倫斯會跑在前面，有時候是泰勒會跑在前面，但不變的是他們會用尖叫聲進行對話，像是「跑慢一點，等等我！」，但兩人都不會真的慢下腳步。在某個點上，泰勒覺得他好像聽到了金屬的鏗鏘聲，而他第一個想到的就是佛萊契項圈上的扣環。狗糧的痕跡，想當然耳沒有在下山的路上延續多長。

那種理論上可以用來帶領小男孩走出樹林的「餅乾屑痕」，大家應該都不陌生。但也不知道是怎麼回事，那短短的痕跡讓驚慌中的泰勒稍稍有點安心。內心深處，他感受到了一種強烈的歸屬感，因為他一下子完全知道了自己的處境：在荒郊野外裡被從童話故事走出來的噩夢追趕，而在山徑的盡頭就是黑泉。路徑的盡頭永遠都是黑泉；外頭那個沒有有人知道他們性誰名啥，又是如何生活著的冰冷世界，最終都會通到黑泉。

在那之後，他的記憶就開始愈來愈模糊。他的意識一定是在自我保存的本能中關機了。很顯然他們已經回到了山徑的起點，因為他第一件意識到的事情是腳趾撞到了什麼東西，然後飛身一頭栽進了哲學家之溪。冰冷的溪水漫過了他的臉龐，讓他的雙頰整個僵硬起來，同時他全身的衣物也浸濕到皮膚上。他張大了嘴巴，含著滿口的水跟沙子大叫了一聲。而那也讓他回到了現實，只頓了半拍就跪著直起了身體，一邊乾咳一邊把水從臉上撥掉。後來他會意會到自己此時始終處在瘋狂的邊緣；光是他吞下了溪水與沉積物這一點，就非常挑戰任何正常人的接受度。他很顯然聽到了腦中喀噠一聲，就像巨大的鐵製水門升起……然後勞倫斯把他拉了起來，讓泰勒啪的一聲趴上了岸邊。

他們跌跌撞撞翻過了圍欄，步履蹣跚地踏上了回後院的小路，最後一起攤在了馬廄前方的草坪上，兩人已經累到完全零電量。

他們爆笑了出來，畢竟這是瘋狂行動結束後唯一合理的反應。

「這時候我們不是應該要找到一罈子珠寶與黃金，然後所有人從此過起幸福快樂的生活。」泰勒說，而這又讓兩人笑得更厲害了。

「喏，你的攝影機。」勞倫斯笑到爽之後這麼說。他遞過了泰勒的GoPro給他。那機器肯定在他絆倒的時候掉出了手中，落在了溪水裡頭，所幸防水外殼救了這傢伙一命。但它的夥伴Maglite手電筒就沒有這麼好運了，手電筒兄很不幸地，已經溺死在水裡。

泰勒爬著站起了身，衣服沉重地滴著寒冷溪水，溼透的頭髮一束束突出在他的前額。同時泰勒的牙齒開始打起冷顫，他想停都停不下來。「那那那他媽的是什麼？」他結結巴巴地把話說得口齒不清。

勞倫斯搖了搖頭。「我什麼都沒有看到。」

他們互望了對方一眼，發出空洞的笑聲，但又很快停了下來。決定不了下一步又全身不住地發著抖，泰勒只是呆站在草坪上。而此時讓他很驚嘆的是他看到GoPro的紅光依舊亮著，這打不死的小強拍下了剛剛的整個過程。

帶著不可思議的心情，他關上了電源。

泰勒有勇氣去看影片，已經是兩天後的事情。

他把GoPro的記憶卡插入蘋果筆電裡，然後用百無聊賴又有點恍惚的眼神盯著螢幕。如今事過境遷：他原本沾滿泥巴，散發著溪水臭氣的衣服，現在已經聞起來有洗滌劑的香氣，整整齊齊疊放在衣櫃裡。凱薩琳也變了。她已經好幾天沒有表演她的消失魔術，因為她顯然帶著一只大購物袋跟裡頭裝的孔雀屍體走來走去（雖然泰勒的狀況不能說很好，但這狀況他還是注意到了），而且還似乎對那孔雀有些愛不釋手。此刻她人正在屋子後頭林子裡有點上頭的地方，但泰勒並沒有再跑去偷看她。他已經受夠了女巫，也受夠了拍紀錄片。再者，樹林現在也被封鎖起來，完全不對登山客開放了。圍籬四處可見，由駭克斯志工裝扮成的州保護區公園巡山員也會在山徑起點站崗。

影片的長度一共十二分鐘又四十四秒，而且因為檔案相當大，所以泰勒把影片存在他的外接硬碟裡。正式開看之後，他發現上頭有樣嚇人的東西。他趕忙按下**暫停鍵**，盯著那畫面而陷入了深思。

突然間樓下的後門上響起了瘋狂的敲門聲。緩緩地就像從恍惚中醒來一樣，他抬起了頭來。他想起了家裡現在只有自己。出於身為影像部落客的反射本能，他一把從USB隨身碟中抽出了記憶卡，插進了GoPro當中，然後把攝影機放進了口袋裡。他衝下了樓梯，準備投入他記者生涯中最後也最具震撼性的報導。

敲門的人是勞倫斯。泰勒一把門打開，勞倫斯就抓住他的手臂，把他拖出了門外。「跟我來，快。」他說。「我們得去阻止他們。」

「什麼……」泰勒開口想問，但他一想，是傑登。他不知道自己為什麼知道但他就是知道。

他們跑到後院的鐵門處，然後沿著小徑來到了溪邊，感覺就像影片在倒帶一樣：他們回到了數夜前泰勒跌入溪中的地方。他花了三秒鐘，才掌握住局面，並領略到事情的嚴重性：那無疑地非常亂來，徹底的亂來。於是本能地，他從口袋裡掏出了GoPro並開始攝影。

畫面或許很抖，但畫面不會說謊。左手邊一百碼靠近深洞路處，是圍籬的所在地，原本駐點的志工顯然已擅離職守。但鏡頭撇到另外一邊，志工們便一個個露了餡：傑登、賈斯汀，還有布拉克，一個個都穿著厚重的靴子跟州保護區的制服。這些王八蛋一定是跑去說要幫忙，而葛林姆還真是好騙，泰勒心想。在三人中間步履蹣跚的，正是凱薩琳。她的腰彎得像脊椎被打斷似的，很不自然，而他們用頭被扯掉的掃把趕著她前進，活像是在趕牛一樣。從女巫移動的風格看來，她應該是處於驚慌之中。她歪著被縫住的嘴巴，顯露出一種有點恐怖的鬼臉，並同時緊緊抓住從市場與熟食店購物袋中突出來——這還真是超現實，泰勒心想——已被烤成焦炭的孔雀羽毛。她不斷嘗試著要轉身離開，但也不斷被三個年輕人粗暴地推回去。傑登用掃把把她打到彎下了身，逼著她回到原本的方向。她幹麼那麼放不下那隻蠢孔雀，泰勒實在是想不通，但她就是堅持得很；拚了老命，她就是寧可被這三人糟蹋，也不肯丟下購物袋消失無蹤。

然後影像開始模糊；我們看到粉紅色的手指，那是鏡頭外握著攝影機的泰勒，我們可以聽到有人跑起來的腳步聲，同時也看得到森林的地面在晃動著。我們還可以看到監視器攝影機被從樹上打下來的破片：這次真的是鐵證如山了。

「拜託，天啊！」泰勒連忙叫了出來。「快放了她！」

「你們少管他媽的閒事！一邊看戲去，不然就給老子滾。」

「快住手。現在還來得及！」

「她殺了你的狗。你應該感激我。大家都只會袖手旁觀，我們起碼做了點事情。快走，賤人！」說著又是一棍子，女巫腳下動搖了一下，幾乎要失去平衡。

跌跌撞撞。卡其迷彩服，突然接非常靠近。天空旋轉了起來。被縫死的眼睛與急促慌亂的步伐搭配鎖鏈的鏗鏘作響。抓著肩膀的手。掃把掃過空氣就像有人在揮鞭；傑登完全沒在開玩笑。泰勒向後退著，然後我們看到了草，看到了河床，看到了慌張的臉龐在頭頂上。又一次勞倫斯與泰勒向前一躍，然後有人扭打，有人罵聲不斷。然後勞倫斯被人一棍子狠狠打中，一頭撞上溪中的大石頭。上氣不接下氣的泰勒把勞倫斯翻過身來，接著我們看到蒼白的皮膚與染血的深色髮際間有一道看不太到底的傷口。

「勞倫斯，你還好吧？」

「我沒事。阻止他們。」

布拉克低頭看著他們，遲疑了一瞬，而棍子仍握在手裡。「混帳！」泰勒怒吼著把勞倫斯扶起，而布拉克則跑回到另外兩個同夥的身邊。

就在泰勒看出這三人想要幹什麼的同一時間，畫面也顯露了真相，然後我們聽到傳自泰勒喉間的一聲悶叫，三分不像人，倒是有七分像動物。他們把女巫趕到了溪水的下游。遠遠地我們可以看到那個曾經用來從深洞路下方的涵洞中收集溪水，而如今已經廢棄的水塔，同時水塔上有個洞。洞的尺寸略小於一平方碼，而照講應該蓋在上面的金屬板，如今生滿了黴，橫躺在一旁的岸上。

泰勒鼓起最後的力氣衝向了三人，嘶吼著要他們住手，要他們懸崖勒馬，但一切都已經太遲。瘋狂晃動的影像顯示傑登用手中的棒子狠狠給女巫一推，然後女巫便無力抵抗地掉進了水塔裡。水塔並不算深；她一頭撞上了鋼筋混凝土的內壁。再來攻擊她的人叫囂了起來，撿了石頭，然後開始對女巫扔起石頭。泰勒把一切都看在眼裡；他看著兩枚銳利的石頭同時劃過她的臉，並將之割了開來；他看見她的頭巾被扯下，他看見了血，看見了更多石頭紛飛。凱薩琳終於支撐不住的同時，他也在地上嘔吐了起來。隨著她消失無蹤，現場升起了一股購物袋塑膠的燒焦味。石頭依舊繼續彈跳著，滾動著，只不過它們現在撞上的不再是女巫的身體，而是空蕩水塔的混凝土四壁。

「幹，他在錄影！」有人喊了一聲。石頭開始呼嘯著朝泰勒的方向招呼過來，他很驚險地才勉強低頭躲開。一瞬間我們看到傑登的臉直衝而來，那是張面具，是精神異常者怒不可遏時的表情，而那面具在對你嘶吼著一件事情，亦即你若想留著條小命把故事說出去，就得趕緊跑，拚命地跑，而那也正是泰勒與勞倫斯在做的事情。他們的救贖在於離家很近；要是這齣鬧戲發生在森林裡，離家多點距離，那他們逃掉的機率恐怕會非常低。但這裡的監視器多、可能在家的人也多，所以傑登一夥人半途就棄追了。但泰勒並不知道這點，所以他還是死命衝回了家，用力把後門甩上。其力道之大，門板不禁在門框內答答作響地搖晃。他忙不迭將兩道門鎖都轉好鎖緊，才跟勞倫斯一起跪在廚房地上，任由眼淚奪眶。

但這麼哭著的他們，已不是兩晚之前那兩個長不大的小男生，而是兩個剛因為事情大到他們無力獨自承擔而瞬間懂事的男人。而他們哭著哭著，GoPro的畫面也變黑了下來。

第十七章

當天下午稍晚，史提夫提議要去把馬接回家，讓他們重新回到熟悉的馬廄裡，但喬瑟琳一聽聞這想法就滿面愁容。

「我不知道，史提夫，我覺得這麼做不是很妥當耶，畢竟溪水就在我們家旁邊，樹林也不遠，問題一堆……我們怎麼確定現在安不安全？」她透過新窗戶看著外頭。飯廳的空氣依舊濃濃地聞起來有窗框上的新漆氣息，惟喬瑟琳的素食法式鹹派仍以其香氣，緩緩地將油漆味蓋了過去。

史提夫聳了聳肩。「我們留在了這裡，不是嗎？我們不都毫髮無傷。」

「是，但人是人，馬是馬。」麥特說得一針見血。他放下了正在寫作業的筆。「我可不希望努阿拉最後也跑去上吊，爸。」

「溪水已經回復正常兩天了。」史提夫說。「沒有跡象顯示事情與之前有什麼不同，而馬兒現在也看不出有什麼危險。」

「除非有某人忘記了關馬廄的門。」麥特做了這樣的評論。他似乎也被自己這麼說嚇了一跳，但說出去的話就像潑出去的水，回不來了：喬瑟琳換上了一張受辱又難堪的表情。

史提夫也沒料到這天外飛來的意見。「你什麼時候變得這麼沒大沒小！」他罵道。

「但我有說錯嗎？沒有吧？阿嬤沒辦法用手，佛萊契也不可能自己把狗屋的門栓拉開，不是嗎？」

「佛萊契是怎麼跑出去的，我們還不知道。但你媽媽說她把狗屋栓上了，就是栓上了。你憑什麼懷疑自己的媽媽？馬上給我說對不起。」

「我才不要因為這樣道歉，我說的又……」

「給我道歉！」

麥特把書重摔在地板上，從桌上跳了下來。「對不起，可以了吧？對不起我明知道你們不想聽，還硬要說實話！」

「麥特！」

但他已經跑上了樓，用力一摔把門關上。史提夫驚呆了。他在下午四點的黯淡光線裝，望著喬瑟琳，但她只是垂下了眼睛。「有你的。」她嘆了口氣。

「嫌我處理得不好，妳幹嘛不自己說句話。」史提夫的理智也斷了線，口氣比他內心希望的嗆。他知道麥特會口無遮攔，只是藉此來抒發他內心的悲痛，但他無法因此就少生氣一點。他不知道如何處理麥特的情緒起伏，尤其是這孩子把矛頭對準家人的時候。跟孩子相處，是喬瑟琳比較會。他們能在黑泉鎮這種鬼地方把婚姻維繫住，一個很重要的原因就是兩人自然而然所形成，而且鮮少互換的家庭分工。各安其位，各司其職，為家中創造了一種脈絡，一種秩序，而這種秩序正好可以用來抵銷這鎮上永遠少不了的各種亂七八糟。畢竟一旦得要處理跟心有關的問題，人需要的美德絕對就是理性。是說在夫婦倆的角色分工中，有一條是麥特歸喬瑟琳負責，而史提夫則要管好泰勒。當然這一點並不是非黑即白，但這樣的默契在他們夫妻之間——在他們一家四口之間——確實存在。

「我說的不光是麥特。」喬瑟琳說。「這影響到的是他們兄弟倆。泰勒已經好幾天宅在房裡了。我都不敢想他心理陰影面積會有多大，史提夫。」她氣一來，示意要史提夫看向落日餘暉。「外頭有樣東西殺死了我們的狗，而我們什麼事情都沒辦法為牠做。」

「老實說，我覺得對一個傷心難過中的人來講，麥特的反應再正常也不過了。或許不假修飾且未免太不理性，但說他正常絕對沒有問題。他的悲傷在尋找著出口，而他只是沒去抗拒或勉強自己而已，他只是想要找個人來怪罪一下而已。他總會想通，也會來道歉的，我很確定這點。」

「重點不在想通跟道歉好嗎。你把事情想簡單了。佛萊契埋了，好。我們把桌子換過，把每樣東西漆得亮晶晶，我們可以讓原狀恢復到彷彿什麼事都沒發生，但事情有發生就是有發生，而且你一抬頭就可以看到證據。」

她指著被帕拉丁的馬蹄捶凹的深色瓷磚。史提夫望著她，平靜地嘆了口氣，指望著這能讓氣氛稍微緩和下來。「我驚訝的是麥特會那麼介意我們沒有在祭典時奉上些供品。還記得他星期六是怎麼樣話匣子一開就停不下來嗎？什麼我們沒有帶東西去，所以都是我們害死了佛萊契。我真希望我們有多灌輸他們一點理性。麥特說的話簡直跟鎮上那些人沒有兩樣。」

「不然你期待什麼？」喬瑟琳也怒了。「他一個小孩能知道什麼？而且搞不好他說得沒錯，搞不好真的是我們害的。凱薩琳因為沒收到供品而生氣，不也很正常嗎？」

「喬瑟琳。」史提夫說。「妳在胡說八道什麼？」

「我才沒有胡說八道。我並不是說事情一定是這樣。我只是說我們不知道佛萊契怎麼會跑到樹上去，而且恐怕永遠也不會知道。就是因為知道不了，所以麥特才怕成這樣，史提夫。還有泰勒……這幾天你有好好坐下來跟他談談嗎？你不擔心他這樣把自己完全隔絕起來嗎？」

「我有問他怎麼了啊。」

「問一下跟好好聊聊是兩碼子事好嗎？」

「親愛的，他會想要一個人靜一靜來解決自己的問題。這在他這個年紀也非常正常吧。」

「黑泉鎮沒有一樣東西正常的啦。整個鎮都被下了咒，史提夫。而且不正常的不光是凱薩琳，而是每一件事。我們晚上聽到的狗叫聲，我們家後面那條冒血冒了三天的小溪——血啊，你懂嗎？還有人。你真的以為這種日子不會對下一代產生永久性的傷害嗎？不會對我們造成傷害嗎？」

他看著她，不知該說些什麼。「喬瑟琳，我不是想假裝說這一切沒有發生過。我只是想努力保持住平靜的生活。這是我們唯一可以合理追求的目標。我們一路就是這樣走過來的啊。」

她站著與史提夫面對面，大眼瞪小眼，而她內心氣到快要炸鍋。「但事情早就一點都不平靜了啊，你還不懂嗎？我們在這裡住了十八年，基本沒遇上大風大浪。而我們之所以忍得下去，是因為我們沒有立即性的危險。但現在佛萊契死了，所以你不要再跟我說什麼我們沒有危險，史提夫！你敢你試試看！」

「但的確狀況已大致恢復正常，而且……」

「這裡到底有什麼東西正常啦，你不要給我裝傻！都怪你，我們今天才會……」

她沒有把話說完，但意思已經到了。所以終於放大絕了嗎，他想。弄了半天拐彎抹角，就是想酸我這個嘛，反正當其他招都無效，最後就是打他這個痛腳，畢竟不論時間過去多久年，他這個原罪永遠可以被嘴。他知道喬瑟琳吞回去的那一整句：都怪你，我們才會住在這裡，所以你給我想辦法去。史提夫覺得有被打到，他感覺自己就像一頭撞上了一片看不見的玻璃帷幕。現在還問這個問題嗎？他們夫妻琴瑟和鳴地共同走過這麼多個年頭，卻還是得讓這問題動不動就跳出來讓他們話不投機到這種地步？有大石頭也好，沒大石頭也罷，他們總歸是為了史提夫的生涯而搬來黑泉，而喬瑟琳的前程則遭到犧牲。這是個已經埋藏了十五年的舊傷——埋在後院一個洞裡，就像佛萊契一樣，他茫茫然地這麼想。不過有的時候，埋下去的東西也會重新爬出……因為有些東西埋得了一時，埋不了一世。

她讀取到了史提夫臉上的憤怒，碰了碰他的手臂，但他不但向後退了開來，而且還反過來抓住了她的手腕。「妳別忘了，」他說，「反對懷第二胎的人是我。要是妳覺得他們現在長歪了，請記住有二分之一是妳自找的。」

當然，史提夫這麼說很不公平；當然，他根本不應該這麼說。喬瑟琳的嘴唇抖動了一下，然後她掙脫了丈夫，隻字未發地去到了廚房。史提夫被一個人晾在飯廳，那是一種非常有感的拋棄。

天啊，我怎麼會天真地以為一切都還好好的？他心想。凱薩琳，妳到底把我的家怎麼了？

廚房傳來壓抑的哭聲，然後是烤箱裡有烤盤的匡啷聲。沒隔多久，糕餅烤焦的味道就瀰漫到家裡的每個角落。史提夫閉上了眼睛，只聽見喬瑟琳大手大腳地把失敗的鹹派倒進垃圾桶裡，烤派用的容器則丟進了洗碗槽，發出金屬的碰撞聲。頂著張掛著淚痕的臉，她推開擋路的史提夫，去到了樓上。史提夫進了廚房，望進垃圾桶裡。鹹派的邊緣已經已經屍骨無存，但中心的部分看來還相當完整。他小心地把救回來的部分滑到盤子上，像外科醫生似地切除了燒焦的部分，然後用鋁箔包好，置於流理臺上。接著他去到屋外。他發現自己習慣性地想要去掛勾處拿佛萊契的牽繩，但也這才想起自己昨天已經將之連同狗狗睡覺的籃子，一起收進了儲藏室。

他手插在口袋裡，加快了步伐，直直地闖進了呼嘯的風中，任由寒風麻木了他的顴骨。他穿過了高爾夫球場，然後又接連走了幾英里，通過了圈住西點軍校的高聳圍籬，一步步拉開了與黑泉鎮的距離。操，也許喬瑟琳說的沒錯——也許他裝沒事裝得太快了。他認真地回想兩天前的晚上，他們究竟是如何地鬼迷心竅，才會覺得聽到了佛萊契在叫——即便只是短短的一兩分鐘。什麼鬼，當然；他當然拒絕接受這是真相。那感覺如今已十分遙遠，而模糊，就像他在林中發現佛萊契屍體時那種席捲他全身的寒意，或是當他破壞了精靈戒指時的感覺。那些都是很不理性，很不像他的瞬間。他感覺很蠢，很難堪。埋了的東西就是埋了，他想。那就是一切的結局。

但或許家中其他成員不覺得蠢。而且不論他多麼不願意承認，多麼覺得受傷，但這不就等於一切真的都是他的錯嗎？

我後來慢慢覺得女巫之事是子虛烏有，所以只把這當成一種平衡練習在做。

史提夫決定盡快找機會跟泰勒好好聊聊。

家裡的低氣壓維持了一整晚，但起碼喬瑟琳跟麥特吃了一點鹹派。泰勒連一樓都沒有下來過，只咕噥著說有考試要準備，所以想一個人靜一靜。那天夜裡，喬瑟琳跟史提夫各自按習慣躺在左右兩側的大床上，沒有說出的話語在他們之間隔空震盪。他先是失眠了好一會兒，惟最終還是被疲累帶入了夢鄉。

隔天起來在早餐桌上，喬瑟琳說：「看今天下午騎完以後，我看狀況會把馬兒帶回來。你說的可能也沒錯啦。牠們應該不會有事了。」

史提夫點了點頭，內心像是放下了顆石頭。「妳要我開拖車過去嗎？」

她搖了搖頭。「麥特跟我可以搞定。」

對話到這裡就無以為繼了，但這起碼是個好的開始，他並不想逼喬瑟琳做任何事。他們這兩口子之間很少長期冷戰，但這次的狀況真的比較特殊，比較敏感，也比較需要謹慎對待。他白天在大學裡思考了一下，而下午當他人在後院耙著樹葉時，史提夫突然產生了一個結論是他們過得其實不算糟。喬瑟琳跟麥特在車道上把拖車鉤上車子。史提夫深吸了一口秋天的冷空氣到肺裡——這天是那種典型的十一月天氣，冬天的第一道氣息在若有似無中慢慢靠近——然後用鎮上一定有人過得比他們糟很多的念頭來安慰自己。

當一身馬術裝扮的喬瑟琳來到屋外對他大喊，他還在後院沒有忙完。「史提夫！」她用緊張的聲音叫著。「史提夫，快來！」

他朝樹葉堆中扔下了耙子，跑向了廚房的門。「泰勒好像不太對勁。」她說。「他一直沒反應……我叫他都不理。」

她把史提夫帶到客廳。泰勒坐在暮光中的沙發上，縮著的兩條腿緊靠著身體。史提夫花了不到三秒，就做出了診斷：這孩子看來是即將陷入或已經進入精神病發作的狀態。他裸露而蜷曲著的腳趾呈現痙攣，其他看到的就是頭髮蓬亂、指節發白，張大著失焦的眼睛望著不知名的遠方。那雙眼睛，史提夫不會陌生，他在努力想讓自己與現實脫鉤的精神病患身上，曾看過那種眼神。那種表情的主人，都正在從光明進入黑暗，而史提夫只能強壓著不讓令他軟腳的恐懼爆發出來。

他面對著泰勒以膝蓋著地，兩手搭上了泰勒的左右肩膀。「嘿，泰勒，看著我……」他微微地搖晃起泰勒，希望兒子能從呆滯中甦醒括來，但泰勒卻毫無時間差地配合起史提夫的搖動，而這也讓史提夫更加緊張了起來。他原本以為泰勒的身體會跟手指腳趾一樣僵硬，而有抗拒是好事，因為抗拒代表人有意識。但泰勒的身體感覺就像塞著稻草的娃娃一樣。史提夫把手放在泰勒脖子後面，用力用拇指跟食指掐住他的脊椎。

「他是怎麼了？」喬瑟琳不知所措地問道。她也在泰勒身側跪了下來。麥特從開啟的法式門後跳了出來，一臉驚恐地看著三人。

「驚嚇過度。」史提夫說。「拿些水來，喬瑟琳。」

喬瑟琳按照吩咐跑去取水，史提夫於是在兒子旁邊的沙發上坐了下來。他將泰勒擁入懷中，然後輕輕地前後搖動。泰勒發冷的身體感覺濕濕黏黏。「嘿，兒子，沒事的，不會有事的。」他重複碎碎念著，活像那句話是句咒語似的。不過心裡他其實正咒罵著自個兒：從馬兒正要發瘋之前，勞勃．葛林姆逼問泰勒的時候，他就知道事情不妙了。泰勒當時的眼神已經透露出端倪，他為什麼沒有努力把事情追問出來？白癡。「你這是在演哪一齣啊，乖兒子？你嚇壞我們了。」他把兒子抱得更緊了些。「這裡有我陪著你，泰勒。天塌下來有我陪你。不會有事的。」

最終皇天不負苦心人，史提夫的堅持終於產生了效果。泰勒的肩膀開始在史提夫的懷中抖動。他臉上那種脫窗而失神的表情，慢慢出現了融冰的跡象。他的嘴唇開始發起顫來，從中慢慢能聽得到小小聲，悶在嘴裡的呻吟。他的眼睛慢慢睜開，而且有了濕潤的感覺。他的手在晃動中舉起，然後又無力地垂了下去。

喬瑟琳把帶回來的一杯水跟條毛巾，放在了父子倆面前的一張矮凳上。史提夫沒什麼太大的反應，因為幾乎在那同一瞬間，泰勒抬起頭看著他，露出了悲慘與絕望交織出的脆弱表情，而那也讓史提夫的內心倏地注滿了令其迷醉的親情，以及一種辛酸無比的悔意。

「聽著，喬瑟琳，妳不是要跟麥特去騎馬嗎？」

「可是泰勒現在這樣我怎麼去……他會好起來的吧？」

「他不會有事的。我覺得我跟他需要一點兩人時間，現在。」

他用眼神傳達的默契，喬瑟琳接收到了。「來吧，麥特，我們出發吧。」語畢她領著麥特出了客廳。接著她關上了身後的法式門，鎮壓住了麥特的激烈抗議聲。母子倆一起出了廚房門之後，屋內的一切便安靜了下來。

好，寶貝兒子，只剩我們倆了，史提夫心想。這是一個頗為不尋常的瞬間，感覺就像事情達到了某種平衡點。客廳裡的父子倆，終於得以獨處：他跟他的大兒子，他跟他的寶貝。就像兩人都等這一刻等很久了似的——不只是從幾天前那個奇怪的夜晚，泰勒赤腳跟著他去到屋外算起，也甚至不是從十月初他們為了蘿芮的事情爭執算起，而是得從更久，很久很久以前算起。史提夫把兒子深深的黑暗中拉了回來，而他知道等著被攤在陽光下的東西不會很好看，惟無論如何在這個當下，現場最具體的感受仍是山高水深的人性溫情。

他讓泰勒喝了點水。少年抹去了稍微灑在他灰色運動褲上的水，然後默默掉了好一會兒眼淚。史提夫緊摟著他，直到他最後終於比較冷靜了下來。史提夫讓他再喝了點水，然後才試探性地開了口。「你嚇壞了吧，很可怕喔？」

泰勒帶著虛脫而淚濕的雙頰點了點頭。而等他真正能夠講話，時間已經又過了兩分鐘。終於等他稍微振作起來，泰勒的口中滑落三個孱弱而無助的字眼：「爸，救我。」

史提夫在內心發誓只要能救兒子，要他做什麼都可以，真的，什麼都可以。

一個小時之後，就在算算時間，喬瑟琳跟麥特該帶著兩匹馬跟一堆問題回來的時候，史提夫跟泰勒開著家裡的豐田出了黑泉鎮。他們先是走二九三號公路，然後轉南北向的9W國道穿越起黑岩森林。他們一越過隘口，下降到谷地中，一種感覺就襲上了史提夫的心頭，那就是他們來到了禁地，為此他不得不壓抑著內心一直想看後照鏡，好確定認自己沒有被跟蹤的心情。這麼想很荒謬，沒錯，但他就是忍不住會這麼想，甩也甩不掉。

他們整趟路上都靜悄悄地，一個字都沒講。

他們沿著哈德遜河行駛，進入了紐堡，最後是把車停在了華盛頓總部遺址[23]處不遠處，然後在那兒的鬧區找了間顧客很少，陰暗角落很多的酒吧。史提夫點了兩杯麥根沙士，然後要了在店內用Wi-Fi上網的密碼。他花了二十分鐘，才把泰勒網站上的一系列報告讀完，影片看完，而他一直看，心情也一路下探——惟這當中也不是沒有他不好說出口的讚嘆。要比駭人的程度，網站上的圖文倒還都沒有他在家裡看過的影像驚悚——還好家裡那些沒有上網，感謝上帝——但退一萬步說，這裡的每篇文章或每段影片，都足以轟轟烈烈地被用作呈堂證供來入人於罪。看完之

23 Washington's Headquarters State Historic Site，別名哈斯布魯克之家（Hasbrouck House）。位於紐約州紐堡，可俯視哈德遜河的此處是喬治·華盛頓在美國獨立戰爭時間的最後幾年，用來調度大陸軍團（Continental Army）作戰的指揮總部。

後，他讓泰勒把所有資料刪到屍骨無存。而那孩子也欣然接受並開始動作。

一邊看著兒子工作，一邊喝著手中的沙士，史提夫突然像被雷打到似地有了一連串的頓悟。你知道自己在玩的遊戲有多危險嗎？你在摧毀證據。更重要的是，你在打臉自己，你在捨棄自己跟喬瑟琳一直那麼強調的道德價值。我希望你清楚自己是在帶著泰勒為了自保，而登出一場他明明是主角的不堪遊戲。

但話說回來，泰勒被懲罰得還不夠嗎？他被逼著目睹光天化日下的暴行，而施暴者就是他所謂的朋友？他必須與自己犯蠢產生的後果面對面。甚至於過去二十四個小時內，他還完成了地獄一日遊。像那樣的精神失常發作，不會是沒有原因的。他甚至鼓不起勇氣去檢查駭克斯的手機應用程式，看看凱薩琳現在在哪兒，他怕黑泉鎮已經遇襲而變成末日現場。史提夫向他保證鎮上沒有任何通報案件，也告訴他女巫在被丟石頭後已回到了日常的模式當中。這些訊息，讓泰勒大鬆了口氣，也讓他緊繃的眼神整個潰堤。

「這件事我得報上去，你可以理解吧？」史提夫最後用這麼一句話，打破了泰勒在交代了自身經歷後，兩人之間那段漫長而有如酷刑的沉默。

泰勒緩緩點了點頭，看得出恐懼還在。

「情勢已經不是普通的糟。你的朋友再繼續這樣暴走下去，恐怕會鬧出人命了。那責任我負不起。」

泰勒說他了解。

「你沒有做錯什麼，好嗎？是那個叫傑登的真的太失控了——他需要專業的治療。怎麼能讓他再這樣繼續胡鬧下去。」說到這裡，史提夫意會到他這話主要是說給自己聽的，他想說服自己接受一個慢慢從他腦中浮現的計畫。他在三分懷疑七分確定裡搖著頭。「不，不是你的錯。」

「我只是搞不懂。」泰勒說。「我是說，布拉克在這當中的角色。傑登是個神經病就算了，賈斯汀天生是個渾蛋，但布拉克……布拉克以前還蠻酷的啊。」

「這個嘛，他理智終於斷線了吧。」史提夫話說得比自己預想的重。「黑泉生活對某些人的影響，你又不是不知道。」

但這說法泰勒似乎並不買單。他最終抬起頭看著自己的父親。「我有點擔心他接下來會出什麼事情。」

事實上，史提夫更擔心他們每一個男生接下來會發生什麼事情。事情一定不會就此風平浪靜，這點非常確定。他們把緊急命令的每一條都違反完了；他們先是造成了佛萊契的死亡，而佛萊契的死又危害到黑泉鎮每個人的生活。或許要讓他們認清自己亂來到什麼程度，真的需要肚兜鎮等級的震撼教育……雖然在他內心中的內心，史提夫擔心的是事情不會到肚兜鎮就完了。泰勒光是在這當中的角色定位，就足以被送進肚兜鎮，更別說丟石頭的畫面哪怕稍微處理得不夠小心，民眾就算揭竿而起也不足為奇。

一股寒意瞬間揪住了他。那些該死的白癡為他們幹的蠢事負起全責，只能說是剛好而已。但泰勒是想實踐自己的理想才做這些事情。他該為了太有理想而被處罰嗎？史提夫突然變得口乾舌燥，因為他發現自己憶起了許多年前當喬瑟琳懷第一胎的時候，自己在泰國海灘平房裡面曾莫名想自我了斷的事情。肚兜鎮大抵就是那麼回事吧。然後他想起泰勒用脆弱的眼光哀求著他：爸，救我。

史提夫稍早已經做成了決定。但如今，當兒子在一旁摧毀數個月累積出的成果時，史提夫仍忍不住覺得他們是在葬送一個可以真正帶來進步的絕佳契機——或其實是在把黑泉鎮一口氣送回到十七世紀——一股揮之不去的懷疑啃噬在他心裡，他懷疑自己是不是真的在做正確的事情。

「好了，完成了。」泰勒說。

「都砍光了嗎？」

「嗯。」

「全部？」史提夫不厭其煩地確認。

「嗯，所有的內容都刪除掉了，連結的網址也廢除了。」

「所以怎麼都救不回來了嗎？」

「那到不一定。網址會被隔離保留三十天，以免我突然想要恢復網址或什麼的。但網域登記是匿名的，所以沒有人能看到跟我有關的細節。除非有公權力的介入。」泰勒動搖了一下。「你說，他們應該不會把事情做到這麼絕……吧？」

很難說喔，史提夫心想。萬一他們把西點軍校給拖下水呢？不過即便是那樣，泰勒也應該不至於被抓起來，他想。傑登若被捕，他一定會供出泰勒，這一點應該無庸置疑。也許另外兩個人也會跟他一鼻孔出氣，但對於三人是泰勒計畫成員的事情，他們倒可能有志一同地裝聾作啞，畢竟事情爆出來，他們也得吃不完兜著走。所以總結起來，泰勒面對的就是個精神不穩定的嫌犯跟他的一面之詞，而這嫌犯是狗急跳牆才會到處牽拖。即便在黑泉鎮，大家也知道人一旦被逼急了，就什麼事都做得出來。

你選的這條路可說是萬分凶險，史提夫，天曉得這會有什麼後果。搞不好你想幫助泰勒，最後卻愈幫愈忙——這你有想過嗎？

去，滾開。要我眼睜睜地送兒子去肚兜鎮，除非我死。

「所以，他們會有什麼辦法可以揭開這段歷史嗎？」他問。「我是不懂啦，比方說透過自動備份或類似的功能？」

「除非他們找上麥克吧。」

「麥克是誰？」

「我同學。住在高地瀑布的同學。他會架站，也有自己的伺服器。他讓我把網站放在他的伺服器上，代價是啤酒一箱。」

「所以你讓外面的人……」

泰勒聳了聳肩。「他哪會無聊到去看那些東西？他以為他幫忙存的是我上傳YouTube來記錄生活的私人Vlog，而這一開始也是實情，畢竟我拍片的初衷就是當成日記。反正聽我這麼形容，他就不會有興趣去偷看了。」

史提夫閉上了眼睛深呼吸。等再睜開眼睛，他看到的是泰勒用拇指點擊著掌上的手機。「你這是幹什麼？」

「我在傳簡訊給他。我太了解這個人了。啤酒多送一箱，他今天就幫你把備份刪光光。」

這之後，史提夫跟泰勒清掉了筆電與蘋果手機上的網頁瀏覽紀錄、砍掉了所有的文字對話紀錄，還刪除了一整個檔案夾，裡面是一支支跟OYE或多或少能沾上點邊的影片與Word文件檔。GoPro的記憶卡是壓軸。最後只有傑登三人丟石頭的影片被留在了他的桌電硬碟裡。

史提夫揉了揉臉頰，發出了摩擦聲，然後突然擔心了起來。「其他成員還有資料或相關紀錄存在電腦或手機裡嗎？」

泰勒搖了搖頭。「我們約法三章過只能在鎮外登入。我想大家都是在學校或圖書館這麼做。我們判斷去年上架的iPhone版駭克斯App上有內建的鍵盤側錄器，所以我們決定針對計畫禁用該手機軟體。」

史提夫看著他，一臉茫然，泰勒為此擠出了個無力的笑容。「鍵盤側錄器就像一種軟體，它可以讓你遠距離掌握某臺電腦或手機上的動態。對方每敲一下電腦或手機鍵盤，側錄器都會回傳給你，所以你完全可以知道他們去上了什麼網站，算是抓另一半偷吃的神器。」

「原來如此。所以你確定沒有遺漏什麼了嗎？他們可是會全部查過一遍喔。我希望你別忘了這一點。」

「傑登拍過一張照片是……」他尷尬地撇開了視線，只用手示意那是一種有曲線的東西。

「你知道的，我跟你說過了。你得把這件事告訴他們，爸。真要逮捕傑登的話，他們就得第一時間扣押他的手機。不過據我所知就這樣了。」

那就只能希望你是對的了。「真的就這樣了嗎？」

泰勒想了會兒然後搖起了頭。「啊，等等！」他滿臉通紅地開始搜尋起自己的手機。史提夫有一搭沒一搭地看著泰勒手忙腳亂，然後他發現不得不有點介意地發現兒子在翻找的是他的錄音資料。泰勒點開了其中一個檔案。

「嗯，你覺得我適合知道那是什麼東西嗎？」史提夫問。

泰勒搖了搖頭，對那個檔案投以了懊悔跟反胃的目光，然後拇指點了兩下，那檔案就這樣消失在手機上。

史提夫結了帳，不久父子倆就走在了哈德遜河的邊上，頭縮在被拉高的領子裡，守則插在口袋裡。他們一路漫步經過遊艇的停泊區，抵達了漢彌頓—費許大橋的一支巨大橋墩下。他們在橋底停下了腳步，盯著橋的倒影瞧，那是閃爍在黑水中的一道橋色。東北風拉扯著他們的頭髮跟衣裳，就像在催促著他們返回黑泉一樣，但同時間河水卻愈流愈遠，遠離著包圍他們的黑暗。流過市區之後，哈德遜河會注入到紐約灣，然後下一站就是更東方的大西洋，那兒的曙光永遠都會比他們來自的山上更早照亮。

「明天，你去跟勞倫斯談談。」史提夫說。那是最後一道拼圖，只要這一塊拼得起來，那他們總歸還有一絲生機。「你信得過勞倫斯，對吧？你要跟他說我們今天做了什麼，然後不論發生什麼事情，都請他把嘴巴閉緊，跟我們口徑一致。你要讓他明白一件事情，那就是他在這件事裡想全身而退，這麼做是唯一的機會。要是傑登亂咬，他們就會來問你們兩個，你覺得勞倫斯頂得住嗎？」

泰勒聳了聳肩膀。

「還有你，你頂得住嗎？」

他緩緩地點了點頭。他看起來，就像個死刑定讞的囚犯被問說走到斷頭臺的路上會不會腿軟。史提夫一把手臂摟住他的肩膀，就感到一道震動從泰勒的體內傳來。

「這些事可以是個秘密。」他說。「你知我知就行。」

泰勒用黑眼圈裡的眼睛看著一艘砂石駁船緩緩順流而下，引擎聲在轟隆隆中顯得有點溫吞。史提夫知道泰勒不只是害怕，他同時還深受罪惡感所苦。這孩子是個有原則、有品格的人。事實上像泰勒正義感這麼強的人，史提夫認識也沒幾個。萬聖夜的鎮民大會上，泰勒是如何用驕傲的眼神看著自己勇於為理念挺身而出的父親，史提夫記憶猶新。而突然間他意識到自己似乎一個不小心，把一樣他永遠也沒辦法好好面對的重擔，丟到了兒子身上。

他不得不如此，史提夫想，他沒有得選擇。泰勒可能有一陣子得活在陰影裡，但陰影終將過去，世上沒有不會過去的事。

駁船駛過掀起的起伏，傳到了橋墩，白色的浪頭濺在巨石上面。史提夫突然為霎時的猶豫生起自個兒的氣。他保護泰勒是出於愛。為人父母本來就會不計代價去愛孩子、保護孩子。不久前的泰勒不也曾為了部落格問過自己：二選一你要救誰，親生骨肉還是蘇丹的村民？

當然是救親生骨肉啊。愛不就是這麼回事情。

「好。」泰勒終於出了聲。他發著抖，史提夫把他拉了過來，幫他摩擦取暖。

「好，堅強起來，孩子。不會有事的。你有事就太沒天理了。」

「你會跟媽說嗎？」

「不會。」泰勒這麼一提，這個念頭才第一次出現在史提夫的腦海裡，但這確實感覺是他該做的事情。「你知我知就行。」

泰勒點了點頭。「我知道了。」他沉默了幾秒，然後小小聲補了一句，「爸，謝謝你。」

他們站在那裡，看著冰冷的深色河水流過他們。此時此刻，與他的大兒子共處的這個當下，將成為他記憶中永遠的珍藏。突然間他好希望能父子倆一起找艘駁船一躍而上，然後就這樣拋下黑泉，隨著潮流駛出紐約港，奔向新的曙光。曙光的出處，將會是事物得以展現其原貌的地方。一閃而過的既視感，讓他彷彿聽到麥特透著諷刺的笑聲：是啦，爸。所以二選一你要救誰，泰勒？還是我啊？史提夫那天晚上，已經給出了在明顯也沒有了的答案，而泰勒則極為精準地察覺到爸爸很努力在表現得政治正確。但事實是你一旦真心地在兩個孩子之間偏了心，選了邊，你一定會感覺到良心有愧。在紐約醫學院接受過他治療的無數個父親或母親，一個個實際的案例，讓他心知肚明那是一種極其自然的反應，只不過當他不得不直視鏡子裡的自己，那感覺依舊是徹徹底底地尷尬無比。

然而今晚，在突堤碼頭的盡頭，擁著大兒子在他懷中，史提夫一點也不恥於承認這種心情，因為那就是實情。雖然他全心愛著麥特與喬瑟琳，也多半會因為小兒子或妻子出了什麼事而精神崩潰，但泰勒永遠還是排在第一位。

只不過那天晚上躺在床上，懷疑依舊好端端地待在那裡……就像他腦子裡有一盞怎樣都不肯完全熄滅的導引火焰[24]。

喬瑟琳道了歉，她說她不該失控發飆；史提夫也道了歉，他說他不該把話說得那麼難聽。他們倆最近壓力都太大。沒有說出口的指控仍埋藏在那兒，但為了家中的和諧，他們也只能將就一下。兩人在黑暗中共枕，史提夫冷靜地與她分享了泰勒的遭遇——至少是那個他也打算告訴駭克斯的版本。他從來都不是很善於騙老婆，也從來不需要騙老婆什麼，但此刻的他卻行雲流水地說著些真真假假、假假真真的東西給妻子聽，感覺不到太多阻力，而且唯一讓他良心有一些過不去的，竟是他其實不以為意。喬瑟琳十分震驚，並誇了他真厲害，竟能連哄帶騙讓泰勒把這一切都交代出來。她又補了一句道歉，意思是她不該指責他事情處理得爛，但史提夫先用食指按上了她的嘴，然後再用嘴按上了她的嘴。正式綵排有這樣的表現不錯了，他心想，但再聽她這樣繼續道歉下去，他會理智斷線。他們做了愛，而那份愛的純度無庸置疑。至少說起這一塊，他不會從鏡子裡自己的眼神中躲開。

他好長一段時間醒著躺在床上，聽著腦中懷疑之火的嘶嘶聲響。天啊，希望我沒有做錯決定。我真心相信自己的用心沒有不正。但愛是一種會欺瞞人的奇妙力量，而如果說在少數某些力場裡他無法百分百信任自己的理性，那愛在裡面肯定有一席之地。

24 舊式熱水器裡永遠保持微幅燃燒的細小火焰，作用是讓主火焰能在需要時快速點燃，現行家用熱水器中已多遭電池點火取代，只剩在大型鍋爐中仍能看見。

第十八章

哲學家之溪不再流出血液，但黑泉鎮依舊籠罩著鬼影。

鎮上出現了騷動甚至暴動——所幸這些人造反的規模不大，勞勃．葛林姆當機立斷地派警衛進行了鎮壓。一整個星期下來，教堂都加班在做禮拜。關於古老的驅魔儀式，興起了倡議的呼聲。街坊們在坦普山墓園的墓碑上，點起了供養亡者的燭火，同時駭克斯的資訊人員則不眠不休地在處理如潮水般湧進的電子郵件、聊天室諮詢，還有手機App上的問題，大家都想知道更多關於凶兆與末日的情報。所幸上帝庇佑，這些東西還沒有脫離黑泉鎮的邊界，但你也不能肯定這些白癡會突然想到什麼。「果然，馬雅人是對的！」超市店員夏娃．莫杰斯基傳了這麼封電郵給她在安養院工作的朋友，朱貝蒂。夏娃．莫杰斯基是個金魚腦的傻妹，身材不錯但額頭高了些。若上帝要創造胸大無腦的她，葛林姆會很樂意把肋骨提供出來——只不過她關於馬雅人的發言可能會讓葛林姆改變主意，把肋骨搶回來，放回自己的胸部，不論那上頭有沒有連著一個夏娃。

從不知道多久以來的第一次，駭克斯的七個人全部停止輪休，以有如二十四小時超商般的最大能量投入了安撫民眾跟調查凱薩琳為何如此躁動的工作。事實證明，光瘋狂接電話就可以是一件全職的任務。

「末日預言者剛剛又來電了。」華倫．卡斯提歐對著剛巡完溪水回來的葛林姆說，這時是周二下午。

「約翰．布蘭察？這樣他兩天打七通了耶。」

「我知道。我跟他我要掛了，但這瘋子說他想把羊要回去。我問他什麼羊，他跟我說雙頭羊。」

葛林姆拉出一張臭臉。「那隻已經歸檔的醜八怪？」

「他說他想吃了那羊胎來滌淨他一身的罪惡。他說上帝既賜了那羊給他，他便有義務要這麼做來誠心懺悔。我說他如果口味重到能接受福馬林的味道，那就請他自己來取吧，結果他聽不出來我在開玩笑，還打算跟我約時間。」

「啊，又一個在秀我們靈長類的下限。」

雖然駭克斯對現狀有目共睹，全體人員已經繃緊了神經，也加強了管制，同時鎮民之間也有不少人表示同情，甚至主動跑來說要當志工，但批評的聲音永遠不會絕跡，而這當中柯頓．馬瑟斯的意見就挺多。「任命你們，就是要你們避免這類騷動的發生，而我現在橫看豎看，你們都瀆職瀆得很兇。」他以議員的身分在電話上大呼小叫。「我希望你們能做到讓這個小鎮過兩天太平日子，然後別讓該負責任的傢伙逍遙法外。」葛林姆一邊在腦中想像馬瑟斯的胰臟在哪兒，然後把一個巨大腫瘤安上，一邊向馬瑟斯保證他們會窮盡一切不扯上點校的力量來達成議員的期望。話一說完他立馬掛上電話，不讓馬瑟斯有回嘴的空檔。

批評的聲浪不只是由上而下：同一天的晚上，前波波羅賁遊客中心的窗戶玻璃被磚頭砸了個稀巴爛。動手的幾個人——酒後對社會不滿的建築工人——被逮個正著，因此在安非他命教堂的地窖坐了一晚上的牢。

話說此時，馬諦・凱勒已經查出是誰開了那隻孔雀的玩笑：馬瑟斯的鎮議會同僚兼肉舖老闆娘，葛莉賽妲・霍斯特，真沒想到。

「是她？」葛林姆震驚失聲。「真的假的。」

「是真的。」馬諦說。他把自己重建出的監視器畫面，秀給葛林姆看。霍斯特在前一個周日的晚上十點五十八分，離開了自家肉舖，身上很明顯有個藍色的大購物袋，夾在她的腋下。監視器沿老礦工路拍到她的道奇老爺車駛離鎮上，走的是往高地磨坊的方向。午夜十二點二十三分，她回到了自家，把車停在車道上，鬼鬼祟祟進了家門。此時凸出在她購物袋裡的，就是多到滿出來的一大束孔雀羽毛。這種肆無忌憚跟行徑之張狂，讓葛林姆火冒三丈，因為這就像是那老母豬在尋開心，尋到了他們代表的體制頭上一樣。這之後沒過多久，畫面就拍到了正走進林子裡的葛莉賽妲・霍斯特。

「幹，長點腦子好不好！」葛林姆用一種卡在喉嚨裡的聲音咆哮。

馬諦無奈地聳了聳肩。「她大概以為凱薩琳會在天亮前消失，然後孔雀會在被人發現之前變成烤小鳥。」

華倫被這話逗笑了。「但她意外地對霍斯特滿心感激，四處遊行現寶了一個星期。也太搞笑了吧！」

「但為什麼？為什麼是孔雀？」

克萊兒從他們的神秘學圖書館裡借了本哈佛大學出版的參考書，而她用自己的口氣分享了她查到的說明：「對波斯人來講，孔雀是一種永生的象徵，因為他們的觀念是孔雀肉不會腐敗。這當然是鬼扯；孔雀肉應該只是很乾，難以下嚥罷了。我看看……在中世紀，孔雀是一種不祥之兆，因為牠們的叫聲據信會招來降雨——嗯，這點古人倒是對的——另外根據德國占星學與神祕學者帕拉賽爾蘇斯所稱，在不尋常的時分聽到孔雀的叫聲，預示著家族中某名成員兼孔雀主人的死亡。喔，還有，發現孔雀羽毛可以帶來好運，但把這些羽毛留在家中卻非常不吉利。這些資料有用嗎？」

葛林姆似乎不太以為然。「這肉舖的女人我怎麼看，也不像是會講究祭品有什麼象徵性意義的貨色。」

「嗯，也是啦。」華倫呵呵笑了出來。「她笨到連自己的屁股都找不到。你們有人嘗過她的肉派嗎？那玩意兒吃起來就像她拿抽脂手術的針，直接把肥油從她的啤酒肚裡抽出來，然後打到派裡頭。」

「華倫，你豬啊！」克萊兒嚴正抗議。「放尊重一點好嗎？人家的命運已經很悲慘了，嫁了個那樣的老公。」

「確實她遇人不淑。」葛林姆說。「但那也不代表她有權利搞這一齣。」

但那只是開胃菜而已。馬諦與華倫跳進了錄影資料庫，而時間來到星期三晚間，他們已經察覺了葛莉賽妲・霍斯特喜歡躲著監視器去造訪女巫的變態習慣。她有一個不變的模式。每個星期四，風雨無阻，趁凱薩琳人在森林的時候，葛莉賽妲就會在幾輛路邊停車或籬笆的掩護下溜出門來，然後抓著手中的白色塑膠袋，消失在灌木叢中。等大約一個小時候她回來時，手中已經沒了袋子。葛林姆看得一頭霧水。這種事情，他們之前怎麼會沒有發現呢？還有這女的跑去找凱薩琳，又都做了些什麼事情呢？

隔天早上，他們在馬諦身上接了竊聽器，然後派他前去葛莉賽妲的肉舖食堂打探消息，至於葛林姆、華倫、克萊兒等人則留在本部，聚精會神地透過大螢幕監看肉舖內監視器的實況轉播。

「要點什麼？」喇叭裡傳來葛莉賽妲不是很客氣的聲音。

「法式孔雀肉派來個一磅，謝謝。」馬諦說。華倫噗哧笑了出來，葛林姆示意要他惦惦。

葛莉賽妲馬上繃緊了神經，猶疑了起來。「你是說，招牌的霍斯特肉派吧？」

「不，我要法式孔雀肉派。」馬諦說得一本正經。

「我……沒賣這種東西。」

「那一般的孔雀派呢？」

「孔雀肉的東西都沒有。」

「是喔，真是的。」馬諦說。「所以孔雀菲力也沒有囉？」從畫面上來看，葛莉賽妲很顯然是傻住了。「我想說來碰碰運氣，畢竟孔雀肉是凱薩琳的最愛。」

葛莉賽妲稍微鬆了口氣，露出了微笑。「可不是嗎？」她說，那說話的口氣，難道透露的是些微藏不住的自豪？「孔雀肯定合她胃口，不然她怎麼會把它帶在身上那麼久？」

「是啊，不論外頭怎麼說，我還是覺得帶孔雀給她的那個人真的是危機處理專家，所以我們才會也想買隻孔雀。」葛莉賽妲被誇到臉紅了起來，馬諦見機不可失，立刻趁勝追擊。「是這樣，我跟我伴侶會辦凱薩琳的主題之夜，內容大概就是我們會重現女巫的各種舉動。上週末我們選的是把高迪，我們養的吉娃娃，給綁到樹上。我們笑到都快尿褲子了！等等，妳要看張自拍照嗎？」

葛莉賽妲立刻收起了笑容，尷尬也瞬間蒸發，取而代之的是底下原本藏著的那雙金剛怒目。「你這個不知好歹的兔崽子！」她吼了起來。「竟敢拿我的凱薩琳開玩笑！馬上給我滾出去，王八蛋！」她一把從架上抽起一條巨大的義式臘腸，氣沖沖地從櫃臺後面跑了出來，直逼到驚呆著飛奔出門口的馬諦面前，門上的鈴鐺叮叮噹噹地瘋狂作響。「你等著去肚兜鎮吧，這位『先生』！」葛莉賽妲的尖聲在後頭還不肯善罷甘休。「你不要太亂來，小心我去鎮議會檢舉你！葛林姆把你當神童是吧，天才是吧？我會把你的名字查出來！」

她帶著可媲美整艘烏克蘭軍艦的優雅，搖擺地回到了店內，用力甩上了身後的大門。同一時間在控制中心，華倫狼嚎了起來，「奧斯卡最佳女主角！是妳？」

葛林姆還是沒能把葛莉賽妲的可疑行為，連結到狗兒的死跟溪水的冒血事件上，但單單跟女巫糾纏不清，就是大忌，主要是那風險實在難以預計。葛林姆不得不把這事通報給柯頓・馬瑟斯。議員跟他約在其四周有生鏽舊籬笆圍著的鄉間別墅見面，位置在松樹丘的山巔，看上去有科學怪人宅邸的氛圍。聽著報告的這老古董一路把訊息加以吸收，眉頭也一路往下皺，最後他嚇了葛林姆一跳說：「這事兒就算了，勞勃，霍斯特女士本是個很愛操煩的女人，近來身上的壓力也不小。再者，我們還得看她的行為會產生什麼後果，也許事情不會有我們想像的糟糕。」

這話讓葛林姆聽著有點難以置信。「但是她……」

「我很高興你提起這件事。」馬瑟斯把葛林姆當成透明人一樣地接著往下說。「我們也確實得好好盯著霍斯特女士，但暫且我的建議是：讓睡著的狗繼續睡吧。」

勞勃．葛林姆只想當著他的面高喊睡著的狗早就醒超久了好嗎？那些狗早就惡狠狠地亮著嚇人的利齒，橫行在本鎮的大街小巷了好嗎？但他沒有把話說出口，他只是兩手空空地走在回家的路上心想，他罩她是為了羅斯的事吧，這麼骯髒的遊戲他還要玩多久？

這個問題，他馬上在內心聽到了回答：當然是玩到你帶種一點去找他攤牌、給他難看啊。

但葛林姆捨不得他的工作，所以嘴巴也不好太壞。而那天晚間，在風雨稍歇，女巫終於捨得放棄她不知為何愛不釋手的的死孔雀玩具之後，他也覺得這樣挺好，多一事不如少一事。這樣也許違反規定，甚至有點偽善，但就順其自然吧。一切看起來都恢復了正常。沒有人想在延續這個喧騰一時的話題；大家就想要讓焦慮隨風遠離，讓不好的記憶被時間抹去。而這也是葛林姆的希冀。他開始相信自己見證了一個小小的奇蹟：黑泉鎮歷經了凱薩琳帶來的苦難而基本沒有大礙。

他直到週六晚上都是這種心態，直到壞消息咚咚地敲起了門來。

驚呆的駭克斯成員們——包括在場的克萊兒、華倫與葛林姆——聆聽著史提夫．葛蘭特跟彼特．凡德米爾講述他們的故事。負責說話的主要是史提夫，而他們故事中的主角是：傑登．霍斯特——跟他媽一樣猛的肉舖老闆娘之子，他奶奶的——他有系統地在恫嚇跟霸凌女巫，包括用美工刀刺她，還鼓動葛蘭特家的狗狗佛萊契攻擊她。而為了報復佛萊契之死，傑登、賈斯汀．渥克與布拉克．賽爾才主動報名要當駭克斯的志工，他們圖的是能自由接近凱薩琳，而葛林姆也不疑有他。而這一誤判所造成的駭人後果，被記錄在了葛蘭特兒子所拍下的畫面中。

播完片子，現場一片死寂了好一陣子。控制中心裡擁擠的交誼廳，有一種又縮得更小了的感覺，就好像所有的空氣被通通吸光，他們正在窒息前呼吸僅剩的氧氣。葛林姆感覺心臟在沒向他報備的情況下，猛跳了好幾下，然後才回復到正常的節奏。

石刑。喔我的天啊，有好幾格的畫面是他們拿石頭朝她的臉上丟。

突然間，亮如燐火的一個想法，打在了他的心上。他們一個丟不準，就會弄斷她眼皮上的縫線。

克萊兒的下巴一垂，張開了嘴巴，第一個開始說話。「這是什麼時候的事？你剛剛說是星期四下午？」

史提夫點了頭。「這時應該還不到下午四點，因為麥特跟我是四點才回到家。」

克萊兒的眼睛愈睜愈大，而葛林姆一點也不喜歡那藏於其中的表情。「關於時間，你可有辦法更精確一點嗎？」

史提夫轉頭望向蘋果筆電，用兩隻手指點上了影片檔，打開了內容選單。「你看，這裡有寫。檔案建立時間：二〇一二年，十一月八日，星期四，下午三點三十七分。」

「我的老天。」克萊兒用力把手拍上了嘴巴。「那個老太太就是同一時間死的。」

葛林姆不知道她在說些什麼。「誰？」

「芮塔・馬梅爾，蘿絲柏格安養院的一名病人，她星期四下午在打撲克牌時突然中風。主治醫師有點錯愕，因為她原本的狀況還不錯。不過我想說她畢竟是個老人家，突然中風也不算太誇張，所以當下也不以為意。死亡證明書上說她在差一刻四點的時候被宣告急救無效死亡，差一刻四點就是三點四十五分。」

彼特・凡德米爾與史提夫交換了震驚的表情。「這不就是她在六七做過的事情重演嗎？」彼特說。「當年那些醫生想把她嘴巴割開，鎮上三位老人家就中風暴斃。」

華倫知道他想表達什麼。「這麼些年過去，她就像隻被鎖鏈綁住的熊在冬眠，你要是靠得太近……」他自帶音效地鼓了個掌，空洞的聲響讓所有人都嚇了一跳。

就像被鎖鏈綁住的熊在冬眠，葛林姆想得內心打了個寒顫，冬眠醒來後的她……要幹什麼？

「很顯然她在身體或情緒上感覺到強大壓力時，會發出這種不知道是什麼鬼的能量。」華倫說。「而這能量會讓我們當中的弱者……像吉他弦一樣綳斷。」

「如果真是如此，那那些孩子就是害死老太太的兇手。」葛林姆話說得無甚起伏。在刺眼而無情的燈條照射下，這群人看起來面容憔悴而如喪考妣，但又同時間克制著自己的情緒。萬一這消息傳到鎮外去，那可怎麼好？你要是想知道自我控制長得什麼模樣，現在趕緊四下多看兩眼，他心想，以後不知道還看不看得到？

「好。」葛林姆摘下眼鏡，開始擦拭起鏡片。「我們得盡量低調地把這些個混蛋抓起來。沒把他們繩之以法就讓消息走漏出去，局面將會難以收拾。」

「所以你以為人抓了再被知道就會沒事？」彼特不以為然地說。

「還是會出事，但起碼這些熊孩子不會被私刑處理。」

「希望如此。」

葛林姆瞪著他。「你該不會認為……」

「如果消息傳出去說上禮拜的騷動還有史提夫家的一條狗命，外加一名老婦人的猝死，通通是這幾個孩子的鍋，你覺得鎮議會會下什麼決定？馬瑟斯大人一定會堅稱這是他的鎮務，然後打著民主當幌子要大家投票。但這事若不謹慎處理，無政府狀態將會整個炸開。你沒看到外頭大家嚇成什麼樣子嗎？罪魁禍首的身分要是曝光，你覺得他們有什麼事會做不出來。」

華倫的幹勁一下子都來了，臉上像打了光。「所以我們要趕在他們之前，把人抓起來，然後按緊急命令的規定來進行審判。」

「說得好，那緊急命令裡提到恣意造成『鎮上秩序的嚴重威脅』，是怎麼規定的呢？我滿確定對女巫丟石頭符合威脅鎮上秩序的要件。」

「拜託，彼特，什麼緊急命令，也不過就是十八世紀的老骨董，蠢斃了。」葛林姆嗆了一句。

「緊急命令就是這裡的法律，別太不當它一回事。」

「欸，這些話我實在聽不下去。靠北喔，我們是脫離美國獨立了喔。我不知道上一回有事件發生了然後適用緊急命令是猴年馬月，換句話說那些老掉牙的條文跟現代刑法觀念已經極度脫節。有什麼事讓鎮議會去判斷。」

但其他人都在閃避彼此的眼神，並用掩蓋不住的尷尬看著地板。唯一敢開口的人，叫做華倫。「跟石刑比起來，有些人做的事情根本是小巫見大巫，但還是被送去了肚兜鎮。」

「各位，你們也差不多一點好不好！」這麼叫出聲的葛林姆顯然覺得這狀況太扯。他覺得自己被逼到了牆角，而這又讓他更加怒火中燒。「你們不會真的這麼是這種想法吧，大家？我不想自己當法官去給人量刑，因為那是整個鎮議會的權責。但你們別擔心，我們一定會得出合乎主流民意的結論。很抱歉，但我們就是沒辦法對這件事裝聾作啞，他們做的事情一樣樣都是犯罪，這大家可別忘了。誰曉得這些混蛋王八蛋，下次會想出什麼餿主意來？搞不好他們會把她給燒了，畢竟女巫拿來燒，感覺很合理。你要等到那天再來後悔嗎？要知道最近的事情稍微出點差錯，我們搞不好已經全部死光光。」

「這我清楚。」彼特輕聲說道。

然後史提夫開了口。「泰勒跟勞倫斯很怕那夥人，尤其是傑登，更害怕他們被放出來後會怎麼樣。」

「我們還是事情遇到了再來處理吧。」葛林姆說。「我個人認為他們不會那麼快能出來趴趴走。」

「假設你有權力可以視情況請求西點支援，我是說假設啦。」彼特愈問愈顯得認真。「現在似乎是個不錯的時機。如果馬瑟斯希望家醜別外揚，就像羅斯的案子那樣，整個鎮的局面會變得更加一觸即發。我是覺得能讓那壓力釋放一下，引進一點外來監督不見得是壞事。」

葛林姆苦笑了一下。「聽著，我親愛的朋友，這事兒如果辦得到，我現在早就在電話上了。鎮議會已經下令讓我不准讓他們知道上禮拜發生的事情。」

「什麼？」

「因為羅斯的事情。我要是不聽話，就得回家吃自己。」

確實他要是亂來就會被炒魷魚，但事情現在有了這新的爆炸性發展，他似乎也有理由「將在外，君命有所不受」。勞勃．葛林姆說不太出確切的原因，但凡德米爾的話以一種無法言喻的方式打動了他。一個個鎮民正慢慢在失去理智，而要是放任這情況繼續爛下去，這個鎮將永遠找不回過去的平靜。他知道自己多半應該設法把局勢穩定下來，而且要搶在馬瑟斯的命令前做出決斷，只不過這也肯定會壓到馬瑟斯的紅線。葛林姆猜想這老議員還不至於開除他——畢竟這工作他不做，還有誰能做？——但他也沒有十成十的把握就是了。柯頓．馬瑟斯是一種跟濕軟的沼澤地有很多共通點的生命型態：免疫於演化，並會把大大小小的厄運都吸收到腥臭的淵藪裡，永遠不會忘記。

「我不覺得你需要做到那種程度。」史提夫天外飛來一句。彼特吃了一驚，但史提夫聳了聳肩頭。「我是說不出什麼冠冕堂皇的道理，但如果你真的去找了點校，那陣議會一定會追著你跑，釘得你滿頭包。我覺得你比較好的做法還是想辦法讓大家冷靜下來，然後讓鎮議會用用腦子。」

「你說得對。」葛林姆將心中的疑惑掃開，然後一瞬間做出了重大的誤判。「我今晚就通知議會，然後我們會讓那些人渣消失在街上。不會有事的。我們或許是黑泉鎮人，但我們不是禽獸畜生。」

第十九章

葛莉賽妲．霍斯特得出一個結論是她的犧牲代表一項重大的成就。從兒子出生算起，她又一次感覺到什麼叫既驚恐到背脊發涼，又暈陶陶到無以名狀：那是種突破天際的幸福感受，就像在溽暑中吹來一陣微風，也像在花園洋房邊上嗅到紫丁香的感動。只可惜就像一場悲劇，這種幸福只維繫了短短的四天，就因為週六夜她兒子被捕一事而永遠畫下句點。

她的第一個反應是很不受尊重——甚至感覺自己出了個糗。枉費她精心準備了祭品，凱薩琳卻不肯好好配合消失，結果就是犧牲沒辦法好好走完流程。心意被辜負就算了，現在連她的真面目都很可能被揭穿。星期一打烊之後，她有股衝動想要去問問現在到底是怎麼回事，但她最終還是不敢造次，她完全明白自己得如履薄冰。惟到了隔天，等狀況看似她應該可以逃過一劫後，葛莉賽妲的看法又有所改變。凱薩琳之所以緊抓著孔雀不放，是因為她想昭告天下她多麼感激自己的朋友，葛莉賽妲！而遙望眼，君不見淌血的溪水已然癒合。葛莉賽妲開始意會到自己所做的一切，完全可以說是一種英雄的行為。默默地，她開始強烈地沾沾自喜起來，也不著邊際地幻想起來。要是大家知道她做了什麼，肯定會把她扛在肩膀上，在街上接受英雄式的歡呼吧。大家會在以她為名的熱鬧派對上手舞足蹈外加引吭高歌，所有人都會想來一口她的肉派。但話又說回來，葛莉賽妲不圖這些虛名，她一心一意要的是摯愛凱薩琳的榮寵。

時間來到星期六，她站在店內的櫃臺後，心情出奇地好。作為本日限定的特別菜單，她精心製作了「溫熱肉丸佐肉汁」。客人成群湧進店裡，就好像他們心知肚明自己是救世主一樣。別人就算了，就連薛佛太太都熱情地跟她打了招呼，還眼睛眨都不眨地買了兩磅重的後腿牛排。那天晚上，葛莉賽妲躺在床上看著《週六夜現場》，而她配電視的零食除了一整盤德國豬肝腸，還有志得意滿的成就感。打破這完美組合的那一擊，是傳自她家樓下的用力敲門聲。她不能說不驚訝，因為這個時間從來不會有人來訪，而傑登晚餐後就在房間裡搞自閉。

「傑登，去開個門！」她叫了一聲，但沒有得到任何回應，她依舊只聽得到閣樓上震耳欲聾的音響。「傑登！」

帶著想殺人的心情，她套上了拖鞋，就著睡衣來到走廊。她打算去到樓上，好好把傑登給念一頓——她說過多少遍，他跟他朋友的事情就是他的事情，與他媽無關。但樓下的敲門聲再度響起，而且這次又更大聲了，由此她只好邊碎念邊拖著沉重的雙腳走下樓梯，一步步前去應門。她一打開店裡的燈光，門鈴就開始不停地狂響。「來了來了來了，我這不是來了嗎。」她拖著腳步繞過櫃臺，沒好氣地說。「老娘不是十六歲已經很久了，可以嗎！」

編辮窗簾後頭是三個大塊頭。看吧——果然不出她所料，是傑登的朋友。她打開了門鎖，正準備要疾言厲色地說出她備好的開場白——你們這些死孩子就不能打手機找他嗎？——卻在最後一刻發現這臺詞派不上用場，因為出現在她眼前的是急件粉刷店的雷．達洛跟喬．拉姆齊，外加席奧．史戴豪斯，深洞路上的修車店老闆，傑登去年暑假在他那兒打過一份超瞎的工，超瞎是傑登親口形容。這三個渾身男性賀爾蒙的彪形大漢就像吹膨的氣球，隨時都會破，而她這也才注意到他們身後還有一個矮了兩顆頭，被大衣包得密不透風的柯頓．馬瑟斯。雷．達洛的雪弗蘭在一段距離外怠轉，燈都沒關暗。

葛莉賽妲略的眼神，略顯慌亂地在幾張男性臉孔間流轉。「幾位有何貴幹？」

「傑登在家？」達洛突然有此一問。

「他這次又闖了什麼禍？」她帶著疑惑，轉頭看了一眼，而幾個男人就抓準這個機會，從她身邊擠進入了店內。「嘿，你們幾個想幹什麼！柯頓，這是怎麼回事？」

議員帶著張因為憤怒而扭曲的面容，看了她一眼。葛莉賽妲突然興起滿心的恐懼，熾烈的恐懼。「這幾位執法人員是要來逮捕傑登歸案，葛莉賽妲，妳聰明的話就不要妨礙公務。」

「逮捕？憑什麼？」

柯頓以外的三個男人當她是透明人一樣繞過櫃臺，進入了葛莉賽妲舒適的私宅。「嘿，給我回來！這裡是我家！傑登！」

柯頓．馬瑟斯把手放到了她的手臂上，並叫起她的名字，一個音節一個音節地叫她的名字，但葛莉賽妲在一時激動中轉動身體，朝厚顏無恥地開始爬起階梯的三名入侵者追了上去。像這樣說抓人就抓人，他們不可以這麼做吧，可以嗎？但仔細一想，葛莉賽妲赫然意會只要是情勢所需，他們還真的可以這麼做。黑泉鎮的在地警力，不過是在駭克斯成員的監管下，一群志願參加的義警，但凡鎮內的事物都可以調動他們。關於逮捕事宜並無明文規定，所以實務上往往是個案處理，隨機應變，也就是想到哪兒做到哪兒。但要是想抗議警察未持搜索票就擅闖民宅，她又能找誰呢？畢竟那個有權力的人，現在就在樓下店裡站著、等著。

拉姆齊、史戴豪斯、達洛跟隨音樂聲，直奔閣樓而去。帶頭的人把門用力撞開，門板砸到了牆上，發出撼動整棟屋子的聲響。氣喘吁吁的葛莉賽妲緊跟其後，然後只見原本在床上用筆電打電動的傑登，猛然坐了起來。

「傑登．霍斯特，我們現在要逮捕你，罪名是違反緊急命令裡他媽的幾乎每一條規定。」雷．達洛說。他幾乎是用怒吼的在說話，而這也讓葛莉賽妲第一次發現這些男人不光是鍾情於工作，他們是發自內心地怒氣沖沖。「你有權保持緘默，但請律師就別做夢了，你這個蠢貨兼小王八蛋。」接著超大一聲，被他丟出去的傑登書桌撞到了地板上。

「你瘋了嗎？」葛莉賽妲驚呼。她揪住了達洛的袖子，但達洛手臂輕輕一扭就順利掙脫。

「這是在演哪齣？」傑登話說得結結巴巴。他轉頭向葛莉賽妲求助。「媽……」

「你是哪門子的神經病啊？」席奧．史戴豪斯用氣到發白的嘴唇問出這個不是問題的問題。他走近傑登，一把抓住他的手臂，手指用力到都快要跟少年的皮膚融為一體了。「我怎麼會雇了像你這種人！你去你媽的坐在我家裡面，跟我老婆小孩一起吃午飯，而且還不只一天，是天天！」

「席奧，大哥，你別衝動。這是怎麼回事？」

「衝動的是你！」他的嘶吼讓傑登本能向後一縮。「沒有石頭可丟就兇不起來了嗎，蛤？」

傑登舉起了兩隻手掌。「聽著，那只是在鬧著玩而已，我們沒想要惹事。」

「鬧著玩？我來給你示範一下什麼叫鬧著玩。」他身手俐落地抓住傑登的手腕一轉，將他的手臂翻到背後，然後就聽見傑登腰身向前一彎，痛到叫了出來。

「別這樣！」葛莉賽妲太喊，但達洛用像鋼纜的手指攔住了她。「雷，你馬上把你為什麼這麼做跟這是怎麼回事，給我交代清楚，不然這輩子我都不賣你最愛的牛絞肉給你了！」

「不好意思，霍斯特太太，我們是奉命行事。」

「怎麼這麼見外，你們平常不是都叫我葛莉賽妲？」

但達洛只是粗暴地把她推到一邊，然後抓住了傑登另一隻手臂。「你得跟我走。」他用命令的口氣說。也不管葛莉賽妲就在旁邊，他們把傑登拖出了房間。拉姆齊抓起傑登留在床上的筆電，扯下牆上的變壓器，然後整個夾在了他的腋下。

「慢著！」葛莉賽妲大喊。撐著樓梯扶手，她跟在三大一小的屁股後面朝樓下移動，心跳快得跟瘋子一樣，呼吸也像田徑選手似地上氣不接下氣。但她沒有停下腳步，因為她不假裝沒聽到兒子驚恐的呼救。而來到最後一段階梯時，她正好瞧見達洛用力出拳打在傑登的背上，失去平衡的傑登於是飛越了最後幾步階梯，一頭栽在通往自家店鋪的門徑上，血也從鼻孔冒了出來。在盲目的暴怒中，葛莉賽妲撲向了她前方的男人，拉姆齊，但拉姆齊及時抓住了扶手，因此雖然葛莉賽妲的分量不輕，但她仍感覺像是撞上了牆壁。

「別傷了他，你們這些畜生！」她泣訴著。「別用髒手碰我兒子！」

臉朝下躺在地上的傑登，開始在褲子口袋中摸索手機的位置，但席奧．史戴豪斯一腳把皮靴踩上了傑登的手腕，痛到他叫了出來。車行老闆搶過了傑登的手機，塞進自己的大衣口袋裡。

「王八蛋！」傑登哭喊著。「我也有我的人權，你不知道嗎！」

「現在開始沒了。」史岱豪斯說。

他使勁朝傑登背上凹進去的地方，狠狠踢了一腳，傑登身體折成兩半，嘔出口水的咳嗽聲接連不斷，而那一瞬間，葛莉賽妲眼裡看到的只有吉姆；那一瞬間，她眼裡只能看到死去的丈夫在狠踹她的兒子，她的視野開始滿布象徵瘋狂的紅霧。

「夠了！」議員的命令以雷霆萬鈞之勢，蓋過了現場各種嘈雜的噪音。「年輕人，起來。」

戴著因為痛苦而扭曲的面容，傑登慢慢爬起身來攀住了門柱，但至少他沒有去扶逮捕三人組，只靠自己就重新恢復了站姿。此時負了傷的手腕被他壓在胸口，而正滴著血的是他的上嘴唇。含著淚水的眼眶裡是一雙被病態的仇恨所覆蓋的眼睛，而他就用這樣的眼睛抬起頭來，瞅著柯頓．馬瑟斯的鐵面。

「年輕的霍斯特先生，我現在以上帝之名逮捕你，罪名是以不符比例原則的行為，再三地漠視並嚴重違反緊急命令，包括對凱薩琳．凡．懷勒施以石刑，並惡劣地危害到黑泉鎮居民將近三千條人命。願你的靈魂獲上帝憐憫。」

達洛與史戴豪斯於是再次抓住傑登，並拖他繞過了櫃臺。「媽，他們怎麼對我的，妳都看到了！」他喊著。「去跟所有人講！她是你們毆打我的目擊者，王八蛋。你們不要以為自己可以沒事！」

但葛莉賽妲聽不太到他在說啥。事實上她的思緒陷入了一片混亂，所有事情都糊成一片。她唯一有聽進腦子裡的一句話是：對凱薩琳·凡·懷勒施以石刑。一聽到這幾個字眼，她的大腦就清晰可聞地發出一聲喀噠，然後整個當機。對凱薩琳·凡·懷勒施以石刑……對凱薩琳·凡·懷勒施以石刑，石刑，石刑……

「別傷害他。」她嘴上繼續這麼說，但愈來愈猶豫的語氣，讓這句話從原本的祈使句，幾乎變成了一個疑問句……

嗯，我的天啊，他剛剛是不是有提到**石刑**？

「我的老天爺，柯頓，他都幹了些什麼？」

就在另外三人把傑登帶走的同時，議員告訴了她傑登所犯事項的懶人包，但這就夠了。葛莉賽妲的思緒開始如自由落體般，瘋狂地扭曲、翻騰、急墜。「職責所在，我必須把真相親口告訴妳，畢竟妳是他的母親，葛莉賽妲，但我今天並不是以議員的身分過來。我們已經決定比較好的做法，是妳能……」

但葛莉賽妲又一次沒有在聽；她開始過度換氣，並在腦子裡與凱薩琳相聚，但她此時懷抱的不是想跟女巫和解的慾望——嗯，發生這種事，和解恐怕早已絕望了吧？——她只單純地想要用自己的眼淚去幫女巫洗腳。她笨拙而重心不穩地朝帽架踏出了一步。

「葛莉賽妲，妳在幹嘛？」柯頓·馬瑟斯輕聲問道。

「我得……」去看她，她差一點說溜嘴。「我得陪他過去啊，不然呢。」

「妳哪兒都不准去。」

「但是我……」

馬瑟斯兩手並用地抓住葛莉賽妲，輕柔中不失堅定地推著她靠上櫃臺後方的那一面牆。她感覺到他伸也伸不直而染有痛風的右手，滑落到她的胸部之上。她嗅得到他的呼吸，那沉重、而充滿穿透力的掠食者氣息，然後她發出濕潤的啵一聲，閉上了嘴唇。

「乖，我跟妳是一國的，葛莉賽妲。這妳不會不曉得吧？」

「嗯……」

「那就好，相信我就是。」

「但是那個——」

「別說了，葛莉賽妲。相信我，妳相信我嗎？」

「我相信你……」

「我說什麼，妳就跟著我說什麼。可以嗎？」

「好。」

「那聽好了。我，葛莉賽妲．霍斯特……」

「我，葛莉賽妲．霍斯特……」

「自願辭去鎮議員一職……」

她百般不解地看著他。「你說什麼？」

「自願辭去鎮議員……」他用貼在她胸部上的手，用力捏了下去，讓人感到既痛苦，又殘酷。「快說，葛莉賽妲。我要聽妳說。自願辭去鎮議員一職……」

她開始有種恐怖的感覺，並開始想要掙脫他的掌握，但這樣的嘗試徒勞無功。「但，為什麼？」

「因為我知道，葛莉賽妲。」議員誠懇的口氣裡帶著哀傷。「我知道妳一直跟女巫暗通款曲，就連孔雀都是妳送她的。我知道妳定期會去找她；我什麼都知道，而我不想讓妳公開受審，但我對上帝發誓妳要是不自願離職，我也只能被逼著那麼做。現在跟我著我念：我在此自願辭去鎮議員一職……」

她臉緋紅到一個不行，並對他睜著充滿罪惡感的大眼睛。「柯頓，我……」

「快念！」老議員突然像是掀了蓋，瘋也似地怒吼起來，令人暈眩的寒意有如震波，在葛莉賽妲的全身傳開。「跟著唸，葛莉賽妲！快念！我，葛莉賽妲．霍斯特，自願辭去鎮議員一職！」

「自願辭去鎮議員一職。」她嗚咽著把自己縮了起來。卸下其知所進退而有所不為的面具以後，馬瑟斯的臉變得像是張由筋腱跟皺紋交織而成，令人生厭的蜘蛛網。這活脫脫，是個毫不昏聵的危險老年。

「並且我不會以任何方式阻撓調查的進行……」

「我不會以任何方式阻撓調查……喔，柯頓，你弄痛我了。」

「也不會在任何狀況下接近女巫，沒有例外。」

「你不懂……」

「快念！」熾烈的疼痛從她的乳頭傳來，馬瑟斯的手勁還真不一般。

「我再也不會在任何狀況下接近女巫！」

議員終於稍顯放鬆，臉色也恢復了常態，就好像他皮膚下面有一層烏雲散了開。「非常好，葛莉賽妲。也願你上帝憐憫於你。」

之後他理了理自己的大衣，未再發一語地走出門去。精緻的門鈴一如往常，盡責地發出了歡樂的聲響。葛莉賽妲一屁股攤坐在地上，眼水往下淌。

傑登被捕後，葛莉賽妲的生活中出現了一個無可名狀的過場，她開始幾近病態地想把東西弄乾淨，首先是她自己，然後是店裡。她徹底而無止盡地刷洗自己跟店裡，是寄望身體與靈魂上的汙穢可以一併被洗去。但她一邊動作，一邊恍恍惚惚地像身在夢中，就好像靈魂出竅後飄在空中，超越了肉體，俯視著肉體，然後化身為一顆氣球，裡裝著一幅又一幅十足費解，彷彿出自熱病病人昏睡中的夢魘：柯頓．馬瑟斯腳踹著傑登一動不動的屍體；得知葛莉賽妲的所作所為後，面容茫然而空洞的鎮民朝她丟起石頭（而不是丟給她實至名歸的獎章）；馬瑟斯的雙手放在她的胸部上，猥褻的呼吸噴在她脖子上。

喔，凱薩琳，我這是怎麼了，我要瘋了。

她顫抖著想起老議員毛手毛腳摸上來的觸感，不知為何遠比亞瑟．羅斯碰她還更加反感。說起羅斯，那只是單純的肉慾，她可以想辦法把靈肉分開處理。但換成柯頓．馬瑟斯捏她的胸部，她可以從他臉上看到那種屬於判官，令人反胃的專注感，那感覺就像她透過一道深不見底的裂隙，望進了離現在好久好久，遙遠的過去。

我跟妳是一國的，葛莉賽妲。

但葛莉賽妲不是三歲小孩，她知道沒有誰跟自己同國，柯頓．馬瑟斯如此、傑登如此、當然吃她肉派的一個個鎮民也當然如此。唯一對她不離不棄，跟她真正同國的，只有凱薩琳。但就連這一點，現在也變了。那天晚上她每一次睡下去，同一幅畫面都會出現在她眼前：凱薩琳在深洞路上走過來，晃過去，像掠食者一樣嗅著空氣，也用瞎掉的眼睛搜尋著葛莉賽妲的蹤跡，因為她正是拿石頭丟凱薩琳的犯人母親。正是葛莉賽妲的親生骨肉，將孔雀從凱薩琳身邊奪走。一次次，葛莉賽妲從夢中驚醒，然後感覺到自己在冷汗中發寒的身體。她輾轉反側了一整夜，擺盪於兩個極端之間：若想把欠凱薩琳的還清，她就得繼續對女巫沒有二心，但要是想讓兒子不受傷害，她就得跟凱薩琳對著幹。

星期天天一亮，她就撥了電話給鎮公所，但沒有人接。她試著直接打給馬瑟斯，但也隔空碰了一鼻子灰，一如她所想見。在駭克斯那邊，她倒是聯繫上了葛林姆，而他有點勉強地在電話上告訴葛莉賽妲，說是傑登已經接受過偵訊，目前關押在肚兜鎮的單人房中等候受審，就跟他的兩個朋友一樣。葛林姆最後補充說傑登已經成年，這點與其同夥不同，所以他其實沒有義務跟葛莉賽妲報告什麼。

「請不要傷害他，勞勃。」她拜託起了葛林姆。「不論他做了什麼，也不論你怎麼看我，都請你不要傷害我的兒子。」

「當然。」他感覺不太想說廢話。「我們對所有人都是一視同仁。」

「他們在逮捕傑登的時候把他推下樓梯，而且還用力踹他。」

電話中突然靜了下來；葛林姆需要時間讓聲音不要有所起伏。「果真如此我很遺憾，那種事情不該發生。」

不該發生，但就是發生了，而且那還只是開胃菜。有人動用石刑的消息像病毒一樣，在黑泉鎮傳了出去，而且經由的不是道聽塗說的耳語，而是齜牙咧嘴的嘶喊。一夕之間，原本小心翼翼被壓抑住的恐懼捲土重來，而這恐懼的陰影裡挾帶驚慌、憤怒與各種影射，就像時間被調回了一週前一樣。想起以為危險已經過去的天真爛漫，此時的氣憤便更加讓人心煩意亂，恐懼則更加使人無法動彈。

從她的臥室窗戶向外望，葛莉賽妲偷瞄著廣場。她看到人群聚集在安非他命教堂與沉默男子酒館的前方。時不時這些人會呼口號來搧風點火，而隔沒多久，就有人開始敲打食堂的窗戶。而在滿是憤怒的喊聲中，葛莉賽妲嘗試分辨出平常一向相當善待她的鎮民在說些什麼。她躲藏在窗簾後頭，焦急地等待風頭過去，鎮民可以別再如此歇斯底里，但黃昏一降臨，深色的煙雲就可以見著從西方升起，而消防車的警笛聲也開始狂鳴。有人準備了一整箱空的啤酒瓶，裡頭裝滿汽油，然後把這傢伙丟進了傑登那個土耳其朋友家的窗中——就是那個布蘭——讓整間房子燒了起來。那家人去接受偵訊而逃過了一劫，但他們家樓下已經付之一炬，整間房子也被宣告為危樓而不能再住人了。

當然，賽爾一家是代罪羔羊的強力候選人。經年累月，葛莉賽妲累積的聲望要多於賽爾家，只不過到了隔天，她的客人依舊拋棄了她，而當天下午，兩個來自下南區的男人拎著棒球棒，把她的玻璃展示櫃砸了個稀巴爛。

等時間終於差不多了，她便打烊休息，同時也沒忘了熄燈關窗好保護自己。接著她一邊絕望地把碎玻璃從牛絞肉中挑出來，一邊體內興起一股寒意，然後頓悟了一件她無以言傳但毫無疑問的事實：隨著鎮民們一個個不敢集體的歇斯底里，黑泉鎮正持續惡化成一個瘋狂的狀態。

剩下的只有一宗恐怖的事實：黑泉鎮的靈魂，被詛咒而回不來了。

第二十章

審判辦在星期二的晚間，地點在鎮紀念堂，全鎮無人缺席。當史提夫偕喬瑟琳跟泰勒到達之時，他只看了一眼入口處排隊的人潮，就立馬意識到這棟平凡的建築，從來不是蓋來要容納這麼多聽眾——話說如果這棟建物是一個包包，那它的縫線處已經是繃緊到接近爆炸邊緣。若以大約八百人出席的萬聖節鎮民大會當標準，那史提夫眼前的人潮恐怕直逼兩千人。

泰勒千拜託萬拜託說他想留在家，但鎮議會有人致電史提夫說他兒子必須得要到場。史提夫的心突然在胸腔裡上下撞擊，就像引擎活塞。他試著不要讓焦慮形諸於外，但當天晚餐他毫無食慾，喬瑟琳問他是不是生了什麼病。

「應該只是緊張吧。」他說——心想要是能告訴她自己在緊張什麼，那該有多好。

泰勒接連星期天跟星期一，都在鎮公所接受了偵訊。史提夫好生抗議了一番，他堅持說泰勒未成年，所以偵訊過程監護人得在場，但最後他還是不得不退讓，乖乖地在接待室裡等，而他旁邊坐著的沒有別人，正是彼特跟勞倫斯．凡德米爾，其中勞倫斯的額頭上還留有縫過的醜惡傷痕。泰勒一出來，下一個就是勞倫斯。史提夫問了過程如何，泰勒說還好，沒有想像中糟。他們家的筆電、手機，外加勞倫斯的iPad，都因為傑登開始亂咬而在星期天早上遭到扣押，目的當然是要對資料進行檢查。史提夫祈禱著他們沒有犯下任何錯誤，但很幸運地，彼特開口怒罵起傑登的說詞是想拖朋友下水，這一點肯定有助於替史提夫這邊加分。不久後在告別彼特與勞倫斯，父子倆漫步回家的路上，泰勒說他的感覺是布拉克跟賈斯汀沒有告密。泰勒在偵訊中不算太多話，但聽起來他表現得相當配合，被問到遭指控的網站，也順利地裝得一無所知，而沒有一語不發來阻撓調查。史提夫只能盼望勞倫斯也能把這樣的表現複製貼上。

史提夫算是審慎樂觀，吧……直到這天下午接到鎮議會的電話。

擠爆了走廊的群眾，一路延伸到紀念堂的最後方，塞住了各個入口，讓寄放完衣服，還在衣帽間裡候著的其他人不得其門而入。史提夫、喬瑟琳與泰勒加入了成排摺椅左邊的人龍，但無所不在的保全人員一看到他們，就領著三人前往第二排，那兒旁邊就是凡德米爾家成員，專門留給史提夫等人的座位。在穿過打結的人群去保留席的路上，史提夫感覺得到的熾烈的目光打在他們身上。每一張嚴肅的臉孔上都標誌著恐懼或憤怒。

「這一幕也太可悲了吧，你不覺得嗎？」彼特在鄰居一家坐定之後，打趣地這麼說。

史提夫感覺有點被嚇到。「這裡實在擠得太誇張了。萬一大家驚慌起來，難保不會人擠人踩死人。」

「我怕的，是他們好像唯恐天下不亂，有意要把事情炒作起來。你有沒有看到那邊？」彼特指了指舞臺。講臺後面的牌子上寫著讓我們相信上帝，相信彼此，而掛在講臺與牌子後面的是一臺大尺寸的平板顯示幕。史提夫一時間變得面無血色，那些個白癡要用影像畫面來掀起暴動。

「他們不會想要把那些孩子叫來吧，拜託。要是那樣，他們等於是把綿羊牽到屠宰場。」

「要是那樣，我們麻煩可就大了。」彼特說。「當然他們即便不那樣，我們的麻煩也還是很大。」

紀念堂後方出現了一點騷動，似乎是後方不斷湧入的群眾造成有人絆到最後幾排座椅，現場大呼小叫了起來。保全趕忙跑到最後幾排座位去清出一塊空間，好創造出更多站位。隨著公安的疑慮愈來愈高，史提夫注意到緊急出口的門已經不開放了。此時就連包廂裡的人都是一群一群而站無虛席。

「各位街坊，讓老人家有位子坐！」不知道誰喊了一聲。「位子讓給長輩，不要丟美國人的臉！」

等議員們以緊密的隊形魚貫進場，在講臺後方坐定之後——史提夫注意到今天只有六名議員，肉舖的老闆娘不見了——現場的嗡嗡聲才終於塵埃落定。轉瞬間現場鴉雀無聲到連腳步聲、各種摩擦發出的沙沙聲，人的咳嗽聲，都可以清楚辨別，就好像所有人都屏住了呼吸，在期待即將發生的事情。

柯頓．馬瑟斯不等鎮長要說些什麼，就自顧自打破了現場的沉默。他的聲音低沉而有震懾力，並自帶一種讓人不好親近的冷靜。那聲波的盪漾，延伸過無聲的現場，就像波浪前進在深色的水上。「詩篇第七十二章說：『求你將你的判斷賜給我，神啊，我會用公義審判你的百姓，按公平審判你的窮苦子民，把欺壓人的給碾成碎片。』我親愛的鎮民同胞們，我們今晚共聚一堂，是要通過一項判決來處理一宗駭人的罪行，一項攸關我們每個人禍福，且對神大不敬的荒唐之舉：剛過去的星期四，十一月八日，有人對凱薩琳．凡．懷勒動用了石刑，動手的是鎮上的三名年輕人：傑登．霍斯特、賈斯汀．渥克，與布拉克．賽爾，且後續讓我們失去了摯愛的長者芮塔．馬梅爾。願她的靈魂安息主懷。」

相關的傳言當然早就傳得沸沸揚揚，但如今消息從議員口中說出，憤怒與悲憤化為一道道唉嘆，在聆聽的群眾之間遞嬗流轉。有那麼一剎那，現場不分你我地共享了一種沮喪：信神或不信神、男人與女人、長輩與年輕人。

穿衣品味差，但沒骨氣的個性更差的艾德利安．蔡司議員，在此時清了清喉嚨，開始拿著張紙照稿念，個人魅力大概是馬瑟斯打五折再送一把蔥的程度。「各位女士，各位先生，馬梅爾女士因為致命的腦內出血而往生，死亡時間正好吻合石刑發生的時點，而這無疑與六七年的事件出奇地相似，當時是凱薩琳嘴上的縫線被拆掉了一針。」咳嗽讓他中斷了一下。「這些年輕人犯下了不負責任而令人髮指的行為，其衍生的後果之大令人難以想像，而且我們每個人都可能成為被牽連的對象。各位可能注意到我講到這裡，都是在敘述他們的犯行，而不是他們的嫌疑。我們之所以不當他們是嫌疑人，而直接當他們是犯人，是因為我們掌握了現在要放給大家看的決定性證據，我相信看了之後，大家就會相信這樁罪行有多麼野蠻而沒有人性。」

舞臺上的勞勃．葛林姆閉上了眼睛，這讓史提夫看在眼裡，心中油然而生對這位安全主管的敬意。葛林姆始終覺得這麼做不妥——不只此刻放影片不妥，而是恐怕從頭到尾的處理都令他搖頭。

突然出現在平面顯示幕上的畫面，是家後方那片他一點也不陌生的森林，還有數日前在那裡發生的事情。坐在他旁邊的泰勒頭低到不能再低，下巴都快要抵到胸口，身體則不受控地顫抖。史提夫衷心希望這孩子可以不要再受一次這種苦，但在鎮議會的要求下，他也只能眼睜睜看著兒子被這樣二次傷害，讓曾經發生過的一切重演在他腦海：樹枝成了騷擾與挑釁女巫的利器、勞倫斯在扭打中掛彩、現場一聲聲絕望的呼喊，還有石頭打在被詛咒的膚肉上，那潮濕的撞擊聲。史提夫捏了捏泰勒的手，想傳遞一絲溫暖，但淚水也已經在他自己的眼眶裡打轉。喬瑟琳原本一直抗拒看這段影片，如今也嚇得把雙手摀到了嘴巴上面。

然後畫面一黑，鎮民整個理智斷線。知道有石刑這麼可怕的事情，是一回事，但親眼看到那是什麼樣的場面，又是另外一回事。影片引發了民眾盲目的怒火，就像易燃的磷在大起化學反應。有人張著嘴闔不起來，有人發出此起彼的慘叫，有人爆哭起來。「這些殺人犯人在哪裡？」有人高喊。「他們想讓全鎮死光光嗎！」旁邊又有別人發難。「不能放過他們！」第三聲也跟了上來。剛剛的第二個人開始笑出了聲，那是一種瘋癲、有如馬嘶一般的笑聲，感覺就像他自己也不太相信自己說的事情有那麼嚴重；但就在此時，他的笑聲開始在群眾當中引起了共鳴，大家開始異口同聲、同仇敵愾地呼起了口號：「給他們好看！」禮堂後面的人開始一擁而上，前仆後繼了起來，彷彿他們誤以為犯人已經被押到了舞臺上。果真那樣，那史提夫完全相信他們會當場成為私刑的活靶。椅子像骨牌般東倒西歪，衣服開始被扯到綻裂，地上躺著失去平衡的鎮民，有人扭傷了腳踝，有人傷了手腕。保全使盡吃奶的力氣，拚了命要讓現場不致徹底失控。

「冷靜一點！」現場的喇叭傳來鎮長的嘶吼聲。「拜託了各位鄉親，請大家務必冷靜下來！」

「史提夫，我們待在這裡安全嗎？」喬瑟琳轉頭看著身後的一團亂，兩手握緊了拳頭。

「我想是吧，至少暫時應該不會有事。」他敢這麼說，是因為後頭的喧鬧聲還距離相當遠，而且站起來嚇阻暴民的人數還相當多。鎮長要大家冷靜的聲音沒停過，但史提夫看向柯頓・馬瑟斯的方向，果然他冷眼旁觀著那群人在後頭鼓譟鬧場——史提夫心想，果然是他的人馬——瞳孔裡閃過得意的光芒。想當然耳，這一切都在老議員的計畫之中。

最終現場總算穩定了下來，醫護人員這也才能把幾名傷者送醫。此時艾德利安・蔡斯又重新拿起了麥克風，雖說他的聲音幾乎全被群眾的吵吵鬧鬧蓋過。「我可以理解你們為什麼氣成這樣，各位，但請保持冷靜。葛林姆先生的團隊已經跟我們保證過了，這次的事件並未對凱薩琳的日常模式產生進一步的影響或衝擊。我們都知道她不會沒頭沒腦地改變行為……」

「那溪水變紅又是怎麼回事，啊？」禮堂中央有人出了聲，不少人拍手附和。

「溪水的部分我們已經調查出了原因。」蔡司說。「很不幸地，石刑並不是近期霍斯特先生犯下的唯一或第一項罪行。我們有數名目擊者作證指稱在一個星期之前，他就對凱薩琳無禮過一遍。當時他撕破了凱薩琳的外衣，讓她的胸部暴露在外，之後又拿刀刺她，慫恿狗去攻擊她。那隻狗就是葛蘭特家養的狗，而牠後來因此而死的事情，大家應該都已經聽說。」

現場又是一輪怒火，史提夫於是意會到禮堂裡原本空氣中的凶險與激動，慢慢已經讓現場變成一個原始的民粹法庭。隨便誰跳出來發難，眾人就會立馬進入街頭暴民的人設來接棒叫囂：

「交人！交人！交人！」史提夫知道事情已經來到了失控邊緣。鎮民就像已經滿弓的弓弦，哪怕輕輕一碰都會斷成兩截。史提夫看到掩藏不住的恐懼，第一次出現在彼特．凡德米爾的眼中。

蔡司試著讓自己的聲音不備吵鬧淹沒，但沒什麼效果。「各位女士先生，犯人已經被捕，目前在收押中。我們現在希望要……女士先生們，請冷靜。我們現在希望做的，是要花點時間來表揚兩名年輕人，泰勒．葛蘭特與勞倫斯．凡德米爾。正如大家在影片中看到的，他們當下盡了全力要阻止同儕做出野蠻的行徑，事後也不畏懼龐大的壓力把足以指控犯人的證據交給了雙親。我們在此呼籲在座的各位，都可以效法他們可敬的典範，不要姑息任何破壞公共秩序的行為。泰勒跟勞倫斯，麻煩兩位站起來一下。」

泰勒瑟縮了一拍，看向了史提夫。史提夫只能點頭鼓勵他勇敢站起來。就配合他們一下吧，兒子，一下子就過去了。他說不出內心是多麼狠狠地鬆了口氣。兩個少年的出席只純粹是行禮如儀。兩個孩子可能甚是煎熬，但倒不會造成什麼嚴重的後果。

勉為其難地，勞倫斯與泰勒站了起來，苦不堪言地四下看了一圈，現場瞬時爆發出熱烈的歡呼與鼓掌。泰勒頭點得甚是簡略，並用最短的時間座回了座位。

「做得很好。」史提夫用氣音對他說道，但泰勒轉開了目光。「好的。」柯頓．馬瑟斯說。「由於鐵證如山加上犯人已經自白，我在此以檢察官的身分逕行宣判刑度……」

「用石頭把他們扔到死吧！」有人大喊，緊接著只聽見叫好聲此起彼落──但這當然只是說說而已，他們怎麼說也還沒泯滅了人性跟文明。

「……而按照一貫的做法，這次的事件會根據祖宗們在一八四八年起草的黑泉鎮緊急命令，秉公依法處理。各位女生先生，霍斯特、渥克與賽爾這三個社會敗類在這次的犯行中，明知故犯地罔顧我們每一個人性命安全。他們生在黑泉、長在黑泉，不會不知道這裡的法律規定，也不會不了解去捉弄女巫所隱藏的凶險。我們的調查顯示包含未成年的渥克與賽爾在內，三人均屬心智健全，沒有精神異常的問題。我希望自此不要再有人心存僥倖，這種惡劣至極的行為在這片鄉里絕對是罪無可逭，我們在零容忍之餘也會施以鐵腕。但各位鄉親知道嗎，這幾周以來，違反緊急密令的鎮民還不只這幾個鼠輩。」此話一出，席間的眼神交流著困惑，張力填滿了那一整片沉默。氣到發抖的馬瑟斯繼續他的長篇大論說：「你們當中有人在與女巫牽扯不清，你們當中有人會追蹤女巫的足跡，你們當中有人帶了對大神大不敬的東西去給她當獻禮，你們當中有人會對她話說個不停。而我只有一句話要跟這些你們心裡有數的人說：『你們的行為……危害到……我們每一個人！請不要再跟女巫有任何瓜葛！我們是被詛咒的一群！你們都知道緊急命令，也都知道凱薩琳的眼睛睜開於我們代表什麼意義！我們會下地獄，聽清楚，是下地獄！』」

議員的佈道讓史提夫聽著聽著，進入了一種準催眠的狀態。他又一次感受到這人所散發出的奇特磁力。佈道時的馬瑟斯就像是地獄烈火與硫磺的代言人，他就有本事從講壇上恐嚇底下每一個人，讓大家被嚇得皮皮剉：史提夫意會到自己正在害怕，沒頭沒腦地害怕。

馬瑟斯趁勝追擊。「再不收手的話，上述的行為都會面臨到格外嚴厲的回應。畢竟非常時期，我們需要展現一定的嚇阻力。不過話說回來，上頭各種行為需要受到譴責的程度，都比不上今天這幾名少年羞辱女巫的荒唐行徑。根據緊急命令的規定，少年們的行為可以處以公開的鞭刑，在全鎮成員的見證下作為讓大家引以為戒的反例。」臺下異口同聲地表現出一波沮喪……外加——對，差點忘了——出於本能與獸性那種躍躍欲試的興奮感。勞勃．葛林姆一臉不可置信地瞪著議員。一道撕心裂肺的駭人呼喊，自賽爾太太的方向傳來，但馬瑟斯仍八方吹不動，如雷貫耳地延續話題：「所以我在此宣判：賈斯汀．渥克先生與布拉克．賽爾先生會按傳統在四十八小時內被帶到鎮廣場上，各自裸身接受九尾貓鞭十下的鞭刑；傑登．霍斯特先生由於身揹兩罪且業已成年，所以會按傳統在四十八小時內被帶到鎮廣場上，接受九尾貓鞭二十下的鞭刑。這之後三人將連袂被送往肚兜鎮的拘留中心服刑整整三周。服刑期滿，三位行為偏差的少年將獲准在嚴密監控下回歸社會，並接受適當的心理指導。」

若勞勃．葛林姆沒有第一時間衝到講臺前，那由無力感引發的怒火與被壓抑住的心理張力，恐怕早就共同揉合成一團新鮮的炸藥，將現場的混亂炸翻到無法想像的新高。惟葛林姆恰恰就那麼做了；他伸出雙手，一步步跨越過整個舞臺。「不，不，不！不對不對不對——我們說好的不是這樣，柯頓。你現在到底要把我們帶到哪裡去？」

「這就是我們的法律，葛林姆！」議員高舉起捲好的緊急命令，將之像手中握著的一根棍子似地前後揮來揮去。「沒錯，這年頭看裡頭的東西，可能會覺得有點怪異，但我們有得選擇嗎？我們非讓這些少年付出代價不可，免得有人有樣學樣。」

「但做法還是應該斟酌一下吧！」葛林姆大叫了一聲，然後轉頭訴求起群眾。「各位鄉親父老，我們難道是野蠻人嗎，不是吧？大家用用常識吧，好嗎？我們這裡可沒有什麼伊斯蘭教法。我們可以用更文明的辦法來處理事情，我們一定能想出個替代方案，包括找點校幫忙。」

嗤之以鼻的笑聲從群眾中冒出聲響，而馬瑟斯也求之不得地打蛇隨棍上。「跟女巫的詛咒生活在一起是什麼感覺，西點軍校懂個屁。西點在邪惡的面前有什麼還手的餘地。我們活在鐘型的玻璃罩裡，能靠的只有上帝……跟我們自己。」他敞開了雙臂，就好像耶穌基督附了他的體。「在黑泉，我們要彼此守望相顧，好好活在全能上帝的注視之下。」

「上帝有叫我們毆打自己的小孩嗎？」

馬瑟斯的喉結，像是在抽搐似地上下起伏了一番。「憎恨自己兒子的，才不忍用杖打他！」25

「你們這樣是在開非法的袋鼠法庭！」

「這是鎮務的一環。而既然是鎮務，民主的聲音就應該被聽個清楚。」

以住的區域而言算鎮上有錢人的寡婦塔爾伯，在此刻站起了身，並用無懈可擊的穩重態度選起了邊。「我傾向於同意馬瑟斯先生的做法。我們總不能把這些孩子連送三次肚兜鎮，把他們搞到精神崩潰吧？亞瑟·羅斯不就是因為這樣變成一個廢人。老實說，我覺得與其那樣把人逼瘋，還不如花個五分鐘賞他們幾個幾鞭皮肉痛，因為後者其實人道得多。」

這一幕讓在座位上的史提夫看得目瞪口呆，而不可置信的感覺也讓他後頸的寒毛全都豎了起

25 箴言第十三章二十四節。

來。場面在高速中愈變愈難看。要是這女人，這個受尊敬又有教養的模範鎮民，都可以如此沉得住氣地站起身來，宣稱自己贊成對人的公開羞辱，宣稱自己支持對人用刑……那就代表大家的理智防線已遭突破，沿坡而下的是民粹的土石流。

「再者，」塔爾伯女士欲罷不能地舉起了一隻手指，「要是真有人像你說的，罔顧其他人的生命去與跟女巫接觸，那我覺得殺雞儆猴確實有其必要，請盡量去做吧，我支持你。」緊接的嗯哼聲中訴說著讚賞，但你也聽得出當中的緊張，與提防。

「那普通的關押為什麼不行？」葛林姆仍不願放棄。「我們在教堂下面就有一排牢房。我們在那兒讓他們洗心革面，重新意識到自身行為的嚴重性。我們可以……」

「你說夠了吧，你的意見我們了解了，葛林姆。」有人喊出了這樣的意見。「你要不還是乖乖坐下來吧？」

此話一出，現場似乎普遍對這樣的建議樂觀其成，葛林姆環顧四下更覺孤立無援。直覺讓史提夫有股衝動想站起來仗義執言，戳破現場主流意見的似是而非，但喬瑟琳及時抓住丈夫的手，將之按在了他的腹部。「請什麼都不要說，史提夫，別忘了你有泰勒跟麥特要顧。」

他看著妻子原本有些不解，但她眼裡的恐懼說明了一切。前一次在亞瑟．羅斯的事情上，鎮上的街坊們可以對他輕輕放過，因為那可以解釋成他被理想主義沖昏了頭。但這次不同。鎮民們這次的集體起乩實在太過嚴重，理智的燒熔也徹底到回不了頭。這個當下他們還是英雄，是因為他們提供了線索，讓鎮上掌握到對女巫丟石頭的害蟲行蹤，並得以用濃煙逼他們出洞……繼續當英雄是對他們而言最好的結果。

「這件事他們會投票決定。」喬瑟琳壓低了聲音說。「對他們的常識有點信心吧。」

「很抱歉，但我就是不相信他們的嘗試。」史提夫望向他希望是同溫層的彼特，但彼特只是用空洞的眼神看著失焦的遠方，活脫脫就是一個眼睜睜看著噩夢成真的男人。彼特緊緊地與瑪麗十指交纏，史提夫看得出好友完全沒有一絲意思想站起來。

想想泰勒。你知道事情不會有第二種發展。

只是你還是沒預料到……現在這種局面！

拜託，你騙誰啊？你會沒預料到現在的局面。你還是不要沒事亂開口，否則等會兒吃不了兜著走。

「爸，我想回家。」泰勒輕聲地表達了他的焦慮。

史提夫看著大兒子，抓住了他的手。換個狀況，今天也可能是泰勒在上頭被公審。他可以盡情想像父子倆在哈德遜河上逐流而下，那一幕有多美好，但要是他現在搞不清楚狀況，誤以為事情沒那麼嚴重，那他就是親手葬送了自己的美夢。於是史提夫整個放鬆向後……他決定了什麼話都別說。

自此之後，審判就稀哩呼嚕地開始往下走。面對議員與鎮民，賽爾先生試著動之以情。他家的房子已經毀了；大家可不可以起碼可憐可憐他兒子呢？他滔滔不絕說起了人與人之間的橋梁，說起了要跨越種族差異的隔閡，還搬出了人性與正義。但他甩不掉的是那厚重的口音，而惹毛的旁觀者看他沒有要閉嘴的意思，只得氣噗噗地把他架離。這時有人一言不合吵了起來，然後只見渥克先生從混戰之中掙脫出來，並威脅要是鎮上真的拿鞭刑來打小孩，他就要找媒體把事情鬧大。但其實鎮民的表情無須那麼猙獰，老議員也犯不著擁肚兜鎮自重，有件事都已經顯而易見地擺在眼前了：渥克先生早就氣力放盡而停止無謂之抵抗了。而且從他的臉上，你似乎也不是不能看到一絲絲認同，話說今天如果出事的不是自己的兒子，他對這決定應該也會投票贊同。

葛莉賽妲．霍斯特也抗議到淚眼婆娑。她獲得的發言時間最多，原因是她在鎮民心目中的好感度最高。但即便如此，史提夫也清楚這只是過個場的程序正義，對結果不會有一丁點兒影響力。大家已經聞到了血腥的氣味，所有人都等不急要投票來表達自己的意見。屠夫的妻子要大家別忘了傑登的童年有多悲慘，從 小就得被父親虐待，所以他這次的暴行其實是內心的創傷所點燃。作為結論，她懇求大家讓他的寶貝傑登接受治療，而不要接受懲罰。「拜託，親愛的朋友。我們都是老朋友了，不是嗎？你們不是一個個都每個禮拜來跟我買牛排？買漢堡肉？買小牛肉排？買雞翅膀？買肉派？」

「叫這女的滾啦，她是他媽的要把全品項都廣告一遍嗎！」有個愛耍嘴皮子的人實在聽不下去。他這笑話其實不算有哏，但這個活寶還是達成了他的目的：葛莉賽妲被帶離了現場，人依舊哭得唏哩嘩啦。

終於，可以投票了。老議員請贊同刑度的人舉起右手，果然不少隻手應聲升空，包括三名鎮議員。然後馬瑟斯請反對刑度的人也同樣舉右手。史提夫舉了手……然後著實鬆了口氣地看到他之外還有不少人舉手，當中也包括三名鎮議員——勞勃．葛林姆自然是其一。史提夫感覺到了一絲希望。最終投票的結果是沒有結果，因為差距小到看不出誰是多數。這代表有一大群人的理性沒有罷工，他們默默地知道要對這場鬧劇說不，真是老天保佑。

在書面投票進行準備的期間，葛林姆在臺上發表了意見：「各位鄉親，大家別傻了。我知道緊急命令就是這樣規定，但這真的太胡鬧了。別忘了：萬一有朝一日，我們從凱薩琳的詛咒中自由了，你們要如何面對彼此？如何無愧自己的良心？現在讓手上沾了血，到時候你們還能繞著教堂又跳又唱《叮咚！女巫死翹翹了！》[26]嗎？大家醒醒好嗎！」

接下來，就是漫長的人龍開始拖著腳步經過講臺。四包列印用紙被拆了開來，鎮民們領到了簽字筆，然後在紙上寫下匿名的「贊成」或「反對」。因為坐在前排，所以史提夫、喬瑟琳、泰勒比較早投。史提夫把急就章做成的選票投入一周前才被用在美國總統大選中的票匭。上禮拜他們投的是要把白宮的鑰匙交到誰的手裡——歐巴馬或羅姆尼。這當中與現實的荒謬連繫，黑泉鎮民們已完全無暇顧及。

讓不良於行、得坐輪椅、等在更衣間裡、站在樓上包廂裡的每一個人都投完票，起碼已經是一個小時後的事情。接著由鎮議員們進行分票與計票，則又耗費了二十分鐘的光陰。喬瑟琳、泰勒與凡德米爾一家紛紛消失在史提夫的視野裡，而這也讓他感覺到前所未有的難過與孤寂，不過

26 電影《綠野仙蹤》裡，大家夥慶祝東方女巫被房子砸死，西方女巫被水潑到而死時所唱的歌曲。

就是有許多鎮民圍上來抓著他，要他說說事情的來龍去脈究竟是何情形。在某個點上，他突然注意到眼前一個超現實的影像：他身邊圍著的人不光是形似，而根本活脫脫就是從過去穿越到現在的村民。他們身上穿得破破爛爛，泥巴跟疾病的臭味也衝鼻而來。他現在若突破重圍走到外頭去，看到的不會是深洞路，而會是推車留下的兩條車軌，鄰近古老教堂的尖塔上會傳來鐘響，而這一年會從二〇一二變成一六六四。

當柯頓．馬瑟斯宣布會議回復進行時，史提夫同時感覺到的是鬆了口氣跟累得要命。「各位女士，各位先生。謝謝，讓大家久等了。那我廢話不多說，計票的結果是一千三百三十二票贊成，六百一十七票反對，檢察官的求刑獲得通過。」

這個駭人的結果撼動了紀念堂，也讓許多人內心無比動搖。大家這才發現在匿名投票的保護下，自己竟有這麼多鄰居跟朋友會受到聳動言論的蠱惑，不經大腦地亂投一通。同時間也有人歡欣鼓舞，有人感到憤怒，有人滴下淚珠，有人高呼著造反來表達不服。不過總的來說，正義獲得伸張還是讓多數人感到滿足。

老議員接著說：「執行的日期就訂在這個星期四，地點在深洞路與下水庫路的交叉口，也就是按傳統在萬聖夜焚燒柳條人女巫的地點。出席見證是我們每一個人的職責，我因此建議把用刑的時間安排在天剛亮，這樣對公眾秩序的衝擊最小，各位的工作行程也較不會受到影響。讓我們祈禱大家都能從這次的事情中學到教訓，也都徹底放下這次有人辜負全鎮信任的事情。主啊，我們的天父……」

馬瑟斯開始帶著現場禱告，而多數的鄉親也都順順的加入了進去。這些人都是從小認識到現在、也都一直用著他們獨特的方式在互敬互愛，這就是在紐約上州不足為奇的小鎮風情。但史提夫注意到大家其實都深深地變了。這感覺在沒一會兒後他們默不作聲地做鳥獸散，規避著彼此眼神交流的時候，又更加明顯了。一種撒手不管了的感受，降臨在大家的心頭，而這比之前的劍拔弩張更令史提夫覺得難以想像。

一眼看上去，他們一群人就像明知自己做了件無法挽回的大壞事……但一點也沒有良心不安的問題。

第二十一章

黑泉鎮在籌備鞭刑的感覺，簡直就像在籌備假日的慶典一樣。原版的十七世紀九尾貓鞭，被從鎮公所裡小小議事廳內的展示櫃裡取了出來。那寶貝可美了：精雕細琢的把手上有九條皮繩，每條長兩英尺，中點各有個結，尾端則均附有鉛製的珠子。這刑具上次使用，已經是一九三二年的事情。柯頓．馬瑟斯特地把九尾貓鞭帶到了狄妮的修鞋店，就是為了這闊別這麼多年的第一次任務。他還特別叮嚀狄妮要好好給皮質的部分上些油蠟，以免抽太大力的時候會不夠有彈性而斷掉。

前一周還是修車廠老闆兼黑手的席奧．史戴豪斯，欣然接受了鎮處刑手的公職任命，並在周三晚上被叫到老議員府邸的馬廄裡練習。他先是把皮製的馬鞍當成對象來練習，慢慢掌握鞭笞的要領，然後再改用被綁住而掙扎著的小牛來練習，藉此去適應活生生的肉體會有的反射性回應。那天晚上在就寢之前，他服用了兩顆布洛芬來緩解上臂的嚴重疼痛，但即便操到這種程度，他那晚也還是睡得像個嬰兒一樣熟。

葛莉賽妲．霍斯特那晚沒有睡得好壞的問題，因為她根本沒睡。雖說親生骨肉即將在眾目睽睽之下遭到羞辱，但她仍完全激不起一絲想反抗的意思，而且她並不孤單：黑泉鎮的每一位居民，都好似屈服在了同一款認命的情緒中。若非這件事於他而言有切身之痛，否則彼特．凡德米爾身為社會學者，還真有可能會將黑泉鎮比喻成人民溫順地接受伊斯蘭教法約束的那些回教國家。而也正是因為這種狀態，所以黑泉鎮沒有人敢站出來抗議，也不敢向外頭的有關當局通風報信。即便是投票反對用刑的那些人，可能現在也會覺得這樣也好啦。他們只希望事情可以趕快過去，好早日回歸正常的生活軌道。

所以與其擔心傑登的命運，葛莉賽妲決定熬夜祈禱來致敬凱薩琳。用赤裸的雙膝跪上床邊的小小地毯，葛莉賽妲請求凱薩琳寬恕諒她的背叛。作為贖罪，她嘗試用傑登的皮帶往自己的背上抽了幾鞭。但這做法實在很不符合人體工學，於是她在笨拙而尷尬地嘗試了幾下，也開始覺得有點痛了之後，就在心裡告訴自己說，我看這事我是真的做不來，然後就此喊卡。

要是她沒有花時間在這些吃力不討好的事情上，而是透過窗戶向外瞧瞧，那她會看到她兒子、賈斯汀·渥克與布拉克·賽爾被悄悄地由九名彪形大漢押解到了墓園。帶著有罪之身的三名少年被領進了安非他命教堂，然後下到了葛莉賽妲曾為了顧著亞瑟·羅斯一條小命而走過許多遍的螺旋階梯。在地窖裡，柯頓·馬瑟斯宣讀了刑度。一開始，少年們還覺得他絕對在說笑，但很快地就有人發出慘叫——先是驚嚇，接著恐懼，最後是歇斯底里。那叫聲極為淒厲，令人發寒到骨子裡，因為那表達的是一種純然的磨難與絕望。等砰的一聲門被關上，少年們發現自己孤伶伶地處於地底，陪伴他們的是周遭墓地的死寂，寂靜到他們幾乎能聽到亡者加入他們叫喊的聲音。

那叫聲喚醒了貓頭鷹。也喚醒了黃鼠狼。

而在黑泉鎮的一隅，女巫停止了低語……展開了傾聽。

隔天，十一月十五日的清早，民眾開始趕在破曉前把位子佔好。就像兩周前的燒女巫祭典一樣，路口圍起了密密麻麻的路障，在木製的鷹架周邊形成一個圓圈。鷹架本身是由克萊德．維林翰的建築公司所建：一個六英尺高的平臺，佔地九英尺見方，上頭有個用木製支架構成，像是A字形鞦韆的東西。群眾愈聚愈多，範圍整個延伸到路口周邊下著雨的狹窄街道。那天是典型的紐約陰天，大家夥都穿上了斗篷式的套頭雨衣，拉起了頭套，在未滅的街燈顯得閃閃發光。不撐傘出門是他們的體貼，這樣大家都會有比較好的視野。蘇的高地小館擺出了個小攤，等候過程的難耐讓冒著煙的咖啡與可可非常熱賣。少數有朋友住在這附近的幸運兒，得以居高臨下，一身乾爽地從住家樓上的窗邊眺望。不少有錢有閒的老人家，集合在了點對點客棧裡一間間鐘點費高得像在搶劫的客房裡，主要是客棧得花成本把外地客人轉到鎮外的住宿處過夜。

這天，第一線的實權自然都握在勞勃．葛林姆手中。他滴水不漏地把全鎮的東西南北都封了起來。除了設下圍籬，他還部署了志願的巡邏員，由他們進駐到各個鎮界。這不是件簡單的任務，但經過縝密的規劃，黑泉鎮僅需在血一般的太陽把東邊地平線染成玫瑰的紅色之前，封路一個小時。由於所有的零售商家都在鎮議會的命令下，延期或取消了對外客的服務，所以路障雖多卻不算招搖，誤闖而被趕回去的車子僅有寥寥數輛。

勞勃．葛林姆覺得噁心想吐。這一切的一切都讓他噁心想吐。他打心底看不起那些明明嗜血得要死，外表卻又一副道貌岸然的偽君子；他看不起那些風吹兩邊倒的牆頭草；他看不起馬瑟斯，看不起處刑者，看不起凱薩琳，看不起拿石頭丟凱薩琳的三個小兔崽子。當然他也看不起自己，因為他拿不出勇氣去抗拒這場噁心的馬戲團鬧劇。

六點半過後幾分鐘，眾人期待已久的時刻終於來到。安非他命教堂中行出了法庭成員。他們穿過被拉出封鎖線的走廊，途經坦普山墓園，來到了鷹架架成的平臺。走在最前面的不意外，是氣場強大、表情肅穆的柯頓．馬瑟斯，一左一右分別由投下贊成票的兩名議員拱衛。他們後頭緊跟著一群保全人員，帶頭的是雷．達洛。掛著一身鐵鍊的傑登．霍斯特、賈斯汀．渥克，還有布拉克．賽爾，都被粗暴地拖著走，一如數日前他們也曾不人道地驅趕女巫前進。他們的上半身被扒了個精光，驚慌全寫在他們青澀的臉上。第二群保全的後頭，是在這分列式中殿後的處刑手。他臉上帶著儀式用的頭罩，五官被完美地遮住，只不過沒人不知道他是誰就是了。

一陣歡呼之後並沒有人怒吼。人群中能聽到的，只是傳達著不安跟質疑的咕噥。如今千呼萬喚的時刻終於來臨，他們終於可以一睹對凱薩琳扔石頭的是什麼樣的怪物，但似乎也正因為來到最後關頭，他們才彷彿想起一件事情，那就是不論被控的罪名再可惡，這些怪物終究是人，而且其中兩個還未成年的孩子——他們過去與這些人共同生活在一處，未來的年月也沒得選擇地要跟他們繼續為伍。迫不急待開始被羞愧取代，興奮之情則變得益發不確定。一直要到隊伍行進至站在洗衣婦銅像前的人群面前，有人揭竿而起地喊出一聲「殺人凶手！」，幾個腦殘的蠢蛋開始對犯人丟擲松果之後，鎮民們才有勇氣抬起頭來……氣色儘管蒼白，眼神卻閃著光采。

現在是看秀的時候，看秀的時候不用反省自我。

叫出聲的三個少年玩起了松果的躲避球，沒躲掉的松果打在他們裸露的皮膚上，留下了的痕跡甚是驚悚。一名保全也在顴骨上挨了一下。於是以反射的速度，他跟另外兩名同事撲上了鬧事的幾個人，以免混亂如星火燎原。

稍遠一點，大概在路口東側距離至少四十碼的地方，史提夫、喬瑟琳、泰勒與麥特一家，面對著遠遠的刑場核心站著。騷動傳到他們這裡，已經有氣無力，但他們還是能感覺到現場一絲不安的情緒，就像餘波盪漾的漣漪從事發處擴散出去。這之前，史提夫與喬瑟琳大吵了一架。周二晚間一投完票，喬瑟琳就立馬帶著泰勒返家，因為泰勒已經連一點點耐性都不剩下。她這會兒又怪起史提夫沒有出手干預，尤其她還挑明了反對讓麥特去看鞭刑。她對著史提夫大吼大叫——真正意義上的大吼大叫——而史提夫也吼了回去說是喬瑟琳攔著他，不讓他在時機正好時挺身而出。現在可好了，刑度已經投票通過，全黑泉為人父母者都得帶著十歲以上的孩子出席鞭刑，好讓所有人都能學到這慘烈的教訓。鎮上的義務，不是你想不去就能不去。

史提夫覺得很受傷，但他不會不懂喬瑟琳在氣什麼跟煩惱什麼，這樣的處境誰會不氣不煩。喬瑟琳不能對大環境發飆，當然就只能對自家的老公發飆。

看現場大家的臉色，我們應該不是昨晚黑泉鎮上唯一廚房裡鍋碗瓢盆齊飛，變成攻擊武器的家庭。

於是他張開雙臂把家人擁入懷裡，讓他們跟自己沒有距離，然後他禱告著——不是對耶穌基督禱告，而是對自己的理性與常識禱告——他祈求它們無論如何要能撐過這一關。

傑登、布拉克與賈斯汀被領至鷹架平臺處。直要將人逼瘋的恐懼，讓他們掃視著臺下的群眾，不放過最後一絲機會想找到出路，找到希望，找到最後一絲人性的光芒。保全把——用束帶鎖在他們手腕上的——鐵鍊一拋，套在了木製的A型架上，然後將另外一頭用力往下拉，以至於三個少年被迫把手臂舉高到極限，最終更不得不踮起了腳尖。接著，保全把少年身上的鎖鏈接到了欄杆上面後，便離開了平臺表面，徒留三人與臺下的群眾大眼瞪小眼。他們瘦竹竿般的肉體在冷冽的空氣中，蒼白而發青，形狀突出的肋骨骨架也已淋濕在雨裡。三名身穿球鞋與牛仔褲的美國少年，像動物屍骸似地懸於屠宰間。

安非他命教堂的編鐘響起。高地磨坊與高地瀑布的居民聽到了，可能會以為是清晨的喪禮吧。而搭配著編鐘的樂音，身處於路口的傑登吶喊了起來，「大家，你們不會眼睜睜地看著這種事發生吧，是嗎？」他的臉頰上已經看得到有失溫引發的紫斑，但這樣的他依舊把話說得口沫橫飛。「你們這些人是哪來的怪胎？拜託，快做點什麼，現在還不晚！」

但底下的群眾只是無動於衷地看著處刑者攀上平臺。

上了臺，好整以暇的處刑者拖著緩慢的步伐，在犯人身邊繞著圈圈。這會兒他右手握著九尾貓鞭，左手則是尾端綴著鉛丸的那九條繩線。挖了洞的頭罩跟肌肉棒子的身材，讓他看起來就像從恐怖電影中走出來的反派。賈斯汀化身為受驚的動物，一心想爬離這名無臉的龐然大物，但他真正做的到的只是晃動身上的鏈條，像在跳土風舞似地踢著腳，讓自己的哀號連遠方街道上的耳朵都能聽到。布拉克朝面具的方向吐了口水，但不為所動的處刑人還是繼續走著。接著只見他兩手一扯，瞬間繃緊了皮繩。一剎那，鞭尾發出了令人心頭為之一震的音爆，在臺下的人潮之間迴邊繚繞。

傑登選擇與面具對話，但他聲音小到連第一排的人都聽不到，處刑者是他唯一傳話的目標。他說的是：「我求求你，別這麼做，席奧。」

而就在與自己的處刑人面對面，那稍縱即逝的一秒內，那黑暗到將成為他一輩子陰影的一秒內，他知曉了面具背後的人並不是席奧，而是來自逝去歲月中，古老到和凱薩琳一樣的酷刑代言人。從現在到永遠，傑登都會不知道他姓啥名誰，也不認得他面具後的那張臉，因為當這一切畫下句點，當頭罩被褪去的瞬間，流轉的時間又會跳回到二〇一二年。

處刑者繞到他的身後。

編鐘樂聲響著。

有人舔著嘴唇。

有人眼睛閉著。

有人在祈禱著。

九尾貓鞭被高高舉起。

毒辣而可怖的落鞭，讓聲波迴響在周遭建物之間，也同時肆虐著三名少年裸裎的背。九條打了繩結的貓尾，劃過了他們的皮膚表面，鉛丸則像利爪似地朝肉體深陷。事實上才打第二下，三人就已經見血。少年們喊得撕心裂肺，彷彿鬼哭神號，讓人感覺來到了弱肉強食的動物世界。你可以想像豬隻被人用鈍刀剝皮，大概就會發出類似的聲音。就這樣一個輪著一個，三人被處刑者從身邊經過；一個輪著一個，三人讓九尾貓鞭打得皮開肉綻；一個輪著一個，他們歷經了令人膽寒的劇痛與磨難。沒有空檔休息，沒有空檔呼吸，也沒有空檔求情。

鞭笞的音效，響徹了底下的旁觀人潮，大家夥只能睜著眼睛，任由恐怖在心裡發酵。每個人都有一種鞭子彷彿落在自己身上的體會。那聲音響徹了整個黑泉，整片山谷，還沿著河水向南邊傳播。那聲音影響所及，方圓幾英里內的空氣裡的分子都轉動了起來。那天早上，即便只是把耳朵貼上熊山橋的金屬骨骼上，你都能感覺到揮鞭的迴響，那是一種有如蝴蝶振翅的纖細震盪。但沒有人這麼去做，因為外頭沒有人知道黑泉鎮發生了什麼。尖峰時間通勤於高地與皮克斯基爾兩鎮之間的車流，聽的是WJGK跟WPKF的廣播。他們人在方向盤後，在上班的途中，在手機通話中，或是從袋子裡吃著通勤者最方便的貝果。他們已慢慢不再睡眼惺忪，早安喔，美國。

當進度來到第八鞭，處刑者再度把手舉高時，人群間突然像是有電流通過似地，緊張地騷動起來。現場可見有人大叫著什麼，手指著什麼，口耳相傳著什麼：「女巫……凱薩琳……女巫……凱薩琳……女巫出現了……」路口西側的每一個人，就像樂團看著指揮似地同時抬起頭，望向了點對點客棧的中央陽臺，因為那兒就站著女巫，就站著凱薩琳．凡．懷勒。那也許是集體幻覺的爆發，也可能是黑色奇蹟的降臨，因為現場一注意到她的存在，群眾中的每一個人就都共同目睹了一幅噩夢般的光景：女巫的邪眼開了。就像居高臨下的牧者俯瞰著她的羊群，凱薩琳眺望著路口的酷刑開展……然後笑了出來。

一個心跳的瞬間，那幅光景就消失在眾人眼前，但沒有人不堅信自己看到了什麼，經歷了什麼。凱薩琳還站在陽臺上，但當然她的眼睛跟嘴巴現在是縫死著的，就跟一直以來沒有兩樣。但她會這樣出現在鎮民之間，怎麼看都不像個意外。很快沉澱下來後，大家心裡都無一絲懷疑地明白了女巫在這一切的幕後操盤，包括用她墮落的嘀咕聲把鎮民們內心最黑暗的一面給帶出來，都是女巫某個邪惡陰謀的一環。若不是這樣，他們這群公義的子民，怎麼會毫無抵抗力地被牽扯進如此野蠻、惡劣，而又淪喪了道德的作為？

這一層的領會，喚醒了人群中原始的恐懼，於是他們開始盲目而慌亂地成鳥獸散，也不管腳下踩著了誰、踐踏了誰。一時間現場亂成一團。路口東邊與南邊的鎮民還不知道發生了什麼事情，但很快地混亂就擴散到他們那裡，於是大家都為了殺出一條血路而開始推擠。就連柯頓．馬瑟斯都袖手旁觀，沒有做點什麼去阻擋群眾的奔逃。

在情勢不變的此時唯一最處變不驚的，大概就是臺上剛伺候完了布拉克跟賈斯汀的處刑者了。布拉克跟賈斯汀懸在各自的鐵鍊上，痛苦不堪地蠕動。他們背上是血肉模糊的一片，牛仔褲的屁股與腿部則一片深紫。無力垂著頭顱的他們，此時就像耶穌基督在十字架上掛著。帶著絲毫未見疲態的活力，處刑者繼續充滿幹勁地鞭笞起全身血淋淋，而且早已不省人事的傑登．霍斯特。傑登每再多捱一鞭，身體就像軟趴趴的木偶又多震動一回。

等處刑者終於數到第二十下，教堂的鐘聲也回歸了沉寂。在路口待到最後的一大群人，此時也混雜著羞辱與慚愧，夾著尾巴悄悄退去，追隨起剛因為女巫驟現而狂奔的其他鎮民。有些人抬頭看了眼凱薩琳，且不忘作勢遮擋她邪惡的眼睛，但大多數人只是盯著前進的路徑，只想盡可能遠離這裡。話，聽不到一句，淚，倒是不少人在滴。大家都想把剛剛的經歷從記憶中抹去，沒有人，沒有一個人，會在回到家之後再提起這事半句。

幾個保全爬上平臺，把慘不忍睹的軀體放了下來。三人後來是——臉朝下——被用擔架抬進廂型車中，準備直送家醫科史丹頓醫師的辦公室來接受適當的處理。箱型車也費了好一番工夫，才從人潮中將紅海分開。用完的平臺被拆到屍骨無存——濺血的木板當日就餵給了削片機。其他的善後工作還包括清道夫前來將路口復原，點對點客棧用帳篷罩在了不請自來的凱薩琳頭上，最後二九三號公路的路障也完成移除。到了大概上午九點鐘，稍早的事情已經船過水無痕，你完全看不出剛剛路口聚集了近三千人，然後大家有志一同地在性命之憂裡載浮載沉。

就這樣一日之計在於晨，陽光繼續普照在黑泉鎮。

第二十二章

十一月走得，像個沒人想挽留的不速之客。十二月終於展開了第一天之後，泰勒覺得非常有感地鬆了一口氣。他為了期中考奮戰了一番，所幸分數掉得沒他擔心的厲害，各科裡只有西班牙文比較慘。不過放眼春季學期，他肯定好好拼一拼，希望期末考能有令人滿意的成績。

就跟黑泉鎮的其他人都一樣，泰勒也很努力地一步一腳印，想要在十一月十五日之後振作起來，這包括那天發生的事情有待他去忘懷，還有就是內心的罪惡感得由他親自甩開。最終這目標他算是有做到吧，多多少少。他父母親的關係在這段時間裡，充滿了整個家裡都感受得到的張力。自責自己不該讓父親承擔他內心的秘密，或許算不得言之成理，但他總是原諒不了自己。再多的理性思考，都不能讓他的這種歉疚稍微放晴。

麥特做了一段時間噩夢，而某日下午喬瑟琳偷偷對泰勒說，麥特尿床了。泰勒聽了覺得很不捨。當天晚上，麥特去給帕拉丁、努阿拉梳毛，泰勒也加入了他，而雖然兄弟倆沒多說什麼，但他們無疑都很珍惜在一起的時刻。這之後沒多久，泰勒借了麥特的筆電來google一些作業，而一打開Safari，網站瀏覽紀錄顯示麥特上網看了男同志的A片。泰勒咬住嘴唇，假裝自己什麼都沒看見，而他意會到自己是如何深愛麥特但又說不出口，也是在這瞬間。

從十五號算起過了一個禮拜，勞勃．葛林姆上門來歸還iPhone跟筆電。他把泰勒帶到一邊，然後用天知地知的眼神看著他說，「不論你之前做了什麼，只要你再做一遍，都別妄想我不會發現，清楚了嗎？」

泰勒心整個沉了下來，默默地盯著地板。葛林姆知道嗎？他當然知道。或至少他強烈地懷疑著。他一定是看到了ＯＹＥ的網址被「留校察看」，但他為什麼沒有任何動作，連念個泰勒兩句都沒有呢？他真的是怎麼想都想不通——不過那天晚上躺在床上，他意識到若ＯＹＥ的存在洩漏出去，保守的鎮議會多半會一不做二不休地把黑泉鎮的網路整個切斷。葛林姆這混蛋王八蛋之所以口風這麼緊，是不想看到黑泉鎮變成第二個北韓。想到這一層，讓泰勒入睡時臉上掛著笑容，隔天醒來的良心也感覺有一點點輕鬆。

然後時間來到十二月初的某一天，泰勒發現自己只有在放學回家看到原本擺狗籃的地方空了，才會想起佛萊契遭遇的不幸、林子裡噩夢般的後續，還有怵目驚心的石刑。泰勒有點意外自己會這樣，也有點責怪自己不應該這樣，彷彿想放下一切重新開始有多們十惡不赦。但事實是時間會不斷往前走，傷口有些好得慢，有些好得快……但確定的是他內心會有一道淡淡的傷疤，永遠留在那。

在喬瑟琳的生日，十二月四日那天，外頭是淒風苦雨。氣氛緊繃了那麼久的葛蘭特家中，卻感覺跟平日一樣地溫暖愜意。凡德米爾一家過來作客，還帶了生日蛋糕當作伴手禮。蘿芮也在，而且還說好了要住上一宿。泰勒很用心地做了張全家的照片蒙太奇——連佛萊契都沒有在相片裡缺席——而麥特則化身哏王，寫出了一首超逗的原創詩作給壽星過目，結果喬瑟琳笑著笑著就哭了。喬瑟琳拆完生日禮物後，泰勒很驚訝地發現他跟麥特也順便提前領到了聖誕禮物，於是兄弟倆便在壁爐前忙乎了起來。泰勒的禮物是一個扁扁的盒子。包裝紙一撕開，他看到裡面是新款的MacBook一臺。他望向老爸，嘴巴一整個合不起來。史提夫用超暖的笑容對他點了點頭。這臺保證沒有鍵盤側錄器，是那笑容裡的弦外之音。父親的信任讓泰勒既受用，又感動，為此他努力了一番才沒讓眼淚滴下來。他用帶著孩子氣的忠誠，在內心立誓絕不辜負這樣的信任，並給了父親一個大大的擁抱。

那天晚上大家都在抱來抱去，就像家人間肌膚相親的需求被猛然喚醒。有一個時間點，泰勒看見爸媽並肩坐在沙發上十指交纏，且兩人都沒有注意到泰勒的眼光。有段時間，泰勒對爸媽今後的關係會怎麼發展，連想都不敢去想，但此刻的他們似乎已經把凱薩琳的問題拋到九霄雲外。

喬瑟琳的生日慶祝完後，壓抑而憂鬱的天氣出現了斷點，有一星期的時間，陪伴他們的是恰到好處的冷霜。在降下瑞雪之後的晴朗日子裡，輝煌璀璨的樹林閃閃發光，既清爽又明亮。用像小行星來襲的必然性在凌遲人，把葛蘭特一家連同整個黑泉鎮都壓得喘不過氣的那些駭人事件，終將為這美好的一週畫下句點，也將為未來美好的每一週都劃下句點。但至少在那一個星期裡，所有的一切都無懈可擊。談不上特別，至少不像每段人生中都有些日子那樣算得上特別，但就是很正常，沒有異狀，而人要的或許就只是兩個字：正常。睽違兩個月，TylerFlow95終於又上傳了紀錄生活花絮的Vlog到水管頻道上。頻道的常客可能會注意到比起之前，泰勒的笑容少了，但影片本身質感是不錯，泰勒自己也相當自豪。他跟女友那星期很頻繁地見面，有種老夫老妻找回了熱情的感覺。泰勒很努力地在各個方面對女友忠誠，至於他唯一做不到的誠實，泰勒很開心自己可以放假一週，暫時徹底放空。

那個星期六，史提夫告訴他說傑登、賈斯汀與布拉克已經服完了在肚兜鎮的刑期，幾週內將在專業的心理監控下回到鎮上。泰勒有點不痛不癢地吸收了這個消息。在這之前，他唯一沒有自我審查的情緒，就是對布拉克一點模模糊糊的思念，就像在思念某個於成長過程中漸行漸遠，終至或許再也看不見的老友……而肚兜鎮也實在不是什麼你可以寄信去祝福誰早日康復的地點。他一直沒有多去想這件事情，直到隔週的星期三，他騎著腳踏車在鎮上看到一個殘破的身影沿積雪的深洞路踉蹌前進，彎腰駝背地痀僂在大衣中，面容則藏進了棒球帽下的陰影。乍看之下，泰勒以為那是個品味特異、故作年輕人裝扮的老頭子——但在瞬間凍結住的四目相交之際，他才赫然發現那是傑登。泰勒的全身都因為吃驚而受到撼動。傑登被整得簡直不成人形，顴骨突出到有如骷髏的他步履維艱，就像隻喪家犬。他雙手顫抖的模樣，直讓人想到帕金森氏症的病人。他的雙眼黯淡無光，死氣沉沉，完全看不出他還認不認得眼前的泰勒。情緒大受影響之下，泰勒索性抽車衝回家。

那天晚上，在喬瑟琳上了樓之後，泰勒跟史提夫在沙發上看電視，但看著看著泰勒突然爆哭。他哭得很用力，哭到停不下來，哭到史提夫得安撫他、緊抱住他，告訴他沒有事情不用擔心。但事情當然很值得擔心，而且可能再也沒有不需要擔心的一天了，因為那會是他們最後一次父子相擁。要是他們知道以後再也沒機會這樣擁抱了，他們會怎麼做呢？還有什麼比父子相依在彼此懷中更完美的選擇了呢？喬瑟琳套上拖鞋便三步併兩步衝下樓來，憂心忡忡地看著史提夫，但史提夫朝她點了點頭，她便知所進退地不當兩人的電燈泡了。這一刻，是屬於他們父子倆的。他們就這樣抱著在沙發上坐了好一會兒。泰勒一句話都沒有講，他不想。但爸都懂。他愛這樣的爸，爸也愛他。

回過頭看，那可能會是他們唯一後悔的事情：愛，還是應該大聲說出來的。

隔天清晨就快要四點的時候，臥室裡的推窗微微開著。就在這時，固定桿被某樣細長的工具撬高了起來。接著窗戶被小心翼翼地拉開，冷空氣流瀉進了臥室內。樞紐發出微微的抗議聲，就像守門人發出了盡職但無效的警告，泰勒仍沉沉睡著。

蒼白的雙手抓上了窗沿，一個身形使勁地攀了上來，進到了屋裡。比起幾週前去森林冒險回來之後的泰勒，這傢伙的身手一點也不俐落，但以結果論，他總是爬上來了，而支撐他不放棄的是一股顯而易見的意志力。

這人下到了地板上，先是就在那兒站著，一動不動，接著那人影開始朝床爬去。

某片地板發出了嘎吱的聲響。

泰勒沒醒但挪動了身體，本能讓他想背對著噪音。

那人影暫停了動作。

風頭過了，那身形又接著朝床爬了過去。

俯躺著的泰勒有一隻赤裸的手臂伸在耳邊，左臉的臉頰則平壓在床墊的表面。就在他繼續沉睡之際，那身影從自己的褲子口袋裡掏出了一樣東西，一樣用微弱光芒照亮了室內的東西。這時有手指開始在觸控螢幕上四處亂摸，像在尋找著某樣其他人全都忽視了的物品。

有了。

黑影用手把iPhone拿到了泰勒的耳際，而那隻手抖到得由另外一隻手握住手腕，才能稍稍穩定下來。一切就緒後，黑影把iPhone整個壓上了泰勒的耳朵，按下了**播放**。

泰勒在夢鄉裡發出了幾聲咕噥。過了會兒那咕噥變成了呻吟，但他還是沒醒。

這流程跑過一回之後，黑影又第二遍播放了那檔案。

然後第三遍。

第四遍。

第二部

今晚？ #死亡

第二十三章

很多童話故事都會幹的一件事情，就是無視存在於故事裡，一樣最殘酷的東西：這說的不是女巫多行不義，而是可憐的樵夫因為失去孩子而感到的哀戚。

身為一名醫師，史提夫．葛蘭特知道人若準備好了迎接摯愛的死去，那到時候的痛苦就會稍微不那麼鋒利。這是因為準備的工夫，可以讓人慢慢理解失去心愛的寶貝是什麼樣的感覺。他們一方面可以「少量多餐」地走完哀悼的過程，一方面可以因為接受了最壞的狀況而感受到稍微輕一點的打擊。當然，這都是心理學的幹話，何況史提夫也沒有在事前得到這麼奢侈的禮遇。所有的恐怖都用最突然、最蠻橫的力道，一拳把他的大腦轟進了一個漆黑的地方。那個醒來於命運的十四號週五早上，刮了鬍子，然後在下班後陪喬瑟琳去了趟紐堡大賣場的男人，已經消失在那一晚讓自己睡在泰勒床邊地板上的男人身體裡——他睡地板而不睡床，是因為他怎樣也狠不下心將泰勒躺過的床墊痕跡抹去。

讓他身處的漆黑變得徹底伸手不見五指，最後一根稻草是那椎心的酷刑，那童話故事裡無法言說的殘酷：他們沒辦法切斷繩子，把泰勒的身體放下來……因為她一直在他的身邊待著，硬是不離開。

他模模糊糊，甚至有點不太耐煩地意識到自己似乎應該要和家人在一起，但人在他現在身處的靈異象限中，史提夫感覺不太到這麼做有何意義。安慰與支持，於他只是空洞的字眼跟概念。過大的打擊讓史提夫迷失了自己，他已經超越了可控的悲愴，在無法言喻的痛苦中走遠了。這樣的他無法去安慰人，也無法被人安慰。再者哪來的家庭，真正意義上的家庭於他已經不存在了——毀了，找不回來了。此時此刻，喬瑟琳人正在坐紐堡的聖路加康瓦耳醫院中，冰冷而明亮的等候室椅子上——她的孩子還有一口氣在，這讓史提夫想到就有氣——瑪麗・凡德米爾在那兒陪她，就跟喬瑟琳的父親一樣。所以說暫時，她得想辦法在沒有老公的狀況下盡量堅強。

那天晚上響了通電話，不久後出現的是彼特跟他哭紅了的眼眶。當時確切是幾點幾分，史提夫說不上來，因為他的作息已經徹底被打亂，不過就是葬儀社派來的禮儀師（這葬儀社有個很妙但也很恐怖的名字叫「諾克斯與克雷姆」，因為這兩個字也可以做毆打跟焚燒來解釋）已經離開，而他則呆坐在飯廳桌上，面前是完全沒動過的外帶中國菜。回想九月中，泰勒跟麥特就坐在他現在的對面，以泰勒的GoPro為中心打打鬧鬧。

「他們想辦法清乾淨了麥特的右眼。」彼特說。「醫院還替他洗了胃，所以他現在算是脫離了危險。但麥特的左眼就沒那麼好運了，主要是黏著劑已經乾在角膜裡，硬化的時間點應該在他送醫之前。」

「是喔。」史提夫說。夏天尾巴的太陽，斜斜地照進了他們家。「我覺得你應該不會想知道我的想法。」麥特對著泰勒的鏡頭這麼說。而泰勒回答說，「嗯，我還真的不想，渾身馬味的弟弟，我比較希望你能去沖個澡。」

「史提夫？」

史提夫擠出了個笑容，然後像個二愣子似地抬頭看著彼特。「怎麼樣？」

「留下永久性傷害的機率很高，你懂嗎？黏膠已經腐蝕了他的角膜。他有可能這輩子都看不到了。」

「是喔，OK。」他說。他對彼特在說些什麼完全沒有概念。他只知道在他的腦子裡，泰勒說的是，我們不要把問題帶那麼遠到非洲，就說在地好了，要是你得讓誰死，我的好爸爸，你會選誰：你的親生小孩？還是全鎮的街坊？

任何跟笑容沾得上一點邊的東西，都瞬間消失在史提夫的臉上。

「你有聽到我剛剛說的話嗎？」彼特追問著。

「喔，嗯。」

彼特抓起了他的手。沒想到他這老鄰居的手感覺如此纖細而柔軟。嗯，還真不適合他，他想。「史提夫，你得去找他們。」彼特像在求他。「我開車，送你去紐堡。他們現在需要你。你太太需要你。我知道現在狀況一團亂，但該死的不是我要講，你還有一個兒子活著，麥特還在醫院裡與死神搏鬥著。」他舉起又放下了自己的手。「醒醒好嗎，待在家對你現在有什麼好處……」

彼特講到都哭了，而剛剛幾乎半句話都沒有聽進腦子裡的史提夫，這時緩緩抬起了頭來。很少人會這樣，但他的意識正進入一種彷彿只活在當下，只有此時跟此地重要的狀態，而雖然不太確定原因，但他知道自己必須要緊抓著此地，說什麼也不能把手鬆開。「我不能去，彼特。」史提夫說。他的聲音冷靜且完全不失禮。「我得留在這裡。」

但彼特的肩膀開始控制不住地抖動起來。史提夫一隻手環抱住他，然後心想，死了兒子的是我，然後我還要安慰我的鄰居。這諷刺到一個荒謬的程度，而史提夫得咬住嘴唇才能不笑出聲。這個時候還笑，會非常不得體吧，他想。他感覺到痛像把刀一樣刺在身上，臉上抽搐起來。喔，對了：他的下嘴唇腫了、紫了、破了。把嘴唇咬爛的是他自己，是那個下午在被人被發現之前，一個人在樓上靠著樓梯扶手蹲著、膝蓋收著、拳頭在嘴裡塞著、眼珠子凸著、喉嚨腫著、頭髮數著的自己。如今血開始滲進他的嘴裡，而那像是銅線般的滋味嘗起來不差，因為那可以將他像斷線風箏般危險的心靈，可以被拉回到現實裡。他現在要是一個不小心笑出聲來，緊接著恐怕就會放聲尖叫，然後他就會徹底瘋掉。

那太政治不正確了，爸，泰勒在腦子裡這樣跟他說，然後整個時間迴圈又開始重來一遍，只是這一回史提夫很努力回想那天早上，他聽見泰勒說的最後一句話是什麼……但他怎麼也想不起來。

他記得清清楚楚的，是他們回到家之前那些小到不能再小的瞬間。就像一張張的無形的描圖紙，他把那些瞬間疊在家中的狀態上，希望能找到當中的參照點與相似處：我們離開威名百貨時，他在做什麼？他從馬廄取得繩子時，我們在做什麼？但他毫無線索，只是莫名其妙地把碎片般的記憶又痛苦地重溫了一遍遍：要是……要是……要是……就好了……那儼然是一臺肆虐著他的大腦，以他的罪惡感為食的施虐機器。

他跟喬瑟琳都提早完成工作下班，打算要去為了聖誕節血拼一下，只不過他們最終只進進出出地完成了咖啡廳與蠟燭店巡禮。為了揮別不堪回首的十一月，他們已經趁著喬瑟琳的生日，把大禮物送給了兩個孩子，所以聖誕節他們打算過得稍為簡單一點，只要過節氣氛夠歡樂就行。史提夫想在威名百貨的超級中心帶點特別的肉類，而喬瑟琳則是想挑一套新衣服在聖誕夜的隔天穿，因為他們那天排好了要飛去亞特蘭大探望她父親幾日。他們沒有理由懷疑這天不會又是平凡的一天。比起平常，這天的空氣沒有特別沉重，也沒有更為壓迫；在賣場裡擠來擠去的那些傢伙，也還是跟平常一樣有夠沒禮貌的。一群街頭舞者從群眾當中一個個集結起來，在邦頓百貨店前面即興來上了一段，史提夫跟喬瑟琳於是逗留一會兒，看完也沒忘了禮貌地拍了拍手，鼓勵他們一下。但兩人不知道的，是不可言說的悲劇正在自家中一步步展開。

如今一顆心被打入有如煤礦坑道的黑暗裡，坐在一切仍帶有小主人氣息的泰勒臥房裡，史提夫不禁捫心自問——他從容不迫而思緒冷靜，如果他能腦袋清楚地綜觀這一切，他就會知道自己很矛盾地拋棄了理性——要是能預先知道這一切，他們可以怎麼重來一遍？他們會有辦法阻止什麼嗎？他實在忍不住想要把錯歸給喬瑟琳，她為什麼沒事要在邦諾書店裡逛那麼久？他又忍不住想要責怪自己，沒事幹嘛堅持要在星巴克繞一圈——喔，去你媽的白痴，他怎麼能愚蠢到這個地步？要是他們能早點回家，事情也不會……

他們把一袋袋東西擱進了豐田車內。從停車場出去，大部分的車輛都會右轉走八十四跟八十七號州道，但他們連著兩個左轉，開上了百老匯大道。這麼走只要過兩個紅綠燈，就可以接上9W公路。9W公路會帶他們離開市區，也離開左手邊通往風暴國王州立公園的九彎十八拐。從那裡算起，他們只要再開五英里的二九三號公路，就可以回到黑泉鎮。區區五英里的距離，隔開了他們像鐘擺在擺盪著的新月彎刀。那把西班牙宗教法庭的傳奇刑具，現在就堅決地懸在他們頭頂。他們每往前開一英里，閃著金屬寒光的刀刃就無情地下墜一點距離，刀鋒掠過的呼嘯聲感覺不斷朝著他們逼近：右、左、右、左，這兇殘的古董刀鐘預示著一切的終結——來到毀滅邊緣的是他們所知的一切，與所愛的一切。

返家的這趟路。每一項細節都在他腦中像寶石一樣閃耀著。低垂的太陽映著後視鏡，閃瞎了他的眼。哈德遜河面上反射著蒼茫的白光。喬瑟琳提議他們將來養隻新狗。他每重新回憶一遍，都想大喊著叫車上的幽靈史提夫跟幽靈喬瑟琳掉頭離開，就好像那麼做可以抵銷已經發生了的一切。但那就像在看一部戲劇化的劇本已經寫好的恐怖電影，而腦海中的他跟喬瑟琳也仍朝著無可避免的結局而去。

過了高爾夫球場，右轉走上深洞路，跨越溪水，進入家中的車道。屋子空蕩蕩地矗立在十二月的陽光下，屏住了呼吸。他們帶著戰利品來到了前門，喬瑟琳嘲笑著他笨手笨腳地拖著大包小包還想把鑰匙插進門裡。史提夫知道接下來的情節發展。她親了他，威名百貨的帶子從他左腋下落下，打到了地上，他想撿但撿不起來。喬瑟琳彎下腰來幫他，說算他運氣好，沒把聖誕樹的燈球砸破。笑聲打破了屋裡的沉默——那是沒了佛萊契在他們身邊跳來跳去，並像隻盡職的狗狗尾巴搖來搖去，叫得超有元氣之後，他們已經習慣了的沉默。

進了門就是走廊；然後是樓梯。喔，我的天啊，樓梯。

樓上等待著的東西，離他們只剩四十秒的距離。

喬瑟琳前往飯廳把郵件拆開，史提夫則去到廚房把東西放冰箱。就在此時，突然的一陣風讓他停下了動作，於是他抬頭像上望去。史提夫並不迷信，但他知道每個人生來都有某種生物節奏的屬性會有預感的作用，而那就像是他已經能遠遠地聽到傳自刑求室的尖叫聲。那一陣風，那道在空中帶出漩渦的強風，對應的是已經來到他們頭頂上幾英寸處，節奏穩定的彎刀鐘擺，而再過七個小時，史提夫就會躺在泰勒的臥室裡蠕動掙扎，拚命想掙脫把他綁在架子上的皮帶。

他關上冰箱，拿起了裝著禮物的幾個袋子。回到走廊，爬上樓梯。史提夫試著叫住他：他媽的快別走了，快離開那兒，只剩十二秒了，十二秒後天崩地裂，只剩十秒，十秒後的彎刀就會低到足以……

但他不聽。他還是繼續在樓梯上往上爬……因為他不知道。

他以為晚餐前還有時間去跑個小步。

臥室門被推開，彼特．凡德米爾走了進來。他驚嚇地發現史提夫坐在泰勒床邊的地上。史提夫不知道的是，他眼珠子裡大部分的微血管都已經爆開，所以眼前覆上了一層紅色的薄膜。

「不，該死的，我們快離開這裡，這太離譜了。」彼特邊說邊拉起了史提夫的手臂。史提夫百般不情願，因為他只想讓從泰勒呼出肺部的空氣不要進入彼特的胸腔裡，甚至最好能讓泰勒排出的二氧化碳不要從門縫中散逸；泰勒屬於他，所以他呼出的空氣也屬於他，他要把那些空氣保存下來，他要讓泰勒繼續活著。

「喂，你聽我說：你現在不適合做決定，所以一切照我說的去做。我們先去一趟醫院。你太太現在狀況很危急，瑪麗正在盡一切努力，但你們現在需要彼此，比起過去任何時候都更需要彼此。」

他領著史提夫離開了泰勒的房間，途中碰到了泰勒在門上留下指紋的地方。史提夫放棄了抵抗，順從地讓自己被帶出房間，主要他想到自己不能再讓彼特留在這裡，否則他會讓泰勒存在過的痕跡被抹煞殆盡。

「我會在醫院陪你們，這樣瑪麗才能回來睡一下。勞倫斯現在是波基普希的外公外婆在顧。瑪麗不希望他……」

……不希望他待在黑泉鎮是吧。史提夫聽得自己替彼特完成了句子，一陣尖銳抽痛劃過他的內心。聰明，既然她已經找上了泰勒，那勞倫斯很合理的就會是下一個，對吧？

彼特帶著他來到泰勒房間外。這是史提夫那天第二次見到他小兒子，那個有時候會把他逼瘋的開心果，但此時的他已在走廊中點的地板上癱坐，頭無力地垂向後頭。他用Liquid Nails建築用黏著劑，把自己的雙眼給封起，而嘴巴則扭曲出某種可怖但很有說服力的笑意，畢竟他口中被塞滿了死帽蕈，也就是毒鵝膏這種毒菇。麥特嘴角淌著收不住的口水，襯衫上則是一塊塊滴落的毒菇。毒菇長自地板縫隙處，形成了精靈指環將麥特困在其中。那幅畫面看上去，彷彿是麥特覺得只有把毒菇通通吃掉，才是唯一的生路。但他每摘下一朵毒菇，新的一朵就會從原處冒出，讓指環繼續把麥特包住。

拿來用工業用膠把眼睛封住的矽利康槍，就躺在環外的地板上。

麥特目擊到的，是能在電光火石間讓他失去理智的影像。

史提夫一轉身，意識相當清楚地感覺到鐘擺的彎刀將他腰斬成兩半。他感覺到自己慢慢變成了個空殼，就像是五臟六腑都從被劈開處掉了出來，但當然那滑出他身體的不是有形而具體的東西，而是他從出生累積到現在，所有可以跟「我」畫上等號的自我認知。那種感覺真實到他差點想笑。

泰勒用一段取自馬廄的繩索吊死了自己。他將之拋過橫梁，套在自己的頸子上，然後踢掉了腳踩的凳子。自由落體並沒有發揮太大的效應，泰勒的脖子並沒有應聲而斷。相對於此，泰勒是在痛苦裡緩慢地、意識完好而清醒地失去生命。

乾掉的淚痕，留在了他呆滯而腫脹的眼睛之下。他行屍走肉的面具上陳示著恐怖，也訴說著深沉而黑暗的悲傷。

而也到了此時，史提夫才看到骨感的凱薩琳．凡．懷勒就直挺挺站在晃盪的屍身旁——黑泉女巫一如愛倫坡筆下的紅死病，已經像小偷似地摸黑來過了，於是他知道了，他很確定地知道了：寶貝兒子泰勒，他的泰勒，是真的死了。

事發七小時後，他在隨彼特．凡德米爾穿過二樓走廊時，開口放聲尖叫。

第二十四章

不把馬修．葛蘭特直送到紐堡的聖路加醫院，是他生涯中最掙扎的一個決定，但勞勃．葛林姆還是作出了這樣的判斷，一切後果由他來擔。一個原本已經空前可怖的噩夢，才剛剛達到了絕後的最低點——尖叫的喬瑟琳被從樓梯上一遍遍拉下來，而人在樓下的史提夫則坐在飯廳餐桌前，用駭人的專注瞪著眼前的虛無，就好像他的整副大腦已經一口氣被刪除。

打電話通知葛林姆的人，是瑪麗．凡德米爾。他跟華倫只花了三分鐘，就來到了葛蘭特家，還剛好遇上在路邊停車的家醫科醫師華特．史丹頓——又是這裡，這念頭讓他抖了一下。怎麼這詛咒都專挑這裡當事發現場，而且之前的事件好像只是暖場。按照彼特的說法，他是跟妻子被某聲慘叫嚇了一跳，然後就立刻衝過來想幫忙。當然他們實際上也幫不了什麼，但起碼他們把一對爸媽拉離了死去的兒子身旁，而那也算得上好事一樁。

麥特仰躺在大理石的流理臺上，瑪麗與喬瑟琳正用冷的自來水在沖他的臉。史丹頓醫師一看到水槽裡剩下的毒菇，就厲聲問起麥特是不是攝取了這些東西。但他也不等誰回答，就立刻將少年翻了個身，然後把手指伸進他的喉嚨催吐。

電光火石之間，葛林姆看見了麥特的眼神。

喔，天啊，那雙眼睛。

那白濁的象牙色，有如塑膠般的一層東西，讓他的眼球就像先被針刺破了以後，流了一堆東西出來，然後剩下的組織又在眼窩裡重新凝固了起來。

華倫在幫忙醫生處理麥特的同時，葛林姆跑上了樓去，而他的情緒也在那裡火山爆發。泰勒．葛蘭特，那個瀟灑、溫暖的黑泉少年，還只是個大孩子而已，怎麼就自顧自地吊死在家裡的梁上。當然那原因已經擺在眼前：她就站在搖晃屍身的後面。猛然之間，葛林姆的視野變色成珍珠灰。聲音一下子通通被悶住；喬瑟琳的哭嚎淡出在遠處。他狠狠地咬了咬自己的嘴唇，等待著世界重新滑回焦點。他逼著自己撥開電燈開關。他得另外喬時間來悲傷；此刻最重要的是確保不會有更多死傷。

史丹頓兩階兩階爬到了樓上，然後朝著因為驚訝而張大的嘴巴，就是一巴掌。「我的天啊，喔不，天啊。」

泰勒沒穿鞋襪的腳，就懸在離地約一碼高的地方，腳趾向下。腳後方就是凱薩琳穿在身上，濕掉的髒衣裳。

「你們通常怎麼處理這種案例？」葛林姆問他。

史丹頓看著葛林姆，驚魂未定的他無法理解葛林姆的話。

「這種自殺的案例。」

「喔。」史丹頓心不在焉地搖了搖頭，伸手順了順頭髮。「我得通報給地區檢察官知道。在他弟弟也發生了那種事情之後，州警肯定會想介入調查。」

「嗯嗯，但那得她先消失才行。」

史丹頓用不屑的眼神看著構成精靈指環，那一圈完美的毒香菇，從二樓地板的過半處，就一路沿地板裂縫生長過來。史丹頓不提，葛林姆原本還沒注意……而這一注意，恐怖的光景讓他雞皮疙瘩直起，腿也軟到不行。他召喚出全身的力氣，才逼著自己用理性與直覺來處理眼下的當務之急。

「那些毒菇是死帽蕈。」史丹頓說。「所以勞勃，我得把樓下那孩子送醫。」

「萬萬不可。你要是讓他這副模樣被送到醫院，他們一定馬上通報州警過來。要是我們把麥特的傷跟泰勒自殺分開報案，他們的想法一定會朝虐童發展，接著就會啟動調查。」

「但他真的不能不趕緊送醫！」史丹頓幾乎叫了出來。「我不知道他吃了多少，但這種蕈菇非常致命，而且他的那雙眼睛——」

「帶他到你的辦公室，盡你所能救他。」

「你知道我不能這麼做，我當醫師可是發過誓的。」

「我接下駭克斯來負責大家的安全時，也發過誓。責任我負，你照做就是了。快，去幫幫泰勒的小弟。」

「我在自己家幫不了他什麼！要是她還得在這拖上三小時呢？那孩子隨時都有生命危險！這家人可是已經失去了一個兒子，勞勃！」

葛林姆的眼睛掠過了泰勒牛仔褲胯下的深色部位。死的時候，泰勒釋放了膀胱的括約肌。葛林姆轉過身去。為什麼這一切要如此殘酷？如此沒有尊嚴？他真的完全不理解。但即便如此，他最終還是找回了這些年歷練過這麼多的狗屁倒灶與慘無人道後，內心早已熟悉了的那股冷靜，而這也讓他得以只有隱隱作痛了一下下，就掙扎但順利地讓自己的道德感閉上嘴巴，就像麻醉藥在慢慢退掉。但史丹頓做不到。讓史丹頓瞻前顧後的重點，多半不在於擔心打破他向美國醫學會立下的誓言——雖然那也是不小的風險——而在於這本身就是個可怖的事件。葛林姆抓住了他的肩膀。「聽著，華特，你以為我不希望有別的辦法嗎？但緊急狀況下，整個鎮的利益得優先考量，個人的利害得先放在一旁，這道理你懂吧。現在的條件我們只能這樣。我們只能希望麥特的爸媽不要發現。這邊狀況解除了我會馬上通知你，現在分秒必爭，我不管你用什麼辦法，看在老天爺的份上，千萬幫我把那孩子救回來。」

史丹頓多猶豫了兩秒，好像在懷疑著自己的某項決定，然後他有了個驚人之舉：他朝著已無生氣的泰勒走去，舉高了手臂，闔上了罹難者的眼睛。這個體貼的動作，展現了人的惻隱與悲憫，也讓葛林姆感到很窩心。史丹頓接著便衝了下樓，而葛林姆也沒忘了最後提醒他一聲，「絕對別讓他爸媽起疑！」

史丹頓帶離了麥特，不久葛林姆就聽到車道上傳來他的車聲。由此他劃掉了內心一件需要擔心的事情。但接下來的幾分鐘是一連串碎片般的混亂。喬瑟琳從原本的歇斯底里，變成了彷彿不知今夕何夕的無頭蒼蠅。她想要把電話打起來，想要把事情告訴大家，但葛林姆告訴她電話現在不能打。瑪麗陪她坐在了沙發上。在某個點上，她突然說她得把晚餐要用的雞胸肉拿出冰箱解凍，瑪麗只好安撫她說有人已經幫她拿了。葛林姆愈來愈放心不下來。他望向史提夫求助，但史提夫依舊麻木地在飯廳餐桌上坐著，一動不動。就這樣過了二十分鐘，喬瑟琳才發現麥特不見了。葛林姆表示麥特被史丹頓送去醫院了，喬瑟琳於是哭了起來，然後吵著要回樓上去陪泰勒。這一樣接著一樣，真的是亂得無法想像。

趁著樓下有凡德米爾夫妻顧著他們的好友兼鄰居，葛林姆帶著華倫去到了樓上，並在那兒討論起了手邊的選項。凱薩琳站在戰利品的身後無聲無息，就像母獅捍衛著獵得的動物屍骸，以防成群的鬣狗會聞香跑來啃食肉塊。葛林姆的恐懼之情愈來愈壓不下來，因為他意識到女巫沒打算要離開。她是有計畫的，她是故意要折磨活著的人。

她要泰勒的父母痛苦。

就像她曾經也痛苦過。

至少她的意圖清楚了，是吧？

華倫搖了搖頭。「我不知道耶，勞勃。我們從沒有遇過得人為把她移開的狀況。」

這話說得沒錯。駭克斯有用不完的創意可以去隱藏凱薩琳，但絕對嚴禁觸碰她，畢竟要是一個不小心，惹到了凱薩琳，鎮上難保不會有人丟掉性命——心臟不夠強可以沒命、大腦皮層太薄可以沒命……任何人感受到她發出的聲波震動，都可以隨時倒地不起。

隔著二樓的地板，凱薩琳依舊一動不動地站著。

她口中碎念起那些該下地獄的字句。

她在挑釁。

來碰我啊，你們這些傢伙。來碰我啊。看看這次又要死誰？

突然間，華倫狠狠一腳踢上了死帽蕈，讓精靈指環破了個口。其中一朵小蘑菇因而脫落，硬是滾到了女巫跟屍體沒兩樣的腳下。

停在了她粗糙扭曲的蠟黃腳趾邊，然後就這樣靠在上面。

「凱薩琳。」華倫說著清了清喉嚨。「嘿，凱薩琳。」

葛林姆的嘴巴瞬間乾如羊皮紙，喉間嗆出一道讓人頭皮發麻的呻吟聲。他想拉住華倫，但腳卻像被釘在地板上似地動彈不得。絕對不跟女巫說話是他們的默契，所以華倫正這麼做的事實，其恐怖程度可說不輸給現下周遭的每一項事物。

「妳得償所願了，男孩死了。」華倫說起話來像是在漱著口，聲音出不太來，就像有塊凡士林卡在他喉嚨裡。「現在快滾吧，我們有工作要做。」

凱薩琳依舊一動不動地站著。

等等：她右手的指頭抽動著。

那對縫死的眼皮有些個動靜。

她在逗他們。

華倫靠近了一步。「嘿，妳夠了吧？」

「華倫，住手。」葛林姆低聲說，並同時因為一股直要將人逼瘋的恐懼而感到反胃跟難過。

黑泉鎮現在是誰說了算，他心中毫無疑問。除非有一天這股威脅可以被拋諸腦後，否則在那之前，所有人都只能任憑她宰割。「快給我他媽的退回來，除非你也想被繩子吊起來。」

時間開始拖著腳步前進，而這一等就是四十五分鐘。他們下了樓。葛林姆試著把還在恍神的史提夫喚醒，但一點用都沒有。屋子外頭，天空像流著血一樣紅。

華倫提議用掃把將她慢慢推走。推去哪兒？往哪兒推，有必要的話往樓下推；在階梯邊一摔，她就會消失不見。就像那些王八蛋用樹枝把她趕進哲學家之溪的水塔裡面，好方便用石頭丟她的時候一樣。葛林姆看見喬瑟琳眼下的黑圈，遲疑了一會兒。要拿鎮上某個老傢伙的性命賭一把嗎？就跟時代會變一樣，道德這玩意兒也絕對會與時俱進。

回到樓上。華倫拿著掃把，葛林姆抓著拖把。大滴小滴的冷汗扎在他們的額頭上。如履薄冰的兩人開始輕輕地用握把的頭部戳著凱薩琳。她沒什麼彈性的身體向後退了一些，但腳步沒有移動——不過她倒是不斷地轉動那張被縫了不知多少針的臉，每被戳一次就轉動一回。

這一幕之怪誕猙獰，完全反映在其令人厭惡的程度上，但懸著的泰勒遺體算是稍微發揮了阻擋的作用。

華倫與葛林姆都不敢硬幹來打破這樣的狀態。

「我要去陪我的寶貝！」喬瑟琳讓人聽著心都揪在一塊了的喊聲，在樓下迴盪著。葛林姆與華倫交換了一個吃驚的眼神，而不一會兒只見彼特．凡德米爾跑了上來。他明顯被眼前的狀況震撼得五雷轟頂，但也扎扎實實地帶上了一支掃把來助華倫與葛林姆一臂之力。對此葛林姆內心有說不出的感激。

「樓下狀況怎麼樣？」他靜靜地問了一聲。

「一蹋糊塗。」彼特說。「不然你以為樓下會是什麼狀況？不過瑪麗正在給她泡一壺好喝的洋甘菊茶。」他隨即表演了一下什麼叫做笑中帶淚。因為這句話實在有夠荒謬：沒錯，這場宇宙無敵霹靂大悲劇，解藥就是洋甘菊。

樓人的三人嘗試逼著將凱薩琳從右邊繞過泰勒的遺體，而她也終於搖搖晃晃地向側邊跨了一步。葛林姆覺得心臟在蹦蹦跳著。華倫推得更用力了……然後一個眨眼，女巫已經跑到吊著的少年前面，三人的中間。你問葛林姆，他一定發誓他聽得到女巫嘴邊的嘶嘶聲。於是乎像是中間被丟了個炸彈，三人倏地向外散開，其中華倫絆到了自己的腳，一屁股跌坐上精靈指環的殘骸。

接下來的發展，都像是十倍速在快轉。「喬瑟琳！」樓下有人喊了一聲——那是瑪麗的聲音，葛林姆判斷了出來——但還驚魂未定的他沒能來得及意識到樓下發生了什麼，所以也沒能來得及阻止她。他唯一聽到的，就是喬瑟琳慢慢湧上來的低吼，然後只見她齜牙咧嘴地奔上了樓來。然後喬瑟琳突然化身為第四棒的強打者，用能把小白球扛出球場的順暢揮棒，一舉將整壺洋甘菊茶砸在了女巫的臉上。

喬瑟琳這麼做，產生了驚人的效果。玻璃的碎片與滾燙的茶水，濺在了壁紙上面，由此葛林姆不得不往旁邊一躍，好避免掃到颱風尾，而女巫則身體向前一彎，消失於一瞬間。尖叫聲中喬瑟琳放開了塑膠製的握柄，一把抱住了她死去兒子的身體。

警方到了之後問了些問題。所幸瑪麗・凡德米爾已經早一步把喬瑟琳帶到聖路加醫院，否則葛林姆真不知道喬瑟琳那張嘴會劈哩啪啦噴出什麼東西。在他讓彼特打了九一一電話之後，葛林姆加入了坐在飯廳餐桌邊上的史提夫，他問史提夫覺得不覺得自己可以做份筆錄。

史提夫緩緩地吸收了他的問題，就像他剛從一個黑暗而遙遠的地方回到此地。瞪著一雙無限哀傷的眼睛，史提夫回問了一句，「這樣他們就願意幫忙把泰勒放下來嗎？」

不行了；葛林姆覺得這一切真的夠了，即便是對他來說都太多了。他把史提夫抱在了懷裡，把這個悲愴的父親緊緊地貼他的身上。「對。」葛林姆說，心想還好他不用看著朋友的眼睛說這個謊，「他們會幫你把泰勒放下來，放心吧。」他逼著自己保持著冷靜，部分原因是他得做出專業的判定：史提夫的神智還算清楚，還能理解已經發生的事情，而這也代表著他多半知道在警察面前什麼可以說，什麼不能說。

葛林姆放開了他，坐正了起來。「史提夫，有件事我得問你……對於發生這樣的事情……你有沒有什麼端倪？」

史提夫不急不徐地搖了搖頭。

「他會不會說了什麼？」看著史提夫不停地搖著頭，葛林姆換了個問法：「我是私下這麼問題，不是代表鎮議會問你。要是之前真發生了什麼事情，我必須要心裡有底才好確保鎮上的安全。我知道泰勒之前架了個網站，但我並不覺得今天的事情跟網站有關，不然慘劇早就發生了，不用等到現在。過去一個月我們追蹤了他的筆電，並沒有發現他更新任何的內容。你知道他有在進行別的計畫嗎？天啊，錯究竟出在哪裡？」

「我不知道，勞勃。」史提夫最後說了這麼一句，態度誠懇而冷靜。

葛林姆看著他，與他四目相望，他相信史提夫說了實話。史提夫腦中現在除了震撼，恐怕也是滿滿的不解。葛林姆決定暫時把原因擱下，先別給事情肯定煩不完的史提夫添亂了。他拍了拍史提夫的肩膀，「加油，兄弟，我晚上打電話給你。」

史提夫說了聲謝謝，葛林姆便把車鑰匙遞給了華倫，由他以朋友的身分留下來應付州警。葛林姆自己對於能離開這間屋子，鬆了一口氣。他感覺得到充滿存在感的死亡懸在屋子上方，就像一層厚重而有傳染性的薄紗從各個角落爬上他的身體。這是一種迷信，毫無疑問，但在這棟屋子裡，你會感覺死亡遵守著某種黑暗的規律，一個災難會生出更多的災難，就像是疾病在不斷擴散。踩著軟到像橡膠的雙腿，葛林姆逃到了後門。他沒有停下腳步，而是就這樣一路走到了後院的一半的地方，然後在那兒大口吸著夜晚的空氣，並且垂著頭，大腿在抖。

腦袋一團糨糊而多少不在工作狀態內的他，開始朝著前遊客中心出發。為了避免撞見警察，他選擇走山徑穿過森林，那代表他得先沿著休耕的田野走一段陡峭的上坡，讓貼地而靜靜映著月光的山霧提供他掩護。前一週低到零下的溫度，讓融冰成了這一週氣候的主軸，而這也造成了空氣中的濕氣非常重。黑暗之中，葛林姆看著自己的呼吸凝成小小的雲朵。

不過幾分鐘後，他就為走林道的決定後悔了起來。

他把手機當成照明，加快了步伐。毒堇在他左手邊形成一道巨大的黑牆。相較於山區的其他各隅，包括偏北或西方較遠處會有人去遛狗、會晚上去散個步，或是會趁著夏夜在那裡限制級地卿卿我我，這一帶什麼動靜都沒有，畢竟這裡怎麼說，也是被詛咒的角落。在黑泉，晚上不要出門是常識。

那個小朋友的眼睛。

怎麼會有人能對自己做出那種事情？是凱薩琳逼著他這樣戕害自己？還是她讓他看了什麼不正常到極點的東西，讓他忍不住想弄瞎自己，讓自己學著女巫變成一副毛骨悚然的光景？她的影響力，究竟有多麼無遠弗屆？

喬瑟琳把整壺洋甘菊茶往女巫臉上砸的畫面，突然又回到了他的眼前，只不過這一回當玻璃化為碎片，血從他自身的眼裡泉湧而出，然後他一個踉蹌，向後朝樓梯跌下了去……

振作一點，笨蛋。

但他真的嚇壞了，心情怎麼也輕鬆不下來。不論是剛剛風吹起來的模樣，還是樹因著風而在天空中晃盪，都讓風聲鶴唳的他緊張莫名。勞勃，葛林姆繼續加快腳步行進，以免黑暗耗盡他的勇氣。獨自在山裡，他內心種種不可思議與困惑的心情，慢慢形成了各種具體的問題，浮上了臺面。今天怎麼會變成這種局面？他在駭克斯服務了快三十年，也以主管之職負責了黑泉鎮快三十年的維安，凱薩琳從來沒有發動過這樣的攻擊。自從六七年那回她嘴角縫線被割開之後，她就沒有再讓人「被自殺」過了。沒有人不知道凱薩琳的低語會讓人失去求生的意志，所以也沒有人會讓自己暴露在這樣的風險裡。泰勒揪朋友惡作劇跟拍影片，或許看似走在懸崖邊緣，但泰勒這孩子個冰雪聰明，不可能真正犯下要命的大錯，不是嗎？現在說這個已經太遲了，但心如刀割的葛林姆開始痛悔起自己做了錯誤的決定，他早該讓鎮議會知道泰勒私下做了什麼事情。

事後諸葛的視力總是二點零，朋友。不是要找你碴，但說真的，你裝啞巴並沒有幫上他任何忙。

他停下了腳步，轉了一百八十度。後邊的林道上好像有人在跟蹤他。

他的腳步開始在被霜覆蓋的樹根上打滑。等他恢復身體平衡後，剛剛有些動靜的那不知道什麼鬼東西——不論是飄霧的關係，還是他在自己嚇自己——已經不見了。突然一股此地不宜久留的心情，讓他奔跑了起來。那是一股突然打到他身上的複雜情緒，成分有不理性的恐懼，也有一種總覺得恐怖即將來襲的預期。

可以把人嚇破膽的東西，正在逼近。

這一切的一切，都同屬於一個一路向下的因果漩渦。美工刀插在凱薩琳的胸口，死去的狗，被詛咒染紅的溪流，石刑與其瘋狂的後續。處刑者鞭下的傑登才在鬼門關前走了一遭，好不容易歷劫歸來，現在又是泰勒。

那些兒童在聚落的圍牆外挖洞，然後以抬屍的行列式把裝水果的木箱扛到聚落外頭，放到墳墓中。他們的父母親覺得孩子是被附了身，而這種遊戲也被視為是一種不祥之兆。

側腹的銳利縫線讓他痛得縮了一下後，葛林姆走上了經過舊霍普維爾家的砂石路，最終抵達了深洞路。街上燈光很亮，而他仍繼續一跛一跛地跑著，朝著原本的波波羅賁遊客中心而去。

棲身在屋頂的邊緣，橫條裝飾的上面，是一隻黃褐色的貓頭鷹。鳥兒用猙獰而閃閃發光的眼神瞪著他，就像掠食者在盯著獵物。葛林姆不知為何因此滿心籌愁雲慘霧，總覺得大難即將臨頭，但總之他拍起了手，希望把鳥趕走。可惜天不從人願，貓頭鷹動也不動，眼睛眨也不眨。最後是逼著葛林姆撿起石頭，狠狠地丟過去，貓頭鷹才拍動強壯的兩翼而去。

進到室內，葛林姆得知凱薩琳已經現身在下南區的一間廚房。他召集了克萊兒與馬諦前往該戶人家，並將居民疏散到點對點客棧，片刻也不讓女巫從視線中消失。此外他們並沒有收到洋甘菊茶引發傷亡的報案。葛林姆留在控制中心，並開始在監視器錄影中找尋線索。他一遍又一遍播放起影片，並在關鍵時刻之間來回快轉倒退。他看到麥特從公車站走回家，他看到葛蘭特家黑濛濛的窗後那會欺騙人的靜默。死前的泰勒，究竟曾徘徊在什麼樣的陰陽交界中？從麥特放學回家到他爸媽把車轉進車道的一個半小時間，他什麼動靜都沒有看到，不是比喻，而是貨真價實的什麼都沒有拍到。這對照起屋內正在發生的事情，只讓人深感影片畫面正常得非常不自然，愈看愈讓人毛骨悚然。

華倫從聖路加醫院來電。他說史提夫．葛蘭特在彼特．凡德米爾跟禮儀師的陪伴下，先留在黑泉鎮，等一下才會過來醫院。麥特因為攝取了毒菇而出現嚴重的腸胃道中毒反應，但起碼是保住了性命。醫師正在搶救他的眼睛，但他們保證不了什麼。華倫想留在紐堡等少年清醒，希望他醒來之後可以開口提供一點線索──不太可能但不是完全不可能。

葛林姆掛上了電話。他一面思考著各種策略，希望鎮上正在集體崩潰的事情不要被外界發現，一面總甩不開一種感覺是有件很重要的事情被他忽略，一個他得趕在災難爆發前想到的重點。這想法像葬禮的鐘聲一樣在他腦中迴響。他只能盡量要自己專注在等著處理的事務上：他要有那些問題要做爸媽的回答？他可以對外公開那些事情？告別式要辦在黑泉鎮上還是黑泉以外的地方？要是凱薩琳突然在外地親朋好友齊聚的葬禮上現身，就像個縱火犯跑來看自己的大作一樣，那該怎麼辦？

也許這一切都是她的計畫。也許泰勒的死是某個黑暗棋局的一環。

「喂。」

葛林姆跳了起來，就像有人把這句話給說了出來一樣。張大了眼，身上的肉突然在骨頭之上爬了起來，這樣的他瞪起了桌上距他不遠處的手機。兩秒鐘之後手機響起，來電的是克萊兒。

「勞勃，她走了，剛剛的事情。」

一開始他還搞不清楚那厚重腐敗的屍臭從何而來。「ＯＫ，那妳就回……」他才才開口說話，但就在此時他聽到了低語聲。他環顧四周，猛然與凱薩琳．凡．懷勒那張飽經摧殘，有如噩夢般的臉大眼瞪小眼。她乾裂的的嘴唇緊縮成一抹淺笑，扯緊了縫線。左邊嘴角的開口心無旁騖地抽動，下三濫的臺詞就這樣進入了他的意識之中。葛林姆尖叫一聲鬆開了手機，向後跌坐在辦公桌上。筆盒被他撞倒到地上，而他的人也隨即滾落桌子的另外一邊，剛好就在剛落地的筆盒旁。

以一種冷靜而謹慎的速率，凱薩琳繞過辦公桌，步行到了葛林姆的前頭。

「勞勃？勞勃？」手機另一頭傳來細細的叫喊聲。

開始逃離的葛林姆用屁股在地上爬行，但黑岩女巫仍用她灰黑的赤腳不斷逼近。她的腳只是病態的蠟黃，尖端又彎又長。纏繞的鐵鍊在她痀僂的身體上鏗鏘作響。在一陣慌亂中，葛林姆一頭撞上了大螢幕，然後向後彈到了一處角落——啊，還真巧，人真的很愛被逼到牆角。

不久之後凱薩琳朝葛林姆彎下腰，然後用硬梆梆的身體把嘴唇貼到他的耳鬢。如果又不想碰到她，那葛林姆這下子真的是無處可逃了。於是出於不得已，葛林姆僵在當場，把手指插進自己的耳朵，然後開始用吃奶的力氣放聲高歌。只不過這次他唱的不是卡翠娜與搖擺合唱團，事實上他唱的東西連歌都稱不上。這一次他可憐兮兮哭喊出的音符，只是五音不全的求生之聲，目的只在於將他與女巫的殺人細語聲隔開。只不過唱的聲音再大，都不能讓他對面前女巫被縫死的眼窩視而不見，也不能讓他對女巫病奄奄的泥巴與死亡惡臭失去嗅覺。

第二十五章

一直到星期六的下午，麥特都處於人工昏迷中。下午四點，當史提夫、喬瑟琳、米爾福・漢普頓（喬瑟琳從亞特蘭大飛來的父親）與瑪麗・凡德米爾從醫院天井處那幾乎沒有人碰的午餐回來後，麥特醒了。但很快就獲得確認的事實是他對外界刺激毫無反應，院方給出的診斷聽來非常嚇人：緊張性僵呆。他們看著麥特躺在醫院病床上，皮膚慘無血色到幾乎透明，覆蓋在雙眼上的繃帶就像某種病態的豪華面具。恐怖的是麥特的肌肉之僵硬，他的頭部直接懸在枕頭上空，兩者之間有數英寸的空隙。主治醫師表示他在換繃帶的時候，麥特右眼的瞳孔完全沒有反射反應，而左眼也要等角膜移植之後才能看會不會恢復反應。史提夫自己也是醫療背景，所以他知道繃帶下多半是什麼慘狀：灰白如雲山霧罩，就像眼珠子根本不在裡頭。

史提夫跟喬瑟琳都完全沒睡。喬瑟琳不想回黑泉鎮，所以他們住進了史都華國際機場裡，漢普頓先生投宿的拉瑪達客棧。史提夫泥菩薩過江，根本沒有能力去關心喬瑟琳好或不好。早餐時分的她看來就像是個重感冒的病患，說出口的句子支離破碎。驚魂未定的她徹底忘記了黑泉鎮的規定：她滿口的胡言亂語中不斷提到黑岩女巫，甚至有一度她還直接對父親宣布說，「這都是凱薩琳幹的。」這段時間應對著分不清東西南北的喬瑟琳，瑪麗始終表現出驚人的專業態度，而她此時也並沒有忙著糾正喬瑟琳。她只是先試著讓喬瑟琳冷靜下來，然後將她帶到了女生廁所。

「天啊，這份亂勁兒。」漢普頓先生說。他的眼睛紅了一圈，鬍子也都沒刮。史提夫一向不討厭喬瑟琳的父親，但他跟喬瑟琳始終無法融入漢普頓家的大家庭——而如今他們原本相隔數英里的兩個世界，正用各種說多不自然就有多不自然的方式在朝著彼此滑動而產生交集。「史提夫……喬瑟琳念個不停的那個凱薩琳，到底是誰啊？」

史提夫始終沒有心力去提醒妻子。他一面鑽著牛角尖，不斷在腦海中重播關鍵的那些瞬間，就像個永無止境的迴圈，一面倍受山高海深的痛苦威脅，而只能一鑽完牛角尖就立刻陷回朦朦朧朧的半無意識狀態去尋求安全。但岳父的這個問題，他好歹是聽進去了。

「我不知道。」他說。他不是不知道兒子屍骨未寒，就得針對他的死因扯謊，是一件多麼荒唐，多委屈的事情，但他還是用與內心悲傷格格不入的輕鬆寫意，扭曲了真相。「她嚇壞了，時間概念也亂掉了。所以凱薩琳可能是她以前認識過的人吧？我想。」

「這我就不知道了。」老人家突然哭了起來。他朝著桌面彎下了身子，用發抖的拳頭抓住了史提夫的雙手。「這就我怎麼相信。泰勒，會自殺？我是說，人想死也得有個理由吧？你跟喬瑟琳真的什麼……異狀……都沒有察覺嗎？」

他一邊把最後這幾個字擠出來，一邊機動搖晃著史提夫的雙手。不，爸，不是這樣，突然興起一把怒火的史提夫有股想全盤托出的衝動。上個月我們家的狗被吊死在樹上，那高度正常人根本爬不上去，然後我們在鎮廣場上用鞭刑凌虐了好幾個十來歲的孩子，而那其實是鎮上一種另類的博覽會。但天殺的我們沒預期到泰勒的事情，泰勒是那麼一個……

突然間他意會到岳父來到嘴邊的話是什麼，而一股嚇壞了他的驚慌掐住了他的喉嚨，因為他實在不想親耳聽到那些話。但太遲了，那些話還是像鹽巴一樣被抹在了他裂開的傷口上。「泰勒是那麼一個開朗的孩子。」

是啊，那麼一個活潑開朗的孩子，那麼一個優秀的孩子。但為什麼你提到他要用過去式呢，你這個白癡，你是在暗示他已經不在我們身邊了嗎？你是在說他跟發生過的事，跟潑出去的水一樣，再也回不來了嗎？多麼開朗的一個孩子。「救我，爸。」他哀求著而我做了什麼？我做了什麼？

緩緩地史提夫搖了搖頭。「我不知道，米爾福。」

「所以他真的沒有留下什麼遺書或信箋之類的東西嗎？我不用知道裡寫了些啥，我只要知道那孩子有他的苦衷，於我也就是一種安慰了。」

「不，我不知道。」喬瑟琳跟瑪麗究竟哪兒去了？史提夫想要，也需要這場對話趕緊畫下句點。

漢普頓先生抽回了他孱弱的手，垂下了雙眼。「有沒有可能泰勒對他的小弟做了那樣的事情呢？有沒有可能他一瞬間鬼上身，失去了理智呢？」

史提夫得用力咬住他已經飽受摧殘的嘴唇，才能控制得住自己。他用顫抖的聲音說，「我不知道，米爾福。」

他們被帶到一個小房間裡去與麥特的醫師跟醫院裡的精神科醫師談話。華倫．卡斯提歐也跟了上去提供必要的協助……然後順便監視一下兩人。比起早上，喬瑟琳看來要回魂了一些，這次她沒有透露任何機密出去，而只是哭個不停，邊桌上的舒潔幾乎要被她用罄。

在預期會出現的大部分問題都被實問虛答一番之後，醫生提起一件事情：「我這兒還有一件敏感的問題要跟兩位討論。目前而言，我們是沒有適合的捐贈者可以提供角膜給麥特。那基本上我們愈快進行移植，他完全恢復視力的機率就愈高。所以，兩位願不願意考慮讓我們用泰勒的角膜給弟弟動手術呢？」

其實這個問題，史提夫也多少預想到了，但真正聽到醫師這麼問，他還是壓抑不住內心的激動。精神科醫師說道，「你們不用馬上答應或拒絕。回去好好想想。雖然泰勒死得這麼慘，但幫助弟弟恢復光明，或許能給他的過往帶來一些意義。」

喔，是啊，太有意義了。史提夫想。就讓我們把取下兩人的優點，然後集中在一個人身上吧。這種事情的發生背後一定有什麼隱藏的邏輯吧，但即便如此，那也是一種我沒有辦法理解的邏輯。但不管怎麼說，他還是二話不說地答應了，畢竟他沒有理由不接受醫生的這個建議。

「那您呢，女士？您的想法是？」

喬瑟琳抹去了眼淚。「要是你沒意見，史提夫，那就這麼辦吧。泰勒也會很樂意把東西給麥特用的。」

接著主治與精神科醫師都沉默了半晌，現場氣氛略顯尷尬。華倫挑起眉頭，仔細地觀察起兩人。喬瑟琳完全沒有注意旁人的眼光，因為她還沒哭完。但史提夫注意到了：兩名醫師並不相信她。就跟喬瑟琳的父親一樣，兩位醫師也認為是泰勒用矽利康槍攻擊了弟弟，然後畏罪自殺。華倫也看出了醫師的想法，並對這樣的結果很滿意。史提夫感覺心被撕成兩半。他的兒子，他的泰勒，被一種強大到難以想像的詛咒力量逼著走上了絕路，而麥特也沒有能倖免於這股力量，但他們卻都以為真相是泰勒瘋了。就是個可憐蟲，一個神經錯亂的嗜血青少年，報紙上偶爾都會看見。

這種深沉的委屈，讓史提夫第一次掉下了男兒淚：發自內心深處那股傷筋錯骨的悲戚，讓他陷入了漫長而一發不可收拾的啜泣。而且就像他之前無以安慰喬瑟琳，喬瑟琳現在也沒有能力安慰他。他們肩並肩坐在各自的椅子上，也各自在他們的悲傷中孤單而迷失了方向。事實是即便喬瑟琳振作起來安慰他，史提夫也不確定自己會有能力將妻子的好意收下。

華倫領著他們離開，去到了醫院裡的哈德遜河景觀咖啡。大片的窗戶看出去是森林覆蓋住的停車場跟懶洋洋流淌在後方的哈德遜河。行車圓環上的巨大的聖誕樹，在慢慢削弱成黑暗的日光中前後擺盪。白日累積的一陣溫暖，已慢慢被十二月晚間的刺骨冷冽給驅散。不遠處在這棟建築另外一隅的太平間裡，有他赤身裸體被切劃開的親生骨肉，解剖的病理科醫師肯定已經移除了他身上所有重要的器官。

「我真的深感遺憾。」華倫說。「但在諾克斯與克雷默的人員開始籌備葬禮之前，我們有一些實際的問題必須釐清。兩位的希望是火化還是土葬？」

「土葬。」史提夫幾乎脫口而出，而喬瑟琳瞪著他，貌似相當驚訝。

「史提夫……」

他們沒有喪葬保險，但問題並非出在費用上。史提夫一向不覺得他們是那種會把象徵意義連結到墓地上的人。他們曾經告訴過對方說要是有那麼一天，他們都希望被火化而不要土葬——當然他們只是用一般人覺得死亡離自己還很遙遠的那種口氣，假設性地聊到這件事情。但他現在突然可以想像他們的親戚朋友在參加完火化儀式後，跟他們一起回到家裡，然後在那兒大啖他們準備的沙拉與鹹派，徒留泰勒孤伶伶地被送進焚化爐。那樣的高熱會燒黑他柔軟的皮膚，會烤捲他的頭髮，然後在短短幾分鐘內拆解掉構成泰勒身體那麼多年的肌肉。再也沒有什麼名為泰勒的東西可以留下來，只剩一堆灰煙隨氣旋飄出煙囱，散逸進冷風之中，直到一顆顆原本屬於他的分子與原子，塵埃落定在千家萬戶的屋頂上。那一幕讓史提夫難以忍受，他知道自己無論如何，都會希望盡量把兒子留在身旁。

「我們要讓他入土為安。」他重申了一遍。

「嗯，史提夫，我不知道耶……」喬瑟琳說。「泰勒一向想逃離黑泉鎮，想去看看外面的世界。我們選個適當的地點灑他的骨灰，會不會更好一點呢？」

但史提夫還是不肯讓步。他也不知道自己是哪根筋不對。也許這是個自私的選擇吧，但他總覺得這決定值得堅持，就像是外界有股力量在啟發他，而他只是在傾聽自己內心的聲音。

「我要把他留在我們身邊，喬瑟琳。我要能想到就去看他一下。」

「好吧，我聽你的。」她說。畢竟今天遭逢不幸的是泰勒；萬一今天死的是麥特，那決定權就會在她。

「您想將他埋在哪兒？」華倫問道。

就在後院的佛萊契旁，史提夫突然這麼想，然後覺得自己的身體結成了冰。

「在黑泉鎮。」

「我就怕你會這麼說。」華倫嘆了口氣。

「那會是個問題嗎？」

「不，當然不成問題。所有的決定都會盡量聽你的，這你可以放心。我們只是有點擔心——起碼可以這麼說。凱薩琳的行為模式已經改變，鎮上大家夥都嚇得屁滾尿流。我們實在不知道接下來會怎麼樣。」

「華倫，泰勒一定是因為某種原因聽到了她的殺人細語。那是唯一合理的解釋，是吧？這是場可怕的意外。」

華倫壓低了聲音說。「她昨夜攻擊了勞勃。」

史提夫與喬瑟琳駭然地望著他。

「別擔心，他沒事。只是我們都被嚇到了，如此而已。我們實在是想不通——那看上去是她有計畫的攻擊行為。」

「為什麼她會這麼做呢？」喬瑟琳問道。她原本已經在抖的嗓子現在更是直接破音。「為什麼她會殺了泰勒呢，史提夫？我很努力地不去想了，但我就是會一次又一次地看見，他吊在那裡……然後……我看到麥特把那些香菇往嘴裡塞……那不是他會做的事情，這你也清楚；是她在搞鬼，是她想連麥特也一起從我們身邊帶走……而我每次想起泰勒的臉，我控制不了……我唯一能看到的就是她那張臉，還有她睜開的雙眼……而她正朝我看過來……」眼淚開始沿她雙頰流瀉而下。「喔，史提夫，救救我，抱住我，好嗎？」

救我，爸。

史提夫聽到了妻子的呼救。他抱住了她，任由她在懷中失控地哭濕了他的襯衫，但他一點感覺都沒有。他感覺自己好像抱住的是一大球麵團。他只是不住地望出窗外，看著在呼嘯風中走在圓環上的人兒，他們各自也陷於附身於他們的鬼魂與邪惡的記憶中。但起碼他們在朝著家走去，而他們來到醫院的理由會被擋在家門外，因為回到家中，他們的孩子會在聖誕樹之下等著他們。此時史提夫突然看見眼前清楚而恐怖地有巨大的玻璃罈掛在聖誕樹幹下，而孩子的身體就沉浮在罈裡的福馬林溶液中。赤裸而腫脹的年輕遺體，漂在微黃的水中，而泰勒也在其中以突出腫大的雙眼輝映著聖誕燈泡的光線。

泰勒的瞻仰儀式安排在週二。由於黑泉鎮唯一的殯儀館位於蘿絲柏格安養院，所以他們另外選了「沉默男子」酒館後方的陽光屋來當作場地。泰勒以前就很愛跟朋友約在這裡喝麥根沙士。還有印象的酒保對史提夫說泰勒這孩子有家教又帥氣，怎麼看怎麼順眼，說到都快哭了。

喬瑟琳的神智不清在週一午後達到了最高點。她開始幻想所有一切可怕的事情都沒有發生，並一而再再而三地出現恐慌的症狀。史提夫發現她神情恍惚地在家中的渾沌區裡拔著地毯的毛，一根一根地拔個沒完。史丹頓醫師晚上開了抗精神病的藥給她，她吃了之後也睡了自星期五以來的第一覺，這多多少少算是一點小小的進步。

彼特提醒史提夫別忘了要去關心還活著的家人，而他心裡知道朋友說的沒錯。喬瑟琳始終處於徹底崩潰的狀態，而麥特的狀況也無甚好轉。角膜移植手術雖然成功，但麥特並沒有真正恢復意識的跡象。惟即便是這樣，史提夫也無法真正給予小兒子或妻子他們不但需要，而且也不過分地該得到的關懷；他的心思已經全部鋪天蓋地地被對泰勒的思念所覆滿。

當天稍早，泰勒的遺體已經安放在淡色系而現代風格的夾板棺木中，被送到了「沉默男子」酒館。史提夫與喬瑟琳人都在那兒等著了，這讓他們在當天稍晚要把棺木封起之前，還能與泰勒有一點獨處的時間。泰勒被打扮成他們希望的模樣，牛仔褲、白色V領短袖T恤，還有他最喜歡的羊毛衫——他在世時會做的裝扮。禮儀師真的把他弄得很帥。就連被繩子勒出的瘀傷，史提夫覺得應該要在泰勒脖子上能看到的地方，此時都已經完全沒有異狀。

他怎麼能美成這樣。他的兒子，他的泰勒啊。

他乍看之下就只是睡著了而已。那麼平靜。那麼生氣盎然。一種令人不安的感覺慢慢摸著他的身體爬了上來，就像睡著的泰勒隨時都會張開眼睛，伸展，然後從棺木中踏出來。惟冷卻床下發電機的溫柔震動聲，打破了這樣的幻象。泰勒正在由裡而外慢慢腐爛，那是一個頂多能用低溫去拖緩一點點，完全不可能被逆轉的過程。如果你把他的眼皮掀開，你會看到回瞪著你的是顆保麗龍球；病理科醫師都用那種東西去填上空掉的眼窩。

蘿芮來了。她說她爸媽今天有工作走不開，但葬禮他們會來。史提夫與她淚目相覷了一下，然後陪她進到了室內。

「我可以……摸摸他嗎？」她終究問了這麼一句。

「當然可以，親愛的。」史提夫說。她小心翼翼地把泰勒的手握在了手裡，然後又倏地猛然鬆開了手，顯然驚異於那手感是如此的冰冷與僵硬。

沒錯，就是這麼回事情，史提夫想。妳可以放手讓他走，或許妳會傷感一些時候，但妳的人生總會繼續往下走。明年來到夏天的時候，妳就會有新的男朋友，而泰勒只會消逝在一段痛歸痛但也愈來愈模糊的回憶當中。

「我實在不懂。」梨花帶淚的蘿芮用袖子抹著雙眼。

史提夫突然覺得屋內有一股突發的電流直朝他射來。就像某種義務似的，他覺得自己好像應該在此時問她是不是注意到泰勒有什麼異狀……某種可以解釋他為什麼會突然想不開的情況。他感覺到現場氣氛對他有這樣的期望，而或許蘿芮正因為泰勒什麼都沒有告訴她而感覺受傷。但史提夫不能感情用事。他得另擇可以唬弄蘿芮的時機，當著泰勒面前並不適宜。

「我也不知道，蘿芮。」他終於擠出了這麼一句，身體還在發抖。

接著其他人也紛紛到場。泰勒的死就像顆震撼彈，以黑泉為彈著點向外地炸開。那天早上，一種怪異而疏離的張力在「沉默男子」酒館的後室迴盪不已。那不光是因為所有人都感受到的哀戚：那是因為一大群黑泉人跟一大群外地人的正面撞擊，是因為他們一群人心裡有底，一群人被蒙在鼓裡。就連因為泰勒喜歡，而被當成背景音樂在播放的「貓頭鷹城市」[27]專輯，原本應該聽來輕快而舒心，此時都在這種張力的面前顯得軟弱無力。那感覺就像是市鎮的邊界，於這天早上被劃在了酒館的正中央，住在其中一邊的人躲著另外一邊的人，就像在跟對方玩捉迷藏。黑泉鎮民膽寒進了骨髓。凱薩琳摸上了泰勒，所以女巫的詛咒才會降臨在他身上。不過鎮民把這種心情藏得非常隱密，所以泰勒的親戚、歐尼爾高中的同學、突擊者隊的隊友，還有來自外地的老師，沒一個人察覺這一點，只是你若觀察從主廳踽踽步入後室，並行經泰勒的棺木來瞻仰其儀容的人龍，你會發現他們莫名地走得有點急，而且都跟冷卻床保持起碼三英尺的距離。敢正眼瞧泰勒的鎮民幾乎是零，但他們倒是很勤於在身上比劃起十字架，或動用起各種手勢來作為對邪眼的抵禦。魚貫地走出「沉默男子」的後室後，所有人都大大地鬆了一口氣。那一幕可笑至極，可笑到史提夫覺得噁心。要不是泰勒這孩子真的得人疼，今天絕大多數人恐怕根本鼓不起勇氣來送他最後一程。

瞻仰遺容到一半，他把喬瑟琳帶到一旁。她臉色已經蒼白地跟白紙沒兩樣，就像她隨時都會精神崩潰的模樣。她垂著憔悴的雙頰，雙手也不住地發抖。「妳可以嗎？」他輕聲問道。

「我不知道，史提夫。再這樣客套的幹話聽到飽，我覺得我真的會發飆。」她大腦很顯然已被哀悼的話給塞爆，每一句都像是在把傷愈切愈深的刀。從空話一句的「時間會治癒所有傷口」與「人生沒有永遠的公平」到讓人不敢恭維的「七年的荒年之後就是七年的豐年」，以至於讓人有聽沒有懂的「他們悄悄地來，不帶走一片雲彩」，族繁不及備載。

「我是說，他們到底知不知道自己在說啥？我的天啊。」喬瑟琳說到氣都有點上來。「他們難道以為我會容光煥發地跳起來說：『喔，謝謝妳，這位太太。這些道理妳不說我都不知道耶。聽妳這麼一說，死個兒子好像也沒什麼了耶，大感謝！』」

「噓，好了。」他把她擁入懷中。她眼淚的水龍頭再次打開。瑪麗在一旁實在看不下去，只好不甚情願地接過手來。史提夫想要表達他的感激，但瑪麗卻不很買帳地把視線給壓低。這種事本來就沒有人擅長，他告訴自己。他們只能盡力。

葛莉賽妲帶來了一個壯觀的大肉派。史提夫實在不知道拿這份大禮怎麼辦才好，但他也無心去拒絕。所幸後來有彼特從他手中接過了這個燙手山芋，不然他只能繼續像個傻子一樣，因為手中的肉派而擱淺在那邊。「我真的很心疼你們夫妻。」葛莉賽妲邊說邊輕輕碰了一下史提夫的手臂。她不斷地抬頭看了看他，然後又低下頭來，就像害死她兒子的是黑泉鎮，而光身為黑泉鎮的

27 Owl City。二〇〇七年由美國大學生亞當・楊（Adam Young）發起的個人音樂企畫，特色是以空靈的唱腔與簡單的電子樂器營造出夢幻活潑的氣氛。

一員就讓她無地自容。

「謝謝您撥冗前來，霍斯特女士。」史提夫話說得不冷不熱。

「我每晚都替您的另外一名公子祈禱。」她看了看四周然後壓低了聲音說，「我不懂凱薩琳為什麼會做出這樣的事情，他只是想要幫助她，不是嗎？我們都看過他是站在她那一邊的。」

史提夫不知道該說怎麼回答。這時候還在講誰站在哪一邊，讓他覺得荒謬絕倫，而這已經是最客氣的講法了。「謝謝妳，霍斯特女士。傑登還好嗎？」

又一回，她秀出了那雙緊繃而不敢抬起視線的眼睛。「不是非常好，但他會撐過去的。」

「我很遺憾事情變成這樣。我希望妳知道我不贊成——我一向不贊成鎮議會從頭到尾處理這件事的方式。」

「你這麼說太客氣了。我從來都沒有怪過你任何事情。」

怪我？納悶的史提夫有點想追問，但短短的一瞬間他像是懂了什麼，一瞬間一道恐怖的理解像銳利而令人癱瘓的恐懼射穿他的腦內……然後又在下一瞬間消失不見，就像海嘯讓海岸線上的某樣東西露出水面，然後又立馬沖刷了回去。史提夫想要抓住那個頓悟的瞬間，但最後還是讓它從腦中溜掉。所有這些人，所有這些話語。一個人可以在內心容納多少痛苦？為什麼這一切都感覺如此沒有意義？此時此刻，他的悲傷比以往任何一個時候都更把他抓得更牢，而史提夫願意拿一切去換，真真切切拿所有的一切去換得這整件事一筆勾消，讓時光倒流回一個禮拜前，讓他可以守著兒子最後那幾天，讓泰勒不用受此大難。

原本那可以為一切畫下句點：那深沉而不足為外人道的悲傷，會先讓他們在未來很長的一段時間裡生活一蹶不振，但終於那會演化為某種還算可以容忍的東西，直到最後那只會是一段回憶而已。而或許有朝一日，身為一家人的他們會能夠重拾沒有泰勒的正常生活。但葛莉賽妲・霍斯特非得第一個大聲說出女巫的名字，讓他把悲傷重新聚焦在凱薩琳・凡・懷勒的身上。而史提夫唯一的想到的一件事就是：為什麼？為什麼有人能心懷如此歹毒的惡意，為什麼有人能忍心讓無辜的父母親受到這種非人的折磨？屠夫的妻子或許是個怪人，但不以人廢言，她說的其實沒錯：泰勒一直站在她那一邊，真該死。他一直想要保護女巫不受搞出這一連串事件的小王八蛋欺負，包括他們病態地計劃用石頭去丟她。泰勒一直都想要幫她；她難道不能因此手下留情嗎？畢竟凱薩琳自己也曾被逼著賜死她的死而復生的親生骨肉，這麼說來她怎麼能——

這想法打在他身上就跟山崩沒兩樣。就在史提夫的一雙眼前，鎮上的咖啡廳開始崩毀，一身黑服的弔唁人群開始從他的視野中溶解。遠遠地他彷彿聽得葛莉賽妲・霍斯特說著，他只是想要幫助她，不是嗎？我們都看過他是站在她那一邊的。

彼特・凡德米爾在他們給德拉羅沙夫婦進行「新生訓練」的那一夜，曾這麼說過……一六六四年的十月，凱薩琳的九歲兒子死於天花。目擊者作證說他們看到她身著全副的悼念服飾，將他埋葬在了樹林裡。但數日之後，鎮民目睹那孩子在新溪的路街上趴趴走，就像是凱薩琳學耶穌讓門徒拉撒路復活一樣，也讓小兒子死而重生了……

他只是想要幫助她而已，不是嗎？

如果讓人死而復生，還不是妳去碰了不該碰的東西之鐵證，那我真的不知道什麼才是了。

在被刑求之後，她招認了，但被刑求過會有人不招嗎？

總之在被刑求後，她招了。

他只是想要幫助她而已，不是嗎？

讓人死而復生……

恍然大悟讓史提夫的背脊發出像電流通過一樣的顫抖，遠遠地他可以聽到狗吠，殊不知僅僅一個半月前那個冷冽的十一月黑夜，某隻狗曾在夜裡叫得彷彿佛佛萊契尚在人間。

第二十六章

泰勒在星期四的早上下葬，地點是教堂後方的聖瑪麗墓園，也就是黑泉鎮兩處墓園中較大的一個。在十二月蕭瑟的天色中，迎接哀悼者魚貫入園的是陰沉的日照。其中出於不同的理由沒有待到最後的兩人，分別是勞勃．葛林姆與葛莉賽妲．霍斯特。

葛莉賽妲在葬禮禮拜時坐在教堂的後方。如今她走到了成群哀悼者身後，墓園邊上的一個緩坡上，其他地方不論從步道、墓碑之間，一直到鍛鐵大門內外，都已經人滿為患。她沒有膽子去與人互動。自從傑登受完審並被用刑之後，鎮上就對他們母子發出了無形的放逐令，彷彿他們是某種瘟疫。黑泉還沒有完全走出十一月十五日的陰霾。大家好像都忘記人與人的互動是怎麼一回事了。對許多人而言，發生在十字路口那種種充滿暴戾之氣而駭人聽聞的事件，都太過恐怖，太過違反他們內心的道德標準了，由此他們索性將之徹底從記憶中抹去。大街上，人與人只交換著聊備一格的問候，沒有人提及關於所發生之事的隻字片語。不分男女，所有人臉上都是一副於心有愧的表情，所有人都為了這不名譽之事而暗藏歉疚之意。

從十一月底，葛莉賽妲重新開店營業的那天起，鎮民就對她的肉鋪食堂避之唯恐不及。客流縮減到零星的涓滴，葛莉賽妲只能不敷成本地做著生意。這樣的情形，讓她不得不對自己的未來感到憂心。諷刺的是，這讓她比從前任何時候都更能對凱薩琳的經歷感同身受。凱薩琳也曾是被放逐的邊緣人，也曾被視為社會上的害蟲。葛莉賽妲深感她們同是天涯淪落人，但由於已經被鎮議會給除名，所以她不敢再去找凱薩琳。這讓她非常痛苦，但她實在不敢冒被被監視器拍到的危險。何況比起這個，她或許更害怕凱薩琳會降怒於她。

泰勒．葛蘭特的母親身穿黑色大衣。在葛莉賽妲的眼裡，她就像在短短六天裡老了六歲似地。她的老父親，是個年屆七旬而熱情不減的外地居民，而也在他的攙扶下，泰勒的母親用無法置信的眼神不斷在四下搜尋，就像想確定她的小兒子真的沒有出席哥哥的葬禮。這無疑是場悲劇：那個躺在紐堡醫院的可憐孩子。傳言說他陷入的幻覺之深，可能這輩子都無望甦醒。史提夫．葛蘭特站在妻子的身邊，但葛莉賽妲仍注意到他在整場葬禮上都保持著一點距離，一次都沒有碰過她。他看起來既執著，又迷惘，就像再沒有能力認知到現實一樣。

葛蘭特一家並無宗教信仰，但因為泰勒之死對在地社區的影響太大，所以牧師同意了說幾句話……但一如往常在外地人在場的狀況下語焉不詳。葛莉賽妲用眼睛掃描了現場。她很驚異地發現柯頓．馬瑟斯隱身在鐵門下十字架的陰影中。他那張臉，就跟蒼白的大理石一樣沒有情緒可言，而他那雙青筋暴露而貪得無厭的男性之手，則深深插在大衣口袋。葛莉賽妲感覺到冷血的仇恨一閃而過，他恨這老議員，因為他拋棄她的時候，就像她是足足有一噸重的磚頭，他這行徑與鎮上其他人都徹徹底底相同。

她已是個碰不得的賤民。她，葛莉賽妲．霍斯特，但殊不知是她經手了亞瑟．羅斯一案當中所有的骯髒的工作，而她這些年與凱薩琳的交涉，不知避免了多少——像這樣——的禍事。

葛莉賽妲用手帕按住鼻頭，狠狠地擤了個鼻涕，怒不可遏地離開了墓園。

剛出大門，嘴中還念念有詞地咒罵著個沒完，葛莉賽妲就差點一頭撞上了勞勃．葛林姆。也難怪她一時沒認出他來，要知道勞勃．葛林姆已經不再是他——直到上週五深夜——曾是的那個男人。現在的他只是被軍用外套裹住的一副幽靈，曾經那看什麼都不順眼的火花已完全消失在他眼裡。他的面容扭曲，顫抖的指頭不斷戳著雙唇之間香菸的菸頭。二十年前戒掉的菸癮，星期六早上又回來了。

他抽菸，主要是為了抹除記憶中的那股惡臭。

那股邪惡、黑暗的女巫惡臭。

葛林姆在同事面前故作鎮靜，他逼著自己要正常地工作，但事實是他的精神面已然崩潰。凱薩琳具有針對性的攻擊，證明了他的預感沒錯。警告過他有風暴來襲的那股內心的聲音，如今更響亮了，而且那將撲上來的已經不只是某種不祥之兆，而是一股徹徹底底、不達目的絕不罷休的惡意。鎮民似乎也都感覺到了。他們不斷沒有理由地仰望天空，或是窺視著墓地的另外一頭，只盼著自己可以回到家中，掩耳盜鈴地把自己鎖在看似安全的門閂之後。他們簡直怕到要嚇出一身病來，就跟勞勃．葛林姆一樣。如果逃得了，他沒理由不逃，但他沒辦法逃離黑泉鎮。再者，他覺得自己有一份責任。也許他還有搶先她一步的可能。

葛林姆轉過身去背對著葬禮，望著外地人停好的車輛形成一條看不到尾巴的憂鬱長龍，一路從鎮廣場沿下水庫路延伸到山坡上頭。緊張的他用右胡亂抓著手機，等候的壞消息的來臨。凱薩琳在西邊半英里處的林中，而駭克斯全體隊員都已經在待命中，隨時準備視情況進行干預。志工已經在墓園四周就定位，以免她突然不識相地決定來葬禮上蹚個渾水。葛林姆寧可有備無患。但有備真的就無患了嗎？他心想。如果她真的決定大鬧一場，我們也只能當她的伴舞，就像他媽的戲偶一樣。

他的手指因為抽筋而僵住。凱薩琳對他發動的攻擊，正好發生在他懷疑起這背後有一整套計畫的同時。這會是個巧合嗎？

喔，拜託，想太多。

但若這一切真的都是她計劃出來的，那局面又該作何解呢？啊，這個由相關事件所圍成且不斷在縮小的範圍、這圈環環相扣的鎖鏈中間，到底是什麼來著？要是他能看得出點端倪就好了……天啊，要是他能堅強到當個稱職的守門員就好了。

下坡處有點距離的地方，葛莉賽妲・霍斯特正彎身頂著逆風，走在回店裡的路上。她想趕回家看看傑登的狀況。肚兜鎮已將他摧殘到不成人形，以至於他無意參加曾經是朋友的泰勒喪禮。傑登獲釋近兩周以來，葛莉賽妲慢慢感覺到害怕——但她怕的不是傑登，而是自己。她記得傑登被送回家的那天晚上，她跟兒子一起坐在沙發上。行動變得像風燭殘年的傑登把蜷曲的身體靠在她的身上，頭就像個小嬰兒一樣枕著她的大腿。他幾乎是立刻就進入了夢鄉。葛莉賽妲撫摸著他的頭髮，溫柔地哼著曲調。這是個讓人極其困惑，內心滿是矛盾衝突的時刻。她用母愛哄著兒子睡去，這是她自從吉姆離開後就再也沒能做到的事情……但用石頭攻擊凱薩琳的人，也正是她大腿上的兒子。她的凱薩琳。她愛他，但也恨他。

輕輕地，葛莉賽妲拉了拉傑登T恤的頸線。傑登並沒有因此醒來。復原相當差的傷口與血肉模糊的背部皮膚，組成了一個令人不忍卒睹的調色盤，她心頭為此揪了一下。在假釋期間，精神科醫師會協助傑登進行創傷症狀的復健，但葛莉賽妲知道這些傷疤到死都不會消退。有三週的時間，她不計成敗地在寂寞中準備迎接他獲釋回家，但徹底被她忽視了的一項事實是：沒有人不知道他身上背負著這些傷疤，沒有人不知道傑登做過些啥，這個詛咒會永永遠遠跟隨著他。

葛莉賽妲拾起了刺繡的女紅，唱起了和緩的搖籃曲給兒子聽，任由愛恨在旋律中交替：「公車下的輪子轉啊轉，轉啊轉……」

她推著針尖穿過布面，然後用一把裁縫用的剪刀挑斷了線頭。每回有空檔騰出手來，她都沒忘了要順一下傑登的頭髮。

「公車裡的喇叭嗶嗶嗶，嗶嗶嗶……」

突然間葛莉賽妲停下了刺繡的動作，抬起頭來然後僵在那裡，同時間她仍一手握著裁縫剪刀，一手若無其事地撫摸的傑登的頭髮。

「公車上的寶寶哇哇哇，哇哇哇……」

愛與恨，愛與恨。

「公車上的媽媽……她……」

突然之間，葛莉賽妲產生了想把剪刀刺進傑登喉嚨裡的念頭，目標是按節奏規律起伏的喉結下方。這是個純然符合理性的想法，不是源於仇恨，而是出於愛意。

那會像是讓在痛苦中掙扎的他得到解脫。傑登已經無望在這個鎮上正常過生活，而他也不可能離開這裡。身為母親，葛莉賽妲難道沒有將他當成給凱薩琳的終極獻祭，藉此賦予他生命最後意義的權利？

葛莉賽妲．霍斯特的文采，通常只有看著裝可愛的賀軒賀卡[28]、欣賞上頭俗氣文字的程度，但此時她想，我的骨血，對妳丟出了那些可惡的石頭；現在我血債血償，一如他們曾經逼著妳讓親骨肉濺血。

屏住呼吸的葛莉賽妲，用剪刀頭抵住了傑登喉嚨上蒼白的皮膚。

皮肉默默地向下退縮。

傑登一動不動。

在那關鍵的數秒當中，她試著想像著沒有了傑登的生活，那是一種她不會再需要把他像醜事般藏在肉舖後頭的生活，一種不用忍受他脾氣發作或對她動手的生活，一種她想追求凱薩琳的恩典而不會有他礙事的生活……

但這時傑登在睡眠中抽動了一下，並把手放到了她的大腿上——那動作，那讓人不由得卸下心防，孩子本能想尋求母親支持的動作，讓她頓了一拍並恢復了神智。她的心臟在胸腔裡跳得好快，好痛，接著在一道不敢放出聲來的呻吟中，她手中的剪刀被扔至了房間角落。葛莉賽妲緊閉著雙唇，掙扎著要恢復自制。

「乖，小寶貝。」她一邊說，一邊繼續對傑登呼呼。「乖喔。你在媽媽身邊就很安全。媽咪是你身邊唯一的人。再沒有人會傷害你了。」

她幾乎可以聽到傑登回答說：我們一起讓這些人，都為自己做出的事情付出代價吧，媽。

如今被埋進土裡的不是傑登，而是泰勒．葛蘭特，就像凱薩琳給了一個她已經寬恕了他們母子倆的訊號。而當葛莉賽妲．霍斯特感受著冷霜帶給雙頰的刺痛，將鑰匙插進肉舖的鎖頭時，她心想，好的，兒子，我會帶著你一起進入凱薩琳的恩典庇佑中。我會讓你看到正確的道路。接下來的日子就是我們與凱薩琳一組，單挑他們全部。

門上的小鈴鐺吭啷作響，而從門後首先衝擊她的是那股惡臭。被嗆到的她先是縮了一下，然後手便本能地摀上了嘴巴。她抓住了門柱，激烈地吸了口氣，然不可置信地盯住了肉櫃。一開始她並不理解自己看到了什麼，她傻傻地以為那是有人把肉通通搬走，然後通通掉包成一張滿布灰塵的奇怪毛毯。她辨識出所有東西的上頭都覆蓋著藍灰色的一層黴，就像被感染的傷口上有狀似

---

28 Hallmark，出品眾多生日卡、萬用卡的美國文具廠商。

海綿的組織，在展示櫃的光條下灰暗但又發閃。從左至右她店裡所有的肉，都已經腐壞，上面一點一點都是蒼蠅產的卵，就好像她離開不是四十分鐘多一點，而是好幾個禮拜。牛絞肉上排滿了白色的蠕蟲，牛排褪色到看似結核病人的肺部。她早上才跟揉好的肉丸臭到好像從十月份就一直泡在肉汁裡腐爛。濃厚而帶有黃色光澤的渣滓像餅乾似地凝結在燉汁裡，一整個蟲滿為患。

這是不祥之兆，葛莉賽妲懷著恐怖與驚懼心想。喔，天哪，這到底是怎麼回事？

店外頭，葬禮的鐘聲慢慢敲響，葛莉賽妲在驚呼聲中向後一縮，北方十英里處的麥特猛然睜開了在繃帶後面，瞎掉了的雙眼。而就在護理師衝上前去想要處置時，麥特大喊出來的是：「不可以！不可以！別讓他劃開她的眼睛！媽！爸！別讓他劃開她的眼睛！」

第二十七章

葬禮結束後，喬瑟琳說她想跟父親去聖路加醫院陪著麥特。明天就是他在紐堡待滿一週的日子了。那天下午，在所有人都終於回家之後——無止盡的哀悼與弔唁終於告一段落——喬瑟琳告訴史提夫說若到了下星期，病情還是沒有好轉，那他們就得想個辦法帶麥特返回黑泉鎮……免得她對他們小兒子的控制力變得太強。

史提夫心不在焉，虛應故事地說他還有一些零星的細節得跟禮儀師確認，但他交接完就會趕去紐堡。在他這麼說的同時，腦子裡都只有一種聲音，又來了，開口閉口就是你的小兒子。話說他現在可是你唯一的兒子，這你可別忘了。

他穿著領口的釦子沒扣、領帶也鬆開了的黑色西裝，走到了佛萊契墓碑所在地的後院盡頭。他之所以不想去紐堡，真正的理由是他想要與自己的悲傷獨處。他腦中有一處頑強的守軍，到現在都還悍拒他只剩下一個兒子活著的事實，同時也不肯放手讓泰勒就此離去。打死不退的這一點點堅持前仆後繼，不斷朝他撲來。葬禮上一張換過一張的熟面孔，在某層意義上逼著他把自己從絕望的油鍋中打撈出來，短暫地振作一下，但活動結束後，班師回朝的悲傷完全是原班人馬，絲毫未見疲態。但凡他一接觸到真相，那悲傷就會跳回到他的靈魂之上，不斷地扭曲著現實。如此引發的思緒短路，讓他不僅疏離了親人，也疏離了自己。不論痛苦到如何無法想像的程度，他都清楚孤立自己是一場極其危險的遊戲。星期二那天，在棺木封釘之後，他短暫——但神智清楚地——考慮了自殺這個選項，因為一死了之來尋求解脫，似乎並無不合邏輯之處。冷靜下來他只覺得自己蠢到極點，那不叫顧影自憐什麼叫顧影自憐。

史提夫．葛蘭特並不相信來世，而尋死也不能讓他回到泰勒身邊。

冷颼颼的天氣，光線在樹林裡彷彿透露著敵意。多年前，馬圈還沒蓋起來的時候，小泰勒會每逢夏天就在這裡曾放著的一張跳跳床上翻觔斗，那副耍廢又不以為意的模樣，也不知道他哪來的信心，就像未來於他並不存在似的。史提夫猶記得喬瑟琳有點害怕跳跳床下方的黑色空間，她擔心不知道哪一天，某根彈簧會說斷就斷，然後泰勒會一隻腳插進那只看得見黑影的洞中，然後扭曲著卡在裡面。後來他們移走了跳跳床，但那個洞還留在原地。那個洞叫做死亡，而泰勒最終也沒能逃脫它的魔掌。他人已經在那洞中了，一英里外的聖瑪麗墓園裡有個黑暗中的地洞，就是他永遠的棲身之所。

史提夫跪在了佛萊契埋骨的圓丘邊上，圓丘前面是麥特親手用廢棄木材做成的墓碑，然後他輕聲說道，「嘿，小兄弟，替我照顧泰勒好嗎？我知道你願意為了他赴湯蹈火、兩肋插刀。就跟我一樣。」

突然他聽到泰勒的聲音說：佛萊契已經死了，麥特。你有聽佛萊契像這樣狼嚎過嗎？

沒有，但牠也從來沒有死過。

史提夫感到全身竄起一股寒意。那天夜裡他也當麥特說的是屁話一句，但那也是實話，不是嗎？佛萊契死了……除了那一夜例外，除了當他們一起聽到牠在森林裡狼嚎時例外。狼嚎傳自林中的那個瞬間，牠沒有死。那一夜，牠被凱薩琳帶回了人間。

不。這些怪力亂神不是我們該想的事情。

他在顫抖中想著，我後來慢慢覺得女巫之事是子虛烏有，所以只把這當成一種平衡練習在做。

有人清了清喉嚨，史提夫愣了一下抬起了頭，而出現在他眼前的是勞倫斯。身穿喪禮服裝的勞倫斯看來有些許哀傷，外加幾分疲憊。「對不起，我不是故意要嚇你。」

「沒事的，勞倫斯。你還好嗎？」

男孩聳了聳肩，就像在說他好不好已經不是重點。「我想謝謝你的決定。我是說謝謝你沒有告我們的密，泰勒跟我。」

「那沒什麼，別放心上。」

勞倫斯轉了個身，來到墓邊他的身旁站著。「他簡直把佛萊契當寶，你知道的。也許……如果傑登沒有該死地慫恿狗狗撲向女巫……也許今天什麼事都沒有。這不是他該有的下場，你知道……」他講到這裡已經泣不成聲，眼淚撲簌簌掉下了雙頰。史提夫覺得喉嚨裡像有什麼炸開了一樣。

不，泰勒不該有這樣的下場——我的泰勒。不要讓他從你心中溜走，因為真的這麼做了，你將永遠無法原諒自己。要是會痛，那就珍惜那道痛吧；要是有火，也別撲滅它。就讓火燒著，讓火活著。沒錯，也讓他在你心中活著……

喔，天啊。這真的太過了。這痛太大了；他已無法承受。他體內的每個細胞都在渴望著，都在嘶吼著要再見泰勒一面——抱住他、告訴他自己是多麼愛他。他發自內心地可什麼都不要了，只求換得一個機會來改寫這一切。如今泰勒再也不可能做出驚天動地的大新聞，也無法跟城市裡的漂亮女友廝守了；他已然在神智完全清楚的狀態下，吊死在繩圈上；他在完全心知肚明的狀況下，揮別了世界。

用僅存還擠得出的理性，史提夫說了聲：「我看你也好回家了吧，勞倫斯。」勞倫斯抹去了眼淚。「我有事情要跟你說。現在不說，我可能永遠都不會說了。是跟泰勒有關的事情。」

史提夫緊閉了一下眼睛，然後在抖動中做了個深呼吸。這個住隔壁的男孩自覺欠他一份情，而如今在他生命中最悲傷、最黑暗的一刻，這孩子跑來想卸下心中的石頭。史提夫知道這是杯苦藥，也知道自己得喝到連渣都能看到。

「嗯，什麼事？」他麻木地問道。

「泰勒絕不可能自己跑去做這種事情。他一定是聽到了她的說話聲，沒有其他可能。但泰勒從來沒對她有過任何不敬。其他人有，但泰勒沒有。他一直都很挺她。一開始我不懂她為什麼要向泰勒報仇，如果她這麼做是在報仇的話。但後來我突然想到她並不是這件事的罪魁禍首。」

沉默之中，時間繼續滴答在走。「你這話是什麼意思？」

「我們有她碎念的錄音，還給高地瀑布的一個傢伙聽過，為的是證明聽的人不會有什麼三長兩短。我原本以為你們兩個一起去駭克斯，就代表泰勒已經把錄音刪掉了。但你知道……我們是用傑登的手機錄的音，而也我看到傑登刪掉了他手機上的檔案，但要是他只不過是做做樣子呢？我有想過：不會吧，他們都把那個混蛋抓起來了，是吧？那他們一定會第一時間把他的手機資料給清一清吧。但那是一個音檔，所以我覺得很害怕。我是說，他們誰會想到要把他的音樂給刪掉呢？」聽到這裡，史提夫已經明白勞倫斯兜了這麼一圈，想講的是什麼，即便他最後才把結論說了出來。「萬一錄音還在傑登手上呢？」

我從來沒有怪過你什麼事情，他聽得葛莉賽妲．霍斯特說。不，也許她真的沒怪過我任何事情。他懂了。電光石火的恐怖當中，一切都說得通了。他的嘴像是自己有意識似地張了開來，而一瞬間他想到了那天晚上在哈德遜河邊，他們在清理泰勒的蘋果筆電之時，那一閃而過的念頭：或許放過泰勒不是在幫他，而是在害他。

勞倫斯才剛謝過他沒有供出自己，但要是勞倫斯所說屬實，那史提夫不論出發點多好，都改變不了他害死了兒子的事實。

他失控地握緊了拳頭，然後一瞬間，後院的畫面開始令人捏把冷汗地漂浮在他眼前，彷彿他已來到了暈厥的邊緣。隨著血液的退潮，他的腦袋也跟著心臟一起怦怦在跳。遠遠地他仍可聽到勞倫斯的說話聲：「也許你可以在他的筆電上找到些蛛絲馬跡。我知道他會把很多事情寫成部落格文章，只是不一定有傳到網路上。也許最後這幾天……他曾經寫下過什麼。」

史提夫聽到自己說，「我不知道密碼。」

「喔，沒關係我知道。」

「密碼是？」

「你的生日。」

他在千鈞一髮之際趕到了馬桶座的旁邊，然後雖千萬人吾往矣地吐出了半個丹麥麵包跟早上喝下肚的咖啡。他雙膝跪地，手指扣在馬桶邊上，人就這樣閉著眼睛掛在那兒，一顆頭因為生理上的疲憊與心理上的崩潰而重得像鐵，好一會兒噁心感才慢慢消退。他吐出來的東西，乃是以膽汁為主力；他已經好幾天都是這樣吃什麼吐什麼。等稍微恢復了點力氣，他才沖了馬桶，慢慢撐起身體到洗臉盆前。在那兒他漱了漱口，往臉上潑了些水。然後他望向了鏡子，檢視起了自己的慘狀。

他一瞬間的反應是僵在那邊。浴室窗玻璃的後面是一隻黃褐色的貓頭鷹。那鳥兒在他精巧而弓彎的嘴喙上叼著一隻田鼠。經過一番恣意的殘害，田鼠的腸管已經暴露在外，掛在不全的屍體邊像條絲線。貓頭鷹用金黃色的滿月圓眼，冷冷地瞪著他，逼得史提夫不得不朝突然朝窗戶狠狠拍了一下。

身體抽動了兩下之後，貓頭鷹仰頭將獵物囫圇吞下肚，接著便振翅消失。

在滿心想讓兒子活在心中的心情驅動下，史提夫跌跌撞撞地爬到樓上，他想要翻出泰勒之死最後的真相。

泰勒的臥房仍保持著原樣。自從上周五以來，史提夫唯一進這房間的一次就是來衣櫃拿要讓小主人穿著下葬的衣服。他一進到房內的第一個感想，就是裡頭怎麼能悶到如此不可思議，泰勒的氣息又是如何還留在空氣裡。毯子被揉成一團，泰勒的書桌椅子還沒推回原位。書桌上他的MacBook從泰勒週五闔上螢幕，去馬廄拿麻繩算起，到如今都還在原處待命。史提夫想嘗試想像泰勒的主觀是如何度過這人生的最後一小段，但這對他來講又實在是強人所難，因為這段路上不是只有泰勒一個人，而是有著別的東西，一樣可怕很多的東西。整個房間感覺有一股很強的張力，就像它在等待著什麼東西……就像泰勒隨時都會走進來，若無其事地從上次的存檔處繼續他的生命，一如往昔。

幾天之後，鎮民看到少年在新溪的街上走來走去。

心痛之餘，史提夫坐在了泰勒的書桌前，打開了筆電。他並不覺得密碼會管用，因為這是提前領到的聖誕禮物，是他死前九天才入手的新電腦，畢竟舊筆電多半已中了間諜軟體的毒，不換不行。泰勒很合理地應該會想個新密碼，不過史提夫還是抱著姑且一試的心情，鍵入了他的生日……而泰勒的新筆電也二話不說活了過來。

有那麼一個不自在的瞬間……他就像私闖民宅的小賊覺得泰勒就在他的後邊。他突然聽到自己的聲音在腦中有如水晶般清晰：*你不是應該要幫我的嗎，爸。*史提夫看見兒子的臉就在眼前，但那張臉跟他記得的模樣，差別又大到讓他倒抽一口冷氣。他也說不出究竟差在哪……但死亡確實改變了他。你不是應該要幫我的嗎，他說，口氣中是傷悲，是責備。我應該要能毫髮無傷、全身而退的，結果現在我變成了個死人。你是怎麼讓事情變成這樣的？

要把錯都往傑登·霍斯特的身上推，毫無難度可言。但史提夫是怎麼會把仇恨的種子撒進一個差點在全鎮前被刑求至死的少年心間——而這都只是因為他想要保護自己的兒子。他怎麼能愚蠢至此！

但事情來到這步田地，並不是因為他的愚蠢，史提夫對此心知肚明。他這麼做是出於骨肉親情。惟愚蠢跟親情，有時候不就是同一件事情？

我真的很抱歉，泰勒，我真的，真的覺得非常抱歉……

就這樣，史提夫一邊縱身在由愧疚編織成的自我毀滅網羅中，怎麼樣都摸不到底，一邊搜尋著逝去兒子的電腦。但他很快地就愈來愈不抱希望：畢竟是新電腦，裡面沒太多東西。他打開了一些Word檔，找過了瀏覽器的上網記錄。他哭著看完了泰勒YouTube頻道上最後更新的幾部生活紀錄，因為影片裡的TylerFlow95還是跟從前一樣那麼開朗活潑。GoPro的記憶卡除了幾張老照片，基本上空空如也。

基本上停止幻想了之後，史提夫終於開始瀏覽起泰勒外接硬碟裡的MP4檔。其中一個檔案播放了一半，他才赫然發現有樣東西他一開始沒怎麼注意……但一瞬間卻讓他驚駭到骨子裡。

彙。**那個MP4檔是一段影片。**當然這一點不需要大驚小怪，因為影片本來就是泰勒說故事的語彙。一開始，史提夫並不清楚自己在看些什麼，因為他能看到的只是什麼都看不清楚的一片綠綠黑黑，能聽到的也只是跌跌撞撞的腳步聲與刻意壓低的說話聲。但突然間影片裡有人叫了一聲佛萊契的名字，讓泰勒房間裡的溫度彷彿瞬間降了十度。那是勞倫斯與泰勒，他們人在林子裡，而夜色有如地底一般黑。史提夫突然意識到在這片黑暗中，是什麼鬼鬼祟祟的東西在他們四周蠢蠢欲動。

「那不是佛萊契。」勞倫斯低聲說。「那是隻鹿或狐狸或該死的浣熊吧；那可能是隨便一種動物。媽的我想閃人了。」就在史提夫盯著模糊畫面的同時，恐怖的感覺如一整群昆蟲似地摸上他的全身，讓他覺得後頸的寒毛都豎了起來。「喔！天啊，是牠。」勞倫斯哀號了一聲，然後泰勒也大叫了出來，「佛萊契！」

在心情愈來愈沉重，簡直快不知道今夕是何夕，自己又身在何地的史提夫，開始被這些來自過去的聲音拉著走。他唯一能辨識出的，就是發自泰勒手電筒，映照出一棵棵樹幹形狀的光束。他所不了解的是自己的理智正有如走鋼索的人在高空中搖擺，一不小心就會葬身底下由涓滴的瘋狂所組成的大海；他的理性正在消散，而同時間有一個不祥的念頭從死後不知道是天堂或地獄的地方探出頭來，不動聲色地走動於他的心中：像隻耗子似地咬啊咬啊咬，明天大家都得死翹翹。

「他們說凱薩琳讓她兒子死而復生，對吧？」泰勒說。「那不就是他們把她吊死的原因嗎？你相信這種事情嗎？你相信她能讓死掉的生命再活過來嗎？」

喔，耶穌基督！史提夫的思緒在一聲尖叫中紛飛。耶穌基督！他親口說了！泰勒親口這麼說了！再去否認還有什麼意義呢？你這個愚蠢的孬種。凱薩琳既然有能力讓她的兒子死而復生……那她是不是也能讓泰勒活過來呢？

「我不知道。」勞倫斯說。「但我不覺得那是佛萊契在動，兄弟。如果那真的是佛萊契，為什麼他不過來呢？」

如今真相終於大白——那個從週二瞻仰遺容完就一直在他後腦勺滴滴答答的念頭——史提夫像在做夢似地把剩下的影片看到了最後。他用因為緊張而發白的指節扣住了書桌的邊緣，這是純粹的瘋狂，是完全不遵循學理的狗屁，但他不當學者也已經很久了。原本有如風中殘燭，那道他用來讓泰勒活在心中的小小火苗，這時突然閃燃出了名為希望的熊熊赤焰。

MacBook內建的喇叭傳出一聲尖叫，影像開始晃動。泰勒與勞倫斯開始像瘋子似地向山下狂奔。噩夢般的逃亡光景中，看得到光暗輪替的閃動。而也就在兩人這穿越黑暗，意欲逃出生天的路程中，晃動的攝影機方向被甩成向後，因而捕捉到了幾格讓史提夫對正常的認知被徹底覆蓋掉的鏡頭。史提夫不可能會知道他眼前所見，正是讓兒子在人生最後幾個月的夜裡，惡夢做不完的同一批畫面。他也不會知道在那個命運的晚上，殺死他兒子的凶手闖進了這裡，硬是讓泰勒聽了凱薩琳的殺人低語。三隻貓頭鷹降落在了外頭的樹枝上，雙眼炯炯有神地瞪著室內。史提夫腦中此時只有一個念頭：所以是真有其事。喔，我的天啊，是真有其事。

那是隻狗嗎？平心而論，史提夫不敢拿命去賭那是隻狗，就算他用暫停功能凍結了畫面，他也無法得出定論。但那確實很可疑地看來像是某種動物的身形。一種矮胖的動物外型。黑白相間。還閃著某樣東西。也許是隻眼睛，或是表面會反光的牙齒。也可能是項圈的釦子。這些東西讓你若願意相信晃動模糊的影像裡就是隻狗，也不至於毫無依據。

而史提夫就願意……只要能讓泰勒回到自己身邊，那他何止願意。

三隻貓頭鷹裡的一隻砰地一聲，撞上了窗玻璃，一躍而起的史提夫大喊了一聲。

碎玻璃撒滿了書桌桌面，窗簾那幾近透明的薄布被十二月的強勁冷風吹鼓。躺在大小不一且形狀各異的玻璃碎片中間，是在掙扎中甩動翅膀的折翼貓頭鷹。嗚嗚叫著的牠嘗試要抬起頭來，同時也沒忘了朝他投以惡意的眼神。一瞬間，慢了半拍才想起要覺得震撼的史提夫，猛然睜開了雙眼，他這才注意到貓頭鷹的總數已經不是兩三隻，而是八九隻。那幅光景不自然到他花了足足一秒才領略到一項事實：她來了。

有東西塞住了他的氣管。

史提夫抓住了自己的喉嚨，努力想要呼吸，但他一點空氣都吸不進肺裡。他唯一能發出的聲音就是又細又悶的微弱叫聲。全身冷汗直噴的他一路向後踉蹌，重心不穩退至了走廊，撞上了門板，轉過身，然後以手作杯狀摀住了自己的嘴巴，努力想避免換氣過度。

突然之間，振翅的聲音充斥在屋裡，讓人聽不到空隙。強勁而惡毒的拍擊，讓人感覺整群貓頭鷹都飛竄在屋頂。接著一聲巨大的壓縮聲，然後是吭噹一聲猛烈的撞擊，有樣東西從他頭頂向下翻落。史提夫想叫但有心無力，因為他根本無法呼吸。他的臉脹得火紅，眼眶也湧出了淚滴。

史提夫設法走下了一半的樓梯，然後開始滑行，他痛苦不已，在剩下最後幾階時一躍而下，像跳水似地一頭栽在了地板上。雖然他成功地爭取到了一些緩衝，但他的手肘還是沒有撐住，所以他的臉頰仍然砸到了冰冷的地磚上，下顎因此閃過了一陣劇痛，然後是暈眩中一波噁心想吐的感覺，全身無一處不在痛楚中掙扎蠕動。浸濕在汗液中的他突然意會到自己根本沒有換氣過度的問題……有樣東西真的擠壓在他被封閉的氣管裡。

我在窒息……

就在他拖著身體爬過飯廳門檻的同時，他的胃向下一沉，食道開始不受控地收縮。他的身體進入了痙攣的狀態。史提夫感覺天旋地轉，就像一邊原地旋轉，一邊翻起筋斗。那堵住他氣管的不知道什麼東西，連同好幾道難聞的嗝氣與酸腐的胃液，外加滿嘴都是頭髮的糟糕感覺，混著冒了上來。又一陣刺痛打中史提夫，而且這次稱得上是酷刑般的折磨，然後只見他嘔吐出了藕斷絲連的濃稠膽汁，外加糾結成塞子形狀的一團毛髮，體積足足有一顆李子那麼大。這顆溼答答的「李子」滾過他的舌頭，砰的一聲砸在了地板上，終於，他的氣管裡湧進了氧氣。

帶著瘋狂猛烈的心跳，他撐起了身體，並在他剛剛「反芻」出的那團東西前單膝跪地。史提夫在黑岩森林的邊上住了十八載，所以他不會不知道那團到底是什麼東西：貓頭鷹吐的毛球。只不過……

只不過那些不是灰色的田鼠毛，而是金色的頭髮。精確一點說是亞麻色，亂捲一通，而且粗細跟泰勒生前一樣的頭髮。

能嘔吐出兒子的遺骸，他用清楚到讓自己都想笑的意識這麼想，就代表你正在發瘋，鐵證如山。他的笑聲開始像水一樣滿起來，愈滿頻率愈高，最終他空洞的笑聲迴響在屋裡空蕩的牆垣之間，尖銳而瘋癲。

遠遠地像在一場夢裡，彼特．凡德米爾在他的腦海裡發出了一道像是咒語的聲音：我後來慢慢覺得女巫之事是子虛烏有，所以只把這當成一種平衡練習在做。

「拜託。」史提夫用快要不像是自己的低聲說道。「把泰勒還給我。泰勒還我，我就什麼事都幫妳做。」

他抬起頭來，定睛看著一身泥巴，衣服破破爛爛的凱薩琳．凡．懷勒。

第二十八章

史提夫拉上了窗簾，想方設法讓自己脫離了喬瑟琳的渾沌區。他的大腿先撞上了沙發的扶手，然後穿越房間中央時又絆到了咖啡桌。他整副身體都在顫抖。屋外頭，聲音淒厲的風兒吹在屋子四周。街上空無一人……沒有哪雙眼睛會在那個關鍵的瞬間看到史提夫望出窗外，彷彿星辰也用完美的排列組合在迎合著某個模糊命運的執行與發生。

凱薩琳．凡．懷勒站在飯廳餐桌前，駝著孱弱的身形，就好像她的脊椎是可怕的畸形。她身上散發死氣沉沉而刺鼻的氣息，彷彿衰老與腐壞合而為一。生理上的腐敗，已經奪走了她臉部的尊嚴，但在那層髒污的刻痕底下，某樣東西似乎蓄勢待發。她亦步亦趨地追隨著史提夫的每個動作與步伐。眼皮的縫線後面，是她緊盯著史提夫的雙眼——他可以感覺到她的目光掃過自己的每一個細胞。他納悶著自己是不是處於某種魔咒或催眠的力量下，意志遭到了壓制，但又察覺不到有這樣的跡象。若這是他自己的選擇，那他隨時可以逃出這間房子，跳進駕駛座，然後開車到紐堡去與喬瑟琳跟麥特作伴。事實上有那麼一瞬間，他確實考慮過這個可能性——他摸了摸口袋裡的車鑰匙，也感受到了臨陣脫逃的誘惑在向他招手。

但即便來到了這個份上，史提夫也明白不是誰的催眠在讓自己前進，給他動機的是一樣更危險的東西：愛。對史提夫發號施令的，是他的心，一顆因為思念兒子而淌血的心。

他在開著的法式門前停下了腳步，為教人不敢領教的死亡氣味乾嘔了一下。凱薩琳點了點頭。那是一種被迫、有如動物本能般的動作，幾無人性含於其中。如今她終於來到了他的家中……就像他有一部分的內心早在上週五發現泰勒身亡之時，就知道事情會走到現在這一步。想要找上她的那股衝動有多強，伴隨他心中的恐懼就有多強，而那恐懼也挾帶著猶豫，一起涓涓流出他的心房。我的天啊，你知道你在打算什麼嗎，史提夫？你真的不打算懸崖勒馬了嗎？

是，他想，我絕不讓這件事功虧一簣……因為凱薩琳顯然很歡迎我。她沒有在碎碎念。她才剛對著貓頭鷹毛球裡的人類毛髮點頭。而當她轉身穿越廚房時，他也乖乖地跟在後頭。

她裸露的雙腳，在地磚上留下了泥巴的足跡，而史提夫想，如果把這些足跡送去實驗室裡檢查，你會發現這一帶三百多年來都不曾出現過的沉積物與細菌。

來到廚房門前，她停下腳步抬頭看著他。當然了——他理應負責幫她把門打開。身上被鐵鍊綁著的她沒辦法自己來。但跟人不人鬼不鬼的她如此沒有距離，讓他有點頭重腳輕，彷彿他人站到了萬丈深淵的邊緣……她用來勾引他往裡跳進去的地表裂隙。一口大氣都不敢喘，他靠上門柱，越過冷冽的窗戶把手伸到她的身後，將鎖頭中的鑰匙一扭，然後轉動了門把。門板開了道縫之後，他輕推了一下。帶著一顆依舊蹦蹦跳著的心臟，他抽回了臂膀……

……然後撥到了她的手。

喔，天啊！我碰到她了！我他媽的碰到她了！

他感覺彷彿自己腦袋要爆炸了……但最終什麼也沒發生，由此他也才稍微冷靜下來。女巫平靜地走上露臺，史提夫也跟隨其後。寒冷的氣溫中，她洋裝的縫線隨風飄盪。

穿越草坪的過程中，他並沒有東張西望地確定一旁是否有人觀察。他知道他們完全在凡德米爾樓上窗戶的視野範圍內，但史提夫相信自己的老鄰居不會偷看別人家。當下的狀態，可以說相當魔幻。

在取道草坪前往馬廄的半途中，他突然停下了腳步。他崩潰的心靈中有一部分意會到自己正在走上一條什麼樣的道路，也知道這條道路的另一頭是什麼，而這部分的他把遠超過他生理上能承受的恐怖推到他的面前，希望自己能回頭是岸。他感覺到眼珠子裡好像什麼東西應聲而斷，肌肉繃緊起來。他的頭髮連根豎起，而那並不是一種比喻，最後他把握緊的拳頭卡進自己嘴中。他害怕了十八年的每一樣東西，現在正彷彿有意識地集合起來，朝純粹的恐怖高潮發展。他幾乎就要壓抑不住地叫喊出來。

回頭！快回頭！你現在還回得了頭！你真的以為這麼做能產生什麼好結果嗎？不論你這樣能喚醒什麼樣的力量，你真覺得那力量會一心為了你著想嗎？你是瘋了不是？

那不是瘋，他想，那是愛。凱薩琳已經讓他知道了什麼叫做無法言說的痛苦。而也只有在受過這樣的痛苦之後，我們才能以愛之名作出抉擇。

問題是：他真的相信凱薩琳有能力讓泰勒死而復生嗎？史提夫幾乎沒有東西支撐這有如空中樓閣般的希望，一定要說的話，他只能想到相隔三百五十年，卻仍在彼特．凡德米爾那活靈活現的敘述風格中顯得栩栩如生的傳說，外加蘋果筆電螢幕上一處模糊到無法辨識的黑白「汙垢」。

這種可能性違反了所有的邏輯，窮盡一切想像也還是讓人難以置信。

但，話說回來，所有的跡象都讓希望打心裡燃起。泰勒自己都在林中與勞倫斯一起逃命的時候，把話說出口了，而他們沒命似地想逃離的，似乎正是死而復生的佛萊契。

那就像是一道訊息。

救我，爸。

突然間他覺得每一絲想用理性勸退他的常識都非常可憎。就算他這麼做只有天殺的百萬分之一的成功機率，他也認了，他也拚了。

凱薩琳進到了馬廄，他也連忙跟上。而他腳還沒踏進去，耳朵就就可以聽到發了狂似的馬匹。帕拉丁狠踢牠所屬馬房的巨大木門，門板幾乎要被踹到歪掉。努阿拉則交替發出或暴烈或輕微的頻繁呼吸聲，就像染上了狂犬病或被附身了一樣。在這兩匹馬兒十一月初衝出馬廄的紀錄之後，喬瑟琳已安裝過了新的門閂。史提夫希望這些門閂能經得起此等超人的力量。他試著用噓聲來安撫馬兒，但帕拉丁昂然以後腳站立，眼珠子也翻著白眼，用她強大的腳蹄在牆壁上踢出了凹痕。史提夫也不得不退縮。*趁著鄰居還沒發現，趕緊把這事兒給辦完了閃人就是。*

凱薩琳在馬廄另一頭的工作臺邊耐心地等候著，似乎並不在意馬兒的反應。等史提夫朝她靠近時，她盡可能伸出了雙臂，拉緊了束縛她身體的鐵鍊。她對著積灰的工作臺點了點頭，但史提夫第一時間不解其意。朝工作臺望了一眼，他發現上頭有馬兒的飼料桶跟線鋸，鋸子下方則是金屬製的工具箱。

工具箱旁是一把中型尺寸，拿來對付門閂的破壞剪。

你真的願意賭上自己的一切嗎？史提夫腦中最後一絲苟延殘喘的理智如此哀求。你這是讓所有人的生死都懸在了半空中……不光是黑泉鎮的居民，而是連你僅存的家人也不能倖免。你的髮妻，你的小兒子，你自己……而這麼豁出去是為了什麼？也不過就是為了螢幕上一顆無法辨識的汙點。這也叫愛嗎？這是自私跟自以為是吧。你心裡有麥特嗎？你有想到喬瑟琳嗎？他們可都還活生生的！

但此時他又聽到泰勒的說話聲：要是你得讓誰死，我的好爸爸，你會選誰：你的親生小孩？還是全鎮的街坊？

而突然一股冷血的野蠻衝動中，他想到了萬聖夜的草紮女巫火祭，麥特在把馬術比賽錦旗當成獻禮時說出的評語：何況，不拿一點對自己有意義的東西，算什麼祭品呢？

一樣彷彿聽得到的聲音，在他腦中喀噠一聲：那是他放棄抵抗、放棄掙扎的聲音。他生命中的其他東西——除了他最基本反射之外的每一樣東西——全部僵住了，退入了他記憶中最深沉的涵洞。

史提夫拿起了破壞剪，透過雙手接受到了這工具傳來的冰冷與沉重。在於他意義已經不大了，一個不知道有何道理的畫面中，他腦中浮現出今年春天，他把泰勒的腳踏車車鎖剪斷的鏡頭——沒錯，泰勒偶爾也會難得地把鑰匙搞丟。破壞剪的刀刃，是以現代技術造出來的不鏽鋼為假想敵，所以史提夫盤算著十七世紀那清脆易碎的劣質鐵鍊，又經過風吹日曬雨淋的侵蝕，應該不成問題。

又一回，凱薩琳試著伸展雙臂。

用發著抖的手，史提夫把破壞剪的刀刃放到了鐵鍊的一個環節上。隔著遠遠的距離，在沒認出那是他心聲在腦中吶喊的狀況下，史提夫聽到了一聲痛苦而瘋狂的呼喊：我到底在幹嘛喔幹我到底在幹嘛我到底在幹嘛**我到底在幹嘛？**

然後破壞剪就夾下去了。

伴隨著響亮的一聲鏘！鎖鏈像彈簧一樣斷成兩截，應聲落在馬廄的地面上。

同時間從黑泉鎮的每個角落，居民各自放下了手邊在忙的事情，抬起了頭來，就像他們遠遠聽到了天空中的雷鳴。一時間眾人飯也不煮了、碗也不洗了，大家只感覺到一股戒慎恐懼如漣漪般漫進他們的骨子裡。沒有人能對此細說分明，但也沒有人不直覺地感受到情況有異，他們能感覺到有東西不對勁到讓人無法放心。

出於必要，鐵鍊又被剪了三個地方；只有在追加了這三剪之後，史提夫才順利將鐵鍊從女巫的痀僂身軀取下。

大功告成後，她緩緩把槁木死灰的手舉高到有著一雙瞎眼的臉上。然後她示意要史提夫過來。

她領著史提夫回到了屋內。他們身後的馬兒如今已經害怕到瘋狂的程度，朝著馬廄的門板直撞，但史提夫對此充耳不問。甚至連他們一前一後像對鬼魂般行經飯廳鏡子的前方之際，他也視而不見鏡中反射的自己。但也還好他沒看見，因為這時若看見自己的臉，他的反應多半會是尖叫失聲。那張臉屬於一個老朽的男人，雙眼跟嘴都扭曲到彷彿它們再也不會有能閉上的一天。

在樓上的臥室裡，他找著了喬瑟琳的指甲剪與一把鑷子。

凱薩琳等在樓下，展現出了無比的耐性。

等他再度面對女巫，她指了指自己的嘴。

史提夫想說些什麼，但嗓子不聽使喚地走音龜裂，最後什麼聲音都發不出來。他清了清喉嚨，又試了一回：「把泰勒還回來。」

女巫指了指她的嘴。

「拜託，讓他活過來，就像妳救活自己的兒子一樣。」

那根手指：骨瘦如柴之餘仍無動於衷地繼續發號施令。

史提夫只能聽命行事。

藉由一根根抖動的手指，他一段段挑斷了封住她雙唇的縫線。

然後靠著鑷子，他從死肉中抽拔出了一根根線頭。

隨著他向後退了一步，她飽受摧殘的嘴巴用不算很乾脆的一聲砰，隨重力打了開來。凱薩琳在抖動中，第一次發出了刺耳而粗刮的呼吸聲。又一次，黑泉鎮的百姓感覺到內心一陣晃動，而且這次的強度更加懾人。眾人的眼睛睜得老大，街上的呼喊聲此起彼落，大家夥焦急地面面相覷並心想著，我的天啊……發生什麼事了？

在對外頭狀況一無所知的狀況下，史提夫開始處理起她左眼的縫線。線頭再次一根根朝地面落去。

眼瞼上那剝落、發青而感染的皮膚，不住地晃動。

完工之後，史提夫又緊接著處理右眼。

而等右眼也大功告成後，女巫把手遮在眼睛上來保護她的解放者，並轉過身子背對著他。她的臉扭曲成一塊，似乎是承受了難以言說的痛苦，而她的身體則前傾成一個談不上自然的角度。她用空出來的手對史提夫揮了揮，示意要他退後、再退，有多遠退多遠。

接著下一個瞬間，又一道全新的震波撼動了黑泉的每個角落，只不過這一次的漣漪不光打到鎮民內心的頻率，而似乎是連有形的物理世界都在天搖地動。一時間，他們眼前的人事物感覺黑成一片。街上到處都不難聽見一道非常真切的聲音，那是一道低音，就像有什麼巨大的東西在黑泉鎮腳下那黑暗的地窖中翻了身，上頭的柏油路與樹林也隨之起了餘震。安非他命教堂的鐘聲迴響得宏亮而低沉。在艾克曼角，約翰．布蘭察的羊群失控暴衝了出去。傑登．霍斯特在高燒中夢到有個無臉的劊子手在毀壞他被用過刑的身體，一遍又一遍地不肯罷休，而這也讓他在輾轉反側中不住地哀嚎。在駭克斯控制中心，勞勃．葛林姆與克萊兒．漢默衝過走道來到螢幕前，而他們除了能聽到電子嗡嗡聲在背景低鳴以外，就是螢幕畫面在閃爍之中忽明忽暗。然後便是黑泉鎮進入大停電。緊急發電機轟隆隆地開始運轉，但又隨即中斷，櫥窗中的聖誕節燈飾在垂死的日光中有一搭沒一搭地苟延殘喘。

陷入一片黑暗中的，不只是黑泉鎮而已：整片高地與哈德遜河谷地區——沒錯，包括在公路上與曼哈頓的辦公室大樓裡——凱薩琳重見光明時人正好在鎮界外的黑泉鎮住民，都感受到一種病態的哀傷與憂鬱襲來，超乎人類所能理解或描述。他們立即在眼前產生了脆弱靈魂所無法承載的幻象，並在內心被喚醒了一股壓抑不下來、只想尋死來獲得解脫的慾望。那些沒有離家太遠的幸運兒意會到這股將他們永遠綁在黑泉鎮的力量，被突然放大到了N次方，於是他們飛也似地趕回了家鄉……但即便如此，還是有些人的救贖來得晚了些。這些人已經自顧自地在清掃工具間裡上吊身亡，或已開著油門踩到底的車子去跟樹幹相撞——肉體在由煙塵與黑暗共組的雲霧中飽受重創，是他們悲慘的下場。

在深洞路底的房子中，史提夫合不攏嘴地在恐怖中看著那非人而扭曲，但仍沒忘記要用手遮住眼睛的女巫身形。又一次她揮手要他離去，動作看起來就像是由灰槁膚肉與曲折肢體所共同構成的「卍」字標記。一瞬間，他的腿感覺軟到像液體一樣，腳下完全失去了移動能力。一想到她將如何睜開眼睛……把目光對準自己，他就感覺有無形的冰冷針尖刺上他的後頸。

史提夫尖叫著逃離了住家，狂奔進了林子裡，希望能保住一條小命。

第二十九章

在十英里以外的紐堡，喬瑟琳．葛蘭特也確實感受到第一波的衝擊，但她心想那可能只是生理時鐘的擾動而不以為意。等第二波衝擊來襲，她從手中那本心不在焉地翻著的《君子》雜誌裡抬起頭來，望穿了沉寂的醫院房間。而等第三波的衝擊來襲且能量讓前兩波加起來都無法與之匹敵，她終於如火箭般一躍而起，膝上的雜誌也隨之落地。

睡夢中的麥特呻吟了一聲，頭跟著動了一下。驚嚇之餘喬瑟琳輕輕地繞到了病床前，把手擱在了他的肩頭上面。「麥特！麥特，你聽得到我嗎？你聽得到我嗎？親愛的？」

但麥特沒有應聲。他的左眼蓋在棉花下面，固定用的繃帶則沿他的頭圍繞了一圈。已經被拆下繃帶的右眼依舊閉著，但這會兒的躁動已經是幾天以來他最有生氣的表現了。他終於要醒過來了嗎？但她小小的興奮才出現一下下，就把猛然升起的巨大恐懼給覆蓋了過去：出事了，肯定出事了。

她感覺到了。這不是她的想像而已。那感覺就在她的周圍，只是她也沒辦法具體地把問題抓出來。那就像是兩個無線電頻道之間的雜訊一樣，看不見也摸不著。牆上的時鐘顯示現在是五點過幾分。停車場的風兒今兒個都出來透氣了，刮得正強，一個塑膠袋被輪番打在一輛輛車子的水箱護罩上，而水箱護罩又在聖誕節燈飾的照耀下閃閃發光。一切看來都那麼正常，完全不符合真實的情況。

是說出狀況的地方不在紐堡，而在黑泉鎮老家。她感覺到了那股拉扯的力量，不論其本體為何。

她打了史提夫的號碼，但他沒接電話。事實上連史提夫的語音信箱也不見了，她能聽見的只有一片沉默。對於這樣的回應，喬瑟琳並不打算聽天由命。她相信沒有回應也是一種回應，而那與她心中的直覺有絕對的關聯：我們得在一切都太遲了之前趕回黑泉鎮。

這讓她吃了一驚：夢，同一個夢，她一眼就認出了這個夢。她十八年前在泰國的竹製平房裡就做過那麼一次，卻始終在她腦子深處好生待著的夢。這個夢讓他們在黑泉過著兩人一方面有自信還算是幸福，一方面卻又覺得黑暗揮之不去的生活。

相隔十八年，夢的強度或有起落，但其本質並無不同。她看到自己歇斯底里地拔起了一束束的頭髮，她看到自己把麥特的手寫板上的紙張在整個房間裡亂丟亂撒。紙張從空中散落到地上，然後她看到那些紙張形成了一幅相片的拚貼，而相片上全都是死人。年幼的死者，年齡有大有小的孩子。他們臉上跟身體上都有著各式各樣的傷口。再下一幅畫面中，死去的孩子都躺在了醫院的病房裡，他們是黑泉鎮的孩子，而其中一人便是麥特。他的臉被割了下來，空洞處被填上了黑炭。她看到自己赤身露體地打滾在閃閃發光的油漆池子裡，全身紅的紅，黑的黑，並同時被一隻野豬給佔有。那禽獸兩根彎曲的獠牙，輝映著光澤，而牠的那玩意兒則同時朝她體內不斷俯衝，又是嘶吼又是哀號又是用蹄子在地上跺腳，而她則在狂喜中放聲大叫。

對於自己在那麻木的恐怖中瞪了麥特的病床多久，她一點概念都沒有。她在恍神時看到的影像，也連一幅都沒有真正在她腦中留下印象。她唯一真正吸收了的訊息，是模模糊糊但又分秒必爭地覺得自己應該要趕緊去死，死了就能一了百了。想到要死她不覺得害怕，那只是讓她覺得心裡充滿一種悶悶的哀傷，比起她現在受到的折磨也不會更糟糕。她用彷彿裝著鉛塊的沉重步伐橫越房間，去到了窗邊。她抓著椅背，把剛剛還坐著的椅子抬到了頭頂上，眼看著就要往玻璃上砸，好移除她要從四樓往下跳之前的最後一道障礙。

救了喬瑟琳一命的，是她在最後一刻響起的手機。茫然中她因為手機響而抬起了頭來。雖然漫天的悲傷並未離開，但起碼她已經意識到自身的存在，然後她想，喔，我的天啊，我剛剛是認真想死。我是真的想從窗戶往下跳。我是吃錯什麼藥了？

她摸索著拿起了手機，相當然耳地認為自己會看到螢幕上是史提夫的照片。但最終她看到的不是史提夫，而是她父親的臉。

「爸！」

「妳會不會想現在下來吃個晚餐？現在人還不算太多，這裡——」

「爸，我得回家一趟。你可以開車載我嗎？」

「但我以為妳——」

「史提夫恐怕出事了。」她說出了自己所能想到最顯而易見的事情，然後補上了一句實話，「我聯絡不上他。」她沒辦法對父親全盤托出自己非回一趟黑泉鎮不可的緣由，但她內心的那股焦急已經浮起，就像遠遠的南邊已經安放好了一顆與她心靈異性相吸的強力磁鐵。她感覺到老家正用溫柔而漸強的口號聲在向她招手——充滿說服力的合聲讓她知道自己一定得接受召喚，否則後果將會非常悽慘。

「他多半是出門去透透氣了吧。」米爾福．漢普頓冷靜地安慰她說。「喬瑟琳，妳把自己逼太緊了。這麼著吧，妳看妳要不要去——」

「爸！求求你。我真的得回家一趟。麻煩你把車開過來好嗎？我在醫院入口等你。」

「嗯，當然也是可以啊，如果妳真的想回家的話……」她父親答道。喬瑟琳沒有接話就按掉了手機。振作，她想著，振作，不要分心……

此時她身後傳來了動靜。麥特拔掉了點滴，然後她眼見麥特把管子的尾端朝自己的嘴邊送去。喬瑟琳一個魚躍來到他的床邊，叫了一聲便把從管子從他手中搶下。針頭飛出了麥特的臂膀，連同繃帶什麼的一起揮灑出一條細細的血跡在床單上。

「麥特，你冷靜一點。」她很不冷靜地說著。「我會帶你離開這裡。你先冷靜。一切都會沒事的。」

但那股陰鬱，那道拉力，那種在她心中不斷湧出的力道並沒有離去，事實上那東西只是不斷在變強而已，而且現在連麥特也被它給控制住了。小心翼翼但快手快腳地，喬瑟琳一班抗拒著那股用瘋狂點燃她內心的衝動，一邊把濕滑的鼻胃管抽出麥特的鼻孔，往毯子上一扔。然後她奮力把麥特僵硬的身體給塞進帽T，而這件事她一共從頭來過了三次才成功，主要是她的手抖到無法把打結的袖子給分開。

走廊上有一輛輪椅，而她毫不猶豫地就將之推進房門，把麥特拖了上去，幫他套上鞋，然後把他的腳挪到置腳板上放好。麥特一動不動——他搞不好連現在是什麼情況都不知道——但他的手指確實抓緊了扶手，而那隻珍珠白色的眼睛，正睜得老大在瞪著病房四壁，盲目中仍顯出一種張力。

自殺，她想。他想自殺，妳也不想活……他離開黑泉鎮已經一週，而妳今早人都還在鎮上，離開那麼短的時間根本不足以讓妳受到她的威力影響。妳從這些資訊可以推出什麼結論？喔，對了，一分鐘前的那道衝擊波，到底是什麼？

喬瑟琳把麥特的腿包在被單與毯子中，從床頭櫃抓起了眼藥水，然後一邊祈禱著走廊上不要有人，一邊把兒子推出了病房。

走廊上並不空。遠端靠近飲料販賣機的地方有兩名護士在喝著咖啡。喬瑟琳壓抑著想跑起來的衝動，盡可能迅速地來到了電梯前，按下了按鈕。等鈴聲宣告電梯來了，門剛一左右滑開，她便聽得身後有人異口同聲地喊著：「女士？」然後又是一聲更強硬的：「這位女士！」

咬緊牙關的她把輪椅用力往前推，而同時急促的腳步聲也在她身後愈逼愈近。她像賞人巴掌似地朝通往一樓的按鈕上一拍，下一秒電梯門便將護士們氣急敗壞的喊聲擋在了門外。

樓下的接待區響著人群的嗡嗡聲，但沒有人甩她跟麥特。喬瑟琳開始以出口為目標在人潮中穿梭著。在推著輪椅穿過旋轉門的同時，她搜尋了接送區有沒有豐田的車子——沒看到。風揪著麥特的毯子。她感覺到裂隙再次慢慢變大，那股存有拉力，無以名狀的怪誕與憂鬱。為了讓自己分心，她第八百次鍵入了史提夫的手機號碼，但訊號依舊無法接通。

「該死的！」她叫聲中是滿滿的絕望與挫敗。

最終她父親把車開了過來。車都還沒徹底停好，她就忙不迭地拉開了後車門。漢普頓先生相當不可思議似地看著女兒把麥特像布娃娃似地拖上後座，然後為了關上後車門而把輪椅一腳踹開。

「喬瑟琳，這究竟是怎麼回事？妳把麥特帶來這裡幹嘛？」

「開車。」

「但醫院還沒讓他出院吧。拜託，喬瑟琳，妳失控了，不過也不能怪妳啦。我們把麥特送回去吧。我不能讓妳——」

「你敢把我們母子留在這裡你試試看！」喬瑟琳真的失控地叫了出來，而漢普頓先生也確實被震懾住了。「事情現在很嚴重，麥特非回家不可，再不走就來不及了。」

「但究竟是什麼事這麼嚴重？」她父親開始打破砂鍋問到底。「到底怎麼回事，告訴我！」

「我沒辦法。這件事跟史提夫有關，也跟我們母子有關，跟……」她講著講著就在絕望中哭了起來，頭一整個垂進了雙手當中。漢普頓先生看著女兒，又看了一眼外孫，內心因著不忍而動搖了起來。在淚眼婆娑中，喬瑟琳第一次看見自己的老父親顯露出疲倦與歲月的風霜。這一個星期以來的連番慘劇，在他面容上留下了不可逆的痕跡。

「好吧。既然非如此不可，那我們就開車回黑泉鎮。我們去看看史提夫現在是什麼情形，然後讓他跟我們一起直接回醫院。事情鬧成這樣，對麥特只有壞，沒有好。」他看了看後視鏡，然後從路邊起步開進了圓環。「但妳還是欠我一個解釋。」

「謝謝你，爸。」她嘆了口氣，累癱了的身體朝後座陷了進去。

離開紐堡鬧區，上了在州立公園裡繞圈圈的9W國道之際，儀錶板上的數位時鐘顯示時間為下午五點四十三分，喬瑟琳開始感覺到壓迫感就像是會讓人發瘋的毒藥一般，在腦中慢慢發酵。泰國的那一次體驗很糟，但這一次的感覺是糟到不能再糟。她已經完全不是自己。史提夫為什麼不接那該死的電話？他到底是惹出了什麼樣的麻煩？到底是什麼樣的力量被釋放出來，才能讓人心裡絕望至此？她的思緒像鬆散的雲朵一樣隨風飄流，在她腦子裡創造出了一種空虛。她的心靈拒絕承認那曠古絕今的痛苦；她的心單純沒有承受這種痛苦的能力。她的世界已經淌流進了一個巨大而腥臭的苦難傷口中，擊垮了她的鬥志讓她只想死。而麥特，可憐的麥特：以他的狀況，他連想將自己從這種絕望中釋放出來，都沒有能力……

「喬瑟琳，妳這是在幹什麼！」

豐田車突然在路面上左右蛇行，喬瑟琳與麥特因此在後座前後彈來彈去。這讓她一時間登出了自己的呆滯，但也就是一下子而已，她立刻又感覺重新沉進了水裡，就像她想要抗拒麻醉但終究還是力不從心。她是在一下抖動中恢復了理智，而她一醒來就發現自己正把安全帶纏繞在麥特的頸子上，顯然是要把他絞死——這是種母愛的表現，是想要讓他自由。

在一閃而過，強烈而難以言喻的恐懼中，她鬆開了安全帶。

那力量在用巫術控制妳，在催眠妳。妳一旦受其影響，它就會迫使妳自戕。她一定就是這樣謀害了泰勒。

在輪胎一聲尖銳的抗議聲中，豐田車靠邊停在了路肩。「妳到底是吃錯什麼藥了，我的天啊。」她的父親回頭看著後座，大小聲了起來。

「嗯，爸，我不知道。」眼前的畫面嚇著了漢普頓先生：喬瑟琳是徹徹底底、毫無保留地陷入了恐懼。她睜得老大的雙眼像在哀求著什麼。「快點，快開車帶我們回家。然後繼續跟我講話——拜託……」

「但妳要告訴我到底怎麼回事！」

她沒辦法把這是怎麼回事告訴父親，就像她也無法告訴父親泰勒真正的死因。她內心對此充滿了遺憾，她想著自己遲早會把來龍去脈都交代給父親。即便這違反鎮上的規定，他依舊有權利知道是黑泉鎮害死了他的長孫。但那可以等，她眼前的當務之急是回到鎮上，因為她感覺到女巫的影響力正在把自己往下拖……

「請先別問了。」她哽咽地說著。「我之後會找時間解釋，但現在請先繼續跟我聊天，我不是在開玩笑。」

她說出的最後幾個字，終於也讓漢普頓先生意識到事情的嚴重性。不論她舉止怪異背後是什麼原因，他起碼都先感覺到了一股寒意跟憂心。於是乎他將豐田車開下了9W的交流道，走上了二九三號公路朝黑泉鎮的方向。「讓史提夫單獨在家，總讓我覺得心裡怪怪的。你們夫妻倆應該要在一塊兒才是，特別是現在。我很擔心他。他感覺很不能接受這一切。當然沒有人能接受這該死的一切，畢竟這全都是些爛到骨子裡的倒楣事情，但是……」

雖然是出自一片好意，但漢普頓先生在配合喬瑟琳之餘犯了一個致命的錯誤，那就是光顧著自己一個人講……他沒注意到喬瑟琳的雙眼已經又立即失去了幾乎所有的光芒，眼珠子裡空蕩蕩地、失焦地望著前方。他們距離標註深洞路出口的橘色指示燈，還沒開到半路，喬瑟琳與麥特母子就分別在後座的兩邊用頭去狂撞車門。漢普頓先生壓著嗓子咒罵了一聲。回頭瞥了一眼，他看見喬瑟琳在摸索著後門的門把，於是他毫不留情地踩下了煞車。方向盤在他的兩手裡打轉，摩擦速度快到他掌心都有了灼燙感。就這樣又一次，車子在頓挫中緊急停了下來。車上三人都被前拋到安全帶緊繃的狀態。

「爸，救救我，拜託……」喬瑟琳抬頭望向他，僵硬地說明了她的恐懼。她的頭上有一道撕裂傷，血汩汩地沿她的臉蛋流下。她再次抱住了麥特，開始搖晃他。

漢普頓先生虛無地看著女兒跟外孫。他開始感覺到反胃作噁，他對此理解不能，完全不能，但他知道事情非常緊急，而這股焦慮啃蝕著他的內心。然後一瞬間他意會到這一切的根源，就等在前面……那是一個等在路的盡頭、等在樹林中，也等在黑夜裡的秘密。

突然間，漢普頓先生有一種感覺，這秘密就算他永遠被蒙在鼓裡，也一點也沒什麼好惋惜。

他用發著抖的手，把車子排入了檔位，目標黑泉鎮。

喬瑟琳搖下了車窗，在冷冽的氣流中感覺到腦子明晰了些。黑岩森林拉出的漆黑背景，靜謐地任他們從旁途經，圖文不符地暗示著一種其實並不存在的正常。她能感覺到事情有多糟。再往前開一點，他們就會安全了，姑且不論那安全代表著什麼意味。總之現在瞎猜也只是鑽牛角尖，橫豎她再一會兒就能親眼看見……當然前提是得有東西能讓她看見。

而隨著「歡迎來到黑泉鎮」的看板進入視野，可以讓喬瑟琳看見的東西也映入眼簾——她的下巴也掉到了底。

漢普頓先生腳底放開了油門，用力踩下了煞車。

「我不想去黑泉鎮了。」他咕噥著。

「爸？」

「我……我說，我們掉頭吧。我們不是還有……事情要辦……得回紐堡。沒錯，我有別的地方要去。」他邊說便已經開始把車子掉頭，但同時間他雙眼還是死盯著他們眼前的畫面。他們差一點就因為看得入神而開進路旁的溝渠裡面。

「爸——別這樣！我們得繼續前進！」

但她父親根本不聽。他咕噥著無法辨識的言語，說話聲音更是令喬瑟琳全身凍結成石頭。驚呆的表情出現在她臉上，接著是滿滿的害怕。開車的人已經不是她的父親。驅動喬瑟琳想回到黑泉鎮的同一股拉力，正在驅趕著她父親離去。

因為他是外地人。

她拉開了車門，拽著麥特下了車，來到了街上。他們母子倆不能再回到紐堡，不然他們就會葬身在那裡。「爸，拜託……」她哀求了起來。

「抱歉，親愛的。」他轉頭看了她一眼，但那已經不是喬瑟琳父親的眼神。「我還有一堆事情要忙，得趕緊回家，回亞特蘭大。」

也不管後門還開著，豐田車就這樣噴到了路上，然後向前馳騁。等開了大概一百英尺後，後門砰的一聲關上。喬瑟琳朝揚長而去的父親呼喊了一聲，但很快地她就連車尾燈都看不見了。

十三歲的麥特，還只是個等待著身材拔高的孩子，但喬瑟琳已經感覺到癱軟無力的他在懷中有多重。揹著他回家會壓斷她的背，但她也沒得選。最最起碼，他們得越過黑泉鎮的鎮界。牙一咬，她扛起了麥特，踏出了第一步。

一片漆黑中，黑泉鎮就在他們前面。

在屬於高地瀑布的鎮界這一邊，未熄滅的街燈仍朦朧映照在路邊的長池湖面。鎮上這邊則是黑得可以。房子與樹木都十分挺拔高聳，但在夜幕中也僅勉勉強強能辨識出形貌。要不是有在風中搖曳的嘎吱聲，否則她甚至分辨不出遠處孤伶伶的一根交通號誌。電力已經中斷，但這並不只是停電與電燈不亮的問題……這是夜晚本身變得更濃烈，更深沉了。這種層次的黑，是人眼永遠也無法適應的黑。在位於鎮與鎮交界的此處，那種反差大到讓人無法否認。喬瑟琳感覺那就像有人打翻了墨汁，而墨漬正滲透著世界的這個偏遠角落，範圍愈來愈大，愈來愈大，直到它終將覆蓋住整個黑泉鎮，也將任何一縷光線與希望都阻擋在外面。她有一聲沒一聲地呻吟著，堅持著，因為她知道麥特跟自己的救贖，就在那片深不可測的黑暗之中。

在雙臂間兒子的陪伴下，喬瑟琳與黑泉鎮的迎賓看板擦身而過，而她也就自此被吃人的陰鬱給生吞活剝。

第三十章

在黑泉鎮裡，大家開始往街上聚集，給人一種跨年的感覺，只不過沒有人為了迎接新年而相互開心地寒暄，天空中也沒有煙火表演。現實中，大家人手一支手電筒、蠟燭，或是土製的火把，色調極黑而帶著銳利邊緣的人影就這樣被蝕刻在結霜的地面上。開心二字，與這場合完全沾不上邊。初始的震撼與驚惶已經慢慢消退，惟取而代之的卻是揮之不去的恐懼，外加野火燎原般的道聽塗說在鎮上搧風點火。

「她是不是又要了哪個人的命……？」

「我跟你說，這次就是六七年的事件重演……」

「不……你不覺得這是……難道你能否認……」

他們的眼神在黯淡的光線中閃耀著水銀般的光芒，面無血色是他們害怕至極的最好證明。天冷讓他們痛到骨子裡，但掉頭回家的人寥寥可數；多數人除非能釐清事情的來龍去脈，否則根本不會興起回家的念頭。

在駭克斯控制中心，勞勃．葛林姆與馬諦．凱勒正拚了命地想啟動備用發電機。黑泉鎮不光是電沒了——他媽的整個電網都掛了，所以無線網路也不用想了——而是連供水管也失去了水壓，外加電話系統一併故障，包含手機與固網。這代表的意義令人無法想像——就跟造成這個果的那個因一樣無法想像，葛林姆愈想愈害怕——但此刻他第一優先該做的是讓控制中心恢復運行。要是連這點都做不到，他們的飯碗都會砸破，監視錄影器、駭克斯的官方App，還有警示系統就都是個屁，整體的安全假象也會維持不下去……而黑泉目前看來就是穩當地走在這死路一條上。

備用發電機全無任何動靜，連他媽半點火花都發不起來。

在抖動的頭燈所照射出的明亮橢圓內，馬諦七手八腳地搬弄著燃料線。前額閃著光是因為他滿頭大汗。他們不過三個禮拜前才測試過發電機，當時乖得跟綿羊一樣。短短二十一天判若兩機，讓他們百思不得其解，但反正他們現在不論怎麼試，前波波羅賁遊客中心的裡頭都是一片漆黑，而葛林姆的思緒則在黑暗中不住地暴衝。喔，我的天啊，那波衝擊是什麼？我們都感覺到了的那波衝擊究竟是什麼？

路的另一頭，在安非他命教堂下面的交叉路口，膠著的氣氛正在不斷醞釀起來。華倫．卡斯提歐用極速衝了過去，希望能對情勢有第一手的掌握。他必須得從糾結的人潮中清出一條路來，但這並非易事，因為不斷有憂心忡忡的民眾會抓住他，丟給他他答不出來的問題，或是坦露他也沒辦法令其開朗起來的心情。此時是下午五點半，而至少兩百人已經湧到了點對點客棧的廣場上，飯店工作人員在那兒點燃了若干火缽。華倫聽到傳言說有人開車進到鎮上的時候，感覺就像是後頭有惡魔本人在追殺，而他們一回到黑泉鎮就二話不說把大門鎖上，連個招呼都不打。他的第一個反應是不當一回事，因為他覺得這些人嚇壞了，難免胡說八道。但後來他注意到雷．達洛那臺側面印著「急件粉刷」的雪佛蘭斜停在深洞路中間，頭燈切過黑夜。那是路障的概念。達洛的側影高舉著雙手，叫嚷著潮人群走去，「不要離開鎮上！外頭不安全！聽著，各位鄉親：現在上策是留在鎮上！」

只見眾人竊竊私語，彷彿盤旋在剃刀邊緣之上地惶惶不安。「你在胡說什麼？」有人問了出聲。

「現在不能離開！現在出去大家會害死自己！」

華倫擠到了前面，抓住了達洛的領子。「你別在這兒大聲嚷嚷，老兄。這些人被你嚇壞了。」

「他們是應該害怕。」達洛話說得發自內心，沒有虛張聲勢，而華倫這才意會到這個油漆工是真的打從心裡害怕，不是在打哈哈。

「發生什麼事了。」

「我開車出去了一趟。來到圓池那兒的MWR[29]時似乎電力都還正常，但真正一離開黑泉鎮的範圍，我就……我就被一樣東西給攔下來了。我不知道還能怎麼形容，那感覺就像那兒有一組不知道在大幾點的巨型吊帶掛在路的上空，你一開車離開鎮界，它就會當你是褲子一樣地把你給拉回來。那東西你看不見，但你會有感覺。」他講到破音。「還沒開到高爾夫球場，我就想舉槍自盡了。我滿腦子想的都是從後車廂拿出我那把點四一〇口徑的蘭開斯特霰彈槍，然後一顆子彈

29 美軍的士氣福利休閒中心，性質接近士官兵育樂中心。

往嘴裡打進去。我有三個孩子，自殺這種事我壓根沒想過。」

一陣深沉的靜默。

「那真的很可怕，很可怕。」達洛追加了一句——真精闢的解說，福爾摩斯。

經達洛這麼一提示，鎮民想徹底崩潰就有了理由。這當中的骨牌效應是：第一個人私下咬耳朵，第二個人直言不諱，然後幾個人開始打電話聯絡下班還沒回到家的伴侶或家族成員，這就像一個失控螺旋，讓人愈來愈慌，也像是海嘯一樣一席捲整群人。華倫沮喪地環顧四周；他已經認不出這些是自己的同鄉。他全身僵硬，硬到無法動彈。他受過不被謠言與迷信動搖的專業訓練，他試著強迫自己把情緒拖到陽光下，讓這些情緒能在經過分析之後被棄如敝屣，畢竟它們一點都沒有經得起考驗的道理。但他做不到。萬一這一次，就這一次，我們就是應該恐懼才符合理性呢？萬一這一次，就這一次，他們是真的與外界斷絕了聯繫，只能被迫等到黑暗降臨與隔天的破曉，才能親眼見證黑泉鎮的命運呢？

從東邊的遠處，也就是他剛剛出發處的方向，華倫聽得有人在喊叫。此時沒有月亮或星光能穿透夜空，而深洞路的那一端就像黑炭。那兒看不出有東西在動，但空氣中的張力從何而來？這種黑又為何黑得如此不自然？

華倫忍不住想一直盯著看。風的尖牙陷入了他的身體。那風讓他變得麻木，吹過他的頭髮，讓他的眼睛凍到哭，但他還是不捨得將雙眼閉上。

今天是*凱薩琳之夜*。這個想法空降在他的腦袋瓜……然後他恍然大悟。然後一切於他都變得如此清楚。

東邊的黑暗吐出了三名尖叫的男子，奔跑在由各自手電筒光線所投射出的狂野幻象當中：你一下子看得到我，一下子又看不到我。他們邊跑邊不斷回頭張望身後不曉得什麼東西，然後終於跌跌撞撞趴倒在火缽的光輝中，與起碼上百名鎮民們大眼瞪小眼了起來。華倫・卡斯提歐看見他們其中一人的臉花得像個小丑：他用指甲像一道道光芒一樣劃過自己的雙頰，讓臉上像戴了面具似的出現了用血繪製的太陽。

「她的眼睛！」他大叫著。「她的眼睛開了！我們都看到了，她就在那兒！她用眼睛看著我們。快逃命去吧，大家，邪眼盯上了我們每一個人！」

就這樣，末日降臨在了黑泉這個小鎮。

這裡的居民，被詛咒而無法從內心驚慌中逃脫的靈魂集合體，散落在四面八方。被囚禁在共同的命運裡，他們沒有一個人會說話比鄰人更大聲，也不會苦受得稍微比別人輕。這就是混亂的定律，而從這場混亂中，大家會凝聚出一種精神錯亂的團結：短短幾秒內，人生而獨立的幻象就被掃到一旁，只剩下一個願望，一聲將死的呼喊，凌駕在黑泉鎮的集體意識之上。居民共同等於了黑泉鎮，而黑泉鎮已經淪陷。眾人僅存的本能呼喊是一句：快逃！快逃！不要被她的邪眼看到！

這種混亂將下限一舉突破。一群人解放膀胱撒尿的撒尿、喉嚨燒聲鬼叫的鬼叫、你踩我我踩你互相踐踏，當然也有人向上蒼乞憐。他們相互拉扯著四肢與頭髮。不用App，這狀況也紙包不住火，就連住在黑泉鎮近郊的人也在短短幾分鐘內得知了事態的發展。但怕歸怕，女巫其實也還沒有加入這場派對；女巫的眼睛開開歸開，但只有那幾個宣傳末日的短命鬼親眼看見——當然其他人也沒那麼想看見啦。許多人逃回家學馬蓋先，為了把門窗堵起來而用盡了手邊的一切。藉由恐懼將自己設定為振動模式後，他們在墨水般的黑暗裡訴說著禱念。其餘割腕者有之，把整個藥櫃搬到自己體內者有之。雖然生在黑泉鎮，再怎麼天真爛漫的人都在腦海深處知道這一天有可能會來臨，但沒有人確知事情會如何揭開序幕，也沒有人知道終局之後會是什麼樣的明天。莫名其妙地死掉，比被逼活著等死好。那些求生本能比較強的人，會嘗試逃脫，但他們幾乎只要一通過鎮界就會掉頭，然後被那種受困的恐懼緊緊掐在手裡。雷．達洛是對的。只有少數憂鬱到受不了的人會繼續向前走，而世人再也沒聽聞過這些人的下落。

到了晚上七點，黑泉鎮的街頭只剩下風與影在移動。凱薩琳的復仇在大家的意料之中，但最終她讓大家撲了個空。要真有人被嚇得魂飛魄散，一心尋短，那他們只有自己給自己下的咒語可以怨嘆。

率先崩潰的其中一人，是柯頓．馬瑟斯。這老議員一輩子都篤信著自殺者會直奔地獄，但上帝讓他看到了一幅異象。恐慌爆發時，他人正在教會裡禱告，而站在教堂階梯上見證到的晃動影像閃爍在他的心上，他看見的是殖民時期的茅屋與十七世紀的簡陋農場。諸建築所傳達出的感覺是徹底的荒廢與孤立，還有死亡與對神的不敬，而凱薩琳．凡．懷勒文風不動地站在教堂前院，就像船首雕像迎著風……看著一切發生。這幅幻象，惟上帝所能為，而這也讓柯頓．馬瑟斯放棄了抗辯。他就此相信親愛的主已然拋棄了黑泉鎮，永永遠遠。比起在黑泉鎮等待著他們的命運，地獄之火會感覺多麼溫暖和煦。而那位牧羊人——他習於給自己分派的角色——拋棄了他的羊群；馬瑟斯就此回到家去，從陽臺向外縱身一躍，摔斷了身上的每一根骨頭，當天稍晚就在露臺地面上失血過多而亡。天亮後消息一出，馬瑟斯成了許多人口中的懦夫。

那凱薩琳呢？

沒有人知道她在哪兒。

沒有人知道她想幹嘛。

在上礦物谷的家中，潔姬與克拉倫斯．霍夫曼偕一對兒女，喬伊與娜歐米，躲進了廚房裡。那廚房稱得上豪華，平日站在洗碗槽前，總有灑進上頭雙層窗戶的厚實陽光可以沐浴。但如今他們已經用上所有原本是家中書架的木板，釘死了每一道門戶與窗口（霍夫曼一家都是書蟲）。惟儘管如此盡了人事，廚房桌子上頭的燈還是在十一點十五分開始前後晃動，就像是冰冷的十二月冷風找到了進門的縫，一根根燭火瞬間熄滅在空中。下一秒鐘，凱薩琳出現在他們當中。好巧不巧，這時兩個苦命的孩子正好在廚房的另一頭玩電動（他們突破了體能極限，正用著還有電的iPad玩著憤怒鳥），而凱薩琳的現身正好隔開了他們與父母。在小喬伊還能握住平板的短短幾秒鐘裡頭，她在牆上投影出一道醜惡的身形，然後喬伊手一鬆，螢幕就在廚房地板上摔成了蜘蛛網，也摔滅了平板的背光。廚房陷入徹底的黑暗。

不，還不夠徹底：那兒還有暗淡而沒那麼黑的黑從木板的縫中向屋內流洩，而那一點點色差適足以讓人辨識在被堵住的門板上，有喬伊跟娜歐米緊靠在上面的僵硬身形，還有女巫在他們身邊居高臨下的模糊身影。潔姬失控地尖叫。克拉倫斯．霍夫曼沿流理臺朝兒女前進，但女巫陰影突然抽動了身子，發出了貓咪發狠喝斥人時的嘶嘶聲。黑暗中看不到眼睛，但這並不妨礙克拉倫斯感覺到自己身上的女巫眼神是那麼地非人與邪佞。他就像是被磚頭砸到似地縮了回來，然後攔腰抓住了要向前衝去的太太。

「請不要傷害我的孩子。」做媽媽的哀求著。「他們是無辜的，就像妳的孩子也是無辜的，凱薩琳……喔，我的天啊，她在做什麼？喬伊，跟媽媽說她在幹什麼！」

「她在……我覺得她好像在給我們什麼東西，媽媽。」

「不要拿！」他們的父親厲聲說。「那是什麼？」

「我不知道……我覺得是洋蔥耶。」

「我的是紅蘿蔔！」娜歐米說。

「我叫你們不要碰！」

但潔姬用手肘推了推先生，壓低了聲音說，「不要觸怒她，克拉倫斯……也許她並沒有惡意……」

陰影沒有接續的動作，看起來是很堅持的樣子。這時潔姬．霍夫曼慢慢意會到一件事，那就是這些蔬果如果出於她的圍裙，那就表示它們的收成是在三個多世紀前的一六六五年，而防腐劑就是凱薩琳這個活死人。胡蘿蔔不是娜歐米的菜……但潔姬知道這些一點都不會像是從市場與熟食店的冰箱裡拿出來的冷凍蔬菜。她知道女巫要求的是什麼。

「沒關係，你們就咬一口吧，寶貝。」

「可是媽媽……」

「那是她希望你們配合的事情，乖。」

「可是我不想吃啊，媽媽。」娜歐米哭著鬧起了脾氣。

「把他媽的蘿蔔給我吃下去！」

可以想像兩個孩子有多勉強自己，但她終究聽到了應該是喬伊咬進洋蔥表皮的清脆聲音。娜歐米也很快跟了上去，靠哥哥分享的勇氣咬下了紅蘿蔔。緩緩地，這對小兄妹開始咀嚼了起來。

「是甜的！」娜歐米含著眼淚叫了出來。貪心起來的小女孩又咬了一口，然後事情快速出現了奇怪的發展。事過境遷後，克拉倫斯與潔姬．霍夫曼將對事情的前因後果完全沒有共識。兩人都記得凱薩琳一手抓住一個孩子的駭人瞬間，但兩人都沒有勇氣承認自己後來看到的事情，或應該說他們覺得自己看到了的事情，因為那個場景可怕到、也相互矛盾到一定是他們想像出來的。在其中一人的記憶裡，娜歐米與喬伊開始滿口鮮血地咬穿了把門堵住的板子，然後用閃爍、茫然但又莫名炯炯有神的眼色，在不知來自何處的光線中環視四周，你看得出他們嘴巴不分上下顎，都已經嚴重損傷而且插滿了碎木片。笑死人了：這當然是憑空想像出來的，不然呢？你要知道喬伊當時穿著皮背心，而娜歐米身上是髒兮兮的長版罩衫。不論實際發生了什麼事情，確定的事實是當克拉倫斯與潔姬醒過來的時候，門前的障礙物跟門板本身都已經腐蝕得像是被瘟疫般的蠹蟲給臨幸過，而廚房裡盤旋著凜冬的寒風。潔姬叫得撕心裂肺，但孩子已經一去不回，而她也不敢出去外面找，因為她知道外頭有一股以人的血肉之軀完全不可能勝過的力量。

那一夜，不少人從布簾或窗戶的隙縫瞇著眼，看到了這一老兩小的三人行在黑泉鎮逛大街。女巫看起來只是一個黑影，眼睛的狀況不明——喔，天啊，她的眼睛——但有一些居民認出了霍夫曼家的小孩，雖然他們古意盎然的衣著讓人覺得極其古怪，怎麼想都想不明白。隨著凌晨時分不斷向前推進，愈來愈多人看見男孩穿著中世紀的緊身上衣跟馬褲，而女孩身上則是厚重的中古時代披風外加頭巾。雖然眼睛看來呆滯無神，但他們看似自願跟在女巫身邊。有人宣稱他們看到了小女生拿著一個插在木棍上的玩具風車在風中嘎嘎作響，發出了一陣陣嘻笑聲。

破曉前不久，一道陰影進入了葛莉賽妲．霍斯特的臥房。肉舖裡腐肉的惡臭擴散到整間房，活像是屋內被覆蓋上一張噁心又帶著甜美肉香的毯子，惟葛莉賽妲無心也無力去樓下把東西扔一扔。剛入夜，已經睡下的傑登被高劑量的鋰鹽搞得昏昏沉沉，幾乎——甚至完全——不曉得鎮上發生了什麼事情。但他母親倒是對狀況非常了解。天曉得葛莉賽妲比鎮上任何一個人，都更徹底地為凱薩琳或能終於睜開雙眼的那一天，做足了準備……但如今事情真的如她所願地發生了，她卻發現自己陷於痙攣與癱瘓。事情發生得太突然。她連個警告都沒有收到！這難道真代表凱薩琳已經放棄她了嗎？

葛莉賽妲需要時間來思考自己的下一步。但靈感硬是一直不來。伴隨每一道陌生的聲音，每一回踢腳板發出的嘎吱聲，還有每一次梁柱發出的嘆息，她下了床，開始用顫抖的手端著剩下短短一截的蠟燭，像鬼魂一樣周遊起自家悄然無聲的樓上，目標是潛伏在黑暗裡的每一道陰影。但她只是在追逐著虛幻的魅影。最終倦了的她沉沉睡去……而伴隨她的每一道呼吸，空氣中的腐壞都在她的肺裡旋轉徘徊，把潰爛往她的毛細孔裡硬塞。

她獨獨沒有注意到在自己床邊的那一道人影。她只是咕噥了幾聲，然後就這樣錯過了她唯一的朋友終於把她這些年渴望的東西——一個回應——給了她的歷史時刻。突然間那雙睜得老大的眼睛，活生生就在她的面前，把她的思緒綁在她此刻腦中的夢境裡面。一時間她看不見臉，看不見風景，也看不見嘴——唯一有的就是那一雙眼。葛莉賽妲在床上翻來覆去地輾轉反側，一身汗濕濕黏黏，頭則被她埋進了枕頭，因為即便在夢中，她也知道自己正面對著自己最大的噩夢。但接著她聽到了那聲音。那聲音念的並不是真正的字句，甚至不是真正的語言，這些都不是凱薩琳用來訴說衷腸的工具。葛莉賽妲聽著這聲音，就像是籠裡的鼠輩聽著飼主的口沫橫飛，卻聽不出任何一個音該做何解。凱薩琳談到了這個世界，談到了如何從這個世界遭到放逐，談到了欺騙，談到了你出於愛所做的選擇，談到了被逼著犧牲最愛來拯救至愛讓她如何感覺天崩地裂。葛莉賽妲分辨不出夢境到底停在哪裡，但當她在床上坐起來的時候，灰色的晨光正斜斜地射穿窗簾。她已在睡夢中甩開了被子，如今她低頭看著自己的肉體蠟黃而臃腫，心中的感覺是噁心難堪，這副身體許久未受到他人垂愛，她自己也不青睞。什麼樣的選擇會是因為愛，葛莉賽妲已經想不起來；她只知道什麼叫做艱難地存活下來。

窗外令人頭皮發麻的的喧嘩聲，從顯然聚集在鎮廣場上的人群當中興起，突然間一個極為可行的念頭降臨在她腦子裡：為了救自己一命，她大可以把兒子傑登當成祭品，獻給凱薩琳……然後就這樣徹底弄擰了女巫訊息裡的那一番道理。

第三十一章

「開始了，對嗎？」華倫．卡斯提歐在回到了控制中心之後說。「末日。」

葛林姆點了點頭，幾乎沒有勇氣看著華倫說。他的同事，聽起來就像個嚇壞了的小孩在祈求母親告訴他一切都是場惡夢而已，而只要有辦法能創造出那樣的假象去安慰華倫跟自己，葛林姆會連把右臂交出去都在所不惜。實在有必要可以追加到直腸。「華倫，我很感激你願意回來，但要是你想去回家去陪著太太，我對你也完全不會有絲毫的責怪。」

華倫感動到情緒有點壓不下來，但他還是振作了起來說，「不，我留下來。黑泉鎮需要我們。」然後葛林姆做了一件非常不像他風格的事情，一件他曾經以為自己到死都不會做的事情：他把華倫拉進懷裡，給了他一個大大的擁抱。這要說尷尬，還真有一點，但這也在這個至為黑暗的時刻給了兩個男人力量。總的來說，華倫的想法正中紅心：葛林姆覺得他們可以活過這一次的機率，大概跟外星人與我們連絡差不多。

就在他瘋狂地想要構思出某個對策的時候，自己的內心卻不聽使喚地摻入了許多出自上次與德拉羅沙夫婦促膝長談時的流彈：她圖什麼？這天殺的女巫吃飽了撐著，究竟想從你們身上得到什麼？

復仇。

我們都認定她想報仇雪恨。

駭克斯連個為審判日準備的災難應變計畫都沒有，只因為沒人對事情會如何開展有那麼一丁點的概念。唯一稍微有一點點模糊輪廓的沙盤推演，是用最快的速度把所有人疏散，但如果外頭傳得沸沸揚揚的謠言是實話，那這條路就已經被打上了一個巨大的叉叉。

葛林姆第一時間就派了克萊兒・漢默去找到艾迪・麥康洛伊，也就是鎮上的電力工程師，來調查停電出狀況的原因，但黑泉之所以與外界斷絕聯繫，很快就明擺著不是個技術問題——某種超自然現象才是其背後的成因。而且問題不光是電，而是所有的一切。供水系統、電話線、瓦斯供應。所有生活大小事。那天晚上到了九點，勞勃・葛林姆已確信黑泉鎮被投石機拋回了十七世紀，而他的震驚程度大到他已經無法去反思那背後的意義。

我們沒有理由不相信只要她睜開了眼睛，並開始喃喃唸起咒語，我們就都死定了。

專心！想想開心的事情。想想可愛的寶寶。血！

他把手臂伸展到脖子後面，讓手指發出了喀噠聲。「好咧，沒錯。我們得向外求援。沒有別的辦法了。點校。」

克萊兒擋住了他的去路。「勞勃，你知道沒有柯頓・馬瑟斯的授權，我們不能做這樣的決定……」

「妳看到柯頓・馬瑟斯人在這裡了嗎？」他差一點就要忍不住政治不正確的發言了。問題出在克萊兒的前額——超讓人分心的。他實在是有點受不了。克萊兒綁到後腦勺的包頭緊到她的臉感覺隨時會黏不住她的頭骨，恐怕得動用針線補強才會比較保險。「沒有嗎？那就我說了算！」

克萊兒縮了回來。葛林姆壓抑著內心衝動，才沒有伸手去把她包頭上的橡皮筋拔掉，讓她的前額壓力釋放。他想到可以嘗試看看老而彌堅的CB廣播，也就是俗稱「火腿族」的民用無線電。任由汗濕的太陽穴閃耀著柯曼牌露營燈的光輝，葛林姆開始嘗試各個頻率，但轉來轉去都只能聽到一片死寂。

露西．艾弗瑞特剛打起了衛星電話的主意。「這裡也不通，勞勃……」

「靠北！」他一把將衛星電話從露西手中搶了過來。「這連接的是他媽的衛星，跟我們的通訊網路沒有半毛錢關係！」他死馬當活馬醫地在桌上又按了按電話，看著沒有反應的螢幕，然後把衛星電話砸向了牆角。鐵絲網，鐵絲網，他想著，試著讓自己冷靜下來，但他的心思像是自走砲一樣不聽使喚。她並不想被了解；她也絕不可能被了解。凱薩琳是顆超自然的定時炸彈。

「勞勃，你冷靜。」克萊兒用額頭懇求著，葛林姆只能用盡全身力量忍住不叫。

但比起葛林姆，馬諦．凱勒的狀況更糟糕。華倫帶回來的爆炸性消息，繃斷了這孩子的理智。他會奮不顧身地往牆上撞，還會不協調地朝四面八方瘋狂手舞足蹈，而露西與葛林姆在一旁只能盡量拉住他。他的嘴巴，成了由憤怒、排斥與恐懼所穿透的風洞。在好不容易找回一點冷靜之後，他聲音沙啞地道起歉來。他說他怕黑，說黑暗讓他產生幽閉恐懼。但葛林姆知道他不敢大聲說出來的實情：馬諦怕的不是黑，而是在外頭街上遊蕩的死亡。此刻的他癱在牆邊，手電筒握在顫抖的手中，整瓶斯米諾伏特加被他喝到剩一半。

「我們得殺了她，不然就等著她殺光我們。」馬諦在地板上說，聲音聽著像是他舌頭已變成了果凍。

「所以你打算怎麼殺她？」葛林姆沒好氣地追問。

「關鍵在於出其不意，殺她個措手不及。」這話出自滿肚子都泡在伏特加裡的傢伙，邏輯還真是無懈可擊。「那些孩子就是這樣才成功用石頭丟到她的啊。她沒料到沒事半路會冒出這些屁孩。我建議用子彈在頭上給她一個痛快。說不準這是我們的一個機會。」

葛林姆試著拿出高度，不跟馬諦的歇斯底里一般見識，而這感覺很好。知道那個沒肩膀、甚至還沒常識的傢伙不是他本人，對自信總歸是加分。「我們想殺她，已經想了他媽的三百多年。」葛林姆說。「而，喔對了，她的眼睛原本還是閉著的喔。你是真的沒搞懂吧，是不是？他們之所以能夠用石頭丟到她，是因為她由著他們這麼做。她想要被石頭丟。她想要藉此讓我們的道德沉淪。那都在她的計畫之內。流血的溪水、公開的審判、廣場上用鞭刑讓鎮民集體高潮、泰勒尋短……這全都是朝著我們的終極崩潰前進，被推倒的一塊塊骨牌。只有等我們崩潰了，才會有人去幫她把眼皮上的縫線剪開。」

「你覺得是誰幹的？」克萊兒問。

「傑登·霍斯特？」華倫說。「真是他，我是完全不會驚訝。要不然就是他媽，那個神經有毛病的女屠夫，她可能會想為兒子的鞭刑報仇。」

克萊兒搖了搖頭。「不可能。她雖然很迷凱薩琳，但她也很畏懼凱薩琳。」

「我覺得是泰勒．葛蘭特的父親。」葛林姆說。

「史提夫？不會……吧？為什麼？」

「我不確定。」葛林姆皺起了眉。他的眼睛瞟向了控制中心裡黑暗的那半邊。主螢幕籠罩在陰鬱中，有什麼東西在那裡頭蠢蠢欲動。露西很顯然也聽到了動靜，為此她側起了頭仔細聆聽。

「也許正是因為你最不會懷疑到他。」

「這說不通。」華倫說，但他口氣裡已透露出一絲絲疑竇。

葛林姆的眼睛向黑暗中瞄準。不論剛剛是什麼東西在動，那玩意現在都加入了它的朋友。葛林姆一時間無法理解眼睛告訴他的訊息，只是單純看著一道陰影沿著牆壁，朝著馬諦晃去：漆黑、纖瘦、皮毛上爬滿了跳蚤。葛林姆還沒來得及開口，馬諦就在一聲尖叫中扔下了手電筒。在滾動的光束中，有樣東西竄逃得活像隻過街老鼠：而那還真是隻誇張大的老鼠。跟幼貓的大小有拚，葛林姆推斷。

「要死了！牠竟然咬我！」馬諦哀叫著爬起身，伸出了手臂。他手背上的皮膚有傷口在流血。葛林姆用自己的手電筒在螢幕前尋找，然後全身發麻的僵在了那兒。五隻大老鼠毫無懼色的回瞪著他，用的是齧齒類狡猾的彈珠眼睛，至於蟲一般的尾巴則蜷繞著牠們腫脹的軀體。牠們其中一隻看起來奄奄一息，眼睛上有層白白的眼翳；那怎麼看，都是隻生了病的老鼠。

克萊兒也看到了那一幕，而她一開口就是：「這裡別待了。」

「妳說得對。」葛林姆令人意外地毫無猶豫。「露西，幫馬諦處理一下手臂。廚房有急救箱。

傷口要徹底弄乾淨。看起來沒咬太深，但還是要小心細菌感染。」你怕的不是什麼細菌感染吧，他內心傳出這樣的聲音，但被他狠狠地壓了下去。「克萊兒、華倫跟我搭公務車，看能不能開去西點。要是出於任何原因到不了西點，我們就在上高地瀑布隨便找間人家停下來打電話，認識的打，不認識的也打。妳跟馬諦可以開妳的車。我要你們去看外面有沒有不尋常的東西——再小都行。萬一發現凱薩琳的蹤跡，保持好距離但發出警告。請鎮民務必負責看好她，然後開到二九三號公路跟我們會合——我們會在那裡等你們。」

「可是我們沒辦法離開鎮上，勞勃……」

但勞勃就是不到黃河心不死，就是要自己去試試。在上高地瀑布的範圍內，路邊的第一批避暑別墅距離黑泉還不到三英里——這是他這輩子第一次真心覺得這是個好消息——美軍設於圓池的MWR中心更就在半英里開外。凱薩琳是來自十七世紀的巫婆，不是外星人的力場——是能有多神通廣大？

最終，他們什麼外援都沒有找到。

他們沒有一個人到達前往MWR住宿處的半途，所以也沒看到那兒還在閃爍的聖誕節燈飾。他們差一點就失去了華倫．卡斯提歐，而葛林姆被逼著耍了個超驚險的特技表演，差點沒把自己也賠進去，才將他拉回了人間。時間往回推一些，他幾乎親手害死了含他在內的一行三人，所幸克萊兒細心地想到要在鎮界前下車改用步行……算是給三人買了一個保險。

喔，天啊。她讓他們看到的那些畫面。日常的幻想跟這些無法言說的恐怖比起來，簡直溫馨到沒有天理。即便在生命最最黑暗的時分，他們都不曾經歷過如此窮凶惡極的抑鬱，如此具有毀滅性的悲哀心情。他們一通過黑泉鎮迎賓招牌的背面，感覺就像闖進了一團雲霧般的無形毒煙，而沮喪、害怕與一種活膩了的負面情緒，就是這種煙的毒性來源。葛林姆一邊忙著阻止華倫把頭骨朝坑坑疤疤的柏油路面上撞，一邊也很嚮往把自己的頭顱砸開，好讓把裡頭弄得天下大亂的醜陋念頭能流淌出來。

歷經一番掙扎，他們總算活著回到了黑泉鎮的鎮界內。他們活像是船難倖存者一般地站著，跨在瘋狂的兩片海洋之間，望著遠遠掛在MWR那避風港旁的橘色交通號誌。往前走就是死，但葛林姆怕的是有些事情比死還糟糕很多。

他們放聲大叫，他們狂按喇叭，他們把信號彈射了個光。兩名勇者從不遠處的房子裡聽得吵鬧聲，便出來看看是什麼回事，但此外沒有人走出MWR，也沒有車子從路那頭開過來。克萊兒表示MWR的會館可能早就不住人了（所以聖誕節的燈飾是鬼掛的就對了？），又或者他們的喇叭聲頂多只能傳幾百碼遠，那兒聽不見。但葛林姆真的不知道她編這些故事，究竟想騙誰。當然啦，什麼事都有可能。十五分鐘後，他們從包柏．涂奇的貨卡車斗上搬了一狗票煙火炮竹回到黑泉——暱稱包比的他是每逢過節就照例會消失在雷達上，消聲匿跡好一段時間的地方名人。他們拿這些本錢辦了場讓人看得目不暇給、現象級的紅綠煙火秀，照亮了山丘的輪廓，聲光效果直達方圓數英哩內的每個角落，高地瀑布、西點軍校、甚至哈德遜河的另外一頭，都應該收得到聲波與光波的傳播。

但外頭什麼反應都沒有。

連個鬼影都沒有。

僅有的回應，發生在快要十一點半，煙硝味已經從空氣中散去了的時候：尖銳而瘋癲的叫聲，傳自他們身後的黑暗中，充滿穿透力的高音彷彿凍住了葛林姆身上的大小關節。但他立馬就認出了那是什麼聲音——這一題送分，因為不然那還能是什麼聲音？

鎮界這一邊的黑泉往裡走一點，停著駭克斯公務車的地方，一隻孔雀快步穿越了馬路，後頭跟著另一隻……又一隻。從沿著路肩生長的灌木叢中，牠們扯過頭朝葛林姆跟兩名同事看了過來，然後開始發出哀怨的尖銳叫聲——剛開始東一個西一個，但慢慢地便異口同聲地合流了起來。葛林姆從沒想到過孔雀可以魔音穿腦到讓他心生畏懼，而愈來愈瘋狂的幻視也開始他沒辦法正常地看見世界。他逼著自己把冷風吸好吸滿到肺裡，努力不暈厥過去。冷空氣給了他腦子一絲絲清醒——聊勝於無但理智這東西有一點是一點。

華倫朝他轉過頭來。華倫原本鼓起了無比的勇氣，說什麼也要跟正在發生的事情來個硬碰硬，但如今在孱弱的光線中，葛林姆發現那樣的決心已經在華倫臉上看不出一絲痕跡，留下的只是一張放棄治療的面具，只是他決定接受任何命運的一種冷靜。「孔雀。你知道那代表什麼意義……吧？」

葛林姆沒有回答。他不需要回答。他們是老鼠，黑泉鎮就是捕鼠夾。時間一小時一小時地過去，會有哪怕只是一個人出現的機率都在不斷降低。葛林姆對此心知肚明。但要是把小時變成天呢？這樣一天天過去，在前面等著他們的會是什麼樣的命運？葛林姆想起了很久很久以前，關於冰冷冬天的傳說，關於飢荒與疫病的傳說，關於空無一人的鬼鎮傳說，而同時間孔雀仍繼續著他們讓人精神耗弱的恐怖交響。甚至於聽著聽著，葛林姆都有點想要加入牠們。

*也許我應該去散個步，*他想。*也就沿著這路往下走一走，難不成會少塊肉？*

那涉及一股誘人的衝動，感覺就像有件事你遲早要做，那為什麼不現在就去做呢……所幸華倫．卡斯提歐像在報恩似地伸手一抓，接著輕輕一捏，把葛林姆拉了回來。最後一個棄船的人，永遠是船長。

隔天早上，葛林姆計劃，第一道曙光一觸及哈德遜河谷的天空，他就要回到鎮界邊上。這天是星期五早上，通勤的開車族肯定不會少。二九三號公路不算是路網中主要的幹道，但車流始終不少。沒有例外。他們可以在車輛接近時，用揮舞的手勢引導他們進入黑泉鎮。

然後咧——再來呢？你覺得點校的長官可以做些什麼……喊一聲阿哇呾喀呾啦[30]*，女巫就會*

30《哈利波特》小說裡的索命咒，由abracadabra（泛用的下咒用語）跟cadaver（死屍）組成。

不見了嗎？

葛林姆把這樣的想法先推到了一邊。回過頭來看，這也確實是他此時最不急著擔心的事情。因為即便人在老礦工路上，他都聽得到：積鬱而擾動不休的鼓譟聲，發自於集結在廣場與安非他命教堂四周街道上的人潮。鎮民三五成群地從四面八方趕來一探現狀。葛林姆臉色發白，是因為不少人在害怕外頭不知道何種未來在等待他們的同時，決定把自己武裝起來，而他們選擇的兵器有菜刀、榔頭、棒球棒……還有槍。大多數人都懶洋洋地把武器拎在身體兩旁，但你不難看出他們的手在發癢。只要有需要讓人見血，他們絕不會遲疑膽怯。葛林姆認出其中一名女性是蘿絲柏格安養院的護士，她打扮得整整齊齊，一臉嚴肅地高舉著從牆上拔下來的十字架，然後跌跌撞撞、搖搖晃晃地跟著人潮前進。重心不穩的她踏著有如酒鬼的步伐。

「來面對現實吧。」葛林姆說。「屎遲早是要打在電風扇上的。」

華倫板著臉搖了搖頭。「屎在很久很久以前，就被電風扇打得到處都是了。」

他心上襲來一股強烈的既視感：由全鎮共有的創傷重新上演——十一月十五日全鎮集會，為的是讓年輕罪犯在黑泉全體公民的面前被鞭子打到皮開肉綻，好讓他們未對女巫施以石刑之事付出代價……只不過這次的人數顯然連鞭刑集會的邊都摸不著。另外就是空氣也不一樣，這次的壓迫感重多了。你可以聞到那種壞事發生前夕的惡臭。鎮民一夜不曾闔眼，天氣又冷到骨子裡，但能活過噩夢的第一夜，看到隔天的太陽，著實讓他們感到又驚又喜。平時會因為太沉悶而被嫌棄的日光，如今給了他們全新的啟發……就像恐懼與憤怒來了場衛兵交接。在約翰·布蘭察這種末世主義者的煽動之下，他們要求知道自己該做什麼。

他們要求知道誰該負責。

適值葛林姆一步步從糾結於路口的人潮中穿越，馬諦．凱勒突然衝入群眾，巴著葛林姆不放。他紅了眼眶的雙眼睜得老大，嘴唇上有一滴來自鼻孔的乾涸血液。「勞勃！我們非想想辦法，做點什麼不可！」

「馬諦，你這是在幹什麼？」

「現在四處都有暴動。他們砸毀了市場與熟食店，就跟群野豬沒兩樣。有人拿椅子扔破了吉姆食材行的櫥窗，店內被洗劫一空，你聽到了嗎？大家都在囤積東西——大家都怕不會有人來救他們了。但那不是事實，對嗎？外面會有人來救我們，對嗎？」

事情就這樣發生了，葛林姆心想，心驚膽跳地想著。人要集體陷入瘋狂還真不難：只需要跟他們最害怕的東西獨處一晚。

馬諦巴在他手臂上之後就沒打算放開了，一副要哭要哭的模樣。「你不覺得有人會來，對嗎？你那張臉我看得出來。他們說二九三號公路南北向都點了火，但經過的車輛都視若無睹。電力公司肯定他媽的昨天就知道出大事了。還有外面的家族成員呢，他們一定也早就緊張地去到處求助了吧，畢竟距離聖誕節都這麼近了。但即便如此，為什麼都沒有人來？我是說，這到底是哪招？」

「我也不明白，馬諦。」葛林姆擠出了這麼句回答。「你還好嗎？你氣色有點糟。」

「我……我人不太舒服。應該是發燒了。」

「該死的馬瑟斯跑去哪兒了？」

「你還不知道嗎？」

「知道啥？」

「馬瑟斯自殺死了。」

其他任何一種正常的情況下，葛林姆都會只差沒張燈結綵地吹響他的阿爾卑斯長號，歡欣鼓舞地在高山峻谷間宣傳馬瑟斯死翹翹的捷報，但此刻他腦中唯一的想法只是：你是在跟老子搞笑嗎！平常意見那麼多，現在該共患難了，這老狐狸竟然放下黑泉鎮不管自個兒快閃。

有馬瑟斯這老議員在，他起碼可以對暴民稍加安撫。如今教堂前面，牧師也在鋪面的廣場上嘗試做著同一件事情，但他的聲音根本沒有強到能蓋過民眾躁動的浪潮。最終，牧師只能滿懷感激，看著葛林姆攀上教堂的階梯來與他換手。

「各位鄉親，拜託！」他嘶吼著。「請大家冷靜！」

「去你媽的冷靜，葛林姆。」群眾前一個男人朝他噴了這麼一句——這男人其實邊說邊在哭泣，而這讓葛林姆反感莫名。「她都睜開眼睛了。現在冷靜還有什麼意義？」

旁邊有人拉開嗓門附議，而說時遲那時快，整批群眾一下就變成了揮舞著拳頭，由怒目金剛組成的烏合之眾。他們不呼口號，而你也很難從那一道音牆中辨識出個別的聲音，但你聽得出他們口氣中的憤怒與不滿情緒。會上教堂的人、不相信有上帝的人、已然不抱希望了的人，全都抱成團在互撩彼此的情緒，而他們用的也是同一批問題：

「她人在哪？」

「她想幹嘛？」

「她下一步是啥？」

「我們會怎麼樣？」

「美國人有知的權利！」

「怎麼還沒有人來援救我們？」

「馬瑟斯那懦夫真的自殺了嗎？」

「我們還在鎮外的親人怎麼辦——他們在哪兒？」

很快地，小小的廣場就容納不下這麼多迷失的心靈，群眾開始由小力而大力地推擠，就像是每個人都需要移動到周遭其他人的位置，然後等搶到位子之後，他們又會一股腦兒地想要回到自己原本的位置。忙亂之間有人失去了平衡，拳腳相向隨之而起。葛林姆看到一名妙齡女子先被撞倒在鋪石路面上，接著被某個肥宅的鞋跟插在臉上，弄傷了下巴。

這都什麼亂七八糟的，葛林姆想。亂七八糟。昨天下午這些人還都是普通的美國老百姓，與世無爭地活在二十一世紀……

「牲品！」約翰．布蘭察突然瘋也似地號召了一句。「我們必須要用牲品來血祭！看是誰把這災厄帶到我們頭上！就把他帶來這石刑伺候！」

人群間湧出了歡呼。

「靠，大家冷靜一點！」葛林姆大叫，但被他喊住的只有靠近他的寥寥幾十人。「我們正在盡所有力量讓生活恢復正常，但在那之前我們一定要保持理性，否則一切的努力就都白費了！因為通訊尚未恢復，所以暫時我們會每三小時在鎮廣場更新消息……嘿，大家聽我說！」

「說兩句我們不知道的事情來聽聽！」有人嗆聲。「把她眼睛弄開的是哪個王八？」

「是啊，誰幹的好事？！」

「給他死！」

「把他五馬分屍！」

葛林姆這下子也慌了：他面對這群暴民可說是束手無策。附在了這些人身上的憤怒，不是一個人就可以驅除。直覺讓葛林姆知道情勢馬上要變得非常失控。

在廣場上高度較低的角落，群眾開始從葛莉賽妲的肉舖食堂櫥窗前回堵。霍斯特家的母子剛來到店外，就被這麼一大群人給石化在當場。傑登臉上的完全是個糊塗蛋的表情。葛林姆不禁思考起一種可能性，是他真的不知道身邊都發生了什麼事情。事實上就連群眾也陷入了沉默，因為此時與他們面對面的，正是他們認定該被流放在外地的異端、罪犯。

說起獻祭，葛莉賽妲是這群人的前輩：所以她看得懂這群人的動作是什麼意思，而她也把握了那一瞬間的先機，溜回了屋裡，並且拉下了店門。

「他在那兒！」有人用從家裡帶來的臺燈指著傑登。

「是他幹的！」

是的，他們都知道。他們都以為自己知道。誰會無聊到去把凱薩琳的眼睛弄開，除了這個渣到不行，沒事跑去用石頭丟女巫的渾球王八蛋。罪有應得的這傢伙明明受了鎮上的恩惠，打了幾下又關了幾天就被放了回來，現在竟然恩將仇報地害慘了黑泉鎮？這麼不知好歹的事情點燃了無人能壓抑的狂熱心情。很快地，三四十個人形成的半圓形就將傑登團團圍住，並用發抖的手與緊握的拳頭朝著他步步進逼。

在人生最後的關頭，傑登肯定看到了這些面容愈來愈不像人臉。他將自己扭曲的笑臉轉向了肉舖門口，顯露出原始的恐懼。意會到家門被鎖住了的時候，他究竟在想些什麼呢？他開始用力敲著玻璃，看著母親隔窗用石像般的眼睛往外瞧，而自己則能看到玻璃上反射著一圈暴民朝自己愈縮愈緊之際，腦袋裡都劃過了哪些想法呢？

然後一眨眼，想襲擊他的人拋下了最後一絲矜持，整圈人潮向他坍縮。瞬間他被這群大聲嚷嚷著的現代野蠻人舉過頭頂，一起一伏地不知道要被扛到哪裡去。傑登叫得把肺都快叫出來了。從教堂的階梯上，葛林姆可以看到傑登凸出的眼睛，而鎮民則撕扯著他的衣服、他的四肢、他的頭髮。沒多久他摔到了地上，任由其他人像狼群撲來，指爪、刀刃與榔頭像餓壞了似地陷入他的肉身。放棄了一切希望，也再無意願反抗的葛林姆雙膝一軟，在水泥階梯上大吐特吐起來。

明明都是人，但他真的受夠了這些禽獸的行為；他只想跟這一切保持距離，只想跟自己身而為人的想法保持距離，因為如果身而為人還能幹出這樣的事情，那這樣的人性他敬謝不敏。飆著汗的他倒落在鋪面的石塊上，意識像一顆泡泡似地深陷入愁雲慘霧中。他不為別人，而是為了自己感到痛苦。灼熱而苦澀的眼淚外加酸烈的膽汁，嗆在他的喉間。他不清楚自己像那樣躺了多久——但他再次啟動是因為聽到有槍聲迴盪在周圍的房舍間。所以他果然還是跟其他人有一樣共通點：聽到槍響，沒有人不會瑟縮一下。

葛林姆抬起頭來，用手抹了抹臉。

剛剛私刑第一現場的左邊，現在站著仍迷失在民粹怒火中的馬諦・凱勒。他把點三八特殊子彈的黑色左輪高舉在頭頂，雙手仍不住顫抖於開槍的後座力。數百雙憔悴的眼睛用不可置信的表情瞧上了他。血仍滴在這些人的指間，汗覆滿了這些人的臉，他們心中的火，終於遭到撲滅。

原來馬諦這孩子從保險箱裡拿了那把該死的公務槍，插在自己的腰帶間。葛林姆不清楚是誰給了他這樣的授權，但他現在真的很想親親這孩子的臉。

然後女巫出現。

消息像是無愛的禱言傳遞在群眾之間：女巫，女巫在那邊，喔天啊，真的是女巫……他四周所有人開始慢慢退散，不再遮擋住他們身後傑登・霍斯特的殘骸：血液仍有餘溫的一團血肉模糊，外加因為神經反射而在抽搐的肌肉。但暴民的眼睛並沒有鎖定葛林姆。他們全都把目光投往了同一個點，因為他們最大的噩夢終於現身與他們見面，而葛林姆也忍不住用眼睛追隨。

凱薩琳・凡・懷勒步下了上水庫路，左右一手一個做古裝打扮的孩童，構成了一幅平靜而荒謬的浮世繪。她大大方方，不疾不徐地朝羊群緩緩走去。破天荒頭一回，鎮民們看到眼前的女巫睜著雙眼，而他們當下就有一種所有快樂都被一筆勾消的感覺。她慘白的臉上，依舊是鎮民們再熟悉不過了的五官特色，但如今那原本看不出血色且被針頭扎得坑坑疤疤的嘴唇與眼瞼，都如新鮮的組織閃耀著復活的光輝。廣場上每一個人，都震懾於一項事實：她並沒有睇起眼睛，也沒有散發出他們在噩夢中所想像，那種醜惡與病態的光澤。事實上，眼睛與嘴巴都被繡死的醜惡面具一旦卸下，她得以示人的是張出奇有著人味的臉龐。在恐怖的氣場下，她柔和的線條與秀緻的身形於此重見天日。帶著一種在三百五十年的黑暗中被壓抑許久的熱誠，她瞅著黑泉鎮的路街、房舍、二十一世紀的美國人，並用笑容表露出了喜悅與驚嘆。惡意就算有，此刻也看不出一點痕跡：這不過就是母親牽著一對小兒女。這就是她一直以來想要的東西嗎？她此時眼中的神情，應該就是用「無上的幸福」去形容會最為接近。

對比起凱薩琳一向留在人心裡的恐怖印記，還有她讓人活了一輩子都甩不開的恐懼，這幅畫面真的跟現實完全搭不在一起。所以也難怪黑泉的居民都不舒服到不知該如何反應。這會是真相嗎？難道她原本並非天殺的怪物——把她變成怪物的，是我們。

勞勃·葛林姆在純然的恐怖中看著凱薩琳跟兩個孩子抵達了廣場。那一幕集合了所有快樂的因——但卻完全得不出快樂的果；那是個虛有其表的世外桃源。因為就在這個時候，凱薩琳望向了被嚇壞了的鎮民，也望向了傑登·霍斯特那令人不忍卒睹的遺體，悲傷注滿了她的眼睛。

至於葛林姆的想法是，人為何總是學不到教訓。

群眾又更往後退了一波。有些人心生想一走了之的念頭，但多數人明瞭逃跑沒有任何意義。

就像是有個看不見的司儀在指揮他們，所有人整齊劃一地雙膝落地，數百人同聲一氣，就像是朝著聖地麥加在行大禮的穆斯林。感動到哽咽的他們在女巫的腳邊五體投地，就像是集體在祈求她的憐憫，也完全準備聽取她的任何指令。我們對不起妳，凱薩琳。我們接受妳，凱薩琳。饒我們一命，凱薩琳。

但他們的手裡仍有殘留的血跡，而這還只是開始而已。透過眼角餘光，勞勃．葛林姆看著命運化身為馬諦．凱勒的外型朝著自己接近。馬諦用顫抖的手握著槍，在滿地跪著的信眾間一步步向前。

葛林姆有意站起來將馬諦厲聲斥退，但他爬起來的時候一個踉蹌，像跳水選手似的把臉砸在了石頭的鋪面上。這一撞讓他底氣全消，而雖然他最終還是勉強喊了一聲，但可惜為時已晚。

馬諦開了槍，但畢竟他的本體不是神槍手，而是資料分析師。除此之外，他這輩子還從未曾像在扣扳機的當下那樣，感受到過如此巨大的壓力。小喬伊．霍夫曼被擊中了頸部，整個人被衝力甩到了人行道上。以人血為顏料的點畫作品，以扇形灑在了凱薩琳的洋裝上，原來她在驚嚇中嘗試彎腰去抓住孩子，但其實小喬伊人都還沒落地就已經斷氣。

小娜歐米隨即發出尖叫，跺起了腳，然後用雙臂環抱女巫的脖子。這時馬諦想要一不做二不休，當場把凱薩琳的詛咒打個稀巴爛的第二發子彈，一口氣把女孩的頭顱削去了大半。現場的眾人聽見痛失第二個孩子的女巫像是喘不過氣來似地，發出了沙啞的呼吸聲，並步伐蹣跚地跟兩具小小的屍體跳起了驚悚的華爾滋。

這是個笑話，葛林姆想。某個讓我腦筋轉不過來的，天大的誤會。

女巫抬起頭來，望向了馬諦。

馬諦放聲尖叫起來。他試著逃離，但雙腳卻不聽使喚。索命的女巫直朝著他而來，邪惡、冷靜、並將馬諦的目光囚禁在了她集合鄙夷、悲慟與無情復仇，三位一體的堅定態度中。

她把雙手放在了馬諦的肩膀上，抬頭看著他。足足有超過十秒鐘的時間，她盯住了這名新科的劊子手，而群眾則不停地愈退愈遠。接著她對著馬諦的臉，咳嗽了一下。

馬諦重心不穩地向後退了一步，轉頭面向了群眾。他開始發抖、開始飆汗，就像一瞬間發起了高燒一樣，然後還猛烈地噴起了鼻血。另外他還開始瘋狂咳血，弄得一嘴都是紅色的泡沫。

「救我……」他結結巴巴地呼救起來，但鎮上的鄉親仍向後一退再退，顯然是深怕被讓馬諦變成這副模樣的管他什麼東西給感染到。馬諦把手伸向鎮民的的方向，然後雙腳跪了下去。葛林姆看到深色酒窩狀的丘疹從他的雙頰跟頸部冒出來，形成了由餅狀褪色結痂構成的醜惡面具。他的呼吸開始有一搭沒一搭地不再穩當，反倒是咳嗽開始怎麼也停不下來。刺耳而嘶啞，讓人聽到頭皮發麻的打嗝聲，予人以一種他下一秒會把肺給咳出來的感覺。很快地他就扭動抽搐地倒在大街上，踢著雙腳，血管在皮下爆開，張大著嘴的臉變成跟焦炭一樣黑。而就在死亡收下他生命的同時，他仍沒忘了以其失去視力而吊起的白眼，對幾乎都搞不清楚狀況的旁觀者投以銳利的控訴目光，惟當中具有專業知識的華特．史丹頓醫師用嘴唇的形狀圍出了一個令人不寒而慄的字眼：天花……

凱薩琳用全身的力量向下俯衝，雙拳打在了人行道上。大地彷彿為之一震，地面以落拳處為起點出現了蜘蛛網般的龜裂，由此葛林姆知道了在這個獻給復仇的早晨，你看不到兩件事物，分別是克制與理性。唯一有的，是懊悔。黑泉鎮的居民是自找的，這叫自作自受：真正邪惡的，是他們。那是屬於生人的邪惡。是他們任由自己內心的末日感與陰鬱佔得了上風，任由無辜者被處罰，還在自詡的正義榮光裡沾沾自喜，才一手創造出了這個名為凱薩琳的邪惡。她給過黑泉鎮民選擇的機會，但如今一切都已無法挽回，而隨著葛林姆周遭的每個人開始以凱薩琳的邪眼為圓心，無濟於事地竄逃，葛林姆的這層領悟讓他心生一股彷彿源自於太初的恐怖，唯一能與之相提並論的，只有他最早在子宮裡的記憶：那最初的失去，那第一次有去無回地從天堂出走，第一次眷戀起與自己漸行漸遠的自己的身後。

嬰兒面對這種出生這種殘酷的幻覺，唯一能有的反應就是大聲哭喊……於是葛林姆也就這麼做了。

第三十二章

十二月二十四日，星期一下午時間已晚，史提夫．葛蘭特醒來的時候有水往臉上滴。被他當成床在躺的，是上面蓋著一層霜的森林地面，垂直向上是看不到邊，有如骨骼一樣的參天枝葉。他有心想站起來，但最終仍無助地倒了下來，翻滾成側躺，清脆地壓迫了濕地植被上薄得像張紙的冰殼，痛感如電流射穿他的身體，迫使他的雙唇夾成一道緊繃而泛著白色的裂口。這究竟是哪兒？他又在這裡做什麼？手錶告訴他現在是二十四號下午四點半，但史提夫並不曉得該如何理解這項資訊。天啊，他已經在林子裡待了四天四夜。

他無動於衷地在原地又躺了好一會兒，持續聽著林子裡那安靜到不自然的背景音。一身溼答答的他冷到已經神經麻木，不住地直打哆嗦。葬禮那天的衣服，至今還穿在他身上，鬍渣刺著他的下巴。他的嘴唇感覺腫，感覺痛。他的嘴巴又乾又黏，上面是一層嘗起來有林地跟松果味道的唾液。史提夫嘗試逼著自己的身體回到醒來之前，那個糊糊塗塗的狀態當中，但實際上他依舊保持著警醒，而讓他不肯放手的……不是自己的一條命，而是……

泰勒！她把泰勒帶回來了嗎？

這個念頭推著他站了起身。背上一道尖刀般的刺痛，讓他嘴一歪而扭曲了面容，身體靠在了覆蓋著植物葉片的土牆上。他環顧四下，看到了在斜坡上高掛著一叢叢古老的毒堇，由此他不帶太多感情地認出了這裡是自家後頭，悲慘山上的森林。很顯然為了避風頭，他選擇藏身在這裡某個雜草叢生的壕溝，畢竟西點軍校曾在這一帶練過兵，挖過不少作戰用的溝渠——又或許這些戰爭遺跡可以一路回溯到美國脫英那場，讓貂鼠與響尾蛇飽餐過不知多少頓的獨立戰爭。

這幾天的紛紛擾擾，片段而緩慢地開始在他的記憶中歸位，就像碎裂的漂流木板在船難之後一片片沖刷上岸。他想起了泰勒葬禮後的他一個人在家裡，也想起了他……

喔，天啊。貓頭鷹吐出的毛球。泰勒的頭髮。她來到了這裡，而他劃開了她的眼睛。他到底都做了些什麼？

他從逃進森林到此刻的記憶有點斷斷續續，有沒有可能他這一整段時間都處於某種譫妄的狀態中？有沒有可能他的心智遭到了他自知自作孽而陷入了大麻煩的預感癱瘓，最後索性關機不玩？很顯然他先在人事不知的狀態下四處晃蕩，然後又無視於生理需求地一直昏睡到現在，只不過那主要是昏，而不太是睡，主要是一種半夢半醒的狀態，期間噩夢與現實就像疊加的影像存在於立體的投影裡，我中有你，你中有我。這不是譫妄什麼才是譫妄。若非如此，他怎麼會彷彿記得自己看到過有呼著口號的人以一字縱隊通過樹林，一邊走一邊用打了結的繩子鞭笞自己赤裸的背部來贖罪，好像覺得自己很該死似的，人都很該死似的？那肯定是幻覺，對吧？

不知何處一根樹枝說斷就斷，史提夫僵在原處，頭皮發麻。又一次他注意到環境不自然的靜止。四周看不見一隻鳥，也看不見任何活物在矮木叢中爬竄。唯一能聽到的只有風吹過樹梢發出溫和的喃喃自語，以及偶爾有結霜的葉子被壓碎的聲音。但樹枝繃斷，難道沒有什麼原因嗎？是凱薩琳嗎？她一直陪在這裡，看著我在黑暗裡躺著昏睡嗎？或者……難道會是泰勒？

「別鬧了。」他沙啞地說著。他意會到自己明明神智清楚，卻還考慮著死去兒子可能在這片林子裡追隨他的可能性。史提夫不得由頭殼上的皮膚一緊，顫動由北而南貫穿他的背脊。

該發生的，怎麼樣都會發生，對吧？承諾的復活——就直接說吧，還忌諱什麼呢。

但他不敢——也不能——把希望寄託在這……這到底該算是什麼東西呢？史提夫抖動著身體，嘗試把這種可能性從思緒中刪去，但這可能性卻堅持待著不走。每件事都感覺錯得離譜，錯得令人膽寒。第一，這種安靜就非常不對勁；第二樣，聚集的暮光陷入樹木的感覺，也說多麼怪就有多麼怪。自己做出的事情，壓在他身上是個沉重的包袱。他在口袋中摸索著手機，但顯然他將之忘在家中。

史提夫不需要水晶球，也可以看到自己的未來：他會沿著山徑回到家中，然後面對自己所作所為的後果。那或許會是外界對他的一種期待，而他也感覺自己有這樣的義務去……

但管他的呢。事實就是他內心還沒準備好面對這一切。他祈禱著喬瑟琳不論出於什麼原因，可以留在聖路加醫院陪伴麥特。又或者她會一看到某種……某種跡象顯示凱薩琳的眼睛已經張開之後，就二話不說地掉頭，逃回到紐堡某間汽車旅館的安全懷抱中。

那就是何以這計畫會如此他媽的完美，對吧？喬瑟琳在紐堡與麥特作伴……不在中間擋路，不會被傷到一根寒毛。或許知道要等到天時地利人和才出手的那傢伙，就是凱薩琳……這樣一來我們家才不會成為無辜的犧牲品。

他祈禱著事情正如他所想的這樣，但他也不敢奢望去相信會有這麼好的事情。

他會走下山徑，但他選擇的不會是那條蜿蜒曲折通過哲學家之谷、可以通往他住家的山徑。他會更往南方一些，穿過哨石谷溪急轉回到鎮上的艾克曼角。盱衡局勢，如果他能合理地推定鎮上大致還是老樣子，沒有出大問題，那他就可以潛回家去看看喬瑟琳在不在那裡。但該做的評估一定要先做。因為萬一他手上真的沾了黑泉鎮的血，那有一種很駭人的可能性，就是他也同時得為自己妻子的命運負責……而他不知道自己有沒有心理準備來面對這一點。

史提夫在最後的落日餘暉中開始往山下走。他全身痠痛，不聽話的胃也在肚子裡抬得老高，但一段時間後他似乎找到了自己的節奏。就算來到哲學家之徑的路口，他也會緊緊地靠向右邊——哲學家之徑的方向他看都不會看一眼。

昨天晚上從鎮上傳過來的，究竟都是些什麼聲音？

這些想法就像是不速之客，而他只能把皮繃緊接招——這些想法有著能讓他走不下去的力量。沒錯，寒冷與痛苦一定都有，他想起來了，飢餓與抽搐也躬逢其盛，再來就是不由自主的瑟縮顫抖。惟這些肉體上的折磨，都遠遠不能跟他在心理上承受的酷刑相提並論。由他所釋出，那股毀天滅地的黑暗恐懼，讓史提夫在迷迷糊糊中也曾出現一些嚴重而病態的幻聽與幻象，他可以想像由恐慌觸發的重度缺氧應該推了一把。一切的開端，是吵鬧聲。而伴隨吵鬧聲出現的是各種氣味。再來在聲音與氣味的誘發下，出現的是足以讓他失去理智的可怖畫面……又或許他其實真的已經與理智分家了。耳邊聽著呻吟聲，他看著人黑著張臉在痛苦中掙扎、蠕動，外加有腫大的淋巴腺出現在他們的頸部跟胳肢窩。但那不會是因為天花：這是屬於**舊世界**的疾病。一邊嗅著瀝青融化的臭氣，他看到的是焦油桶在街角燃燒，用意是讓瘴氣變得純淨；不知什麼原因，點燃一桶桶焦油的人是彼特．凡德米爾，而他用來點火的是拿了件Levi's牛仔褲浸了汽油，然後捲在Rubbermaid拖把上做成的土製火把，同時間有一束束稻草被懸掛在廢棄的門面上，那是用來標示哪些人家已經遭到感染。而一邊聞著火的味道，他一邊還看到安非他命教堂在熊熊火海中焚燒。彩繪玻璃後面是病人與死人，而還活著的都在放聲慘叫。他看到的臉孔，都像是人形的恐怖張大了嘴，而史提夫像是不願意面對現實地轉過頭去。他不願意承認——即便是在夢裡——自己的朋友與鄉親在火焰中灰飛煙滅。

但凱薩琳總是無役不與。她總是站在一旁，不動聲色，默默地旁觀著。

某個點上，一幅徹底超現實的幻象出現在他的眼前。在鎮廣場的中央，黑泉鎮所有的小孩被緊緊地用白色亞麻布綑成一顆顆繭，小的小，大的大，但全都被綁在一起，形成了一張巨大而直挺，由拉撐的床單所構成的網絡。這結構直衝天際，外觀呈現出圓錐狀，神似女性的乳房。你可以看到有著紅潤雙頰的臉龐從亞麻布中探出頭來：生意盎然，土生土長於黑泉鎮的四百個小孩，空洞而天真的眼神依舊夢幻。真正的煎熬與挑戰留給了在地上的父母，他們在街上，在壯觀高塔的腳邊喧嘩鼓噪，但又同時集體當著彼此的糾察隊，因為沒有人不知道，哪怕只有一個爸媽抗拒不了把親生骨肉從死亡襁褓中救出的慾望，這整個設計就會土崩瓦解，那後果將無人可以承擔。在這顆人造乳房的頂端，站著凱薩琳，她就像個母儀天下的乳首，從銀壺中傾倒著溫熱的牛奶。

彷彿這是一座完美對稱的噴泉，乳汁就這樣從四面八方往下流，下頭自有數百根年幼的舌頭在熱切地舔動。

她要饒過這些孩子，史提夫在譫妄中見證這一切。他們還不懂嗎？別讓他們毀了這一切；她要饒過這些孩子……

這些醜惡的影像來自何方，他完全沒有想法。即便在他最獵奇的幻想裡，史提夫也不曾在腦中繪製過如此猙獰，如此衝突，但又如此結合了自然之美學的瘋狂景象。史提夫躺在那兒，屏住了呼吸盯著眼前，就像他在見證著一項奇蹟。但就在此時畫面開始閃動，布織乳房頂端上那尊人形王冠不再是手握奶壺的凱薩琳，而變成了像嬰兒般一絲不掛的霍斯特肉舖老闆娘，葛莉賽妲。臃腫而肉感的她睥睨著黑泉鎮的爸媽。就像她總是會把自家的肉品提供給他們，如今葛莉賽妲也用肉在餵食著他們的寶貝。她像是在生孩子似地把這些肉給生出來。流動的肉派，無止盡地像產後的胎盤與胞衣從她的子宮裡湧出，滴下噴泉的方方面面，一路上玷汙了完美的麻布，最終一團團黏在孩子的臉上。

我並沒有真的在看著這一切，史提夫心想。這去他媽的不可能。我還在某種譫妄之中。一定是的。我馬上就會清醒過來了，你等著瞧好了。

又一次畫面似乎開始閃動——塔頂的人物又換回了凱薩琳，又或許上頭原本就一直都是她。然後突然間，史提夫意會到鎮民只選擇性地看到了他們想看的東西：猥褻、惡劣與醜陋的一切。凱薩琳固然創造出了幸福的即景，但父母親只認得殘酷。而也因此他們只能將之摧毀。

一顆準頭十足的石頭，擊中了葛莉賽妲—凱薩琳複合體的前額，活像把美工刀似地劃開了她。她舞動著雙臂向後一翻，跌進了襁褓中孩童所構成的網絡。隨即而來低沉的一聲「鏘」聽來就像是低音提琴斷了根弦，然後轉瞬之間在乳房側邊被毀的地方，孩子們開始從鬆開的襁褓中被噴吐出來。很快地整個結構就都支撐不住了，原本高聳的傑作在地上亂成一攤，四百個飛高高的孩子就像是投石機拋出的彈丸。史提夫那張闔不起來的嘴巴，彷彿是因為恐怖而震動的深洞，主要是他看到了孩子臉上驚醒的面容，聽到了孩子令人垂憐，內含著害怕與不解的放聲嗚咽。他們的爸媽沒有通過考驗，如今他們的孩子將像下雨一樣，在他們面前粉身碎骨地急墜。下一秒鐘的哭天搶地，聽著不似人聲，也早就不能用瘋狂二字來形容其萬一。即便在自身的譫妄中，史提夫也知道自己即便不是已經發瘋，也隨時準備好要發瘋了。接著，影像開始從他的腦海中消逝，他整個人再度陷入了黑暗裡。唯一留下的心得，是他模模糊糊地確定一件事情，亦即這場苦難會如何收場，操之在他的手裡。

隨著森林在他的面前出現缺口，天空是一片發黑的藍，雲層則日看似熱燙的火紅。在一股奇特的歸鄉之情中，史提夫意會到了自己身在何處。在沿著山徑搭建的鐵絲網後面，是屬於艾克曼角那陡峭險峻的凍結草原，那兒也是約翰．布蘭察總用來放羊吃草的地方。地景帶有一種詭異的死亡面貌。高地樹林由三邊包圍著他，黑泉鎮就在下方，就在看不見的山脊背面。東南方再往前推，土地就下降進入了哈德遜河谷，而他可以辨識出蒙哥馬利堡與皮克斯基爾的萬家燈火。家家戶戶現在都團圓在聖誕夜的佳餚前了吧，禮物都包好了，壁爐也都點燃了吧。這樣的想法讓他內

心充滿了強烈的憂鬱：河谷中的各鎮看似某個奇特而遙遠的國度，近在眼前，卻又遠在天邊，

絕非眼在天邊。這是我的煉獄，史提夫心想。只要你通過這項考驗，等著你的就是天堂，對吧？

這讓他回到了昨晚的畫面裡，一股臭酸的重量就這樣落在他的身上，跟塊石頭沒有兩樣。

有病的王八蛋，他不理智地想著。壓抑著這個念頭，他開始朝著黑泉鎮下山。

有什麼東西能夠讓史提夫做好準備來面對陪他把兩個孩子養大，現在卻變成這副模樣的故鄉？答案是沒有。

混亂已然降臨在黑泉鎮。即便才剛經過鎮公所前的水車古蹟，踏上上水庫路，他也只剩詩歌與瘋狂可以描述從燦爛天空中升起的吵鬧聲而不至於失禮。濃厚而令人窒息的煙霧從鎮中心發出，令他的雙眼刺痛，也增加了他呼吸的難度。但黑泉鎮的完整現狀，還是在他繞過最後一個彎，來到坦普山山頂的一角，才一目了然地獲得了詳細的解答。

如今的鎮廣場，儼然是勢頭愈來高漲的人性變態大觀園。早已經不是數百人，而是兩三千人之譜的群眾都在此加入了由嘶吼、哭喊、互毆所交織而成的大亂鬥跟修羅場。所有人都到了——黑泉全員到齊。同時間你根本分不清誰在為什麼而戰。葛莉賽妲的肉舖食堂成了灰燼裡的一片廢墟；其他建物也無法倖免於祝融。逐樹梢而居的火舌照亮了暴民，用光耀的焰紅為噴泉處的洗衣

婦銅像增添了色彩，還反射在了安非他命教堂奇形怪狀的窗戶上，讓教堂產生了一種超現實的外觀，彷彿教堂比實際上更為高聳，並用一雙來自地獄的眼睛在俯瞰著這群對神大不敬的刁民。史提夫試著靠五官去分辨他曾經認識的鎮民，但他馬上就發現自己做不到這一點。他們的臉好像都已經遭到抹平，既沒有嘴巴也看不見眼睛，每一個瘋子都長得跟旁邊那個瘋子一模一樣。黑泉鎮的臉就長在這些人的臉上，而此時的黑泉鎮正處於最黑暗的深淵。

然後某樣東西讓他轉了身，那是一種似乎來自於體外的力量，而史提夫幾乎壓抑不住衝動要喊出聲來。那股力量是凱薩琳．凡．懷勒。她人站在某條山頂私人車道上，一臺看來不急著去任何地方，鍍鉻雙尾管的龐帝克Grand Am正前方，飽覽著底下群魔亂舞的景象。Grand Am的引擎蓋跟大小窗戶都已經被砸毀，凱薩琳赤腳站在一堆碎玻璃當中，但她似乎並不介意：女巫觀察著天下大亂自她眼底展開，臉上的無動於衷看不出一點破綻。

「住手！」史提夫大喊。他蹣跚地用已經毫無知覺的雙腿朝她走近了幾步。等靠得夠近了，他壓低了聲音，因為他的聲帶似乎跟腿一樣，也已經失去了原有的力量。「求求妳，讓他們停手吧。別再繼續造孽了。夠了，我求妳了。」

但這時凱薩琳緩緩地轉頭望向了他。而一看到她的臉，他就馬上了解到他以為的無動於衷，其實本體是跟他一樣的空洞與震驚。然後他懂了；本來嘛，她感覺到震驚是剛好而已。做出這些事情的，根本就不是她。

這不是什麼懊悔，也不是復仇。這就是原原本本的黑泉鎮。

凱薩琳舉起了手臂，指向了教會。

喬瑟琳與麥特，他想……然後突然間他發現自己從譫妄之中，看到了一幅高解析度的畫面，那是教堂陷入熊熊火海的畫面。教堂內擠滿了鬼，只不過如今他的妻子與小兒子也已經在逝者中入列。麥特的眼罩潮濕而暗灰，喬瑟琳的頭髮糾結而汙穢。麥特死命抓住母親，但喬瑟琳只能尖叫，原來是母子倆上方一道弧拱先在滋滋作響的餘燼中爆炸，然後在空氣的漩渦中朝兩人的頭頂壓下。

這不太是什麼昨夜發燒作夢的回放，而比較是某種被投影到他腦海中的影像。操作著投影機的，是想讓他看到這畫面的凱薩琳。

而史提夫突然反胃地確信起喬瑟琳與麥特真的人在教堂裡，而可怕的事情也已經迫近，不過想做點什麼還來得及。

「麥特人在醫院。」他對自己咕噥著。僅存的一點血色從他臉上流失殆盡。他看似對身上每一條肌肉都失去了控制力。他的嘴巴在尖叫聲中門戶大開，「麥特在醫院，他不可能跑來這裡！」

但凱薩琳的手指仍無情地指著教堂。

廣場的另一端傳來了槍響，一個女人放聲大叫，她用凌駕於現場喧囂之上的淒厲喊聲說著：我的寶貝，不要是我的寶貝！但史提夫根本無暇管別人的事情。

喔，天啊，麥特在裡面；喬瑟琳也在裡面。滿意了嗎？身為始作俑者的你這個喪盡天良又該死的蠢蛋？但麥特怎麼可能會在這裡呢？

話說回來，他要多蠢才會相信他們母子倆會乖乖待在紐堡，心甘情願地錯過這場黑暗大戲的高潮？悲劇就該有悲劇的樣子，包括結尾，不論你是多麼地不情願。所以他到底是想要唬弄誰？

他轉身面對著女巫。「泰勒在哪兒？」

凱薩琳仍舊堅定地指著教堂。

那根手指，那種指法，還有各種讓他知道自己真的問出了這問題的跡象；這些事情都更讓他害怕，比自己沙啞而顫抖的音質更讓他害怕。

「我必須要知道。泰勒也在裡面嗎？」

沒有反應，只有手指依舊高舉。

快點，你這個混帳；這她已經管不了了。這從一開始就與她無關。這個鎮發瘋了，而喬瑟琳跟麥特也多半蹚進了這渾水。她是在給你個機會……

史提夫猶豫了一下，在女巫眼裡的哀傷裡——而非邪惡中——掙扎了一下……然後拔腿狂奔了起來。

史提夫縱身一躍，跳進漩渦裡面。

⋯⋯

他首先嘗試像個隱形人似地穿過暴民。等來到坡道的中間，他完全被眼前的混亂遮蔽了視野，然後便隨即失去了方向感。他從四面八方被汙穢、汗濕的身體推擠，而那股味道真是令人想問候祖宗八代：墮落至極的恐懼臭氣，只有一步之遙就稱得上是殺人的毒氣。

史提夫看到了他只要還有一口氣在，就永遠不會遺忘的東西。

伊芙．莫絜斯基，這名市場與熟食店的準前員工像遊魂似地在四下晃蕩，額頭上的巨大撕裂傷噴了她一臉血，嘴巴像錄音機一樣，似唱非唱地唸著搭配跳繩用的童謠，眼睛則好像已經翻進了後腦杓。一個叫不出姓名但他知道曾經在馬內爾五金行上過班的男人，正懷抱著兩個裸身的幼兒要從這場大亂鬥中通過，而他沒看錯的話那應該是克萊兒．漢默的兩個孩子。這種場合自然少不了屍體。有些是被槍打死的——他們算是這當中的幸運兒。

勉力壓抑著直要控制住他全身的恐慌，史提夫開始呼喊起妻兒的名字，但他隨即發現自己這麼做是個錯誤：他高調的叫聲，無可避免地吸引到了周遭其他人的注意，他終於被看見了。四面的人群以他為中心退了開來，他們原本無視於旁人的無神雙眼裡，現在突然開始閃耀起了迷信的驚恐……與指控。

「是他！」有人發出一聲尖叫，而史提夫沒想到用手指著他的聲音主人，正是芭咪．德拉羅沙。「就是他，讓我們被邪眼給盯上！」

一陣由恐怖引發的瘋狂，當下就席捲了現場的人潮。隨著引發這場騷動的女子繼續尖聲重複著相同的指控，一遍又一遍——那不可能是芭咪吧，他一定是看走眼了，是吧？——其他人則開始胡言亂語地禱告起來。有人用食指跟小指比出了惡魔之手，也有人在自己身上畫起了十字架，總之就是無所不用其極地想不讓眼前的這名惡人傷了自己。感覺到不可置信的史提夫回瞪起這些人，然後緩緩地向後退縮，但還是撞到了那些朝他伸出手來，撕抓他外衣的人。

他們知道。

他們知道他是劃開女巫眼睛的人。他就像是代罪羔羊出現在十七世紀的陷阱獵人聚落……而你知道那些故事最後是什麼樣的結果。

他掙脫那些手，開始跑了起來。群眾在他面前如紅海一分為二，而史提夫也善加利用了鎮民還驚魂未定這一點，趁隙逃脫，但要將他處決的呼聲傳播像是長了四隻腳，他穿過當下無堅不摧的瘋狂之速度只有兩腳，那些呼聲他都聽得到。雖然逃得了，但他在認出華倫・卡斯提歐的時候停了下來，而他這麼做的唯一理由，是他莫名但是清晰地知道，逃離不是自己的宿命。別問為什麼，這是事實。

「華倫！」他在猶豫間喊了出聲，然後抓住了華倫的手臂。「這裡到底發生了什麼事情？」

華倫轉過身來，而史提夫看見他手拿著自己這輩子都沒見識過的大剁刀。「史提夫。」他說。「好久不見了。葬禮還順利嗎？」

史提夫向後退了一步。他聞得到華倫的汗水裡面有一股嗆鼻的腥臭。另外他聲音聽起來也不大對勁。他不欣賞華倫說話的口氣，或精確地說是非常反感。華倫給人一種爛醉如泥之感，但史提夫聞不到酒後的口臭，取而代之的是嚴重的腐爛或屍臭味。

「你有看到喬瑟琳嗎？」

「誰是喬瑟琳？」

一陣尷尬的沉默。「我太太。」

「我太太？」華倫說話口氣果然很怪。「我太太今早去林子裡採了一堆杜松漿果與千里光。她說這些漿果跟桔梗類的東西可以淨化空氣。不知道誰教了她這些事情……」他把話停在了句子中間，然後用拇指滑過了剁刀刀刃的邊緣。「你為什麼要這麼做？史提夫，你為什麼要打開她的眼睛？」

他認真想要回答，但才一張開嘴巴，他就發現自己的喉嚨緊到壓不出空氣。一秒之後，不知道什麼東西在他的上背部像是炸了開來，而這就讓空氣被壓出來了；那樣的衝擊，硬生生將空氣捶出了他的肺葉。史提夫被打到以下巴墜地，牙齒緊閉，然後一團黑暗從突然包圍住他視線的球鞋、靴子與便鞋處跳了出來。痛苦呻吟的史提夫翻過身來，躺在了自己的背上，然後上下顛倒地看到眼前是雷．達洛的臉，還有剛剛用來攻擊他的那把雙管來福槍，槍口宛若兩隻黑色眼睛。

「你看看你，兄弟。」達洛說。「有點自尊的美國人看到你這衰樣，都要哭了吧？」

「雷。」他低聲怒吼著。「別……」

「去你媽的叛徒。」

話聲剛落，達洛就把重心移後然後一腳踹在史提夫的臉上。史提夫聽到一聲清脆的骨裂，閃過他下顎的感覺讓他痛徹心扉。他的頭向後一癱，有氣無力地連在頸子上，同時間他頭骨重重地敲在了石頭路上，血則像紅色窗簾布似地噴出了嘴巴。

史提夫恐怕昏了過去有一分鐘，也可能只不省人事了幾秒鐘，總之他再一次有了知覺後，人已經被鼓譟的暴民在拖行之後給抬了起來。他聞到了人行道、聞到了煙霧，還聞到了現場氣氛的瘋狂。過程中他嗆到了自己的血，咳出了一顆牙齒。被人扛在頭頂，讓他看到了一個顛倒的世界。史提夫有種噁心想吐的強烈感覺，彷彿自己在空中飛，而且將永遠不會有落地的一天。群眾抬著他通過墓園，準備將他未審先判。他的臉因為極端的害怕而感覺燒燙，被緊緊拉撐的頭皮則在骨頭上爬啊爬，彷彿在替被敲歪的下巴做好準備，要用最後的一聲的萬事休矣來與世界訣別。

但就在這個時候，怪事發生了。

他的眼角餘光開始放大，開始搖晃，然後他突然意會自己能通過那雙自己害怕了那麼久的眼睛看到鎮民……那雙他親手拆開縫線的眼睛。或許這是因為一如凱薩琳，如今的他也能體會什麼叫作被標註為賤民。也或許這是因為一如凱薩琳，如今的他也成了民眾怒火的眾矢之的。又或許這只是因為面對死之將至，他終於能放手，讓自己去擁抱一直以來都像是他活在黑泉鎮最大的恐懼，但如今卻莫名像家一樣的東西。

這樣的領悟，發生在他們一行人來到教堂附近，惡夢在他身旁愈來愈黑暗的時候。他感覺跟凱薩琳產生了一種親密的聯繫，而伴隨那種聯繫，他謎樣地感覺鬆了口氣，有種歸屬感也隨之而來。史提夫把身體放鬆在了準私刑者的手裡，他甚至能感覺到那種觸感非常療癒。他閉上了雙眼，但仍能用凱薩琳的眼睛看到一切：被強迫走出了慈悲的黑暗之後，她沒得選擇地看著文明在多演進了三百五十年之後，在她的家鄉創造出了什麼樣的一群黑泉鎮民。腳或頭髮被抓住而拖行的女性，被扔進了教堂，一旁異口同聲複誦著：女巫！女巫！女巫！浸了汽油的稻草堆與廢輪胎被看著教堂的牆壁堆疊了起來。如今已將面具褪去，以真面目示人的坦普山處刑者席奧．史戴豪斯，在頭頂上高舉著火炬。懷裡抱著個嬰孩的一名女子想要逃命，下場是在後腦勺被開了一槍，遺體連同她懷裡還有呼吸的嬰兒，一起被拖進了教堂裡。

然後輪到史提夫，他也同樣被扔進了安非他命教堂的前廊。他掉落在人堆中，然後教堂的大門就轟然一響在他面前關上。

他壓在肢體與膚肉的上頭開始往外爬，同時自己也差點被人踐踏在腳下。好不容易，他才感覺到手下摸到的是地板的冷硬。史提夫先是手腳並用地爬著前進，然後才慢慢站起了身來。起身之後他像個醉漢似地試走了幾步，過程中差一點就要晃回到地上。那種悶痛，在他腫脹的臉上施加著令人發暈的壓力。他的下唇感覺只是毫無支撐地懸在空中，下巴也多半傷得很重。

沒花很多時間，外頭稚嫩火苗的吳儂軟語就慢慢匯集放大為熊熊烈火的河東獅吼，壓倒性地淹沒了被困在教堂中，鎮民們盛怒之下的集體哭嚎與尖叫。也同樣沒過多久，一面水晶形狀的玻璃窗就被打破，汽油彈順勢被扔進了陰暗的教堂迴廊，然後炸開在了前往中殿途中的橫排座椅之間。

高熱引發的爆炸來得又快又野蠻，並順便用地獄之光照亮了遭到褻瀆的教堂。在那光芒中，史提夫看到教堂裡滿是絕望的人在衝撞上門的大門，在撞牆，在嘗試把手伸向彩色玻璃窗，或是在躲避窗戶砸破後從外頭伸進來的火舌。他看到兩個人身上著了火——應該是一男一女，但其實他無從判斷起。他開始朝著中央走道的另一頭走去來躲開牆壁上迅速累積的高溫，途中不少人朝他伸出手來，哀求他，詢問他這麼做是為了什麼？他看到曾經與他與友人相稱的故人——彼特．凡德米爾，此刻的他抱著懷中死去的孩子跪在地上。當彼特．凡德米爾抬起頭來，他們在四目相交的片刻變得雙雙動彈不得。摯友的臉上暫時卸下了茫然與空洞，換上的是絕望斷念……與萬般的無法諒解。

即便到了此時此刻，他依舊是眾人眼中的罪人。

但他真的有罪嗎？這真的是他一手打造出來的地獄嗎？他將凱薩琳眼睛劃開的決定，只是個起源於喪子之痛的催化劑，而誰又該為泰勒的死負責？傑登．霍斯特讓泰勒聽了凱薩琳的低語。但傑登一個人就該攬下所有的責任嗎？鎮上是怎麼對待傑登的？凱薩琳該負責嗎？當年的那些人又是怎麼對待她的？

一樣邪惡，只會引發出另一樣更大的邪惡，而最終每一件事情都可以回溯到黑泉鎮。

這一切都是黑泉鎮自己造的孽。

一股如此黑暗又如此原始的寒意朝他襲來，讓他即便在這樣的高溫中仍全身瑟瑟發抖。他鄙視他們。深深地鄙視他們，每一個人，教堂裡與教堂外的每一個人。他們都是一樣的，沒有差別。如今他終於弄懂了這一點。

他的眼睛已經被縫上了這麼些年，終於打開了。

那麼些裂谷般的嘴，那麼些球莖一樣的眼，就這樣尖叫著望著他，帶著嘲弄的眼光！

就讓他成為這些人的賤民吧。

他們再不能遮蔽他的雙眼——他看見了。

史提夫人來到聖壇之前，他詛咒起他們每一個人。幾乎有如透明薄膜般的烈火，正吞噬著屋頂，而他趾高氣昂的臉龐，正接受著來從屋頂刮下，燦爛餘燼有如狂風的空襲，但他不以為意：這是他屬於的火。去死吧這些人。去死吧，他們這些永遠只想到自己的自私鬼；去死吧，誰教他們從來不試著尋求和解；去死吧，誰教他們愛無能；去死吧，誰教他們像有病一樣地堅持只看到醜惡而不看到美善。泰勒就不一樣；泰勒有夢想。該死，該死，真該死；他詛咒把泰勒從他身邊奪走的每一個人！

「爸？」

史提夫找到了其他人都遺忘了的那一扇門，藏在講桌後面一個壁龕裡的暗門。說是找到，他感覺更像是自己的腳在引導。但他在門前驟然停了下來。他仍在顫抖著，不是因為冷，而是因為以憤怒為燃料在心中燃燒的熱火。他已經從掛鉤上取下了鑰匙圈，牢牢抓在手裡。然後他轉過了身。

是他們。

隔著整座教堂的距離，穿越遮望眼的濃厚煙霧：喬瑟琳用身體隔開了麥特與傾瀉的火焰。她裸露的背部與臀部已經被灼燙出滿布的水泡，但當她抬起頭來，那張臉是喬瑟琳沒錯。史提夫看見她的嘴唇在動，然後茫茫然意會到她微弱地在呼喚著自己的名字，就像她在夢裡看到了天使。很快地她的聲音就滿漲了起來，變成了沙啞的淒厲叫喊：「史提夫，是你嗎？喔天啊，史提夫，救救我們！」

但其實先認出史提夫的，是麥特：已從僵直而癡呆的狀態中甦醒過來的他掙脫了母親，朝他直奔而來。

而史提夫能感覺到自己的臉色一沉。

小兒子的身影，因為久住醫院而顯得蒼白的皮膚，外加還戴在臉上的血汙眼罩，終於讓他徹底理解到葛蘭特家那永恆的隔閡代表什麼意義，還有他對於泰勒的哀戚……泰勒，這一切的開始。那幾秒鐘的停滯，奪走了他僅存的那一點點心防。他感覺到該死之人的眼神集中在他身上，他們全都被麥特的熱切吸引過來，開始朝中殿瘋狂地簇擁上來。史提夫退靠在了厚重的暗門上，用顫抖的手將之打開。

「爸，等等！」

他向下看著螺旋狀的階梯。一個又深又黑的洞穴。徹底的黑暗。

有些你決定踏上的路徑，會通往這樣的黑暗，而走過這樣的黑暗，會是一種不道德或瘋狂。

那不是瘋狂，史提夫知道。那是愛。

凱薩琳出於無奈而犧牲了一個孩子，來救另外一個孩子。那除了是愛，還能是什麼？

史提夫在門徑內稍微向後退，把鑰匙重新插進了鎖孔，關上門，然後扭動了鎖頭，用力插上了門閂，速度正好比第一隻伸過來要抓他的手快了那麼一點。

他跌落了一整排陡峭的階梯。

他砰的一聲重摔在底部，在墜落處就那樣躺了一會，然後慢慢在涼冷的石頭上蜷曲起了身體，發出了痛苦的哀嚎。地窖裡一片漆黑，人眼過多久都無法適應的那種黑。但看不見不要緊，因為地窖中可以聽到的聲音很多。他聽到轟隆隆的門上傳來不動如山的厚重木頭被不斷敲擊的聲音，把聲勢驚人的火場喧囂都蓋了過去。他聽到人的呼聲有如鬼魅。又一次，他覺得他聽到有人在叫著自己的名字——那飽受折磨的聲音中充滿悲傷與痛苦。有個念頭在意識水面下蠢蠢欲動，他用力將之壓回到水中。

他滾翻回自己的背上仰躺著，睜開了雙眼，閉上，再睜開一遍。

這裡還滿舒服的嘛。黑暗原來還滿適合他。

他的思緒轉向了愛。在另外一個世界的某個地方，他可以聽到瀕死的呼喊，而他想像著那些該死之人正在歌唱。史提夫把自己滾著了一顆球，把自己的體積縮到最小，然後把手指插進了耳洞中。他開始跟著唱了起來。

就在他用歌聲哄著自己入睡的前一秒鐘，他輕聲地說了一句，「我愛你，泰勒。」

黑暗中無人回答。

而在同一個時間，凱薩琳．凡．懷勒站了起來，就像直接從所有黑泉鎮子民最可怕的惡夢中走出來一樣——一個創造者失手的作品，從地球還不存在的宇宙中召喚來比人類誕生更遠古的力量，一名女巫。她站在坦普山上面對著火海中的教堂，做出了源自凱爾特德魯伊信仰的手臂姿勢，朝向天堂，並同時用不知名的語言碎念著不堪入耳的字句與聲響。她所牧之羊沒有一人能聽懂她口中所述，但那並不妨礙他們身上的每一根寒毛直豎。少數看到她的人開始喊得撕心裂肺，但凱薩琳仍繼續唸誦著她來自冥界的咒語到天邊……

……邊唸邊不住流下了眼淚。

黑泉人開始跨出步伐，朝東而行：形成一道由破碎靈魂所形成的無盡縱隊，赤身裸體的是一部分人，但無人倖免的是臉上那迷惘而空洞的眼神。他們全都愈走離浴火的教堂愈遠，就像人在夢裡。來到了二九三號公路，他們並沒有開始沿著道路前進，而是硬生生地消失在公路另一頭的森林中。路隊長從蒙哥馬利堡南方一條睡眼惺忪的鎮公路上冒出頭來，已經是將近三小時後的事情。從上州殖民風格房屋那輪廓清晰的窗戶之後，為人父母者偷偷摸摸地從閣樓上下來，懷中滿滿的是包裝得五彩繽紛的禮物。他們把禮物放在行將熄滅的壁爐餘暉中，而外頭的馬路上則有噩夢般的遊行在無止盡地進行著，只是沒人看得見。黑泉鎮民緩緩消失在公路的高架橋下，直朝著哈德遜河而去。

一個接著一個，他們步入河中，消失在冰冷的的水面之下，任由潮流捲走。

許多個小時後，高地的天空湧現一片血紅。

破曉終於來到，千百具癱軟而腫脹的屍體在飄向紐約的途中，被發現浮在塔潘齊大橋橋底……早起的鳥兒因而瞥見了一眼別人的夢魘。

這一天，是聖誕佳節。

尾聲

史提夫·葛蘭特在迎面蒼白的陽光裡，與發腫嘴裡腥臭的銅味中醒來。他沾著泥巴的眼睛因為發炎而刺痛，而他必須要適應一下光線才能完全睜開眼。他人躺在自家飯廳地板上的大片磁磚上面。

這代表他回到家了。他試著拼湊出自己是在何時、以何種方式離開了教堂的火場，但他什麼也想不起來。從他關上身後的聖壇暗門，到如今躺在飯廳地板上，當中消失的時間是一個巨大的黑洞。就像地上的天坑。

他讓自己坐了起來，並咬牙忍著痛。他身上僅存的衣服，上頭全是燒焦的痕跡與煙霧的臭氣。他雙手的皮膚仍閃耀得紅通通，背上不知道扭到了哪裡，膝蓋則跟蛀牙一樣痛。不過最慘烈的還是他那張臉：左半邊腫得像顆氣球，彷彿皮膚底下的下顎嚴重畸形。沒錯，肯定斷了，不用懷疑。擺到現在恐怕已經細菌感染了。不知道你是否還奢望趕上這一季的《超級名模生死鬥》報名，他不帶感情地想著，但現在你真的該好好重新評估一下。

他站了起來，百無聊賴地看著四下。一切看起來都是原本的模樣，但又完全不一樣了，令人暈頭轉向地不一樣了。屋內的寂靜爬到了他身上，壓迫感大到他能聽到血流在耳朵裡迴響。說不出哪裡不對勁，非常不對勁。聖誕樹依舊豎立在喬瑟琳設立的渾沌區裡，清湯掛麵的素顏。他們架起這棵樹，原本是從賣場回來的那天下午要來裝飾，但誰曉得泰勒會出那樣的事。

樹上的針葉已經開始掉落。

飯廳桌底一樣東西，吸引了他的注意：一段磨損的黑線。凱薩琳眼睛上的原本的縫線。

但她現在在哪兒？泰勒又在哪兒？

史提夫悄悄來到了走廊，途中他瞧了鏡中一眼，但當下就覺得後悔。回望他的那張臉——深溝般的皮膚皺褶、猙獰的滿面紅光，還有彷彿鬼上身而外凸的眼珠子——那是一場慘劇，因為他根本認不出任何一點原本的自己。他又青又紫的左臉頰與下嘴唇腫得像高爾夫球一樣，整張臉的下半部都是血乾了在上面凝結出的深色鬍鬚。他的下巴會需要用鋼絲來整形。藥櫃裡有縫合用的針線，但那對這麼嚴重的狀況顯然派不上用場。

他一拐一拐地來到前門，用大拇指把門簾拉到一旁，看出了門外。露濕的草坪閃耀著蒼涼的日光。今天的天氣會很晴朗。只不過外頭也怪怪的，沉重的空氣在鴉雀無聲中有著跟室內一樣的壓迫感。他向西望向了深洞路，但視野所及只有在晨光中等著人踏出門來的木造與磚造房屋。但他意識到那會是一場空等，因為即便隔著距離，他也能遠遠的感覺到屋子裡空無一人。史提夫納悶著，要是他勤勞點去鎮中心走一遭，看到的會是什麼。空氣聞起來算是乾淨，沒什麼煙塵的痕跡。只不過就是也太乾淨了……乾淨到什麼都沒有了。唯一不缺的就是那陰森的寂寥。

有關當局多半不久就會進駐。然後呢？情況只會跟一六六五年二月一樣。他們來了之後也只會發現靜悄悄、空盪盪的一片。三千人人間蒸發，徒留一片鬼城。

沒錯，他想。而我當然就是鎮長。

史提夫笑了出來——事實上，他笑得可用力了。他一陣一陣地爆出那怪誕而空洞的笑聲，歷久不衰地迴盪在了無生氣的屋子裡，就像笑的是個死人。這讓他想起了下面是把彎刀的鐘擺。那款中世紀的逼供神器，曾經在他跟喬瑟琳回家發現泰勒已死的那天懸於他們的生命之上：如剃刀一樣鋒利的那鐘擺前前後後地擺動，彷彿在昭告天下它是如何地鐵面無私。好啊，這下子罪名已經宣判、刑罰也已經執行。剩下的他只是一團各種器官堆疊而成的爛肉，獨自在走廊的一角仰天長嘯。

笑著笑著，他變成了在狂叫。

史提夫不很清楚接下來的幾分鐘，發生了什麼，他只知道自己冷到了骨髓裡，冷到他知道自己再也不會有暖起來的一天。

再醒過來時，他發現自己坐在走廊的中間，背塌在牆壁上，腿開開地。旁邊的地板上是他的縫合工具箱林林總總的各種器具：腸線、手術刀、鑷子、彎針。記不得自己自己曾經搬出這些工具，讓他為之一驚，更別說他完全不知道自己這麼做的用意為何。他的臉需要金屬線，不需要棉線。

他腦袋空空地躺在那邊，直到一個想法像火山爆發似地出現：喬瑟琳跟麥特死了。我希望你別忘了你昨天晚上讓他們在火裡被活活燒死，我沒說錯吧？他們死了喔，跟泰勒一樣。

他的手臂用力捶在牆壁上，就像那手臂有自己的生命跟意識一樣，然後那手還在牆上用指甲抓著，似乎是想找到什麼可以當作施力點的地方，徒勞無功之後才又垂了下去。他依舊全身在發著抖——怎麼會這麼冷啊！

此時，在一切都已經完了的此地，那令人失去行動能力、令人無法忍受的事實，如陽光照進內心似地進入他的意識，他意會到自己做出了錯誤的決定。史提夫逃離了黑暗，但是光明，該死的光明，讓他看見了自己的錯誤。犧牲一個孩子來救另外一個孩子，並不是凱薩琳的選擇，那是判官們的選擇。而他怎麼會天真到相信在他們把凱薩琳的屍體拋進女巫池之後，還讓她的女兒活下去呢？

如今他就是那個法官。在他最後的試煉中，他也沒有展現出任何想要和解的意願；他也假設了人性本惡，就像黑泉鎮的其他每一個鎮民一樣。他真的相信自己還有資格用這雙沾染了妻子與小兒子血汙的手，去歡迎泰勒回來嗎？他真的相信泰勒要是真的回來了，自己還能不被他覺得噁心並唾棄嗎？

喔，那黑暗。要是他能夠回到過去就好了！要是他能夠抹消他所做過的事就好！他不想看到這令他無地自容的光明終點是什麼在等他。他能做的就是緊抓住那一點點希望，希望他對於泰勒之死的執著是基於理性。

不是理性，他想。是愛。

有人敲門。

史提夫倒抽了口氣。

他抬起頭來。

在陽光裡，門簾的後面，是一道人影。但從屋內能看到的只有剪影，等待著，一動不動。

那剪影……是個少年？

史提夫坐在走廊上，恐懼讓他全身癱軟。

他多希望那人影能識相地離開。喔，主啊，求求你——拜託你讓他走開好嗎。等在門外的不是他的兒子，而他感覺到的也不是愛，而是開在他腳底下一個深不見底的淵藪，那深度不是愛可以比擬於十一、萬一。

敲門聲再次響起。

不急不徐，餘音繞樑地重重一擊——就一擊。

他看到指關節的影子停駐在窗玻璃上面。

史提夫．葛蘭特拾起了彎針與腸線，而就在門口那東西不間斷敲門聲的伴奏下，他開始縫起了自己的眼睛，他希望永恆黑暗裡的孤單，可以讓他在莫名的寒冷中得到一絲溫暖。

誌謝

我道歉——我好像欲罷不能，收尾得太嚇人了。

說起小時候能嚇唬到我的人，首推我的保姆。她的名字叫作瑪歌（Margot）。每回來照顧我們家一男一女兩個小孩，她都會固定跟我們說床邊故事。瑪歌把羅德．達爾（Roald Dahl）的《女巫》（The Witches）當成連續劇，鉅細靡遺地說給我們聽時，我才七歲，你可以想像如今在Netflix上追劇的感覺。每回讓我們提心吊膽地把她扣人心弦的故事聽完，瑪歌就會把燈一關，只留我動彈不得地在被窩底下對著黑暗把鼓鼓的眼睛瞪大，看著她的字字句句在我想像的眼前活了過來。

應該也大約在同一個時期，我的馬努斯（Manus）叔叔帶我去森林裡健行，並在路上遇到的時候給了我關於「精靈指環」的機會教育。你想要留著條命去告訴別人你遇到精靈指環的遭遇，你就得閉上眼睛從旁繞過去。

同一年——一九九〇——羅德．達爾原著改編的同名電影在荷蘭的戲院上映，挑大梁演出把小孩變成老鼠的女巫天后（Grand High Witch）的是安潔莉卡．休斯頓（Anjelica Huston；這部電影已啟動重拍，同一角色預定由安．海瑟薇演出）。上帝保佑我在前電腦特效時代那顆純潔的心……但，靠，那電影真的把七歲小孩嚇壞了啦。

沒人警告我。

那之後半年的每夜，我都哭著找媽媽，因為臥室門外地板上每一道陰影裡，都看得見巫婆。就算是白天，我也怕到不敢一個人上街……更別說要穿越離我家不遠的森林了。我感覺一整個「巫」影幢幢、風聲鶴唳，每個成年女性都讓我起疑。那本書跟那部電影，聯手在我心上烙下了深刻的創傷。羅德．達爾故事裡的眾女巫會戴上手套來掩蓋他們醜惡的爪子，所以你可以想像那年的冬天，對我來說有多漫長。

每回路過精靈指環，我都沒忘記要把眼睛閉緊。

我後來慢慢覺得女巫之事是子虛烏有，所以只把這當成一種平衡練習在做。

跟多數人一樣，所有的偉大作家都不可能長生不老，但我相信要是羅德．達爾先生（1916-1990）要是能活著讀到我被他嚇成這樣，他一定會往椅背上一靠，臉上露出滿意的微笑。不要懷疑，他就是那種會暗地裡因為打擊到幼小心靈——還有爸媽的心靈——而開心的作者。

讓我跟大家分享一個秘密：我也是這種作者。《歡迎來到黑泉鎮》在荷蘭出版後，我收到千百封讀者來函，內容是他們的惡夢被凱薩琳佔據，晚上也不敢把燈關到一盞不剩。啊，我笑得可開心了！笑到現在都還停不下來。而如今這本書握在你的手裡，不論天涯海角，只要你有因為任何原因被故事被嚇到，都請別客氣到臉書或推特上舉個手、報個到。笑聲於我永遠不嫌少。

所以謝謝你，羅德．達爾。謝謝你，保姆瑪歌與馬努斯叔叔。謝謝你，我飽受摧殘的童年歲月。這本書能寫成，你們通通都推了一把。

各位或許剛看完的這本書，其實跟二〇一三年在荷蘭跟比利時付梓的原版的《歡迎來到黑泉鎮》有些不同。原版設定的故事背景是荷蘭一個小村莊，結尾收得也稍微不一樣。身為一名作家，你鮮少有機會可以把一本書寫第二遍（保安！書都出了可以讓人這樣寫了再寫嗎？）但當經紀人把把英文版權賣到大西洋兩岸的出版社時，我突然得到天降良機，可以讓原著的架構在完全不同的環境中運作，包括背景故事也可以重新打造過。

但別誤會：這並不代表我對原本的荷蘭故事背景有什麼不滿意。我愛荷蘭的故事設定，也愛這本書掩藏不住的那股荷蘭風情。但我說的荷蘭風情不在於讓女巫抽大麻，還是說讓她站在阿姆斯特丹紅燈區的紅框櫥窗後；我說的是荷蘭小鎮社群裡那種世俗的本質，是鎮民們腳踏實地過日子的氣質。神智清醒的正常人看到畸形的十七世紀女巫出現在客廳的角落，他會選擇逃命；荷蘭人看到畸形的十七世紀女巫出現在客廳的角落，他會把抹布蓋在她的臉上，往沙發上一坐，報紙讀起來——然後或許犧牲一隻孔雀來當祭品。

總之對自身創意的挑戰送上門來，我沒有拒絕的道理。那豈不是很有趣嗎！我有一本鍾愛的作品，裡頭有我鍾愛的角色，然後我有一個契機可以重新體驗一遍其創作的過程，但又省去了圍繞著續集二字，讓人冷汗直冒的各種鬼故事。我可以在現有故事基礎上創作出一個強化的版本——姑且稱之為《歡迎來到黑泉鎮》2.0——賦予這本書更豐富、更有層次的細節，更有地方文化特色的傳奇故事，但又同時不跟原版的各種荷蘭元素一刀兩斷。凱薩琳・凡・懷勒來到新世界，搭的是殖民地總督彼得・斯圖維桑特領軍一艘早期的船隻。荷蘭鄉間的比克（Beek）小鎮，變成了荷裔陷阱獵人的聚落，名為新溪（New Beeck），也就是後來的黑泉。荷蘭人變成了荷裔美國人，但仍保持了歐洲祖先那種腳踏實地的荷蘭特質。抹布還在那兒。孔雀也還留著。未成年者被公開鞭笞的橋段也沒有被刪，畢竟那是種常見而有趣的傳統，荷蘭人每年都還會在四境的許多小鎮裡復刻紀念這種活動。

身為荷蘭人的特點——雖是刻板印象，但也是個屬實的刻板印象——就是我會說好幾種語言。我的英文幾乎跟荷蘭與一樣流利，由此我不僅能閱讀，還能去編輯由南西・佛瑞斯特—弗萊爾所完成的精彩英譯，並在英文版中注入我身為原作者的聲音。用非母語去參與這本書的再造，讓我得以對情節獲得了強烈而嶄新的見解，其中最重要的就是關於結尾。原本的結尾必須要整個拿掉，因為它讓我感覺不對。我肯定能在英文版裡給這故事一個更駭人、更完美的句點。

而這麼想的結果，就是各位稍早讀到的成果。最後的幾章，基本上從黑泉鎮的崩潰被推倒第一張骨牌起，都全部是新的東西，我用英文寫成的東西，而我寫得非常開心。以我的淺見，英文版的結尾成就了一本更好的《歡迎來到黑泉鎮》。

當然，大家的納悶聲我聽到了：所以荷蘭文版的結局是什麼？

呿，我才不會爆雷呢。

你可以去找個荷蘭人賄賂看看——說不定他或她會大發慈悲。

說到英譯，我想利用這個機會來感謝一下南西，因為她真的是一名非常優秀，合作起來非常愉快的譯者。譯者的重要性，再如何強調都不夠的，因為是譯者創造出了機會，讓人不論身處在地球上的任何一隅，都能前往存有新世界與各種奇觀的文字裡去一探究竟。南西很棒，但這本書的正牌編輯莉茲・格林斯基（Liz Gorinsky）也一點都不輸她。每當所有在移植故事時出現的文化差異問題，都讓南西跟我覺得已經處理完畢，莉茲都還是能大海撈針似底找出那麼多有趣的不對勁。所以莉茲，讓妳這本書變得更棒了，我受教了。所以謝謝妳。

本書幕後團隊的其他人，還有奧立佛・強森（Oliver Johnson）：超棒的英國編輯，也是個超棒的人）、洛德・唐尼（Rod Downey）、文生・杜契提（Vincent Docherty）、札克・波斯特（Jacques Post）、馬騰・巴斯耶（Maarten Basjes）與美國托爾出版社（Tor Books）、英國哈德與斯托頓（Hodder & Stoughton）跟荷蘭路易汀—賽特霍夫（Luitingh-Sijthoff）出版社所有可愛的好朋友。一句特別的感謝要傳達給安・凡德米爾（Ann VanderMeer），因為在優秀又善良之餘，她還提攜了許許多多寫作上的年輕後進。安，妳為我做的一切我永遠感激不盡。同樣的感謝也屬於莎莉・哈定（Sally Harding），品味與睿智都無懈可擊，完全符合我夢想的文學經紀人。在與榮恩・艾科（Ron Eckel）的合作無間下，莎莉替像我這樣出身遙遠小國的作家完成了幾乎不可能的任務。莎莉與榮恩：你們的棒，不用我多講。

安嘉（Anja），妳在各種實務上幫了我無與倫比的大忙。妳會第一拍把筆遞給第二拍才知道自己需要簽書的我，妳是我長在背後的眼睛。衛斯（Wes），你依舊是眾多聰明發現背後的創意來源，許多時候是你為卡稿的我想出了完美的化解之道。同時人生裡你也是我最好的哥們兒。給葛蘭特一家：對不起我殺了你們的狗。給我自己的家庭：對不起我不該殺生的——我愛你們。給法蘭辛（Francine）：我尤其愛妳。還有大衛（David），謝謝你在我身邊站得抬頭挺胸。不離不棄，是我大衛。

最後。

我提到各種對新場景的設定，都不會減損黑泉鎮的真實性於萬一。你才剛從那兒過來，對吧？而在那兒的時候，你應該有體驗到一些相當黑暗的瞬間。我不能說黑泉鎮的下場有多好。

若有朝一日去到紐約，你可以找臺車，沿著哈德遜河往北走。那一路上風光明媚。跨越熊山，走9W公路途經高地瀑布，然後進入到黑岩森林的範疇。西點軍校的官員已經把二九三號公路從左到右都封鎖得密不透風，而那正是黑泉鎮的遺址。你可以去親眼見證一下，只不過圍籬跟軍營其實沒什麼看頭。而且你看著看著，會有某個人過來叫你走開——某個你想不聽他命令需要一點勇氣的人。

此路不通，那我建議你去北邊森林裡健行。林地崎嶇，但也是有幾條山徑，而且每一條最終都會通往某地。你可以在林中傾聽那片寂靜，隻身一人時會感覺有點詭異，但我保證你聽到的絕對只是風吹樹梢的聲音。不是走獸，不是飛禽。

也不是什麼奇怪的東西。

萬一巧遇地上的精靈指環，別忘了繞過去時要閉起眼睛。

但也別忘情地一直閉下去。

你永遠不知道自己會撞上什麼東西。

臉譜小說選 FR6564

歡迎來到黑泉鎮

HEX

原著作者　湯瑪斯・歐德・赫維特 Thomas Olde Heuvelt
譯　　者　鄭煥昇
書封設計　朱陳毅
責任編輯　廖培穎
行銷企畫　陳彩玉、薛　綸
業　　務　陳紫晴、林佩瑜、馮逸華

出　　版　臉譜出版
發 行 人　涂玉雲
總 經 理　陳逸瑛
編輯總監　劉麗真
城邦文化事業股份有限公司
臺北市民生東路二段141號5樓
電話：886-2-25007696　傳真：886-2-25001952

城邦讀書花園
www.cite.com.tw

發　　行　英屬蓋曼群島商家庭傳媒股份有限公司城邦分公司
臺北市中山區民生東路141號11樓
客服專線：02-25007718；25007719
24小時傳真專線：02-25001990；25001991
服務時間：週一至週五上午09:30-12:00；下午13:30-17:00
劃撥帳號：19863813　戶名：書虫股份有限公司
讀者服務信箱：service@readingclub.com.tw
城邦網址：http://,,,w.cite.com.tw

香港發行所　城邦（香港）出版集團有限公司
香港灣仔駱克道193號東超商業中心1/F
電話：852-2508 6231　傳真：852-2578 9337

新馬發行所　城邦（馬新）出版集團 Cite（M）Sdn. Bhd.
41, Jalan Radin Anum, Bandar Baru Sri Petaling,
57000 Kuala Lumpur, Malaysia.
電話：603-9056 3833　傳真：603-9057 6622
電子信箱：services@cite.my

一版一刷　2020年7月

ISBN　978-986-235-853-5
售價460元
（本書如有缺頁、破損、倒裝，請寄回本社更換）

國家圖書館出版品預行編目資料

歡迎來到黑泉鎮／湯瑪斯・歐德・赫維特（Thomas Olde Heuvelt）著；鄭煥昇譯. -- 一版. -- 臺北市：臉譜出版：家庭傳媒城邦分公司發行, 2020.07
面；　公分. --（臉譜小說選；FR6564）
譯自：Hex
ISBN 978-986-235-853-5（平裝）
881.657　　109008646